PÉNITENCE

Du même auteur
aux Éditions du Masque

La Tour d'Abraham, 1993
Cinq ans de réflexion, 1998
Le Sang des hommes, 1999
Le Chiffre de l'alchimiste, 2007
La Paix des dupes, 2007
La Trilogie berlinoise, 2008
La Mort, entre autres, 2009
Une douce flamme, 2010
Une enquête philosophique, 2011
Hôtel Adlon, 2012
Chambres froides, 2012
Vert-de-gris, 2013
Impact, 2013
Prague fatale, 2014
Les Ombres de Katyn, 2015
La Dame de Zagreb, 2016
Le Mercato d'hiver, 2016
La Main de Dieu, 2016

www.lemasque.com

PHILIP KERR

PÉNITENCE

Traduit de l'anglais
par Philippe Bonnet

ÉDITIONS DU MASQUE
17, rue Jacob 75006 Paris

Titre original
Prayer
publié par Quercus Editions Ltd., Londres

Couverture : © Joanna Jankowska / Arcangel Images
Conception graphique : Louise Cand

ISBN : 978-2-7024-4111-4

À Nicholas B. Scott, véritable Écossais et véritable ami

La prière n'est pas une distraction de vieille femme oisive. Bien comprise et appliquée, c'est le plus puissant instrument d'action.

Mahatma Gandhi

Quand les dieux veulent nous punir, ils exaucent nos prières.

Oscar Wilde

La colère de Dieu reste longtemps assoupie. Elle est restée cachée pendant un million d'années avant qu'il y ait des hommes et seuls les hommes ont le pouvoir de la réveiller.

Cormac McCarthy, *Méridien de sang*

Prologue

Cathédrale St Andrew, Glasgow, Écosse, 5 avril 1988

C'était une froide journée ensoleillée, mais, comme si on était en plein été, j'avais troqué mes vêtements habituels de laine d'agneau et de flanelle épaisse contre une tenue en coton blanc symbole de l'innocence, à l'instar des autres enfants dans la cathédrale.

Je tremblais, mais pas seulement à cause de la température glaciale dans St Andrew ; je tremblais aussi parce qu'un péché mortel habitait mon cœur – ou du moins c'est ce que je m'imaginais.

Semblable à la grande salle d'un vieux château, l'intérieur en pierre grise s'élançait au-dessus de ma tête aux cheveux soigneusement peignés, et l'odeur des cierges et de l'encens emplissait l'air. Tandis que l'orgue jouait et que les voix frêles du chœur marmonnaient des mots étranges, probablement du latin, je remontais, lentement et avec déférence, l'allée centrale en direction de l'évêque, dont la silhouette évoquait celle de frère Tuck, mes paumes moites de sueur pressées l'une contre l'autre tel un petit saint – même si, à mes propres yeux, j'étais tout sauf ça –, ainsi que ma mère me l'avait expliqué.

« Tu fais comme ceci, Giles, avait-elle dit en me montrant exactement de quelle façon. Comme si tu essayais de serrer quelque chose de très plat entre tes mains, que tu dois tenir près de ton visage afin que le bout de tes doigts touche à peine tes lèvres.

— Tu veux dire, comme Jeanne d'Arc quand ils l'ont brûlée sur le bûcher ? »

Ma mère avait fait la grimace.

« Oui. Si tu veux. Encore que, à la réflexion, je suis sûre que tu pourrais trouver un exemple un peu plus plaisant, tu ne crois pas ?

— Et la reine Marie Stuart ?

— Quelqu'un qui n'est pas sur le point d'être exécuté, peut-être. Essaie de penser à quelqu'un d'autre. Un saint, éventuellement.

— Les saints ne sont certainement des saints que parce qu'ils ont d'abord été des martyrs, avais-je fait observer. Ce qui signifie que la plupart d'entre eux ont été exécutés également.

— Tu as réponse à tout, Giles, avait-elle grommelé, la mine excédée.

— Une réponse douce calme la fureur, mais une parole dure excite la colère. Proverbes XV, verset 1. »

Réciter des passages de la Bible était un petit truc utile que j'avais appris en classe d'instruction religieuse. Nous devions apprendre un texte par semaine, et il ne m'avait pas fallu longtemps pour m'apercevoir que citer la Bible avait aussi pour effet de faire taire les critiques des adultes. Mieux encore, cela contribuait à décourager les attentions importunes du père Lees. Il avait tendance à me laisser tranquille par crainte du texte que je risquais de débiter face à ses mains sacerdotales, comme si Dieu lui parlait directement par ma bouche angélique. En raison de ma connaissance de la Bible, mon père me qualifiait d'hypocrite et parfois de « gamin précoce », et disait à ma mère que, d'après lui, enseigner aux enfants ce qu'il y a dans la Bible était une mauvaise idée. Elle ne l'écoutait pas, bien sûr, mais, avec le recul, je pense que papa avait raison. Il y a un tas de choses dans la Bible qu'on n'aurait jamais dû traduire du latin ou du grec.

Une longue file remuante de garçons et de filles s'avançait en traînant les pieds dans la nef de la cathédrale. Nous devions ressembler à un de ces mariages de masse coréens où des centaines de couples sont unis en même temps.

Bien sûr, il ne s'agissait pas de mon mariage d'enfant, mais de ma confirmation – le moment où il me fallait déclarer solennellement mon désir de renoncer à Satan et à ses œuvres, et de devenir catholique –, et, pour tout le monde dans la cathédrale St Andrew, c'était, semble-t-il, un grand jour. Tout le monde sauf moi, parce qu'il y avait quelque chose dans la cérémonie qui me déplaisait ; pas seulement la chemise blanche de tapette avec le short assorti et la cravate de l'école, ce qui était déjà bien suffisant, mais autre chose aussi. On pourrait dire, je pense, que j'éprouvais un profond sentiment d'appréhension, comme si un événement terrible allait se produire, qui n'était pas sans lien avec le péché probablement mortel que j'envisageais de commettre.

J'avais douze ans, et le fait d'être précoce signifiait que je possédais aussi « un brin d'imagination » ; c'est ainsi que mes parents décrivaient les enfants qui, comme moi, exagéraient certaines choses et mentaient sur d'autres. J'avais assurément ma propre opinion sur presque tout. Laquelle opinion était parfois influencée par ce que j'avais lu dans un livre ou vu à la télévision, mais, d'ordinaire, elle résultait simplement d'une réflexion juvénile profonde et souvent erronée, qui avait au moins le mérite d'être le fruit d'un esprit indépendant ; les mensonges que je proférais étaient en général pleins de bonnes intentions.

Grâce au père Lees, j'étais parfaitement au fait des principes de la foi catholique et du sens de la confirmation, que l'on pouvait trouver dans les Actes des Apôtres, chapitre II. Chaque mercredi du mois précédent, j'avais suivi le cours d'instruction religieuse, où le père Lees nous avait raconté que, peu après la Pentecôte, les apôtres s'étaient cachés dans une pièce fermée à clé parce qu'ils avaient peur des juifs, quand ils avaient soudain entendu un bruit pareil à celui du vent, mais qui était le Saint-Esprit. Ensuite, de petites langues de feu semblables aux flammes d'un briquet à gaz avaient surgi au-dessus de la tête des disciples, et ils avaient tous été remplis de l'Esprit saint et s'étaient mis à parler dans des langues étrangères, ce qui, d'après mon frère aîné, Andy, n'était guère différent de ce qui se passait dans *L'Exorciste*.

Or, je n'aimais pas plus les fantômes et les histoires de fantômes que je n'aurais aimé rester seul dans une pièce fermée à clé en compagnie du père Lees, et l'idée qu'un esprit – saint ou non – vienne dans mon corps m'éclairer « tel un petit cierge pour Jésus », selon la description que nous en avait faite l'épouvantable prêtre au cours d'instruction religieuse, n'avait certainement rien pour me séduire. En réalité, cette idée me terrifiait. Je n'appréciais pas beaucoup non plus la possibilité de ne jamais plus pouvoir parler l'anglais, mais seulement des langues aussi déconcertantes que le chinois ou le swahili, que personne d'autre à Glasgow ne serait en mesure de comprendre. Non qu'il soit facile de comprendre les Glaswégiens ; certains habitants de l'Écosse ont eux-mêmes du mal avec l'accent et l'absence de consonnes. Parler l'anglais tel qu'on le parle à Glasgow, c'est un peu comme apprendre à cracher.

J'avais donc échafaudé un plan qui allait me sauver du danger considérable d'être possédé par des esprits et de parler dans d'autres langues – un plan secret dont je n'avais discuté qu'avec ma propre conscience, et surtout pas avec ma mère, et que je mis en œuvre sur-le-champ.

Lorsque arriva mon tour d'être confirmé, je m'agenouillai devant l'évêque et, dès qu'il m'eut oint le front et flanqué une taloche avec ses doigts tachés de nicotine – un peu plus fort que je ne m'y attendais – pour symboliser la façon dont le monde me traiterait en raison de ma foi, et que le père Lees lui-même m'eut donné le jus de raisin et l'hostie qui étaient le sang et le corps de Jésus-Christ, je contournai le pilier en granite de l'église et, prestement, alors que tous les yeux étaient fixés sur le garçon juste derrière moi auquel on était en train d'administrer la confirmation, j'essuyai l'huile sainte sur mon front et crachai dans mon mouchoir le pain sec collé à mon palais.

Un de mes camarades d'école me vit et, pendant quelque temps, on me surnomma « l'hérétique », ce qui n'était pas pour me déplaire. Cela me donnait un côté profane, maléfique, qui, me figurais-je, me distinguait du lot. Apparemment, les espèces consacrées non consommées – comme on appelle l'hostie quand on ne l'avale pas – sont très utiles pour la célébration de rites sataniques ou du culte du diable. Non qu'adorer le diable m'attirât. Déjà à cette époque, et peut-être grâce au père Lees, je considérais Dieu et le diable comme les deux faces opposées de la même pièce de monnaie douteuse, bien que je me sois longtemps efforcé, non sans succès à mon avis, d'être un bon chrétien.

On prétend qu'aucun péché ne demeure impuni, et ce fut à coup sûr le cas de ma propre scélératesse car, alors que je sortais de la poche de mon pantalon le mouchoir propre et blanc, plié au carré, dans lequel je m'apprêtais à cracher le corps du Christ, quelque chose tomba de ma poche sans que je m'en rende compte sur le moment. C'était ma médaille neuve de saint Christophe, en pur argent des Hébrides, cadeau de ma mère, et sur laquelle était gravé mon nom – y compris les initiales du nom du saint que j'avais choisi pour ma confirmation, à savoir Jean, frère de Jacques, et qui était mon propre nom de baptême – ainsi que la date de l'événement. La médaille était également caractéristique à d'autres égards : ma mère l'avait fait faire spécialement par Graham

Stewart, qui deviendrait par la suite un orfèvre écossais assez réputé. Je sais même à quoi elle ressemble car mon frère a toujours la médaille de saint Christophe de sa propre confirmation, qui avait eu lieu deux ans avant la mienne : la tête de saint Christophe est une copie d'un dessin du célèbre artiste Peter Howson.

Bien évidemment, la perte de la médaille en argent fut vite découverte, et même si ma mère n'apprit jamais les circonstances exactes et probablement blasphématoires qui entourèrent sa disparition, je fus obligé pendant un certain temps de prier chaque soir pour que je la retrouve.

1

Houston, Texas, époque actuelle

De l'extérieur, la cathédrale du Sacré-Cœur ressemblait à une prison. Avec ses vitraux haut placés, ses blocs en béton uniformément gris et son beffroi séparé, elle ne donnait pas l'impression d'un lieu particulièrement prometteur pour un entretien avec le Tout-Puissant. Franchissant les portes, je m'avançai dans l'agréable fraîcheur de l'intérieur en marbre, où je fus accueilli par un séduisant Afro-Américain arborant un col de prêtre et un grand sourire. Il m'informa que la messe commençait dans trente minutes et les confessions dans dix près du transept du Sacré-Cœur.

Je le remerciai et pénétrai dans l'édifice. Je n'avais guère envie de lui dire que cela faisait bien longtemps que plus personne n'avait entendu ma confession. Je n'étais même pas catholique. Plus maintenant. J'appartenais à l'Église évangélique. Et j'étais là pour prier, pas pour assister à la messe ni pour obtenir l'absolution de mes péchés.

La prière était une erreur. Je n'aurais jamais dû me laisser aller à cette idée. Dès que j'avais aperçu les vitraux étrangement modernes et la silhouette en plastique de saint Antoine de Padoue, j'aurais dû faire demi-tour et repartir. Comparé aux églises catholiques de mon enfance, cet endroit semblait beaucoup trop récent pour une discussion avec Dieu sur ce qui me tracassait. Mais où aller ? Pas à ma propre église

– celle de Lakewood. C'était un ancien terrain de basket. Et parmi toutes les horreurs architecturales qui composaient la quatrième plus grande ville des États-Unis, saint Antoine lui-même n'aurait pas trouvé un meilleur endroit pour se rapprocher de Dieu que la cathédrale catholique de Houston. De ça, j'étais pratiquement sûr, même si je l'étais beaucoup moins de ne pas être en train de perdre purement et simplement mon temps. Après tout, à quoi servait d'invoquer un Dieu qui, j'en étais à peu près convaincu, n'existait pas ? Raison qui m'avait poussé à venir prier. Ça et peut-être aussi l'état de mon mariage.

Je choisis un banc tranquille face au transept du Sacré-Cœur, m'agenouillai et marmonnai ce qui ressemblait à des paroles pieuses. Levant les yeux vers le simple vitrail avec son cœur sacré, rouge et grotesquement désincarné, je fis de mon mieux pour définir le problème en question.

« Souffle en moi, ô Saint-Esprit, euh... que toutes mes pensées soient pures. Agis en moi, ô Saint-Esprit, que mon travail soit pur lui aussi... Ce qu'il n'est pas. Comment pourrait-il l'être ? Je vois des choses, ô Saint-Esprit, des choses terribles, qui me font douter que tu aies jamais existé dans un monde aussi merdique. Et je sais de quoi je parle, Seigneur.

« Prends ce cœur là-haut sur le vitrail du transept. Oh ! je sais ce qu'il est censé signifier : c'est la sainte Eucharistie, et il symbolise cet amour qui est Dieu, lequel, par amour pour nous, s'est fait homme parmi les hommes. Oui, je comprends bien.

« Mais quand je vois ce cœur, cela me rappelle Zero Santorini, le tueur en série de Texas City qui avait l'habitude d'arracher le cœur de ses victimes et de le laisser à côté du cadavre sur un petit nid de fil barbelé. (Une touche joliment sadique, ce fil barbelé, très hollywoodien ; utile aussi, parce que c'est ce qui nous a permis de le coincer. Le fil de fer était à triple galvanisation, de la clôture de champ de quinze centimètres de longueur de barbe, et Santorini en avait acheté vingt-cinq mètres chez Uvalco Supply, à San Antonio.) Bien sûr, je peux toujours me dire que je fais votre travail, Seigneur, mais ça n'empêche pas que vous auriez pu être dans les parages pour prêter main-forte aux dix-sept pauvres filles qu'il a assassinées.

« Certes, c'étaient en majorité des droguées et des prostituées, mais personne ne mérite de mourir ainsi, sauf peut-être Zero Santorini. D'après lui, il encourageait activement la plupart de ces filles à prier pour leur vie avant de les zigouiller ; et comme vous ne vous êtes pas montré avec un éclair dans une main et votre Saint-Esprit dans l'autre, il a pensé que vous lui donniez le feu vert pour leur tirer dessus avec un pistolet à clous. L'ironie dans le cas présent, bien sûr, c'est que Santorini guettait un quelconque signe que vous existiez réellement ; que, dans une situation extrême comme celle qu'il avait manigancée, vous auriez peut-être pu faire une apparition et dissiper ses inquiétudes tout à fait justifiées.

« Moi aussi, j'ai cru son histoire. D'une certaine manière, ses actes m'ont semblé plutôt logiques. Il a même pris des photos de ces pauvres filles alors qu'elles étaient agenouillées par terre, nues, les mains jointes en prière, ce qui paraissait corroborer sa version. Vous, en revanche..., eh bien, j'ai des centaines de bonnes raisons de ne pas vous croire.

« Si vous êtes là, tout ce que je demande, c'est de l'aide pour croire en vous. Je ne réclame pas un signe, comme Zero Santorini. Et je ne réclame pas non plus une existence ou un métier plus faciles. Je prie juste pour avoir la force de faire face à l'existence et au métier que j'ai déjà. Le fait est qu'au cours de mes dix années au sein du Bureau, pas une fois je ne vous ai vu régler un problème qui avait besoin de l'être. Pas une fois. Et j'ai comme l'impression que si tous les agents locaux de Justice Drive restaient couchés un matin, cette ville serait un foutoir encore pire qu'à l'heure actuelle. Je ne vous vois certainement pas vous charger des maboules dont je dois m'occuper dans la Division antiterroriste, Seigneur : les suprématistes blancs, les milices chrétiennes, les citoyens souverains, les extrémistes de l'avortement, les défenseurs des droits des animaux et de l'écologie, les séparatistes noirs et les anarchistes, sans parler des islamistes que les gars du contre-espionnage, de l'autre côté du couloir, doivent surveiller de près ces temps-ci. Je ne vous vois pas vous soucier de tout ça, Seigneur. En fait, je ne vous vois pas du tout. »

Je me relevai. Il était temps que je parte. La cathédrale se remplissait. Sans bruit, un prêtre s'approcha de l'autel et alluma plusieurs cierges. En haut, dans la tribune d'orgue, quelqu'un se mit à jouer un prélude de Bach.

Quittant le transept, je remontai l'allée centrale jusqu'à la façade sud, ne m'arrêtant que pour prendre le bulletin d'information de la paroisse dans une pile près de la porte, avant de sortir dans la chaleur d'une soirée d'été typique de Houston.

J'habitais une maison neuve, en pierre et en stuc, située au sud-ouest de Memorial Park, dans Driscoll Street. Depuis la chambre de la tour qui me servait de bureau, j'avais une bonne vue d'une rue de banlieue d'une banalité rassurante : un trottoir bordé de palmiers brûlés par le soleil implacable et des pelouses bien entretenues, presque toujours plus petites que le 4 × 4 étincelant garé à côté.

C'était une jolie maison, mais je n'en aurais jamais eu les moyens avec le salaire du FBI, raison pour laquelle Bob Coleman, le père de Ruth, nous l'avait achetée. Au début, on s'entendait plutôt bien, Bob et moi, mais c'était avant que je n'aie la bêtise – ses mots, pas les miens – de refuser un poste bien rémunéré dans un prestigieux cabinet d'avocats de New York pour aller à l'Académie de Quantico afin d'entrer au FBI. Bob affirmait que jamais il n'aurait donné son assentiment à notre mariage s'il avait pensé que je renoncerais à une carrière juridique par patriotisme malavisé. Bob et moi, on n'est pas d'accord sur bon nombre de sujets, et que je travaille pour le gouvernement fédéral n'est à ses yeux qu'une raison supplémentaire de me trouver antipathique et de se méfier de moi. Cela dit, j'éprouve la même chose à son égard.

Je déposai mes affaires sur le plan de travail et embrassai Ruth pendant plus longtemps que l'un de nous ne s'y attendait, après quoi elle laissa échapper une grande bouffée d'air et cligna des yeux comme si elle venait de faire la roue, puis sourit chaleureusement.

« Je n'en espérais pas tant, murmura-t-elle.

— Tu me fais un effet bizarre.

— J'en suis ravie. Je m'en voudrais de penser que je t'ennuie.

— Jamais. »

J'allai dans la chambre faire un brin de toilette.

« As-tu passé une bonne journée ? cria-t-elle.

— C'est toujours une bonne journée quand je rentre chez moi, mon amour.

— Ne dis pas ça, chéri. Ça me rappelle tout ce qui pourrait mal tourner quand tu n'es pas à la maison.

— Rien ne tournera mal. Je te l'ai déjà dit. J'ai de la chance. » Je me pulvérisai du désinfectant antiviral sur les mains ; je devais penser que ce truc était un antidote contre les petites fripouilles que je passais le plus clair de mon temps à essayer d'attraper. « Où est Danny ?

— En train de jouer dans la cour. »

Lorsque je revins dans la cuisine, elle avait le bulletin d'information du Sacré-Cœur à la main.

« Tu es allé à la cathédrale ?

— Je me trouvais dans le coin, alors j'ai décidé de faire un saut pour voir si l'évêque Coogan était là. Tu te souviens d'Eamon Coogan.

— Bien sûr. »

Aujourd'hui archevêque émérite de l'archidiocèse de Galveston-Houston, Eamon Coogan était un vieil ami de ma mère, originaire de Boston, où ma famille s'était installée après notre départ d'Écosse.

J'allai chercher une bière fraîche dans le réfrigérateur.

« Et il y était ? demanda-t-elle gentiment.

— Je ne sais pas. »

Elle éclata de rire.

« Tu ne sais pas ? »

Sur ce, elle devina que je mentais, car Ruth savait toujours quand je mentais. Après la faculté de droit de Harvard, elle avait travaillé comme substitut au bureau du procureur de New York, où elle avait fait preuve d'un réel talent en matière de poursuites et de contre-interrogatoire.

« Ah ! je comprends. Tu es allé là-bas pour te confesser, n'est-ce pas ?

— Non. »

J'ouvris d'une secousse la bouteille puis aspirai le contenu.

« Pour prier, alors. » Elle secoua la tête et sourit. « Dans ce cas, pourquoi ne pas le faire à notre propre église, Gil ?

— Parce qu'elle ne donne pas l'impression d'être une église. Tu sais, chaque fois que je suis à l'intérieur, je ne peux pas m'empêcher de chercher la tribune des journalistes et le vendeur de hot-dogs. »

Elle rit.

« C'est injuste. Il s'agit d'un simple bâtiment. Je ne crois pas que Dieu ait besoin de vitraux pour se sentir chez lui. »

Je haussai les épaules.

« Il y a quelque chose qui ne va pas, chéri ?

— Non, mais je pense avoir répondu à ta première question sur le genre de journée que j'ai eu. »

Danny apparut à la porte et, me voyant, fonça dans ma direction comme un bélier humain ; j'eus à peine le temps de protéger mes parties intimes avec mes mains avant que sa grosse tête étonnamment dure n'entre en contact avec mon aine.

« Papa ! hurla-t-il, entourant mes jambes de ses petits bras.

— Danny. Comment vas-tu, mon grand ?

— Bien, répondit-il. Je n'ai pas du tout été méchant. Et je n'ai pas frappé Robbie. »

Je surpris dans le regard de Ruth une lueur qui semblait contredire ce déni spontané.

« Robbie ?

— Le fils des Murphy, expliqua-t-elle. De l'autre côté de la rue. (Elle hocha la tête.) Ils ont eu une petite altercation.

— Je te l'ai dit. Je n'ai pas frappé Robbie. Il est tombé par terre.

— Danny, fit Ruth. On en a déjà discuté. Ne mens pas à ton père. »

Je souris.

« Tiens-t'en à ta version, gamin. Ne craque jamais pendant un interrogatoire. »

Danny alla se laver les mains à l'évier. Ruth était déjà en train de servir le dîner, et ce fut pour moi le signal d'ôter le Glock fixé à ma hanche. Ruth n'avait rien contre les armes à feu – elle était du Texas, après tout –, mais elle préférait que je l'enlève avant de m'asseoir pour manger et réciter le bénédicité.

Je disais une prière avant chaque repas à la maison, mais en l'occurrence le cœur n'y était pas. Au lieu du bénédicité habituel – « Dieu tout-puissant, dispensateur de tous les biens, reçois nos louanges et bénis notre nourriture » –, je me retrouvai à prononcer des paroles beaucoup moins déférentes :

« Pour les assiettes bien remplies et les coupes pleines à ras bord, et pour la libération de la corvée de vaisselle, nous te remercions, Seigneur. Amen. »

Ruth s'efforça d'endiguer un sourire.

« Eh bien, voilà qui est nouveau », dit-elle.

Un fois le repas terminé, je mis Danny au lit et lui lus une histoire, puis je rejoignis mon bureau dans la tour, où elle vint me retrouver un peu plus tard.

« Tu veux que j'aille te chercher une autre bière, mon chou ? »

Ruth, pour sa part, ne buvait pas, mais ça ne semblait pas la déranger que je le fasse. Pas encore.

« Non, merci, chérie. »

Debout derrière moi, elle me massa le cou et les épaules pendant un moment.

« Tu as l'air un peu distant ce soir. »

J'eus soudain envie de lui dire quelque chose – il fallait absolument que je le raconte à quelqu'un –, même si cela risquait de provoquer une dispute. L'Église occupait une place importante dans la vie de Ruth.

« Tu te souviens que je t'ai parlé de cette bande de suprématistes blancs à moto qui se fait appeler les Troupes d'assaut du Texas ? »

Ruth hocha la tête.

« On a mis sur écoute un bar fréquenté par la bande, à Eastwood. Eh bien, aujourd'hui, j'en ai entendu trois qui discutaient de meurtres commis en 2007. Deux femmes noires avaient été violées et assassinées dans le Southside.

— Quelle horreur !

— Je ne voulais pas te le dire. Mais il était clair, d'après leur conversation, que c'étaient les Troupes d'assaut qui avaient perpétré ces meurtres. »

Ruth eut un haussement d'épaules.

« Alors c'est très bien, non ? Maintenant, vous allez pouvoir les arrêter.

— On a déjà envoyé quelqu'un en taule pour les meurtres en question. Un certain José Samarancho. J'ai travaillé quelque temps aux Crimes violents quand on a déménagé à Houston, tu te rappelles ? C'est notre équipe qui a permis sa condamnation.

— Alors cet élément de preuve devrait permettre de l'innocenter, non ? »

Elle ne comprenait toujours pas, et je pouvais difficilement le lui reprocher.

« Ça l'aurait innocenté si José Samarancho était encore en vie. Il a été exécuté le mois dernier à Huntsville. »

Ruth s'assit à ma table et pinça les lèvres.

« C'est affreux. Mais tu ne dois pas te sentir coupable, mon chéri. Ce n'est aucunement de ta faute.

— Bien sûr que je me sens coupable. Je n'ai pensé qu'à ça toute la journée. (Je secouai la tête.) J'étais là quand il a pris la sauce. J'étais là, Ruth. »

Elle fronça les sourcils.

« Mais s'il a été condamné en 2007, on aurait pu s'attendre à ce qu'il soit encore en vie. Je veux dire, la procédure d'appel peut prendre des années, même au Texas.

— José Samarancho était un voleur de voitures. Il a eu le malheur de piquer une bagnole appartenant à une des deux femmes mortes, de sorte qu'il y avait ses empreintes un peu partout. Le véhicule avait été abandonné dans le parking où les Troupes d'assaut les avaient enlevées. Samarancho volait des voitures pour financer sa consommation de drogue, laquelle lui occasionnait des trous de mémoire ; et quand on lui a présenté les preuves de sa présence dans la voiture de la femme assassinée, il a admis avoir très bien pu commettre les meurtres, et avoué quelque chose qu'il n'avait pas fait parce que je le lui avais fourré dans le crâne. Sa cervelle en charpie a même réussi à déterrer un souvenir chimérique de lui en train de les tuer et, par un hasard extraordinaire, tous les détails de son histoire étaient justes. Il n'a pas fait appel de la peine capitale parce qu'il croyait dur comme fer être le coupable et mériter par conséquent la mort. » Je secouai la tête avec amertume. « Alors même qu'il était sanglé sur le lit avec la sauce raccordée à ses veines, il priait le Seigneur de lui pardonner. Ce pauvre imbécile est mort persuadé qu'il avait commis deux meurtres horribles et en s'attendant à aller en enfer.

— Et qu'est-ce que tu veux dire ?

— Je ne sais pas. »

C'était lâche de ma part, mais je pensais qu'il valait mieux désamorcer la situation, dans notre intérêt mutuel.

« Il arrive à tout le monde d'avoir des doutes de temps à autre, dit-elle en me serrant tendrement la main. C'est ce qui fait que la foi est ce qu'elle est. »

Elle s'agenouilla à côté de ma chaise, et je me mis à lui caresser les cheveux tandis qu'elle posait la tête sur mes genoux.

« Tu es fatigué et tu as eu une mauvaise journée. Viens te coucher et laisse-moi arranger ça.

— Quelqu'un est mis à mort à cause de moi, et tu appelles ça une mauvaise journée ?

— Ce n'était pas à cause de toi. Tu parles comme si personne d'autres n'était impliqué. Il y avait des procureurs et des…

— Je ne saurais excuser le rôle que j'ai joué dans la mort de cet homme. Dieu sait que j'aimerais bien.

— Mais Dieu le peut. C'est là le point essentiel.

— Peut-être qu'il n'y a pas de Dieu. Peut-être que c'est ça, le point essentiel.

— Tu ne crois pas une chose pareille, mon chéri. Tu sais bien que c'est faux.

— Vraiment ? » Je poussai un soupir. « En fait, j'en suis même convaincu. »

2

L'immeuble du FBI à Houston se dressait juste devant la « Loop », comme les habitants appellent la I-610, dans le nord-ouest de la ville. Du fait de sa proximité avec notre seul voisin immédiat, la banque Wells Fargo, les gens travaillant là se seraient sans doute sentis plus en sécurité s'ils n'avaient gardé en mémoire que c'était le quartier général du FBI à Oklahoma City que Timothy McVeigh avait pris pour cible lorsque, en 1995, il avait fait exploser la bombe qui avait tué cent soixante-huit personnes et en avait blessé plus de quatre cent cinquante, en représailles à ce qui s'était passé à Waco[1]. Je ne peux pas répondre pour Wells Fargo, mais nous avions une politique de sécurité très stricte. En quartzite bleu-vert, les sept étages de l'immeuble du FBI étaient revêtus de verre réduisant la chaleur et aussi à l'épreuve des balles. Ce qui était une pensée réconfortante dans un État où la population possédait plus de cinquante millions d'armes à feu.

Si, en mentionnant cette statistique sur la détention d'armes, je donne l'impression de m'en plaindre, c'est parce que, comme presque tout un chacun dans cette ville transformée en fournaise mais ayant le sens de la repartie, je viens d'ailleurs. Houston est un endroit où l'on va, pas un endroit d'où l'on

---

1. Au printemps 1993, après six semaines de siège, le FBI avait mené un assaut sanglant contre la secte des Davidiens à Elk, près de Waco, au Texas. *(Toutes les notes sont du traducteur.)*

vient, et c'est particulièrement vrai des gens du Bureau. Après avoir terminé l'Académie du FBI, la plupart d'entre nous vont là où on les envoie, qui n'est pas nécessairement ce que nous aurions choisi. Par conséquent, Houston n'est pas une ville que nous connaissons bien, la plupart de mes collègues et moi. Non qu'il y ait grand-chose à connaître. Houston se résume à une pelote d'autoroutes grillées par le soleil, de parkings souterrains, d'églises en bord de route, de centres commerciaux climatisés, de parcs arides disséminés çà et là, de clubs de loisirs pour les riches et de gratte-ciel rectangulaires. Galveston se trouve à moins d'une heure de voiture, mais, après le dernier ouragan, ce n'est plus guère qu'une ville fantôme. La côte du Golfe a fort peu à offrir, à part la route du nord retournant à Houston.

Tandis que vous approchez de la ligne d'horizon étincelante du centre-ville, vous vous protégez les yeux des reflets du soleil et, en comparant le paysage urbain à celui de New York ou de Chicago, peut-être trouverez-vous que le besoin d'une maîtrise de l'aménagement de la ville est encore plus urgent que celui du contrôle des armes à feu. Ce sont ces bâtiments géants, et non quoi que ce soit ayant à voir avec la drogue ou les armes, qui constituent le plus grand crime au Texas ; et notre bureau régional ne faisait pas exception.

À l'intérieur de l'immeuble du FBI, l'air est aussi frais et tranquille que dans un musée. Il y a même d'insipides œuvres d'art modernes, quelques pièces exposées dans une vitrine et une boutique de souvenirs où l'on peut acheter depuis un stylo ou une paire de boutons de manchettes en or du FBI jusqu'à une tasse à café. Ailleurs, il y a tout ce qu'il faut pour rendre la vie plus facile à un agent : un salon de coiffure, un médecin, un dentiste, une banque et, bien entendu, un gymnase parfaitement équipé. Grâce au père de Ruth, nous avions, elle et moi, une carte de membre du Houstonian Club et l'usage d'une salle de gym de la taille d'une usine automobile, mais ils n'appréciaient guère qu'on y porte une arme. Je n'ai jamais beaucoup aimé laisser mon pistolet dans ma voiture, même quand je joue au tennis, aussi je préférais commencer ma journée par une séance d'entraînement dans l'immeuble du FBI et prendre ensuite le petit déjeuner à la cantine. J'étais habituellement à mon bureau à 8 h 30.

Nous formions un groupe tout ce qu'il y a de chic. À moins d'être sur le terrain, les hommes portaient pour la plupart une chemise blanche et une cravate discrète, et nous cirions nos chaussures et surveillions nos manières. À cet égard, nous restions les enfants de Hoover. La principale différence avec l'époque de Hoover, c'était le nombre de femmes. On les appelait des queues fendues en raison du style de jupe qu'elles mettaient en général. Elles étaient plus de deux mille au FBI, dont ma propre patronne, l'agent spécial adjoint responsable Gisela DeLillo.

Originaire de North Beach, à San Francisco, Gisela était une ex-juriste, tout comme moi. J'ignore ce que Hoover aurait fait d'elle, mais j'aimais bien Gisela. D'une certaine manière. Elle était promise à un des postes de direction. Ayant rassemblé mes dossiers et mes notes, je me rendis à son bureau pour un examen informel des dossiers de la semaine. Elle avait dix ans de plus que moi, mais j'étais encore assez jeune pour aimer ça chez une femme.

Gisela était assise dans le coin d'un long canapé en cuir, sans chaussures, ses jambes nues repliées sous son postérieur bien galbé. Elle n'était pas particulièrement grande, mais elle avait une façon de marcher qui la faisait paraître bien plus que sa taille, comme une danseuse de ballet qui en impose. Ses cheveux d'un noir de jais étaient rassemblés au sommet de sa tête. On aurait dit la méchante sœur d'Audrey Hepburn.

Il y avait une tasse de café en équilibre sur la paume de sa main, une bonne petite tasse avec une soucoupe et une cuillère.

Elle avala bruyamment une gorgée et indiqua d'un signe de tête une superbe machine à expresso rouge.

« Vous en voulez un ? »

Je secouai la tête.

« Les Troupes d'assaut, ça vous dit quelque chose ?

— J'ai lu le rapport d'enquête. Vous devez vous en vouloir.

— Je m'en remettrai.

— C'est pour ça que nous venons travailler, n'est-ce pas ? Parce que nous sommes optimistes.

— En ce moment, mon optimisme a besoin de lunettes. Et je ne parle pas seulement de José Samarancho. Beaucoup de haine circule dans cette ville. Et pas assez de paix et d'amour. Ce qui me fait penser. Il y a cette histoire de Deborah Ann Blundy.

— La criminelle de l'Armée de libération des Noirs qui figure sur la liste des personnes les plus recherchées, c'est ça ? Elle a tué un flic par balle dans le District de Columbia en 1969.

— Elle vit depuis lors au Mexique. Sauf que nous avons eu un tuyau d'un ancien membre de l'Armée de libération comme quoi elle se trouverait ici, à Houston. La génération des séparatistes noirs de *Shaft* et *Superfly* n'a pas grand-chose en commun avec les militants noirs d'aujourd'hui. Mais il est possible qu'elle essaie de prendre contact avec eux. Auquel cas, je suis convaincu que ma source me le fera savoir.

— OK. Quoi d'autre ?

— Avez-vous lu le message que je vous ai envoyé au sujet du groupe HIDDEN ?

— Oui. Mais rappelez-moi ce que ça veut dire.

— *Homeland Internal Defense Delivering Enforcement Now*[1].

1. « Application immédiate des mesures de défense opérationnelle du territoire ».

— Je doute que ça fasse un tabac de sitôt.

— Certes, ce n'est pas l'OTAN ni l'IRA, mais ils ne se prennent pas moins au sérieux. Ce sont tous d'anciens militaires. Possédant des relations et formés à utiliser l'engin sur lequel ils essaient de mettre la main. Le Switchblade. En gros, il s'agit d'un missile tactique équipé d'une ogive de un kilo et demi qui peut être lancé depuis un tube de sept centimètres de diamètre transportable dans un sac à dos. On le guide vers la cible via une petite caméra fixée sur le nez du missile. Il suffit de le déplier et de faire feu. Avec une envergure de un mètre vingt, il n'est pas plus grand qu'un avion miniature. Pour dix mille dollars seulement, il est à vous.

— De qui veulent-ils la peau ?

— Ils semblent avoir une dent contre les Juifs. Ils sont persuadés que les guerres du Golfe ont été menées sur l'ordre des Israéliens et que leurs copains tués en Irak ont été victimes d'un complot juif. Du christianisme anabolique. Des Marines adeptes de Jésus dopés à l'antisémitisme. Théories du complot Internet, exception américaine et beaucoup trop de protéines. »

Gisela poussa un soupir et vida sa tasse.

« Vous êtes sûr de ne pas en vouloir ?

— Je crois que je vais en prendre un maintenant. » Je marquai une pause. « D'après nos informations, ils projettent de tirer un de ces Switchblade contre la congrégation Beth Israel, dans North Braeswood Boulevard.

— Un quartier agréable », dit-elle en se levant.

Elle posa une tasse sous le bec verseur et appuya sur un bouton. La machine émit des grincements puis vomit un torrent de liquide brun sombre fortement parfumé.

« Pour le moment.

— On a reçu ce dossier du RCFL, c'est ça ? »

Gisela me tendit la tasse de café sur une soucoupe avec une petite serviette et une cuillère.

« De Ken Paris ? »

Le Bureau avait plus d'acronymes que le Dow Jones. Sinon on y passerait toute la journée et les méchants prendraient la poudre d'escampette avant qu'on n'ait fini de dire Regional Computer Forensics Lab, le service chargé de la délinquance informatique. Ken Paris était un agent spécial du RCFL, dont les locaux étaient situés à quelques pâtés de maisons au nord de Justice Drive. Lui et son équipe de spécialistes des nouvelles technologies consacraient le plus clair de leur temps à copier des données contenues dans toute une variété de dispositifs numériques saisis au cours d'enquêtes criminelles, puis à les analyser pour dénicher des éléments de preuve.

« La police de Galveston a arrêté des gosses qui jouaient les fournisseurs d'accès clandestin à bord d'un vieux pétrolier amarré dans Trinity Bay. »

Je m'interrompis un instant pour avaler une gorgée de café.

« On devrait mettre votre machine sur un chariot d'urgence au centre de cardiologie Debakey. Ça fait un sacré choc, pas vrai ? »

Gisela sourit.

« Après avoir passé au peigne fin tous les serveurs, continuai-je, Ken s'est mis à examiner les comptes de leurs clients. En même temps qu'une énorme quantité de pornographie sur Internet, il a trouvé le site Web de HIDDEN ainsi que des échanges de mails avec une société d'armement illégale installée au Costa Rica. D'après la Division des enquêtes criminelles de l'armée, il pourrait s'agir des mêmes individus qui ont volé un lot de Switchblade dans un hangar militaire en Californie.

— Dites-moi qu'ils n'ont pas encore ce Switchblade.

— Je ne pense pas qu'ils aient réuni assez d'argent. Mais maintenant que leur opérateur Internet a disparu, j'aimerais mettre sur écoute le chef de HIDDEN. Un certain Johnny

"Sack" Brown. Le seul problème, c'est qu'il se sert uniquement de Skype pour ses communications, lesquelles se font entre utilisateurs et ne nous offrent pas de localisation centrale pour établir une écoute. C'est du moins ce que me dit Vijay au DCSNet. »

Le DCSNet était le système de surveillance pointer-et-cliquer du Bureau : il suffisait de choisir un nom et un numéro de téléphone sur un écran d'ordinateur et de cliquer à l'aide de la souris pour mettre le téléphone sur écoute. Ça marchait avec les lignes fixes et les portables, et fournissait des enregistrements proches de la haute-fidélité.

« Maintenant, dites-moi ce qui se passe avec les membres du Front de libération de la terre. »

Je me mis à astiquer ma cuillère ; j'avais fini le café, mais ça me permettait de m'occuper les doigts.

« Vous en avez tiré quelque chose ? demanda-t-elle.

— Je ne pense pas que l'une ou l'autre des femmes soient intéressées par une négociation de peine. Je leur ai montré la séquence de vidéosurveillance où elles mettent le feu au poste des gardes de l'île de Galveston et au lotissement près de la réserve ornithologique d'Audubon. Elles sont clairement identifiables toutes les deux, mais elles m'ont ri au nez. »

Gisela acquiesça.

« Bon. À présent, j'ai quelque chose pour vous.

— Si c'est un autre café, je doute que mon cœur puisse le supporter. »

Elle secoua la tête.

« À votre arrivée au bureau régional de Houston, vous vous êtes occupé de crimes violents, n'est-ce pas ?

— Ça ne s'oublie pas. Je continue à faire des rêves intéressants.

— Gil, j'aimerais que vous alliez voir Harlan Caulfield. Il semble penser que ces meurtres en série comportent un aspect religieux.

— Il a l'intention de refiler ça à la Division antiterroriste ?

— Il cherche de nouvelles idées, peut-être.

— Vous en êtes sûre ? La dernière nouvelle idée qu'ils ont aimée au Texas, c'est l'injection létale.

— Toute attitude irrationnelle dirigée contre une catégorie quelconque de citoyens pourrait affecter votre cote de sécurité, Martins. Et vous feriez bien de vous rappeler que Harlan est originaire du Texas. »

3

« Mais où se trouve San Saba, d'ailleurs ? C'est près de quelque part ? »

Harlan Caulfield se renversa dans son fauteuil et joignit ses grosses mains derrière sa tête en forme de poire.

« Si c'est près de quelque part ? San Saba est la capitale mondiale de la pacane. Autrement dit, elle ne présente aucune caractéristique particulière.

— Je me félicite d'avoir posé la question.

— Nous finirons par faire de vous un Texan, fiston.

— C'est bien ce qui m'inquiète.

— Comment va votre estomac, ces temps-ci ? » demanda-t-il en faisant le tour de son bureau.

Il tenait un présentateur sans fil Powerpoint.

« Vous allez me montrer quelques-uns de vos clients ? Parce qu'il vaudrait mieux m'avertir avant. Je n'ai jamais beaucoup aimé la vue d'un cadavre. »

Harlan sourit.

« Je savais bien qu'il y avait une raison pour laquelle je ne vous portais pas dans mon cœur, Gil Martins. (Il ricana.) Je vous préviendrai quand il vous faudra voir du lourd, d'accord ? »

Il pressa un bouton. Une série de visages, masculins et féminins, apparut sur l'écran de son PC.

« Kimberley Gaines, Gil Kemer, Brent Youman, Vallie Lorine Pyle, Clarence Burge Junior. »

Mais je savais déjà qui et ce qu'ils étaient. Leur photo souriante d'annuaire de collège apparaissait régulièrement en première page du *Chronicle* ; c'étaient les cinq victimes d'un tueur toujours actif dans la région de Houston-Galveston, toutes abattues au cours des seize derniers mois.

« Ce que tous ces individus avaient en commun, c'était d'être de braves gens. Et je pèse mes mots. Normalement, les tueurs en série ont tendance à s'attaquer à des faibles, des défavorisés ou des délinquants. Mais ces cinq-là n'étaient pas seulement des membres respectés de la communauté, ils étaient bien plus que ça.

« Kimberley Gaines, infirmière diplômée, faisait partie de l'Église de l'unification. Ancienne volontaire du Corps de la paix, elle venait de Haïti, où elle avait participé à la mise sur pied du centre de traitement du choléra financé par le fonds de secours. Au moment de son assassinat, elle s'apprêtait à se rendre en Somalie au titre de la contribution des Nations unies pour aider les victimes de la crise alimentaire dans la Corne de l'Afrique.

« Gil Kemer avait créé un centre de désintoxication de la drogue et de l'alcool pour les sans-abri ici, à Houston. Il n'appartenait à aucune organisation religieuse ou fondée sur la foi. En plus de diriger le centre lui-même, il recueillait l'argent nécessaire. Il y a deux ans, Kemer a reçu un prix humanitaire de la section de Houston de la Drug Free America Foundation.

« Brent Youman était le seul médecin aux pieds nus d'Amérique. En Chine, où l'idée a vu le jour, les médecins aux pieds nus sont pour l'essentiel des fermiers possédant une formation paramédicale et faisant office de fournisseurs de soins de santé primaires au niveau local. Médecin à part entière, Brent Youman sillonnait le Texas, soignant les gens n'ayant pas les moyens de payer les honoraires d'un praticien. Soit probablement quiconque n'est pas membre du

Houstonian Club. (Harlan fronça les sourcils.) Vous êtes membre du Houstonian, Martins ?

— Ma femme, Ruth. C'est elle qui a le fric. Sans elle, on me virerait à coups de pied aux fesses. »

Harlan ferma les yeux et sourit.

« Vous me pardonnerez si je garde un instant cette image à l'esprit. »

Je souris à mon tour.

« Passez donc un de ces jours et nous ferons une partie de tennis.

— Le temps où je jouais au tennis est derrière moi. » Ses yeux se plissèrent. « Brent Youman. Juste avant son assassinat, il avait été sélectionné pour un prix récompensant des personnes ayant apporté une contribution exceptionnelle à la santé publique. Il a reçu le prix à titre posthume, dont la remise a eu lieu *in absentia* à l'occasion d'une cérémonie spéciale lors de l'Assemblée mondiale de la santé. »

Je hochai la tête et plaçai mon BlackBerry à angle droit avec mon stylo et mon bloc-notes ; il n'y avait rien de vraiment mal dans la façon dont ils étaient posés jusque-là, mais je ne peux pas supporter que mes affaires n'aient pas l'air propres et bien rangées ; en outre, je n'avais rien de plus utile à faire de mes dix doigts.

« Un type formidable, apparemment.

— Vous commencez à piger. Écoutez, personne ne mérite d'être assassiné. Enfin, peut-être quelques-uns. Mais il y a des gens dont la conduite vous incite à penser qu'ils auraient mérité mieux qu'une balle dans la tête. Vallie Lorine Pyle et Clarence Burge Junior étaient de ceux-là. Vallie Pyle avait fondé Kidneys R'Us. Ce n'est pas une blague, soit dit en passant, mais un réseau altruiste de donneurs de reins installé ici à Houston. Depuis qu'elle avait donné un de ses propres reins à une totale inconnue, elle s'était occupée d'une soixantaine de dons d'organe, avant d'être tuée. Clarence Burge était un prêtre catholique de Texas City. Après le passage de l'ouragan Katrina, il avait quitté l'Église pour créer une entreprise de construction afin de rebâtir les écoles détruites ; travaillant pratiquement seul, il avait réussi à en rebâtir cinq.

— Qu'en disent les gars des sciences du comportement ?

— Que les victimes ont été choisies en raison de leur élévation morale. Que le coupable est un individu haïssant les êtres bons. Ou qui envie leur bonté et aimerait être bon lui-même.

— Un crime de ce style serait beaucoup plus logique si le coupable se considérait comme quelqu'un de mauvais luttant contre les forces du bien. Une sorte de disciple du diable, de club des feux de l'enfer.

— Ce qui signifie ?

— Je me suis intéressé à ce genre de conneries, dis-je. Vous savez, ces bouquins sur le satanisme…

— Y a-t-il à votre connaissance des satanistes ou des adorateurs du diable dans les alentours ?

— Oh ! je suis sûr qu'il y en a. On est en Amérique, et le premier amendement autorise la pratique de toute religion, quelle qu'elle soit.

— Je ne parle pas de religion, Martins, objecta Harlan. Je parle de sorcellerie et de ce genre de merdes.

— En vertu du premier amendement, chacun a le droit d'appeler à peu près tout et n'importe quoi une religion. Aujourd'hui, les sorcières de Salem pourraient probablement invoquer la clause de libre exercice, même si elles étaient coupables. Mais, que je sache, il n'existe aucun groupe semblable au Texas qui fasse des prédications, et dont l'idéologie tomberait sous le coup des lois fédérales. Mais je peux me renseigner, si vous voulez.

— Je suis à court de bonnes idées, en l'occurrence. De mauvaises aussi, pour être franc. Alors allez-y, faites donc. »

Je ramassai mes affaires sur son bureau et commençai à me lever de ma chaise.

« Attendez une minute, fit Harlan. Vous n'allez pas partir sans avoir vu l'intégralité du spectacle. »

Il prit le présentateur PowerPoint et se mit à faire défiler des clichés macabres pris à la morgue. Les victimes avaient toutes été abattues à bout portant, de plusieurs coups de feu, avec une arme de petit calibre, comme en témoignaient les orifices des blessures d'entrée sur leur tête et leur visage. Brent Youman avait reçu une balle dans l'œil, qui avait jailli de son orbite et faisait penser à une huître suspendue au bord de la coquille. Les blessures de sortie étaient un peu plus impressionnantes : l'arrière du crâne de Vallie Pyle avait été littéralement soufflé, révélant tout un fichu rayon de boucherie composé de cervelle et de tissu.

« Tous ont été tués avec un Walther calibre .22, dit Harlan. Tirant des balles courtes à bout plat, et équipé d'un silencieux Gemtech. Le tueur opère presque toujours la nuit ou très tôt le matin, et hors de portée des caméras de vidéosurveillance.

— Donc il n'a pas envie d'avoir sa photo dans le journal. »

Harlan secoua la tête.

« Oh ! je l'aurai. Même si je dois faire tout le tour de la ville en chantant des cantiques habillé en bonne sœur, je finirai par avoir ce fils de pute. »

Je songeai à faire une plaisanterie à ce sujet puis écartai cette idée. Harlan était beaucoup trop imprévisible pour qu'on lui balance une vanne sur les agents du FBI qui se travestissent.

« Je vois que la première victime a été tuée le 29 juin, dis-je.

— Et alors ?

— C'est la fête des saints Pierre et Paul. Dans le calendrier catholique, c'est une journée sainte. »

Harlan me tendit une feuille de papier imprimée.

« Est-ce que ces autres dates vous évoquent quelque chose ? »

Je jetai un coup d'œil à la liste.

« Non.

— Vous êtes catholique, Martins ?

— Je suis ce qu'on pourrait appeler un athée allant à l'église. Ou peut-être un agnostique. Je ne sais pas. »

Harlan sourit.

« Ma femme, Molly, elle, en pince pour Jésus. Je me contente de suivre le mouvement parce que c'est plus facile que de se crêper le chignon et de sauter le dîner du dimanche. De même, elle va voir les Astros, bien qu'elle ait cessé de croire en eux depuis longtemps.

— C'est le genre d'athéisme qui se comprend facilement. »

Harlan ne releva pas ; les arguments en faveur des Astros, l'équipe de base-ball de Houston, étaient, à tous égards, indéfendables.

« À quelle église est-ce que vous allez, fiston ?

— Lakewood.

— Vous m'en direz tant. Moi aussi. » Harlan se remit à sourire. « Comment se fait-il que je ne vous y ai jamais vu, Martins ?

— C'est un peu comme si vous me demandiez pourquoi vous ne m'avez jamais vu au base-ball. Les Astros se satisferaient d'une foule comme celle qu'ils rassemblent habituellement à Lakewood.

— Est-ce ainsi que vous avez rencontré votre femme ? À Lakewood ?

— On s'est rencontrés pendant nos études de droit à Harvard. À ce moment-là, on n'était pas particulièrement portés sur la religion ni l'un ni l'autre. Jusqu'à ce qu'on vienne vivre à Houston. On s'est mis à aller à l'Église de Lakewood, parce qu'on était devenus tous les deux croyants. Moi inclus. Même si, dans mon cas, j'ai complètement oublié pourquoi.

— À présent, je pige. Vous accusez le Texas de lui avoir mis dans la bouche tout un tas de boniments sur l'amour de Dieu, pas vrai ? Elle mouille à fond pour Jésus et vous vous figurez que c'est nous qui lui salopons ses petites culottes.

— Non.

— Bien sûr que si. C'est aussi évident qu'un étron dans un bol de riz. (Il hocha la tête.) Laissez-moi vous dire une chose, fiston. Ça n'a rien à voir avec le Texas. » Harlan se fendit d'un grand sourire. « Beaucoup de Texans ne croient pas en Dieu. Vous ne l'aviez pas remarqué ? Raison pour laquelle nous avons tellement d'armes à feu. Au cas où il n'existerait pas. »

4

Dans la plupart des églises, j'aurais pu somnoler pendant le culte du dimanche matin sans que quiconque s'en aperçoive. Mais Lakewood était une Église du genre interactif, et le service ressemblait davantage à un show à Las Vegas. Il était bruyant et exigeait une participation active de l'assistance, en chantant ou simplement en sautant, plein de la joie de Jésus. Ce qui m'avait plu quand on s'était mis à y aller. Mais pas ces derniers temps. Pour ma part, je n'aurais pas eu moins envie de sauter si mes pieds avaient été cloués au sol.

En revanche, Ruth était dans un état d'extase. Les yeux clos, un sourire béat illuminant son visage, elle levait les mains en l'air comme pour attraper quelques rayons de la grâce céleste du Seigneur. Elle mettait tout son être à chanter avec le chœur et l'orchestre de rock de vingt exécutants, alias le Lakewood Church Worship, sans parler de l'énorme et frénétique assemblée qui participait elle aussi à ce numéro de dévotion moderne. Les chants de louange de Lakewood – personne n'appelait ça des cantiques parce qu'il aurait été impossible de vendre des cantiques sur un CD à dix dollars dans la boutique de l'église – étaient diffusés sur un écran géant au-dessus de nos têtes, mais Ruth n'en avait guère besoin. Elle connaissait comme moi les « droits Miranda » que je devais réciter à chaque arrestation.

Naturellement, Ruth était loin d'être seule dans son extase. Vers l'avant de l'église, et à quelques rangées derrière le pasteur et la Barbie munie d'une bible qui était sa rose de l'Alabama d'épouse, tous semblaient plus que légèrement touchés par le Saint-Esprit. Les gens tapaient dans leurs mains, pressaient leur cœur et battaient l'air de leurs poings en criant « Alléluia ! » comme s'ils venaient de gagner à la loterie de l'État du Texas, ou qu'ils avaient envoyé un troisième homme nommé Bush à la Maison-Blanche.

C'est-à-dire tous sauf moi. Je m'asseyais chaque fois que je pensais pouvoir m'en tirer impunément ; et quand j'étais debout, je faisais un grand sourire débile dès qu'un de mes voisins proclamant la bonne nouvelle croisait mon regard fuyant. Mais c'était le regard de Ruth que je désirais par-dessus tout éviter. M'asseyant, j'inclinai la tête en espérant faire croire que je priais.

En sentant un coup de coude dans mes côtes, j'ouvris brusquement les yeux pour rencontrer les prunelles perçantes de Ruth. Et, satisfaite d'avoir à présent mon attention, elle indiqua d'un signe de tête ma jambe croisée où l'étui de cheville Velcro contenant mon Baby Glock 26 était maintenant exposé au grand jour.

Je haussai les épaules, l'air penaud, et reposai mes pieds par terre, de sorte que le Glock n'était plus en vue, mais il était trop tard ; Ruth secouait la tête. J'avais été jugé et classé comme n'étant pas à la hauteur. Surtout après l'offense quasiment inexcusable dont je m'étais rendu coupable la veille au soir. Pendant que je regardais les Celtics à la télévision, Ruth avait passé l'aspirateur dans mon bureau et découvert mon stock secret de livres soigneusement rangés mais interdits. Non pas une collection pornographique de choix, mais une petite bibliothèque de « nouveaux athées », qui soutenaient que la religion ne devait pas être simplement tolérée, mais dénoncée activement comme une imposture au moyen d'arguments rationnels – des types tels que Richard Dawkins, Daniel Dennett, Christopher Hitchens et le propre iconoclaste de Houston, Philip Osborne. Ruth considérait ces auteurs comme les quatre cavaliers de l'Apocalypse.

« Chéri, avait-elle dit en brandissant une copie de *Dieu n'est pas grand*, à mon avis le meilleur de mes livres pornoathées. Je ne peux pas croire que tu lises ça. Je pensais que notre maison était une maison chrétienne.

— Elle l'est, Ruth. Je vois la dîme qui quitte tous les mois mon compte en banque pour l'Église de Lakewood.

— Pas si tu lis des livres de Richard Dawkins et de Christopher Hitchens.

— Penses-tu vraiment que lire un bouquin de Christopher Hitchens fait de quelqu'un un athée ? Lire la Bible ne fait pas de toi une chrétienne. Beaucoup d'athées lisent la Bible. »

Je coupai à contrecœur le son du match pour lui accorder toute mon attention, ce qui ne m'enchantait guère, les Celtics de Boston étant mon équipe favorite, mais il n'y avait pas moyen d'éviter cette discussion. Plus maintenant. Nous savions tous les deux qu'elle n'avait que trop tardé.

Ruth poussa un soupir.

« Et si Danny te pose des questions sur l'athéisme ? Et sur Charles Darwin ? Qu'est-ce que tu lui répondras ?

— Si tu veux lui expliquer que le créationnisme fournit toutes les réponses, alors très bien, c'est exactement ce que nous lui dirons. Je pense qu'un gosse a besoin de la religion quand il est jeune. Enfin, je sais que c'était mon cas.

— Et une fois adulte ? Tu mets ces enfantillages de côté ?

— Écoute, ce que je crois n'a aucune importance, comparé avec ce que je suis prêt à faire semblant de croire par souci d'harmonie familiale.

— Et si je n'étais pas là ? S'il m'arrivait un accident de voiture et que je ne sois plus avec vous ? Qu'est-ce qui se passerait ?

— Dans une telle situation, qui peut savoir comment quiconque réagirait ?

— C'est tout ce que tu as à dire ?

— Je regardais la télévision, tu te souviens ? C'est toi qui as déclenché ce débat absurde.

— Tu trouves absurde de discuter du bien-être moral et de l'éducation de notre fils ?

— Il me semble que nous sommes en train d'avoir une dispute dont nous ne pouvons sortir vainqueurs ni toi ni moi. Après tout, tu ne peux pas plus prouver l'existence de Dieu que je ne peux prouver qu'il n'existe pas. »

Pendant un instant, Ruth donna l'impression d'essayer d'avaler quelque chose d'indigeste, et j'avais de la peine pour elle parce que je savais le dilemme qui était le sien – qui était le nôtre à tous les deux. Alors qu'avant nous nous aimions à cause de ce que nous avions en commun, il semblait que nous allions devoir commencer à nous aimer malgré nos différences. Mes propres parents avaient très bien géré ça. Raison pour laquelle, peut-être, j'avais le sentiment que les difficultés actuelles n'étaient pas du tout insurmontables.

Ruth balança le livre de Hitchens sur le fauteuil inclinable et quitta la salle de télé sans un mot de plus. Ce qui m'allait très bien, du fait que les Celtics de Boston étaient de nouveau à l'attaque.

Mais ensuite, juste après le service du dimanche matin, elle remit ça sur le tapis.

« Eh bien, c'était très embarrassant, dit-elle.

— Désolé.

— En fait, je ne pense pas au pistolet. Non, tu paraissais à des milliers de kilomètres. C'est de ça que je parle. Nous allions au culte en famille, et je n'avais qu'à te regarder, Gil, pour savoir que tu y mettais tout ton cœur toi aussi. Mais plus maintenant. »

Elle avait raison, bien sûr. Et je n'avais pas besoin d'insulter son intelligence en niant. Je sentais que j'allais avoir droit à une nouvelle scène, aussi était-ce une chance que Danny dorme déjà. Après cent quarante minutes de Lakewood, je pouvais difficilement le lui reprocher. Je me réjouissais moi-même à l'idée d'une sieste après le déjeuner dans une chaise longue au Houstonian Club.

« Peut-être qu'en ne se mettant pas tout à l'avant, ce serait moins visible. Je me sentirais plus à l'aise si on s'asseyait à l'arrière.

— J'aime bien être à l'avant, répondit-elle. Ça me donne l'impression d'être plus proche de Dieu.

— Dieu se préoccupe sûrement aussi des places bon marché, tu ne crois pas ?

— On devrait peut-être parler à quelqu'un.

— Je ne pense pas que se tenir par la main avec un partenaire de prière de Lakewood aide beaucoup, Ruth.

— Très bien. Alors peut-être qu'on devrait prier ensemble pour ça, Gil, rien que toi et moi. Comme on avait l'habitude de le faire. »

La dernière fois qu'on avait prié ensemble, Ruth et moi, c'est quand on essayait d'avoir un enfant. L'idée de Ruth, pas la mienne. Elle avait fait une fausse couche et pris des tranquillisants pendant pas mal de temps. En outre, elle connaissait des difficultés à tomber de nouveau enceinte, si bien qu'elle avait fini par penser que le Seigneur pourrait être de quelque secours. C'est ce qui nous avait incités à aller tous les deux à Lakewood. On se rendait à l'église, où on priait pour avoir un nouveau bébé, même si, s'agissant de prier pour avoir un nouveau bébé, on ne le faisait pas simplement à l'église, mais aussi au lit. Chaque fois qu'on faisait l'amour, on demandait au Seigneur de nous donner sa bénédiction, et il n'y a rien de moins érotique que ça : tout ce truc de sexe-prière a plus ou moins tué notre vie sexuelle. Avoir Jésus au lit avec nous deux me posait un vrai problème et m'obligeait à prendre du Viagra en cachette, ce qui est probablement l'unique raison pour laquelle elle s'est retrouvée enceinte ; mais, pour Ruth, Danny était le miracle qui prouvait l'existence de Dieu. Ensuite, on a continué à aller assez régulièrement à Lakewood. Je ne peux pas en dire autant de ma vie sexuelle.

« Je suis tout disposé à essayer la prière », dis-je de mauvaise grâce.

Ruth poussa un long soupir.

« Qu'est-ce qui t'a poussé à lire ces livres, d'ailleurs ? »

Je haussai les épaules et secouai la tête, même si je le savais fort bien. Je m'étais mis à flirter avec l'athéisme voilà un peu plus d'un an, alors que j'avais commencé une aventure avec une ravissante coordinatrice de profilage à Washington, où j'avais été affecté temporairement. Ruth avait préféré rester à Houston avec Danny. La coordinatrice de profilage s'appelait Nancy Graham, et nous nous étions rencontrés après un débat à l'université Georgetown, sur le thème : « Il est inutile de prier », les deux protagonistes étant le journaliste britannique antithéiste Peter Ekman – en faveur de cette proposition – et l'ancien archevêque de Canterbury, Lord Mocatta – contre cette proposition. Ruth était au courant à propos de la coordinatrice de profilage parce que j'avais eu la bêtise de le lui dire, et, pour ce même motif, je n'avais guère envie d'aborder de nouveau le sujet de Washington et de l'affectation temporaire.

Ruth n'avait jamais mentionné Nancy Graham. Mais je savais que cette histoire l'avait profondément marquée. Au lieu de prendre un avocat pour demander le divorce comme l'aurait probablement fait une autre femme, elle avait cherché refuge dans sa foi religieuse. L'aventure était finie, j'étais absolument navré de ce qui s'était passé, et Ruth prétendait m'avoir pardonné, mais je savais que la douleur que lui avait causée mon infidélité n'était jamais très loin des pensées de mon épouse.

Peut-être pensez-vous que les Texans sont violents. Pas du tout. Le pourcentage élevé de détention d'armes conduit les gens à avoir une réflexion profitable. La plupart des Texans sont des gens cordiaux, équilibrés, infiniment hospitaliers et toujours polis. Au contraire, les Écossais sont extraordinairement agressifs. Beaucoup seraient capables de chercher noise à un mur de brique, ce qui se produit plus souvent qu'on ne le pense. L'Écosse est l'endroit le plus violent où j'aie jamais été. Peut-être y a-t-il quelque chose dans l'air qui fait de l'Écosse un immense *fight club*. Si posséder une arme était aussi facile en Écosse qu'au Texas, la population serait bientôt décimée.

Lorsque ma famille quitta l'Écosse en 1990, le pays, à certains égards, n'était guère différent de l'Écosse de 1590, dans la mesure où il était divisé par la religion en deux camps belliqueux et sectaires : les protestants et les catholiques. Dans cette querelle séculaire, ce que vous étiez passait toujours avant qui vous étiez et, à l'extrémité de la séparation, les choses n'étaient pas moins âpres qu'en Irlande du Nord. Mais, alors que la haine religieuse était aussi profonde que dans cet autre conflit, la violence en Écosse se limitait d'ordinaire aux féroces rivalités tribales qui continuent d'exister entre les plus grandes équipes de football – basées l'une et l'autre à Glasgow –, les Rangers et le Celtic. Aux matchs de l'Old Firm les opposant, les supporters, strictement séparés, se lancent des insultes là où ils se jetaient autrefois des pierres et des bouteilles. Mais Dieu interdit que vous soyez un Rangers s'égarant en territoire Celtic, ou vice versa, et, dans ce cas, les meurtres ne sont pas rares. Pendant des décennies, la violence sectaire du football a été le sale petit secret de l'Écosse, et les touristes qui s'y rendent n'ont pas idée des horreurs qui se dissimulent sous le kilt élimé et sanglant de mon pays natal. Cela dit, je suis complètement de parti pris. Et maintenant, laissez-moi vous dire pourquoi.

Mon père Robert est un chirurgien orthopédique. Jusqu'à son départ à la retraite, l'année dernière, il enseignait cette spécialité au Massachusetts General Hospital. Avant ça, il avait été chirurgien au Glasgow's Royal Infirmary Hospital, en Écosse, et probablement le principal spécialiste écossais en matière de blessures sportives. En 1988, alors que j'avais douze ans, il soigna un footballeur célèbre pour un trouble chronique au genou qui risquait de mettre fin à sa carrière. Paisley, un protestant, jouait pour le club de football des Rangers. Après plusieurs opérations, il réintégra l'équipe et permit aux Rangers de remporter le titre de champion d'Écosse pendant quatre années consécutives. Mais pas avant que mon père – catholique assez éminent – ne reçoive des menaces de mort de supporters du Celtic choqués, sans parler d'un engin explosif qui faillit lui arracher la main.

Je n'eus connaissance de la bombe qu'après notre départ définitif d'Écosse, mais je me souviens d'être sorti un matin de chez nous pour trouver la Jaguar de mon père couverte de graffitis. Peu après, mes parents et moi, ainsi que mes trois frères et deux sœurs, nous partîmes vivre à Boston, où mon père avait eu la sagesse d'accepter le poste de chef de service de chirurgie orthopédique au Tufts Medical Center. Il n'est jamais retourné en Écosse et n'y retournera probablement jamais.

Ce déménagement fut un déchirement pour nous tous. Et c'est seulement ensuite que je pus me rendre compte combien le fait d'être catholique m'avait caractérisé aux yeux de mes amis écossais. Bien sûr, rien de tout cela ne comptait à Boston, et ma religion devint rapidement de moins en moins importante à mesure que j'apprenais à me voir non pas comme un Écossais, ou un Écossais d'Amérique, ou même un catholique, mais tout simplement comme un Américain ; aux États-Unis, où j'allais dans la vie semblait importer davantage que d'où je venais et quelle religion je pratiquais.

Une fois à Boston, mon père cessa complètement d'être catholique.

Après des études au Boston College et à la fac de droit de Harvard, j'allai faire un stage dans un cabinet d'avocats new-yorkais appelé DLB&B, mais j'en étais déjà arrivé à la conclusion que travailler dans le domaine de l'application de la loi m'intéressait plus que de devenir avocat. Ce que le 11-Septembre ne fit que confirmer. Les bureaux de DLB&B se trouvaient dans l'ancien WTC 7, qui fut gravement endommagé lorsque la tour nord du World Trade Center s'écroula ; il prit feu et s'effondra six ou sept heures plus tard, alors que j'étais tout à fait certain de vouloir servir mon pays d'une manière ou d'une autre. Le lundi suivant, je remplissais un formulaire pour entrer au FBI.

Après Quantico, je travaillai quatre ans à la lutte antiterroriste à New York. Toute notre tâche consistait à rendre l'Amérique plus sûre. J'appris même l'arabe. Je pouvais le parler assez bien – même si mon italien est meilleur –, mais j'avais des difficultés à le lire et à l'écrire, alors que c'est ce que souhaitait surtout le Bureau : des agents capables de lire des documents de renseignements dans la langue. En conséquence de quoi, la chose fut réglée. Le Bureau s'estime toujours le mieux qualifié pour savoir où résident les talents de quelqu'un. Et en 2008, on m'envoya au Texas, pour travailler au Terrorisme intérieur.

Cependant, après plus de dix ans au FBI, je suis toujours agent spécial supérieur et rien de plus. Le fait est que je pourrais déjà être passé ASAC, agent spécial adjoint responsable, si j'avais accepté de travailler pour le service juridique du chef de division, mais ce n'était pas pour me transformer en avocat nanti d'un badge que j'avais rejoint le Bureau. Ma patronne,

Gisela, est ASAC ; tout comme Harlan Caulfield ; mais le responsable du bureau régional, l'agent spécial responsable, est Chuck Worrall, qui ne peut pas me sentir. Et, pour être franc, ce n'est peut-être pas parce que je n'ai pas voulu aller bosser au conseil juridique.

Voyez-vous, Chuck vient de Washington, où il était auparavant le patron de Nancy Graham. Après la fin de notre liaison, Nancy Graham démissionna du FBI, et, selon moi, Chuck me tint pour responsable de la perte d'un agent des plus prometteurs.

De Lakewood nous nous rendîmes au Houstonian Club, où Danny joua au toboggan aquatique pendant que Ruth effectuait cinquante longueurs de bassin. Ruth est une splendide nageuse, très élégante et avec un virage-culbute qui ferait la fierté d'un dauphin. Installé sous un parasol, je lisais un journal et regardais les autres types autour de la piscine regarder Ruth. Elle vaut le coup d'œil. Dans son maillot, elle a une présence et une grâce physique qui me rappellent toujours une athlète olympique.

Lorsqu'elle eut fini de nager, elle vint s'allonger à côté de moi sous le parasol. Elle se mit à jouer avec les poils de ma poitrine tandis que je lui caressais la tête. Ruth est une femme très tendre. Ce n'est pas elle qui a un problème sexuel, c'est moi. On prétend que les hommes aiment que leur épouse soit une dame en public et une putain dans la chambre. Eh bien, moi, j'ai une sainte dans la chambre, la cuisine, à peu près tous les endroits possibles et imaginables. Essayez donc de baiser avec une sainte. Quel nom donnez-vous à ça quand, juste après s'être envoyés en l'air, les deux se mettent à lire la Bible ou à réciter leurs foutues prières ?

Quand nous rentrâmes à Driscoll Street, Ruth confectionna des pains de viande. Après le dîner, je jouai à un jeu Xbox avec Danny et le mis au lit ; puis je regardai la télé et m'endormis dans mon fauteuil. Je n'entendis pas le téléphone sonner, mais Ruth répondit au cas où ce serait le Bureau. Il arrivait que le service appelle le week-end, étant donné la charge de travail au Terrorisme intérieur, mais ce n'était pas le Bureau, encore que j'aurais sans doute préféré.

« C'est l'évêque Coogan », dit-elle en me tendant le téléphone.

Cela faisait des mois qu'on ne s'était pas parlé, Eamon Coogan et moi, et, même si j'étais surpris qu'il m'appelle, je m'efforçai d'avoir l'air encore plus surpris que je ne l'étais. Cette petite pantomime au profit de Ruth, dans la mesure où j'espérais éviter une scène dès que j'aurais raccroché ; je me disais qu'elle penserait que le coup de fil était lié à ma déclaration précédente d'incrédulité et que j'avais déjà fait part de mes doutes sur Dieu à l'évêque. J'appuyai sur le bouton haut-parleur du combiné pour qu'elle puisse entendre la conversation et pour m'épargner ainsi un démenti.

« Excuse-moi de te déranger un dimanche soir, Gil. Je voulais te demander si tu ne pouvais pas venir me voir. En privé. Il y a quelque chose d'important dont j'aimerais discuter avec toi. C'est un peu précipité, je sais, et tu es probablement très occupé, mais est-ce que ce serait possible maintenant ? »

Je regardai instinctivement ma montre. Il était déjà 19 h 30.

« Il ne s'est rien passé de nouveau à Boston ?

— Non, non. Rien de semblable, Gil. J'aurais besoin d'avoir ton opinion en ta qualité d'agent fédéral. »

L'évêque était un Irlandais du sud de Boston et, bien qu'il habitât Houston depuis plusieurs années, certaines de ses voyelles étaient aussi larges que la rivière Charles. Quand il parlait, on croyait entendre JFK.

« Bon. Mais ça ne vous ennuierait pas de me dire de quoi il s'agit ?

— C'est un sujet qu'il est difficile d'aborder au téléphone. Viens à la résidence de l'évêque dans une heure. Tu n'auras qu'à klaxonner et je sortirai. Je pensais qu'on pouvait peut-être aller chez O'Neill. »

C'était du Eamon Coogan tout crachée, de proposer d'aller dans un pub irlandais.

« Très bien. J'y serai dans une heure. »

Je raccrochai et regardai Ruth.

« De quoi s'agit-il, d'après toi ?

— Si tu veux mon opinion, répondit-elle – à mon grand agacement, elle était capable d'imiter à la perfection l'accent de Boston –, c'est tout à fait clair. »

Je haussai les épaules.

« Ça ne peut être qu'à propos de prêtres pédophiles.

— Pardon ?

— Tu penses que ça n'arrive pas ici comme à Boston et à Chicago ? »

Je passai mes mains autour de sa taille et embrassai son dos. Elle me laissa faire pendant un moment avant de me repousser gentiment.

« Nom d'un chien, j'espère qu'il ne s'agit pas de ça, dis-je en plissant le nez avec dégoût. Je ne m'en ressens vraiment pas de parler de ce genre de truc. C'est le plus vieil ami de ma mère. »

5

O'Neill était le seul pub irlandais avec deux palmiers devant qu'il m'eût jamais été donné de voir, mais l'intérieur était plus authentiquement celtique, avec la meilleure Guinness à la pression de la ville et peut-être le pire service où que ce soit à l'ouest de Dublin. L'endroit était assez en vogue, encore que, même par rapport aux normes texanes, la plupart des consommateurs installés au bar donnaient l'impression qu'ils auraient pu survivre à deux ou trois Grandes Famines irlandaises.

D'une taille non moins respectable, l'évêque Coogan faisait paraître exiguë toute pièce dans laquelle il se trouvait. Il était assis telle une vieille femme obèse, tout en doigts potelés et pieds tournés en dehors, les manches de son immense veste noire roulées au-dessus des avant-bras et la ceinture de son non moins gigantesque pantalon noir lui arrivant juste au-dessous des aisselles. Ses mentons cachaient presque entièrement le col de prêtre autour de son cou. On aurait dit un lutteur de sumo à une veillée funèbre.

Je posai un second plateau de boissons sur la table devant lui, et un des whiskies disparut instantanément. Maintenant que nous avions épuisé les banalités sur l'Écosse et l'Irlande du Nord, j'étais impatient qu'il entre dans le vif du sujet. Et particulièrement intrigué par le vieux sac à dos qu'il avait apporté.

« Eh bien, l'évêque, qu'y a-t-il dans ce sac ? Des armes ou le butin du cambriolage de la Woodforest National Bank ?

La Buick garée dans l'allée devant chez vous ressemble à celle qui a servi aux fuyards.

— Désolé de te décevoir, Gil, mais c'est seulement une liasse de coupures de journaux, quelques livres et des copies imprimées d'Internet. D'une manière ou d'une autre, il semble que je passe beaucoup de temps sur Internet ces temps-ci.

— Alors nous sommes deux.

— Les papiers et les livres sont pour toi. »

Coogan ouvrit la fermeture Éclair du sac et me tendit un livre de poche intitulé *Tous les dieux possibles.* L'auteur en était Philip Osborne. En le voyant j'éclatai de rire.

« Il y a seulement une heure ou deux, Ruth m'a passé un savon parce que je lisais ce bouquin. Et plusieurs autres du même acabit.

— Ah ? Comme par exemple ?

— Dawkins, Hitchens, Peter Ekman. (Je haussai les épaules.) Sam Harris, Dan Barker, Daniel Dennett… »

Coogan gloussa.

« C'est pratiquement la totalité du panthéon de l'impiété que tu as là.

— Mais pourquoi voulez-vous me donner ce livre ?

— Philip Osborne est un de mes amis, répondit l'évêque Coogan. Ou du moins, il l'était.

— Vous dites ça comme s'il était mort.

— Cela vaudrait peut-être mieux pour lui. Il est enfermé au centre psychiatrique du comté de Harris, ici à Houston. Je lui ai rendu visite il y a quelques jours et j'ai discuté avec ses médecins, qui m'ont parlé d'un cas de catatonie maligne psychogène résultant d'un trouble cognitif permanent. Ils en sont arrivés à la conclusion que son cerveau avait dû subir un dommage réel, bien qu'il n'y ait aucun traumatisme identifiable susceptible d'avoir causé un tel état d'effondrement mental. »

La familiarité de Coogan avec les termes médicaux ne manqua pas de m'impressionner, du moins jusqu'à ce que je me souvienne qu'avant de devenir prêtre, il avait fait des études de médecine à Tufts, à Boston, où il avait suivi les cours de mon père.

« Alors il n'est pas tombé et personne ne l'a frappé. Mais vous allez me raconter ce qui s'est passé.

— Je n'en suis pas sûr. Mais j'aimerais te dire ce que je sais. Et pourquoi je voulais t'en parler.

— Allez-y, mais... (je haussai les épaules) je ne vois pas en quoi je peux vous aider. Au FBI, nous possédons une compétence en matière de violation de la loi fédérale. Et jusqu'ici, il ne me semble pas qu'il y ait quoi que ce soit de fédéral là-dedans. Si vous le désirez, je peux vous mettre en rapport avec les personnes adéquates dans les services de police de Houston.

— "Fidélité, bravoure et intégrité", dit Coogan, citant la devise du Bureau. Peut-être devrais-je ajouter la patience à ce petit trio des plus grandes qualités humaines. » Il posa sa main sur le bouquin. « Ce n'est pas du tout un mauvais livre. En fait, c'est même moi qui lui ai donné ce titre. Ou, tout au moins, qui le lui ai conseillé.

— *Tous les dieux possibles.*

— Il provient d'un passage de Stephen Roberts. Un autre de tes prétendus nouveaux athées. Comme s'ils étaient plus sensés que les anciens.

— J'ai bien peur de ne pas être aussi patient que vous le pensez, Eamon. »

Je regardai ostensiblement ma montre.

« Il y a quelque temps, Philip a débarqué chez moi dans un état agité. Lorsque je lui ai demandé ce qui n'allait pas, il m'a répondu qu'il n'arrivait pas à dormir. Ce qui était manifeste. Et quand je lui ai suggéré d'aller voir un médecin et de prendre des somnifères, il m'a dit qu'il ne pouvait pas parce qu'il prenait déjà du Xanax et que, chaque fois qu'il s'endormait, il avait d'horribles cauchemars. Je lui ai demandé s'il pouvait expliquer le changement qui s'était opéré en lui, et il a secoué la tête et fait une réponse étrange. Enfin, étrange de sa part – je devrais plutôt dire inconcevable. Il m'a demandé si je prierais pour lui. »

Coogan se cala en secouant la tête.

« Gil, on aurait pu me faire tomber par terre rien qu'avec une plume. C'était terrible, voilà ce que c'était. Tu comprends, je suis d'abord un homme et ensuite un prêtre. Un pécheur égaré n'avait donc absolument rien de réjouissant. J'étais désolé pour ce pauvre bougre.

— Que s'est-il passé après qu'il est venu chez vous ?

— Mes prières ont semblé lui rendre un peu de tranquillité d'esprit. Mais pendant un moment seulement. » Coogan fouilla dans ses poches. « J'ai besoin d'une cigarette. Allons dehors. »

Il faisait chaud sur la terrasse. Nous nous éloignâmes des tables, où, à l'ombre de parasols noir et blanc, quelques clients du bar parmi les plus résistants à la chaleur mangeaient et buvaient, pour nous mettre au bord de la route à trois voies. Rapidement et avec dextérité, Coogan se roula une cigarette et l'enfonça au coin de sa bouche de guingois, où elle resta jusqu'à ce qu'elle eût la taille d'une dent perdue. Pendant ce temps, il continuait à raconter son histoire.

« Il y a deux mois de ça, Random House, son éditeur, a lancé son dernier livre lors d'une soirée à l'hôtel Zaza. Le livre s'intitule : *Plus de foi dans les ténèbres*. C'est le même genre que l'autre. Une fusillade au volant d'une voiture devant les portes du ciel.

— Au moins, voilà qui ressemble à un crime, Eamon.

— La réception avait commencé vers 19 heures. Mais à 20 h 30, il n'y avait plus trace de Philip. Peu après, tout le monde sur la terrasse a entendu un brouhaha provenant apparemment de la place. Un îlot d'arbres et de statues en bronze situé à seulement quelques mètres de là. Le brouhaha était épouvantable, comme le bruit d'un animal en détresse. Il me semble que ce sont les portiers qui ont traversé la rue pour jeter un coup d'œil. En tout cas, ils sont revenus nous informer que c'était Philip Osborne et qu'il avait l'air hystérique. Certains des invités sont allés voir ce qu'on pouvait faire, et un spectacle ahurissant nous attendait : Philip était recroquevillé sous la coupole du petit monument, geignant comme un chien. Il avait la figure et les mains couvertes de sang et suppliait un personnage invisible de le laisser tranquille. Lorsque j'ai fait mine de le toucher, il a poussé un tel cri que tout le monde a été glacé d'effroi. Puis il a tenté d'étrangler un des portiers, et c'est à ce moment-là qu'un véhicule de police est arrivé. Un des agents s'apprêtait à se servir de son Taser quand il a soudain cessé le combat et traversé la rue à toute vitesse en direction des fontaines voisines. Où on l'a retrouvé quelques minutes plus tard, allongé à la surface de l'eau, regardant le ciel et complètement insensible à tout stimulus extérieur ; comme s'il était mort. Et il est demeuré ainsi depuis. »

À présent, je me rappelais avoir lu l'histoire dans le *Chronicle*, sauf que l'article laissait entendre que l'auteur était ivre et, comme il n'était pas rare que les ivrognes prennent un bain dans les fontaines de Montrose Boulevard, je n'y avais guère prêté attention. Tout cela paraissait regrettable, mais je n'arrivais toujours pas à comprendre pourquoi l'évêque Coogan avait interrompu mon dimanche soir à ce propos.

« Il y avait du sang – le sang de Philip Osborne – un peu partout sur cette petite place, comme s'il avait couru à droite à gauche et heurté une chose puis une autre tel un dément. Il s'était entaillé le bras et…

— Eh bien, vous y êtes, dis-je. Il a dû également se cogner la tête contre je ne sais quoi.

— Il n'y avait aucune contusion sur son crâne. Juste quelques éraflures sur son visage dues à des branches d'arbres.

— Et le sang sur ses mains ?

— Il avait essayé d'escalader le monument.

— Est-ce que la police a recherché un agresseur ?

— Non. Pour elle, il s'agit d'un simple cas de stress, de surmenage, trop de Xanax mélangé à trop d'alcool. Une dépression nerveuse à la Britney ayant fini de façon un peu plus dévastatrice qu'une photo publiée dans *US Magazine*.

— Écoutez, dis-je. Je suis navré pour votre ami, mais vous aurez beau retourner ça dans tous les sens, Eamon, cela regarde la police de Houston.

— Et si je vous disais que ce n'est pas un cas isolé ? Qu'il y a déjà eu des cas semblables, des cas mortels, dans d'autres États ?

— Je vous répondrais probablement ce que je vous ai répondu tout à l'heure. Les gens disparaissent quand ils perdent la boussole. C'est comme ça. »

Coogan secouait son énorme tête.

« Non, non, c'est tout à fait différent, Gil. J'en suis sûr. Je le sens.

— Bien que cela puisse suffire auprès des religieux, ça ne marchera pas avec ma patronne. Nous avons besoin de preuves.

— J'en ai. Dans mon sac à dos, il y a un dossier plein de preuves. Promets-moi simplement d'y jeter un coup d'œil.

— D'accord. Mais je ne peux pas vous promettre d'agir sur la base de vos documents. De cette façon, je ne vous décevrai pas. En plus du reste.

— Tu penses que tu es peut-être un athée, que ça m'ennuierait et que je serais déçu, c'est ça ? Dieu te tient par un collier électronique, Gil, et, jusqu'à la fin de ta vie, ce collier sera là, autour de ta cheville, afin qu'il puisse venir te prendre le moment venu. Une fois mis, il le reste, et tu ne peux rien y faire. Tu pourrais aller au bout du monde, Gil, qu'il continuerait à envoyer à Dieu un signal une ou deux fois par jour, à jamais. »

6

Un tas de gens au Houstonian Club savent que je suis un agent du FBI, et il arrive souvent qu'on me donne des informations sur des délits présumés qui se révèlent être en définitive un ramassis de sornettes. Ce sont les risques du métier, je suppose. Chaque fois que je suis au club, il ne se passe pas longtemps avant qu'un des membres ou même un employé ne s'approche de moi avec une histoire qui m'oblige en général à descendre du tapis roulant pour prendre des notes : faire quoi que ce soit d'autre ne serait pas bon pour l'image du Bureau. De même que de lui dire de foutre le camp. Afin d'échapper à tout désagrément au Houstonian, j'essaie en général d'éviter le radar du club ; en utilisant un jeu de crochets professionnels pour entrer et sortir par une porte de service près du parking, je peux plus ou moins aller et venir tout en restant hors de portée du système informatique, et donc en m'épargnant les « tuyaux confidentiels » et autres conneries du même genre. Si on ne sait pas que vous êtes là, on ne peut pas venir vous enquiquiner.

J'avais trop de respect pour l'évêque Coogan pour le traiter comme un timbré de plus parmi toute une ribambelle de timbrés ; néanmoins, pour le bien-être de Ruth, c'est exactement ce que je fis en rentrant. Ignorer le « tuyau » de Coogan était une façon expéditive d'ignorer ce qu'elle imaginait être le cas : que l'Église de Rome avait encore un pouvoir sur moi. Mais dès que je fus de nouveau seul – Ruth allait toujours se coucher de bonne heure le samedi soir –, j'ouvris le sac et me mis à lire.

Il y avait des coupures du *New York Times*, du *Boston Globe* et du *Washington Post* ; mais je regardai surtout les copies de pages Web tirées sur l'imprimante de Coogan. Tout ces documents avaient été soigneusement agrafés et classés par ordre alphabétique, de sorte que je fus rapidement en mesure de me faire une idée de ce qui l'avait persuadé qu'il y avait quelque chose de louche là-dedans.

Une fois que j'eus fini de lire le dossier, j'allai chercher un bloc et je le relus en prenant quelques notes. Peu avant minuit, je me versai un scotch. Normalement, je ne veille pas tard en buvant du scotch, mais vous ne vous attendez pas à ce qu'un évêque pointe ce qu'un tas de policiers n'ont pas vu.

Il faisait une nuit étouffante, avec une température dépassant encore les vingt-cinq degrés. J'ouvris la fenêtre de ma petite tour et me penchai au-dehors avec mon verre. Puis j'allumai une cigarette et la fumai rapidement en espérant que la fumée n'atteindrait pas les narines de Ruth.

J'appelai Coogan chez lui de mon portable.

« Je voulais vous dire que je suis désolé d'avoir eu l'air sceptique.

— Tu ne faisais que ton travail. Qu'est-ce qui se passe maintenant ?

— Il existe une procédure, une manière de faire ces choses-là. Je dois convertir certaines personnes à votre point de vue, si j'ose dire.

— Mais tu es d'accord avec moi ?

— Il y a quelque chose, en effet. Mais ne vous faites pas trop d'illusions. Je ne peux rien vous promettre à ce sujet avant un certain temps.

— Je comprends. Tu as tes archevêques et tes cardinaux, tout comme moi. Qu'est-ce que je peux faire d'autre ?

— Je vous dirais bien de prier pour moi si je pensais un instant que ça puisse servir à quelque chose. »

C'est alors qu'entendant un bruit, je me retournai pour voir Ruth plantée sur le seuil. Elle semblait être là depuis un bon moment, suffisamment longtemps pour avoir mal compris car elle semblait passablement en rogne contre moi.

« Eamon, je dois y aller.

— Bonne nuit, fiston, et Dieu te bénisse. »

« De quoi est-ce que tu parlais avec l'évêque Coogan ?

— Ces papiers qu'il m'a remis. Je pense qu'il y a là davantage que je ne le supposais.

— J'ai eu l'impression que vous discutiez toi et lui de ta crise spirituelle, chéri. »

Je secouai la tête.

« Non, ça n'avait rien à voir. Excuse-moi, est-ce que je t'ai réveillée ?

— J'ai senti la cigarette.

— Raison pour laquelle je fumais à la fenêtre.

— Ça rentre quand même dans la maison, quand tu expires.

— Très bien, à l'avenir j'essaierai de ne pas trop le faire. (Je haussai les épaules.) Qu'est-ce qu'il y a ?

— Je dois être un peu perplexe que tu puisses parler avec l'évêque Coogan de choses dont tu ne sembles pas pouvoir discuter avec moi.

— Je te le répète, dis-je en réprimant un bâillement, ce n'est pas de ça dont nous avons parlé. »

Elle décroisa les bras et prit ma main dans la sienne.

« Je pensais, Gil, que nous pourrions peut-être… »

Elle hésita, suffisamment longtemps pour que je me fasse une idée fausse. Je l'enlaçai et essayai de l'embrasser.

— Ce n'est pas ce que je voulais dire. Je pensais que nous pourrions peut-être prier. Maintenant. Ensemble. »

Je poussai un soupir et m'efforçai de dissimuler mon désappointement.

« Je ne crois vraiment pas que ça va aider dans l'immédiat, mon amour.

— L'évêque Coogan peut prier pour toi, mais pas moi. C'est ça ?

— Écoute, tu peux prier pour moi autant que tu le souhaites, chérie. Et lui aussi. De sa part, c'était de la courtoisie professionnelle, j'imagine. Mais je ne veux prier avec personne. Plus maintenant. Je ne peux pas, Ruth. Je n'ai pas les mots. Dieu n'est pas là pour moi. Peut-être qu'il ne l'a jamais été. »

On dit que les voies du Seigneur sont impénétrables, mais je dois avouer que ce qui s'est passé après le petit déjeuner m'a plutôt surpris.

Danny regardait la télévision avant que Ruth ne le conduise en voiture à l'école. J'avais une tranche de pain grillé dans une main et une tasse de café dans l'autre. Ruth était en train d'arranger ma cravate, et ça ne facilitait probablement pas les choses que ce soit la cravate que j'avais acquise lors de mon affectation temporaire à Washington. Si elle soupçonnait que c'était Nancy Graham qui me l'avait achetée, chez Michael Andrews Bespoke – ce qui était le cas –, elle n'en dit absolument rien. Mais, en l'occurrence, elle fit beaucoup plus que simplement rectifier ma cravate. Les yeux verts que je connaissais mieux que les miens montaient et descendaient entre le nœud de la cravate en soie et mon visage, et chaque fois que je les rencontrais, ils semblaient un peu plus tristes. Puis elle avala une boule de la grosseur d'un œuf et une larme apparut sur un cil. À cet instant, je fus pris d'une peur terrible et, comprenant tout à coup que quelque chose n'allait vraiment pas, je me mis à lui couvrir le front de baisers et à m'excuser à propos de la veille.

« Je suis désolé pour hier soir, ma belle. Je n'aurais pas dû te parler ainsi. C'est impardonnable.

— Oui, en effet, répondit-elle avant de serrer mon nœud de cravate juste un peu trop. Je pourrais t'étrangler à cause de ce que tu as dit hier soir, Gil Martins. Et je déteste avoir ce sentiment vis-à-vis de mon mari. Je ne me reconnais pas dans tes yeux. Nous étions de si bons amis, toi et moi. Mais maintenant, tout ce que je sens, c'est ton hostilité foncière.

— Voyons, Ruth, ce n'est pas à ton égard que je suis hostile, dis-je. Tu sais que je t'aime. Que je t'ai toujours aimée. Même lorsque j'ai commis une erreur à Washington, je continuais à t'aimer.

— Est-ce que tu te rends compte de ce que tu as fait, Martins ? Avec ton cher travail ? Est-ce que tu vois où j'en suis ? Où nous en sommes ?

— Ne recommençons pas à parler de mon travail, Ruth.

— Je ne vais pas en reparler. Pour ça, je te le promets. Je ne reparlerai plus de ton travail. Ni maintenant, ni jamais. »

Comme elle lâchait ma cravate, je posai la tranche de pain grillée et le café, mis mes mains autour des siennes et les levai pour embrasser le bout de ses doigts.

« Oublie ce que j'ai dit la nuit dernière. Écoute, si tu veux prier, eh bien prions. D'accord ? Je suis prêt. On se mettra à genoux, on priera et on demandera l'aide du Seigneur, comme tu le voulais. »

Je m'agenouillai et essayai de la forcer à s'agenouiller à côté de moi, mais elle resta debout et se détourna.

« Il faut que tu t'en ailles. »

Toujours agenouillé devant elle, je jetai un coup d'œil à ma montre.

« Non, ça va, chérie. J'ai encore du temps. De plus, ceci est beaucoup plus important que d'ouvrir une nouvelle affaire.

— Non, Gil. Tu ne comprends pas.

— Allons, chérie, j'essaie de m'excuser.

— Je veux dire, tu dois partir de cette maison. Pour de bon.

— Quoi ?

— Tu m'as entendue. »

Soudain, j'eus la même sensation que si j'avais descendu la tour J. P. Morgan sans ascenseur. Que si j'avais été un de ces quidams qui avaient sauté du WTC le 11 septembre. Il n'y avait rien sous moi, que des centaines de mètres de vide.

Je me relevai.

« De quoi parles-tu ?

— Ce n'est pas ce que je voulais, dit-elle. J'ai essayé. Vraiment. Mais il faut que tu quittes cette maison.

— Tu te fiches de moi ! »

Je ne sais pas pourquoi je dis ça, parce que Ruth n'était pas du genre à sortir des trucs pareils à la légère. Je la saisis par le bras et la tirai vers moi, mais c'était déjà comme si elle n'était plus ma femme et que l'amour et la compréhension se trouvaient derrière nous ; comme si nous étions en train de retourner à nos passés distincts et à la personne que nous avions été avant de nous rencontrer, et que ce que nous avions été l'un pour l'autre pendant plus de huit ans s'était volatilisé.

Elle secoua énergiquement la tête.

« Non, dit-elle. Pas le moins du monde.

— Alors tu es folle ?

— Je ne suis pas folle, non. Mais je finirai par le devenir si je continue à vivre avec toi, Gil. Je ne peux pas croire à quelque chose que j'estime important et être avec quelqu'un qui n'y croit pas du tout.

— Personne ne plaque son mari parce qu'il n'est plus un fichu chrétien. C'est carrément moyenâgeux.

— Et voilà, c'est reparti. Personne, hein ? "Ne vous mettez pas sous un même joug avec les infidèles ; car qu'y a-t-il de commun entre la justice et l'iniquité ?"

— Ruth ? Tu parles comme une fanatique. Tu sais comment on appelle les gens qui ont ce genre de chose à la bouche, au Bureau ? Des christianistes. Ils sont aussi dingues que les islamistes, simplement ils chantent des chants plus sirupeux. Je n'arrive pas à croire que tu sois ainsi, Ruth. Écoute-toi. »

Elle ferma les yeux et hocha la tête.

« Que je m'écoute, dit-elle. Personne d'autre ne le fait. Pas toi. Plus maintenant. Tu passes près de moi sur la pointe des pieds comme si j'étais un champ de mines.

— Il ne s'agit pas de Dieu ou de ma perte de la foi, n'est-ce pas ?

— Eh bien, ça n'aide certainement pas.

— C'est à cause d'elle, hein ?

— Pourquoi ne pas dire son nom ? Je suis sûre que tu ne l'as pas oublié.

— Je croyais que nous avions dépassé tout ça.

— Et avec l'aide de Dieu, je pense que cela aurait été réellement possible. Mais il ne devait pas en être ainsi. Je m'en rends compte à présent.

— Dieu n'a rien à voir avec ce qui s'est produit à Washington.

— Ce qui s'est produit à Washington ? Non, pour ça, tu as raison. Mais je croyais qu'il pourrait nous permettre de nous forger un avenir. J'ai besoin de Dieu et de l'Église de Lakewood parce que je ne peux pas y arriver toute seule. Je ne suis pas assez forte. Et tu ne m'aides pas, Gil. Tu es si détaché de moi… de moi et de Danny. Tu as ton travail, bien sûr. Et c'est un travail important, je ne le nie pas. Tu contribues à assurer la sécurité de notre pays. C'est un travail dont n'importe qui peut être fier. Mais, avec toi, c'est plus qu'un travail : c'est un asile, un sanctuaire, une compulsion. Tu reviens et tu es aussi net, lisse et fermé qu'une armoire à fusils. Mais moi, qu'est-ce que j'ai ? Où puis-je trouver refuge ailleurs qu'en Dieu et à Lakewood ? J'aimerais bien le savoir. Et ne me parle pas du club. Je ne suis pas comme ces femmes de Houston qui passent leur temps dans des stations thermales à se faire faire des manucures et à lire *H Texas*.

— Tu étais une excellente juriste. Tu pourrais recommencer à travailler, Ruth. »

Elle secoua la tête.

« Tu t'y entendais dans ton boulot.

— Tu étais bien le seul de cet avis. Mais je n'avais pas le mordant nécessaire. J'étais beaucoup trop indulgente pour faire un magistrat convenable. C'est ce que prétendait le procureur.

— Tu pourrais décrocher un job dans le privé.

— Ce n'était pas bon pour toi, mais ce serait bon pour moi, c'est ça ? Tu plaisantes, naturellement. Aujourd'hui, les gens dans les cabinets d'avocats bossent douze heures par jour et plus. J'ai fait un choix, Gil. Le choix d'être une épouse et une mère. En outre, je n'ai pas vraiment envie de laisser Danny à une bonne d'enfants.

— Des tas de femmes le font.

— Je n'ai pas eu autant de mal à avoir notre fils pour le donner à garder à une inconnue.

— Très bien. Je comprends ça, chérie. Mais, je t'en prie, essayons de trouver une solution.

— Trouver une solution. (Ruth eut un petit sourire las.) Qu'est-ce que j'ai fait au cours de ces derniers mois, à ton avis ? Qu'est-ce que j'ai fait ? J'ai cherché désespérément un signe que tu étais heureux avec moi et Danny. Que tu l'avais oubliée. Nancy Graham. Voilà, j'ai dit son nom. Je reste éveillée la nuit et je le vois écrit dans les atomes d'air au-dessus de notre lit. Mais je sais que tu ne l'as pas oubliée. Je peux le lire dans tes yeux. Ce n'est pas seulement en Dieu et l'Église que tu ne crois pas. C'est en moi et Danny. C'est en notre vie à Houston. C'est en nous.

— Oh ! c'est ridicule, Ruth.

— Vraiment ? Je ne pense pas. Ton athéisme est un symptôme, un symptôme important, de quelque chose de plus vaste. D'une fracture plus profonde entre nous en tant que couple. Peut-être que tu n'arrives pas à le voir. Mais moi, si, et je ne veux plus avoir à supporter ça. Plus maintenant. Tu t'imagines pouvoir me faire plaisir avec – qu'est-ce que tu as dit ? – ce que tu es prêt à faire semblant de croire, par souci d'harmonie familiale ? Eh bien, j'en ai assez de faire semblant. Et j'en ai assez de toi. Je veux que mon mariage soit davantage que des faux-semblants. Je veux un lien. Une union. Un dialogue. Je veux… je veux que tu disparaisses.

— Crois-tu sincèrement que je vais déguerpir d'ici sans me battre ? Pas question.

— À ta guise. Mais tu ne trouves pas que nous nous sommes déjà suffisamment battus ? C'est pourquoi je te répète que tu dois partir.

— Ce n'est pas fini, dis-je avec détermination en prenant mes clés de voiture.

— Si, c'est fini, répliqua-t-elle.

— On en parlera quand je rentrerai ce soir.

— Non.

— Si. Ne pas en parler, tu penses que c'est ce que Dieu veut ? Ne pas m'accorder une chance d'arranger les choses ?

— Il faut que tu y ailles. »

7

Travailler tard me permettait de ne pas penser à ce qui se passait chez moi. Ruth et Danny n'étaient plus là. Elle était déjà retournée chez ses parents ; leur maison, un ranch de six cents hectares à Corsiciana, fut le premier endroit où j'appelai en découvrant le départ de Ruth, et tout ce que Bob réussit à faire pour ne pas avoir l'air ravi fut de me répondre qu'elle ne voulait pas me parler. Il avait toujours eu dans l'idée que Ruth aurait pu dénicher quelqu'un de mieux que moi. Je suppose que tous les pères sont de cet avis s'agissant de leur fille unique, mais ce n'est pas souvent qu'ils vous le disent aussi clairement.

Corsiciana se trouve à moins de trois cents kilomètres au nord de Houston, et je songeai à filer là-bas en voiture pour mettre les choses à plat, mais je n'en fis rien, me disant qu'elle reviendrait lorsqu'elle y serait prête et pas avant. Après ça, je me contentai d'appeler son portable et je dus lui envoyer une bonne centaine de SMS, mais jamais elle ne répondit. Chaque mariage a ses hauts et ses bas. Je supposais que Ruth avait besoin de temps et d'espace pour arriver à comprendre ce qui était important dans sa vie. Et il y avait plein d'espace à Corsiciana.

Deux fois j'envoyai à Danny des livres et un nouveau jeu Xbox par Amazon pour qu'il sache que je pensais à lui ; je savais qu'ils avaient été livrés, mais il ne répondit pas non plus, ou du moins Ruth ne lui permit pas de m'envoyer un

SMS ou un mail, ce qui me parut mesquin. C'est étrange à quel point je me sentais désormais éloigné d'eux, presque comme s'ils avaient cessé d'exister, au point que je finis par me demander si je les avais vraiment aimés. Aurais-je risqué cette aventure avec Nancy Graham si j'avais été le mari et père affectueux que j'aurais dû être ? En était-il ainsi pour la plupart des hommes lorsque leur mariage capotait ? Je posai la question à plusieurs types au boulot, et le consensus fut que ce n'étaient pas eux qui avaient cessé d'exister, mais moi. Au bout d'un certain temps, dirent-ils, on devenait juste un gus qui avait vécu avec eux et qui continuait à payer des trucs, et mieux valait s'y habituer. Mais je n'en avais aucune envie.

Cela m'aida beaucoup de pouvoir me plonger dans mes affaires en cours, ainsi que dans un examen plus attentif de ce que contenait le dossier de l'évêque Coogan ; et, à cet égard, j'eus la chance de bénéficier de l'assistance d'Anne Goldberg, qui, de l'avis général, était la meilleure analyste aux enquêtes criminelles du bureau régional de Houston. En tant que membre du Groupe des renseignements, il lui appartenait de gérer la collecte de données brutes telles que relevés téléphoniques, pages Web, coordonnées bancaires et, bien sûr, antécédents criminels ; ayant travaillé comme journaliste, elle s'y entendait pour soutirer des informations à d'autres journalistes – ils étaient toujours réticents à partager des informations avec le FBI. Elle eut donc plusieurs conversations avec des reporters du *New York Times*, du *Washington Post* et du *Boston Globe*. Sa plus grande qualité, toutefois, résidait dans sa capacité à discerner des formes et des schémas dans des ensembles de données, ce qui était la principale raison pour laquelle les agents de terrain comme moi souhaitaient travailler avec elle. Personne n'était capable de faire un diagramme comme Anne Goldberg.

Ce n'est pas seulement entre les bribes d'information que nous aimons établir des liens, au Bureau, c'est aussi entre les uns et les autres. Il n'y a pas de loups solitaires au FBI. L'agent de terrain avec qui je travaillais au Terrorisme intérieur était Helen Monaco, et, comme moi, c'était une ancienne du Contre-terrorisme. Pour sa première affaire, elle avait travaillé sous couverture à bord d'un yacht du FBI en Méditerranée ; son rôle consistait à jouer les pin-up de service durant un coup monté contre des Arabes d'Al-Qaida. On voyait très bien comment quelqu'un avait pu juger qu'elle s'acquitterait de ce rôle à la perfection. Helen Monaco était le fantasme que nourrit tout un chacun de la partenaire sur une île déserte. Dans le but de banaliser son apparence et d'être prise au sérieux, elle portait maintenant des lunettes de vue à faible correction, sinon tout à fait inutiles, peu ou pas de maquillage et des tailleurs sévères, mais personne n'était dupe de son numéro de Betty Boop du Bureau. Helen Monaco aurait porté un sac-poubelle usagé qu'elle aurait encore eu l'air d'une vraie bonnasse. Ce n'est pas que j'avais des vues sur elle. D'ailleurs, j'avais la forte impression que Chuck Worrall l'avait déjà mise en garde à mon sujet. Il m'avait étiqueté comme un baratineur, ce qui m'avait semblé une bonne chose jusqu'à présent. Cela m'aidait à rester dans le droit chemin, que Helen me considère comme un type avec qui il n'était pas prudent de prendre l'ascenseur.

Helen possédait une autre qualité qui la désignait comme une excellente partenaire. Lors de l'opération d'infiltration sur le yacht, elle avait abattu deux des membres d'Al-Qaida au moment où ils s'apprêtaient à tirer sur un de ses collègues. L'un était mort sur le coup ; l'autre faisait le tour de la cour de la prison de haute sécurité de Florence, au Colorado, en fauteuil roulant. Un bon score.

Tous les trois – Anne, Helen et moi –, nous nous attaquâmes à l'affaire Philip Osborne le lundi ; et le jeudi, nous disposions de suffisamment d'éléments pour les communiquer à l'ASAC. Je leur demandai de venir toutes les deux avec moi parce que je pensais qu'ensemble nous serions plus convaincants qu'un simple superviseur concernant la nécessité d'ouvrir une enquête en bonne et due forme. Par ailleurs, j'avais une théorie que je désirais mettre à l'épreuve – en fait, c'était la théorie de Helen. Elle prétendait que Gisela DeLillo me donnait toujours davantage de fil à retordre quand il y avait d'autres agents de sexe féminin dans la pièce, comme si elle essayait de prouver qu'il n'y avait rien entre nous.

Tandis que j'alignais des crayons pointus en un gentil petit bataillon à côté de ma pochette en cuir du Bureau, Gisela nous fit du café, puis elle nous invita à lui exposer nos arguments à l'encontre de notre suspect encore non identifié.

« C'est le dossier pour enquête le plus étrange que j'aie jamais eu l'occasion de présenter, commençai-je. Il y a près de trois semaines, ici à Houston, l'écrivain Philip Osborne a subi un choc violent qui l'a laissé mentalement déficient, peut-être de façon permanente. Aucune explication quant à l'origine de ce choc n'a encore été trouvée. On a pensé au début qu'il avait été agressé. Mais, dans ce cas, comment ? Cela demeure à l'heure actuelle un mystère. Ou par qui. Il portait des blessures superficielles, sauf qu'il semble se les être faites lui-même. Bien d'autres points ne sont pas clairs dans cette histoire, aussi je vais devoir vous demander d'être patiente, chef.

— Je suis toujours patiente avec vous, Martins, répondit Gisela, avec un grand sourire à Helen et à Anne. Je suppose que c'est le seul moyen, pas vrai ? »

Je laissai passer. Quand vous n'êtes qu'un superviseur de premier niveau, vous laissez passer plus souvent que vous ne relevez. En outre, ma théorie à son sujet commençait à prendre tournure : devant d'autres femmes, Gisela aimait bien me tirer les oreilles.

« Comme vous le savez sans doute, continuai-je, Philip Osborne est homosexuel et ses deux livres les plus récents portaient sur l'athéisme. Au cours de ces dernières années, il a réussi à se mettre pas mal de gens à dos. Mais tout ce que j'ai lu à son sujet laisse supposer qu'il adorait ça. Tout d'abord, j'ai été tenté de voir dans ce qui s'est produit une sorte de crise de nerfs de célébrité. Mais je me trompais. Mon ami Eamon Coogan, évêque catholique auxiliaire de la cathédrale du Sacré-Cœur, a attiré mon attention sur un certain nombre d'autres homicides récents présentant des similitudes intéressantes. Les victimes étaient elles aussi ce que l'on pourrait appeler des adversaires de la droite conservatrice : un chef de clinique obstétricien, un biologiste de l'évolution et un philosophe et psychologue cognitif. Mais, pour le moment, aucun lien n'a été établi entre ces différentes affaires.

— Les trois autres étaient relativement connues, dit Gisela, alors s'il existe un lien, comment se fait-il que les journaux ne l'aient pas flairé ? D'habitude, ils ne sont pas longs à repérer ce genre d'analogie.

— Parce qu'elles donnent toutes l'impression de causes naturelles. Mais Coogan pense qu'il existe des éléments qui demanderaient un examen complémentaire et qui présentent des caractéristiques communes avec ce qui est arrivé à Osborne. Et c'est aussi mon avis.

— Y a-t-il un autre bureau régional susceptible d'enquêter sur un lien ?

— Non. Ce qui fera de Houston le bureau source.

— Si nous nous en chargeons. Ne brûlez pas les étapes, Gil. »

Elle me sourit, mais c'était la deuxième fois en cinq minutes que je me faisais houspiller. Je me demandai si Helen et Anne s'en étaient rendu compte.

« Bien. Je vous écoute toujours. Mais commencez ici à Houston. Avec cet Osborne. S'il y a un rapport entre tout ça, c'est grâce à lui que nous pourrons relancer. »

Je savais à mes dépens que Gisela était une joueuse de poker accomplie, même si elle en avait rarement le langage. Mais c'était, semble-t-il, une autre façon de me rappeler que c'était elle qui détenait tous les atouts dans cette réunion. Après avoir exposé les faits tels que rapportés par les fonctionnaires de la police de Houston ayant assisté à la scène à l'hôtel Zaza, je lui racontai la visite que j'avais faite avec Helen Monaco à l'hôpital psychiatrique du comté de Harris de l'université du Texas.

« Le Dr Andrew Newman, le directeur médical, m'a dressé un diagnostic de la situation d'Osborne. Le type se trouve en état de choc. Il ne bouge pas du tout et paraît bloqué, ce qui, d'après Newman, serait psychologique plutôt que neurologique. Plus précisément, il pense que quelque chose a déclenché une réponse de lutte ou de fuite – une réaction au stress entraînant une libération massive d'hormones surrénales et provoquant une activation du système nerveux sympathique. Il existe une troisième parade, passé le stade de lutte ou de fuite : vous vous bloquez. Vous savez, le lapin pris dans les phares et ce genre de truc. Eh bien, les êtres humains en font autant. Et si le problème n'est pas résolu, cela s'accroît, parfois très vite, et vous vous retrouvez en état de choc, lequel est destiné à vous protéger de quelque chose de pire, peut-être. D'ordinaire, vous en sortez. Parfois rapidement, parfois pas si rapidement. Et, dans le cas d'Osborne, il est clair que le Dr Newman ignore complètement s'il va rester comme ça quinze jours ou quinze mois.

— Autrement dit, il est allongé sur un lit à regarder fixement le plafond ?

— Ils le gardent attaché sur un lit, pour sa propre sécurité, au cas où il émergerait brusquement de sa torpeur.

Mais, comme un morceau de Play-Doh, le corps d'Osborne peut être mis dans n'importe quelle position, qu'il conserve pendant quelques minutes, ou jusqu'à ce qu'on oriente ses membres ou sa tête dans une autre direction. »

Je sentis Helen frissonner à côté de moi.

« Et pendant ce temps, il se contente de regarder droit devant lui comme s'il était mort, continuai-je. Seulement il ne l'est pas. Tous ses signes vitaux – rythme cardiaque, pouls, pression sanguine – semblent indiquer qu'il va tout à fait bien. C'est comme s'il était prisonnier de son propre corps. Mais il y a un truc bizarre, en rapport avec la réponse de lutte ou de fuite décrite par le Dr Newman. Peu après son admission à l'hôpital, les médecins ont effectué un prélèvement sanguin. Il est fréquent de mesurer l'adrénaline dans le sang comme aide au diagnostic. Chez chacun de nous à cet instant, le taux est probablement de dix nanogrammes par litre. Il peut être multiplié par dix au cours d'un exercice physique et par cinquante durant un stress extrême, soit cinq cents nanogrammes par litre. Chez Osborne, on a trouvé environ dix mille nanogrammes par litre, ce qui est apparemment la dose administrée en soins intensifs avec une seringue hypodermique à des patients cardiaques. Pour injecter une telle dose d'adrénaline en un bref laps de temps, il faut un super EpiPen ou une aiguille cardiaque ; et pourtant, le corps d'Osborne ne présente aucune trace de piqûre hypodermique. Et rien n'indique qu'un inhalateur ait été utilisé. On n'a retrouvé ni EpiPen ni inhalateur à l'hôtel, sur la place ou sur la personne d'Osborne. Newman n'a jamais vu une quantité pareille d'adrénaline produite naturellement, ce qui ne signifie pas, déclare-t-il, que cela ne puisse pas arriver. Il n'a jamais vu non plus un cas de catatonie aiguë comme celui d'Osborne.

— Étrange, murmura Gisela en griffonnant quelque chose sur son bloc.

— Récemment, il avait en outre demandé un permis pour une arme de poing.

— Là, rien d'étrange, fit-elle.

— Si ce n'est qu'il s'agissait d'un opposant déclaré à la National Rifle Association et à la possession d'armes en général.

— Il a donc dû avoir peur de quelque chose. » Gisela se tourna vers Anne Goldberg. « Que donnent ses relevés téléphoniques, Anne ?

— Rien qui ne devrait pas s'y trouver. Tous les numéros figuraient dans son carnet d'adresses.

— Les e-mails ?

— Les gars du labo sont en train de passer son ordinateur au crible pour voir s'il ne contient pas des indices, répondis-je. Mais ça va prendre un peu de temps. En attendant, voilà ce que l'on sait sur les trois autres. Le Dr Clifford Richardson dirigeait la clinique Silphium à Washington. Jusqu'à sa mort il y a six mois, c'était l'un des plus éminents obstétriciens du pays, président de l'American Gynecological and Obstetrical Society. Une autorité mondialement reconnue en matière d'obstétrique clinique. Des menaces de mort ayant été proférées contre lui dans l'Utah à la fin des années 1990, Richardson vint s'installer à Washington, ouvrant une clinique à une centaine de mètres seulement de la Maison-Blanche, dans la 16e Rue, où, pensait-il, il y aurait sans doute moins d'opposition à l'avortement.

— Sans des gens comme lui, remarqua Gisela, je me demande ce que feraient les femmes dans ce pays.

— Mais il se trompait, continuai-je. Au sujet de l'absence d'opposition dans le District de Columbia. La clinique Silphium a été régulièrement la cible de manifestations la dénonçant comme une usine à avortements, et cela par des « conseillers de rue » de groupes pro-vie et de l'université catholique. Ils priaient pour les femmes entrant dans la clinique parce qu'elles désiraient se faire avorter.

— Cela ressemble à du harcèlement, fit observer Anne.

— Raison pour laquelle il y avait des flics sur les lieux, dis-je. Et des escortes pro-choix. Ou "escortes de la mort", comme les appellent les militants pro-vie.

— Ô frère, marmonna Anne. Il y a des moments où je regrette qu'on ne puisse pas faire venir Jésus pour lui poser des questions et lui demander s'il ne pourrait pas désavouer certains de ces pauvres connards. (Elle me regarda.) Pardon, Gil, je sais que tu vas à l'église.

— Pas de problème. Tu n'as rien dit sur lui qui ne me soit pas déjà venu en tête. Et je vous signale au passage que je ne suis plus pratiquant. »

Gisela s'adossa à son fauteuil.

« Qu'est-ce que Ruth en pense ? »

J'étais sur le point de répondre que la pensée ne semblait pas avoir joué un grand rôle dans la décision de ma femme, lorsque l'échec que constituait mon mariage étouffa les mots dans ma gorge. Je pensai à Danny et j'eus du mal à déglutir, puis je sentis que je me mettais à plisser les paupières, comme si je ne leur faisais pas suffisamment confiance pour rester ouvertes sans montrer davantage d'émotion qu'il ne sied à une réunion de travail avec mon ASAC. S'ensuivit un long silence alors que j'essayais de me reprendre, lequel devint à chaque seconde plus révélateur et plus éloquent.

Avec son instinct rapide de joueuse de poker, Gisela lut le récit qu'il y avait dans mes yeux et devina toute l'histoire, ou du moins une bonne moitié.

« Oh ! mon Dieu, fit-elle d'une voix entrecoupée. Gil. Est-ce que Ruth vous a quitté ? »

Je secouai la tête, mais mon visage et ma pomme d'Adam fluctuante disaient autre chose.

« Je préférerais ne pas en parler maintenant. Ç'a été une rude semaine à tous égards.

— Souhaitez-vous qu'on s'arrête une minute ? »

J'inspirai profondément et secouai la tête.

« Non, ça va », répondis-je.

Et, soudain, ce fut le cas, dans l'immédiat.

« Clifford Richardson habitait le complexe du Watergate, repris-je. Son appartement avait un balcon avec une vue sur le Potomac. Le vendredi 21 février de cette année, il avait fini de travailler tard à la clinique. D'après sa réceptionniste, il paraissait plus soucieux que d'ordinaire. Ayant fait le plein d'essence à une station-service, il arriva chez lui vers 21 heures, se gara dans le parking souterrain et remonta en ascenseur. En dépit de ce que vous avez peut-être lu, le Watergate jouit d'une bonne sécurité. Ses voisins ont dit n'avoir rien vu ni entendu d'inhabituel. La nuit était froide et il y avait de la neige sur le sol, mais pas assez pour amortir la chute d'un type depuis le onzième étage. Le lendemain matin, un des gardiens a retrouvé le corps de Richardson dans des buissons sous son balcon. Il avait un billet pour un concert le lendemain soir et un réfrigérateur plein. Ce même jour où il a apparemment sauté de son balcon, il avait commandé des livres sur Amazon qui sont arrivés juste le matin où on a découvert son corps.

— Ce que vous voulez dire, intervint Gisela, c'est que ce comportement ne correspond en rien à celui d'un homme qui s'apprête à se tuer.

— Exact. La police métropolitaine s'est rendue sur les lieux et a pénétré – non sans difficulté, dois-je ajouter, car la porte avait plusieurs serrures – dans l'appartement de Richardson, où elle n'a trouvé ni lettre de suicide ni traces de lutte. La télévision était allumée et il y avait un repas cuit dans le four à micro-ondes. Du fait de ces contre-indications au suicide et des antécédents de Richardson, la police a décidé de considérer sa mort comme suspecte. Des recherches ont été effectuées en Utah. Et les individus qui avaient manifesté devant la clinique ont été interrogés. Il y a également une caméra de vidéosurveillance dans l'immeuble, et tous ceux qui sont entrés et sortis ce jour-là ont été pris en compte et mis hors de cause. Aucun d'eux n'avait quoi que ce soit à voir avec les militants pro-vie à l'extérieur de la clinique. N'étant pas parvenue à dénicher la moindre piste, la police métropolitaine a conclu que Richardson s'était suicidé et a classé l'affaire. Mais elle avait remarqué un objet insolite dans l'appartement : un rouleau de la Torah ouvert sur le buffet, à un genre de place d'honneur. Vous savez ? Comme on en voit dans les synagogues, écrit sur du parchemin en vieil hébreu, avec des axes en bois et tout.

— Et alors ? demanda Gisela.

— Richardson n'était pas juif. D'après sa fille, il n'était même pas croyant. Elle n'a pas pu expliquer pourquoi il possédait un tel objet.

— Il s'agit d'un Sefer Torah, dit Anne. Ils coûtent cher. Richardson l'avait acheté sur eBay environ deux semaines avant sa mort. Et il l'avait payé sept mille dollars.

— Ce qui est plutôt curieux, ajoutai-je, si l'on songe qu'il ne lisait pas un mot d'hébreu.

— Curieux, en effet, admit Gisela. Mais pas la preuve d'un meurtre.

— Ensuite, nous avons Peter Ekman, un journaliste britannique réputé, devenu citoyen américain après le 11-Septembre. Ancien rédacteur en chef de *The New Republic*, auteur de nombreux livres ainsi que d'un blog d'information quotidienne irrévérencieux, intitulé « Ekman : mise en pièces », qui paraissait dans *The Daily Beast*. Jusqu'à sa mort en avril de cette année, son blog recevait cinq cent mille visites par jour.

— Je ne savais même pas qu'il était mort, dit Anne.

— À part les politiciens, il s'en prenait régulièrement à la religion. La semaine précédant son décès, il écrivit un article sur les baptistes qui donna lieu à soixante-cinq mille plaintes, un record pour *The Daily Beast.* Ekman était le genre de type qui disait tout haut ce que les autres pensent tout bas. Et il s'en tirait parce qu'il était drôle. Il s'était notamment illustré lors du *Volker Walker Show,* sur HBO, face au pasteur Ken Coffey, l'évangéliste, lequel s'était emporté contre Ekman au point d'avoir une attaque et de devoir être hospitalisé. Ce qui avait valu à Ekman pas mal de problèmes avec la droite religieuse. Je l'ai vu une fois débattre avec l'ancien archevêque de Canterbury, Lord Mocatta, à l'université de Georgetown, et il était extrêmement drôle et incisif. Mais le plus gros esclandre qu'il ait provoqué, c'est avec les musulmans, lorsqu'il a parlé sur son blog d'Angela Merkel, la chancelière allemande, remettant le prix de la liberté de la presse à Kurt Westergaard, le Danois auteur des caricatures de Mahomet.

— Encore une erreur, fit Anne.

— En fait, Ekman s'est servi de son blog pour comparer les caricatures danoises à celles qui paraissaient dans les journaux de l'Allemagne nazie, mais, alors qu'il les défendait, il a quand même réussi à s'attirer les foudres des musulmans en reproduisant lesdites caricatures.

— Il y a des gens qu'on ne peut pas aider, fit de nouveau Anne.

— Très bien, dit Gisela. Ekmann était drôle. Cependant, il souffrait d'une maladie liée au tabagisme – de l'emphysème, n'est-ce pas ? Et je me souviens qu'il a eu une crise cardiaque. Alors pourquoi parlons-nous de lui ?

— Les musulmans ayant menacé de lui faire la peau, il décida de prendre quelques précautions concernant sa sécurité personnelle et il fit construire une chambre forte chez lui. La pièce possédait son propre générateur et un bouton d'alarme relié au poste de police du quartier. Ce qui aurait dû lui sauver la vie. Au lieu de ça, sa femme rentra un jour de New York pour le trouver mort à l'intérieur. La police supposa que la pièce n'était pas correctement ventilée, ce qui avait entraîné un empoisonnement au dioxyde de carbone. Il avait soixante-deux ans.

— Avant tout, pourquoi se trouvait-il dans la chambre forte ? Est-ce qu'on le sait ? demanda Gisela.

— Non, et il n'a pas déclenché l'alarme. Ou, s'il l'a fait, ça n'a pas marché et personne n'est venu. La porte d'entrée était verrouillée. De même que les fenêtres. Pas d'empreintes de pas dans le jardin. Pas de tuiles brisées sur le toit.

— Des menaces récentes ?

— Le femme d'Ekman a déclaré à la police qu'il recevait des menaces tout le temps, principalement sur le site Web et par la poste, mais qu'elle n'était au courant de rien sortant de l'ordinaire. De toute façon, elle pensait qu'Ekman ne lui aurait probablement pas dit. Il avait tendance à considérer ce genre de chose comme un risque du métier. Quoi qu'il en soit, la police de Tarrytown s'est occupée de l'enquête avec le concours de la brigade criminelle de la police de l'État.

— Donc, une mort accidentelle, dit Gisela.

— Ekman avait un chat de compagnie. Le chat a été retrouvé mort lui aussi.

— Ça se comprend, dit Gisela. Empoisonnement au monoxyde de carbone. Ce truc est invisible et sans odeur.

— Sauf que le chat ne se trouvait pas dans la chambre forte, mais à l'extérieur, dans la chambre à coucher où la pièce de sécurité était dissimulée.

— La porte de celle-ci était peut-être ouverte, suggéra Helen, et une poche de gaz en est sortie. Pas suffisamment pour incommoder Mme Ekman, mais assez pour affecter le chat.

— Eh bien, voilà, Gil, dit Gisela. Je pense que Helen vient de résoudre votre félinicide.

— Hé, je croyais que tu étais censée être de mon côté, dis-je à Helen.

— C'est le cas, répondit-elle. Mais ça vient juste de me traverser l'esprit. Peut-être qu'à l'insu de Mme Ekman le chat l'a suivie dans la chambre forte, a respiré le gaz, est ressorti et qu'il est mort.

— Bon, dit Gisela. Essayons de limiter les spéculations au minimum, les amis. Gil, vous avez dit qu'une troisième affaire avait attiré l'attention de l'évêque Coogan. Pourquoi ne pas nous en parler ?

— Willard Davidoff était professeur de biologie évolutive humaine à l'université de Yale, vice-président de l'American Humanist Association, de même qu'un auteur célèbre et un athée bien connu. En 2009, il a été classé par *Time Magazine* parmi les cent personnes les plus influentes du monde. Juste avant Noël dernier, il a donné une conférence à la bibliothèque publique de Boston. Le sujet en était : *L'évolution de la superstition et de la religion*. Et il a soutenu que les religions d'aujourd'hui ne sont pas une question de révélation divine, mais de sélection naturelle, en ce sens que seules les mieux adaptées ont survécu du fait même de leur faculté d'adaptation, qu'il définit comme leur volonté d'éradiquer les autres religions.

— Ça a dû être bien accueilli à Boston », dit Gisela.

Je souris.

« En fait, la conférence affichait complet. Ensuite, il y avait une fête à laquelle était invité tout le gratin de Boston. Son éditrice a raconté avoir aperçu, un peu avant la fin, Davidoff à un des étages, se parlant à lui-même. Elle lui a dit quelques mots et il l'a ignorée. Il était connu pour avoir un tempérament irascible, si bien qu'elle avait l'habitude et l'a laissé tranquille. Personne ne l'a revu après ça, et on a supposé qu'il avait regagné sa chambre à l'hôtel Four Seasons. C'est à dix minutes à pied. On pourrait le faire les yeux fermés. Mais le lendemain matin, un promeneur de chien a découvert le corps de Davidoff dans Olmstead Park, soit à une heure de marche dans la direction opposée. Il avait encore sa Rolex, ainsi qu'un portefeuille avec trois cents dollars à l'intérieur. Donc, visiblement, il ne s'était pas fait détrousser. Il avait le cou brisé et paraissait être tombé d'un arbre. Ses vêtements étaient fortement maculés de mousse, et il y avait de l'écorce sous les ongles.

— Était-il ivre ? demanda Gisela.

— Son organisme contenait l'équivalent d'une bouteille de vin rouge, répondis-je.

— Ça m'aurait assurément rendue ivre, admit Helen.

— Toute la question est de savoir, continuai-je, si c'est la bouteille de rouge que Davidoff a bue à la bibliothèque publique de Boston qui l'a persuadé de faire cinq kilomètres dans le mauvais sens et ensuite de grimper à un arbre. Ou si c'est autre chose. Quelqu'un dans Huntington Avenue a déclaré avoir cru voir un homme répondant au signalement de Davidoff courir en direction du parc vers 22 h 15 ce soir-là, et une infirmière d'un hôpital voisin a prétendu avoir vu quelqu'un pouvant être Davidoff se faire quasiment renverser par un taxi.

— Et qu'est-ce que la police de Boston a pensé de tout ça ?

— Qu'il était sorti de la bibliothèque et avait marché dans le mauvais sens. En se rendant compte qu'il était perdu, il s'est mis en quête d'un taxi, s'est perdu encore un peu plus et s'est retrouvé dans Olmstead Park, où il a trouvé la mort accidentellement. Ils ont choisi l'explication la plus évidente parce que c'est généralement la bonne. À savoir que Willard Davidoff a grimpé à un arbre alors qu'il était ivre, ce qui a fait de lui l'un des quinze mille Américains victimes chaque année d'une chute. »

Gisela tapa impatiemment avec son stylo sur son bloc.

« Et franchement, je ne peux pas dire que je sois en désaccord avec ce point de vue.

— Allons, chef, protestai-je. Il s'agit d'un professeur de Yale, pas d'un gamin de la société secrète Skull and Bones. Grimper aux arbres, par une froide soirée d'hiver, à Boston, est-ce un comportement normal pour un biologiste de l'évolution de soixante-cinq ans, mondialement célèbre ?

— Vous savez, ça se pourrait bien, rétorqua Gisela. Il a grimpé à un arbre à la recherche d'un scarabée rare ou d'un fichu morceau d'écorce. C'est ce que font les biologistes, Gil. D'un autre côté, peut-être que l'arbre en question lui offrait une excellente vue à travers la fenêtre de la salle de bains d'une séduisante jeune femme. C'est de la biologie aussi.

— Vous ne trouvez pas que ça fait un peu trop de coïncidences ? On dirait que chacun de ces types avait peur de quelque chose. Trois d'entre eux sont morts prématurément, et à moins de six mois d'intervalle les uns des autres. C'est qui ils sont et ce qu'ils sont qui me démange, en l'occurrence. Et je ne suis pas le seul à avoir envie de me gratter, chef. C'est l'évêque Eamon Coogan qui m'a mis là-dessus, vous vous souvenez ?

— Dois-je vous rappeler quelque chose que vous auriez dû apprendre à Quantico, agent Martins ? »

Je venais de me prendre une claque. Toute mention de ce que j'aurais dû apprendre à l'Académie me donnait toujours l'impression que je ne passerais jamais ASAC.

« Gil, je joue à pile ou face et la pièce retombe dix fois de suite côté face, est-ce que je crie au complot ? Ou est-ce que je hausse les épaules en considérant qu'il s'agit d'une coïncidence ? Nous sommes le Bureau fédéral d'investigation, pas le Bureau farfelu de l'ingénuité. Votre demande est un raisonnement d'enquêteur à la Oscar Wilde. Ouvrir une enquête inutile, c'est un malheur, mais deux, c'est une négligence. Et trois, c'est le titre 18. »

Le titre 18 du code des États-Unis, section 351, est ce qui permet aux agents spéciaux et fonctionnaires du FBI d'enquêter sur des infractions aux lois fédérales.

« Helen, qu'en pensez-vous ? »

Helen bougea avec gêne sur sa chaise et croisa ses longues jambes, comme si cela pouvait lui procurer un peu de temps pour se prononcer dans un sens ou dans l'autre. Je savais déjà qu'elle était favorable à un complément d'enquête. Restait à savoir si elle capitulerait devant la carte maîtresse de Gisela. Après tout, Gisela était la patronne.

« Ce que vous avez dit à propos des coïncidences est tout à fait pertinent. Mais, parfois, il me semble que la vie nous montre ce que nous avons besoin de savoir. Avant que je n'entre dans cette pièce, Gil m'avait convaincue qu'il y avait probablement un feu au bout de cette traînée de fumée. Maintenant, je n'en suis plus aussi sûre. Cependant, si c'était moi, je ferais probablement confiance à son instinct, pendant un moment au moins. Peut-être une semaine ou deux. Histoire de voir ce qu'il arrive à dénicher avec son flair. Ça ne pourrait pas faire de mal. Ça pourrait même lui faire du bien. »

Gisela se tourna vers Anne.

« Quel est votre avis ?

— Je crois avoir le nez creux, moi aussi, répondit Anne. J'aime bien les schémas. J'y crois. Je vois des liens là où il n'y en a pas. J'entends bien ce que vous dites, chef, mais j'ai dans l'idée qu'il arrivera un jour, et ça ne saurait tarder, où les ordinateurs rendront la notion de coïncidence et d'aléatoire obsolète et où nous verrons les choses telles qu'elles sont réellement. Les coïncidences sembleront logiques. »

Helen et Anne avaient raison, bien sûr. Mais Gisela également. J'arrivais à trois contre un en faveur d'un complément d'enquête, même si Gisela comptait pour plus de trois, bien évidemment. Je pouvais voir qu'elle était un peu déçue que la sororité m'ait donné raison, mais c'était comme ça, et peut-être qu'Anne et Helen avaient seulement eu plus de temps qu'elle pour réfléchir à la question.

« Je dois justifier cela auprès de Chuck et je ne tiens pas à avoir l'air d'une morveuse dansant autour de son sac à main, dit Gisela. En l'occurrence, ce n'est pas Gil Martins qui porte la paire de couilles, c'est moi. Et je tiens à les conserver encore un certain temps. Si jamais je décidais de donner le feu vert à une enquête de terrorisme intérieur, quelle serait votre prochaine étape, Gil ?

— Faire une descente pour un examen plus approfondi. Helen et moi, on se rendrait à Washington, Boston et New York. Voir si on peut récolter davantage d'éléments sur ces trois décès que la police locale. Espérer que les gars du labo trouvent quelque chose dans l'ordinateur d'Osborne. Et prier pour qu'on ait une piste, je suppose. Ou éventuellement une nouvelle victime. Si quelqu'un est derrière tout ça, je doute qu'il se contente de trois morts et d'un cas de catatonie aiguë. De toute façon, j'imagine qu'on peut avoir collecté tous les faits en deux semaines. Je pense que vous pouvez vous passer de moi actuellement. La Division des enquêtes criminelles de l'armée dispose d'un informateur proche de Johnny "Sack" Brown, et elle nous tient constamment au courant des projets du groupe HIDDEN pour se doter d'un système Switchblade. Le FBI de Chicago suit une piste concernant les deux fugitives du Front de libération de la terre. »

Gisela hocha la tête.

« Très bien, dit-elle. C'est tout pour aujourd'hui, les amis. Je vais réfléchir à tout ce que vous avez dit et je vous informerai de ma décision quand j'en aurai pris une. »

8

Une semaine plus tard, avec rien d'autre à montrer qu'une poignée de justificatifs de frais et de rapports de terrain peu probants, ma descente ressemblait davantage à celle d'un plongeur faisant un plat. On s'était rendus à Washington et à New York, et maintenant qu'on était à Boston, il semblait qu'on allait faire chou blanc également. Seule consolation, nous logions chez mes parents dans leur grande maison du South End – à dix minutes en voiture du FBI de Boston, dans la partie nord de la ville, où nous devions supporter la moquerie silencieuse de nos collègues. Flics et fédéraux ont le regard le plus dur du monde. Chaque fois que je voyais un de ces types, je savais ce qu'il pensait : « Vous êtes venus en avion de Houston pour enquêter sur la mort d'un mec qui est tombé d'un arbre à la con ? » On ne trouva rien d'intéressant dans le rapport de police au siège de Tremont Street, et pas grand-chose sur le lieu du décès de Willard Davidoff, dans Olmstead Park. Sinon, peut-être, l'arbre lui-même.

« C'est un sycomore de quinze mètres de haut, dit Helen. Je n'essaierais pas de grimper à cet arbre même un jour d'été. Et pourtant, j'aime bien l'escalade.

— Tu en fais ?

— Naturellement. Je vais faire du bloc de temps à autre à la Texas Rock Gym, dans Campbell Road.

— Du bloc ?

— De la grimpée sans corde.

— On dirait une description de ma carrière au Bureau.

— Ça peut être assez excitant, si c'est ce que tu entends par là.

— Sûr. Jusqu'à ce que tu te casses la gueule.

— Et tu penses que c'est ce qui est en train de se produire ici. Pour toi ? Avec cette enquête ?

— Je suis peut-être encore dans les airs, mais le résultat de tout ça semble assez évident.

— On apprend de ses erreurs. N'est-ce pas ce qu'on nous enseigne à l'Académie ? »

Je haussai les épaules.

« J'ai toujours aimé ce parc.

— Déjà amené des filles ici ?

— Juste toi.

— Mon jour de chance, je suppose.

— À peu de chose près. » Je regardai de nouveau l'arbre. « C'est le bon, hein ? »

Helen se tourna vers la voiture de patrouille de la police de Boston garée dans Jamaica Way.

« C'est ce qu'ils ont dit. Ils ont retrouvé des petits bouts d'écorce et de mousse sur ses vêtements. Et des morceaux de sa peau sur cette branche. »

Je secouai la tête.

« D'accord. Mais comment a-t-il fait pour grimper à un arbre pareil ? »

Helen retira sa veste et me la tendit.

« Il n'y a qu'un moyen de le savoir. Rien ne vaut l'expérimentation pour vérifier une théorie. C'est la méthode scientifique. Galilée.

— Ouais, eh bien, sois prudente, Helen. Galilée a découvert la pesanteur. Tâche de ne pas en faire autant.

— En réalité, tu te trompes. » Helen saisit le tronc et leva la tête, cherchant une prise. « Galilée a suggéré que des objets différents tombaient avec une accélération uniforme.

— Le même genre de foutaise.

— Le fait est qu'entre Galilée et Aristote il y a eu un tas de types prônant des théories qu'ils ne prenaient pas la peine de mettre à l'épreuve.

— Je savais bien que j'avais une raison de ne jamais amener de filles dans ce parc. »

Helen bondit, attrapa une branche et se souleva avec un bras puis avec deux.

Machinalement, je m'approchai pour l'aider.

« Ne me touche pas ! s'écria-t-elle vivement.

— Pardon. »

J'enlevai mes mains et les joignis derrière mon dos d'un air contrit.

« Je voulais dire… je dois le faire seule, comme il l'a fait, lui ; sinon ça ne sert à rien… »

Elle balança ses jambes vers le haut et accrocha ses mollets à la branche qu'elle tenait.

« Oui, bien sûr. Suis-je bête. »

Elle lâcha la branche d'une main et remonta sa jupe autour de sa taille, m'offrant une vue impressionnante de ses sous-vêtements.

« Tout le parc est sûrement en train de regarder, dis-je.

— Toi surtout, à ce que je vois. »

Saisissant de nouveau la branche, elle parvint tant bien que mal à s'asseoir à l'extrémité.

« Je collabore simplement à une expérience scientifique, dis-je.

— Et quelle est ta conclusion, Galilée ?

— Tu es une très jolie femme.

— D'où tu es.

— Exact. Quel âge as-tu, Helen ?

— Vingt-sept ans. Pourquoi ?

— Willard Davidoff avait le double et même plus. S'il a grimpé à cet arbre, je suis George Washington.

— Il s'agissait d'un cerisier. »

Helen sauta, atterrit sur l'herbe puis rabattit sa jupe sur ses cuisses bronzées.

« Qu'est-ce qu'il y a ? Jamais vu de petite culotte ?

— Et comment. Tu trouveras mon ADN sur la vitrine de la plupart des boutiques de lingerie de Houston.

— Bon. Avec toi dans les parages, qui a besoin de chiens renifleurs, hein ?

— Ce n'était pas mon nez que je pressais contre la vitre.

— Alors tout va bien.

— Je ne voudrais surtout pas que tu te méprennes à mon sujet, Helen.

— Non, tout est parfaitement clair à présent, agent Martins. Je commence à comprendre ta femme.

— Dommage que je n'aie pas ta capacité de compréhension. Je ne te cache pas que j'ai du mal à m'imaginer comment la police de Boston a pu confondre un professeur de science de soixante-cinq ans avec Indiana Jones. »

Helen examina un moment ses mains avant de cracher dedans puis de les frotter avec le mouchoir que je lui tendais.

« Je n'ai jamais beaucoup aimé la science, dis-je.

— Trop exigeant pour toi sur le plan intellectuel, je suppose. »

Je souris.

« Tu n'es pas censée me parler de cette manière. Je suis ton superviseur.

— C'est justement ce qu'il y a de drôle.

— Fichons le camp d'ici avant que tu ne dises quelque chose que tu risques de regretter. »

Nous regagnâmes la voiture de location que nous avions laissée garée derrière la voiture de patrouille de la police de Boston. Les deux couilles molles priant dans leur gobelet de café en polystyrène nous considérèrent avec un amusement manifeste. Deux spécimens de la communauté irlandaise

– des faux culs obèses sortis d'une des banlieues pourries de la ville et à l'haleine chargée d'effluves de whisky.

« Le mec est tombé d'un arbre, je suppose, dis-je.

— Ah ! Bien joué, Sherlock ! »

Les deux flics se marrèrent, mais ça ne posait pas de problème. Tout le monde a le droit de rigoler. Surtout les flics, peut-être.

J'avais de bonnes raisons de ne pas vouloir manger à la maison. D'une part, mes réponses monosyllabiques au sujet de Ruth et de Danny n'avaient pas échappé à mes parents, et je n'avais guère envie de m'étendre sur notre jugement de séparation, comme l'avait qualifié l'avocat de Ruth. Ce qui m'aurait sans doute obligé à mentionner ma propre infidélité et le fanatisme religieux de Ruth. C'était encore un sujet sensible pour mon père. Je ne tenais pas à faire de la peine à mes parents. Ils semblaient tellement plus vieux et décatis que dans mon souvenir. Mais Helen ne voulut rien entendre. De plus, elle était plus intéressée par leur maison que par la nourriture.

De l'extérieur du moins, elle ressemblait à n'importe quelle maison de ville dans cette partie de Boston : grande, avec des baies vitrées, une véranda et un lierre grimpant qui n'était pas bon pour les briques rouges, même si mon père ne s'en souciait pas beaucoup. À l'intérieur, cependant, ils avaient réussi à donner à l'endroit l'air d'un véritable chez-soi, autrement dit d'une réplique exacte de la maison que nous avions habitée à Glasgow. Il y avait des vitraux aux fenêtres, des sièges tapissés de tartan, quantité de solides meubles en acajou de l'époque victorienne et, sur les murs, quelques paysages écossais maussades ainsi que des portraits d'ancêtres et relations au visage impassible et sans pitié, parmi lesquels Bill, le frère de mon père.

Peu après avoir quitté l'Écosse pour s'installer à Boston – j'avais alors quatorze ans –, mon père m'avait donné quelques conseils que j'ai toujours essayé de suivre.

« Ne t'insurge pas trop vite, Giles. Apprends à être tolérant, à vivre et à laisser vivre. Rappelle-toi ceci : intolérance, sectarisme, rancune, nous laissons tout cela derrière nous. » C'était une des rares recommandations de mon père. Lequel n'était pas homme à dire aux autres ce qu'ils doivent faire. En conséquence, il est difficile de me provoquer, ce qui, d'après le principe chrétien du « tendre l'autre joue », est plutôt une bonne chose, je suppose. Mais cela conduit également un certain nombre de gens à penser que je me fiche de presque tout. Aussi chacun avait-il été surpris de me voir rejoindre le FBI. Mon père plus que quiconque ; et personne n'en éprouva davantage de fierté non plus. Ce qu'il me répétait apparemment sans se lasser. « L'Amérique a été bonne pour notre famille, Giles, disait-il avec un accent qui, même au bout de trente ans, donnait encore l'impression qu'il habitait les beaux quartiers de Glasgow. Je suis bien content que tu aies décidé de la payer de retour. »

Avec le recul, je me rends compte qu'il y avait beaucoup plus dans les conseils qu'il m'avait dispensés lorsque j'étais adolescent que le simple désir de m'empêcher de devenir comme un tas de mes compatriotes. Et, par-dessus tout, comme mon oncle Bill.

Oncle Bill doit avoir maintenant soixante-six ans, et je ne l'ai pas revu depuis notre départ en 1990 ; mon père non plus, j'en suis presque certain. Voyez-vous, mon oncle Bill est devenu fou et il est toujours enfermé dans un asile quelque part en Écosse. Un jour, peu avant que nous ne quittions le pays, papa est rentré en larmes d'une visite là-bas en jurant qu'il n'y remettrait plus les pieds. Mes propres souvenirs de Bill sont aussi vivants que si je l'avais vu hier. Cela faisait près de dix ans qu'il radotait, puis il s'est mis petit à petit à faire peur à tous ceux qui l'approchaient, y compris ses neveux et nièces. Je me souviens des disputes violentes mais entièrement muettes qu'il avait avec des personnages purement imaginaires. Il existe un terme psychiatrique pour désigner ce qui ne tournait pas rond chez oncle Bill, mais, aux yeux de mon père, c'était seulement une question de sensibilité plus élevée que la normale aux contrariétés de la vie quotidienne. Situation dans laquelle vous pouvez facilement vous retrouver si vous vivez en Écosse. Une fois, je demandai à papa avec qui Bill croyait se disputer, et il me répondit qu'à son avis, c'était sans doute une de ses différentes personnalités. Une autre fois, papa me dit que c'était peut-être Dieu ou le diable, et comme j'insistais pour savoir lequel des deux lui paraissait le plus probable, il se contenta de hausser les épaules en disant : « C'est du pareil au même. » C'était avant qu'il ne fasse état de son propre athéisme, mais visiblement il y avait déjà des signes avant-coureurs.

Quand j'y repense, il me semble que la folie de Bill date plus ou moins de l'époque de ma confirmation, ou de ma non-confirmation, selon le point de vue où l'on se place. De fait, recracher l'hostie et essuyer l'huile sainte sur son front n'est pas précisément une attitude de catholique fervent. Même l'évêque Coogan ne le savait pas. Longtemps après, j'assurai à mon moi en herbe que Dieu m'avait puni de mon acte d'impiété précoce – il savait pertinemment combien j'étais attaché à Bill – en rendant fou le malheureux. Aujourd'hui encore, pour expliquer la folie de quelqu'un, c'est une logique ni plus ni moins convaincante que bien d'autres que l'on peut entendre dans n'importe quelle église.

Ces choses-là sont parfois héréditaires.

Mon téléphone portable se mit à bouger sur la table de la salle à manger comme si un tremblement de terre avait lieu, laissant mes parents éberlués.

« Allô, agent spécial Gil Martins à l'appareil.

— Ici Cynthia Ekman. »

La voix était légèrement voilée, mais séduisante et anglaise, avec une pointe d'accent américain pareille à un soupçon de soda dans du whisky, comme mon père et ma mère avaient l'habitude de le boire.

« La femme de Peter Ekman, expliqua-t-elle. Sa veuve.

— Madame Ekman. Je suis désolé de vous avoir ratée quand nous étions à New York. »

Je me levai et quittai la table, faisant signe à Helen de me suivre et touchant en même temps l'icône de mon BlackBerry pour qu'elle puisse entendre.

« Mon fils a eu son diplôme de l'université d'Oxford et je suis allée en Angleterre pour la cérémonie. Mais je suis de retour à New York à présent.

— Ma collègue l'agent Helen Monaco, qui est ici avec moi, écoute cette conversation. Cela m'évitera de la lui relater ensuite. Nous sommes actuellement à Boston.

— Je suis navrée de la perte que vous avez subie, madame Ekman. L'agent Martins et moi avons lu beaucoup d'articles de votre mari. Nous l'admirions. »

Nous étions à une fenêtre donnant sur Worcester Square, Helen et moi. En bas, dans le petit jardin public bordé d'arbres, la lune se reflétait sur la surface de l'eau d'une fontaine que dominait un groupe hideux de silhouettes réalisées à gros traits et censées représenter deux dames de Boston en promenade avec leurs gosses insupportables.

« J'ai vu une fois votre mari débattre à Washington avec l'ancien archevêque de Canterbury, dis-je. On peut dire qu'il a contribué à me détourner de l'Église. »

Mme Ekman poussa un soupir.

« Alors c'est moi qui suis navrée de la perte que vous avez subie, agent Martins. Face à l'athéisme militant de mon défunt mari, j'ai réussi à conserver ma foi. Avoir été mariée pendant dix ans à un homme comme Peter et pouvoir me qualifier encore de musulmane pratiquante, eh bien, cela n'a pas été de tout repos. Écoutez, la raison pour laquelle je vous appelle, c'est qu'il y a quelque chose qui ne va pas dans ce qui est arrivé à Peter. Il n'est pas mort accidentellement comme on l'a dit. J'en suis sûre ; et je présume que vous avez quelques doutes vous aussi.

— Qu'est-ce qui vous fait croire que la police aurait pu se tromper ?

— J'ai trouvé un journal qu'il a tenu jusqu'à sa mort. Un journal secret dont j'ignorais l'existence. L'ayant lu, je suis persuadée que son décès n'est pas ce qu'il paraît de prime abord.

— Avez-vous parlé de ce journal à la police ?

— Non.

— Puis-je vous demander pourquoi ? »

Cynthia Ekman poussa un soupir.

« Mon mari avait une liaison. Et je ne peux pas compter sur les policiers pour ne pas montrer cet agenda à quelqu'un de la presse. À la mort de Peter, plusieurs histoires se sont retrouvées dans le *Washington Post* qui ne pouvaient provenir que de la police. News Corporation et Peter étaient en conflit depuis des années. Et maintenant qu'il n'est plus là, ils seraient trop contents de pouvoir salir sa mémoire avec ce genre de foutaise. L'agenda concerne principalement sa liaison, mais, de temps à autre, il mentionne quelque chose qui me donne à penser qu'il avait peur. Réellement peur.

— D'accord. Voulez-vous nous envoyer cet agenda ?

— Je dois sans doute me fier à quelqu'un, en l'occurrence, mais j'ai encore du mal à faire confiance à des gens que je n'ai jamais vus. Si vous veniez à New York, nous pourrions peut-être nous rencontrer, ce qui me permettrait de vous lire des extraits de l'agenda ici. »

9

Tarrytown est un village cossu du comté de Westchester, dans l'État de New York. Il occupe une de ces baies spacieuses qui parsèment la rive est de l'Hudson. Non loin de là et à mi-chemin du village de Sleepy Hollow, s'étendait le paisible hectare de terre sur lequel se trouvait la maison de Cynthia Ekman. Tout autour, une petite forêt de cornouillers, de cerisiers et de poiriers en fleurs, ainsi qu'un grand nombre de majestueux pins blancs. Seul le martèlement d'un pic-vert venait troubler le silence environnant. Cela semblait un lieu de résidence prometteur pour un écrivain épris de réclusion, surtout s'il avait des ennemis jurés au-dehors. Dans la pénombre de ce début de soirée, nous approchâmes de la maison dans la Taurus que nous avions louée à La Guardia.

« Est-ce que tu la sens ? Cette espèce d'irréalité sous-jacente flottant dans l'air ? »

Je souris.

« Tu as entendu le mec à la réception de l'hôtel Doubletree. D'après lui, ce bled serait un gigantesque film de Tim Burton, regorgeant de lieux hantés, de légendes locales et de superstitions morbides. Si tu veux mon avis, Helen, ils font leur beurre avec ce genre de sornettes. Cavaliers sans tête, sorciers, trucs qui font peur la nuit. C'est bon pour les affaires. Ça attire les touristes.

— Tu ne crois pas au surnaturel.

— Moi ? Non. Seulement à ce sur quoi je peux tirer une balle.

— C'est peut-être parce que tu n'as jamais tiré sur personne. Une fois que tu l'as fait, croire à toutes sortes de sornettes devient beaucoup plus facile. Ce type que j'ai descendu sur le bateau… Longtemps après, j'avais cette impression bizarre qu'il était toujours dans le coin. Je me mettais à entendre la musique et les voix que j'entendais sur le bateau au moment où ça s'est passé. Et à plusieurs reprises, il m'a même semblé le voir. Comme s'il détenait un pouvoir magique sur mon esprit. »

La maison apparut, et je m'engageai dans une longue allée de gravier sinueuse. C'était une vieille construction en bardeaux, de deux étages, avec un escalier extérieur et une terrasse en bois qui semblait offrir une belle vue du parc et des aperçus de l'Hudson.

Descendant de voiture, nous marchâmes vers la façade.

« Et maintenant ? Il t'arrive encore de penser à lui ? À cet Arabe ?

— Non. C'est la première fois depuis une éternité. Et à coup sûr, la première fois que j'en parle à quelqu'un hormis le Head Fed. »

Le Head Fed – le Dr Sussman – était le psychiatre à qui le Bureau vous adressait lorsque vous aviez abattu quelqu'un, afin de s'assurer que vous n'étiez pas en train de pleurnicher dans votre Starbucks.

« Eh bien, je te remercie de me l'avoir dit. Je pense qu'il est important que je sache par quoi tu es passée, et vice versa.

— Et par quoi es-tu passé au juste, Martins, qui ne portait pas une jupe fendue ? »

Ayant gravi les marches, nous frappâmes à la porte.

« C'était cruel. Exact, mais cruel. »

La porte s'ouvrit sur une jolie femme dans la quarantaine. Très grande, mince, avec un visage en amande, un cou aussi long que la corne de l'Afrique et une peau de la couleur du cuivre non poli : on aurait dit un mannequin. Elle était vêtue d'un blazer rouge, d'une chemise blanche, d'un pantalon gris sur des chaussures léopard à talons bobines et portait une écharpe en soie. Elle nous accueillit chaleureusement et, nous ayant fait entrer, nous conduisit à un salon à double hauteur avec plus de livres sur les rayons qu'un bureau d'*Achitectural Digest*. Helen et moi nous installâmes chacun à un bout d'un long canapé, tandis que Mme Ekman enlevait un bouquin du fauteuil où elle avait été assise. Choisissant de se percher sur le bord, elle nous fit face d'un air modeste, les mains jointes devant un de ses genoux. La lumière de la lampe, brillant sur les sous-verre des affiches de cinéma encadrées et davantage encore sur les clous d'oreilles en diamant de Mme Ekman, faisait scintiller les lunettes de Helen tandis qu'elle regardait d'un côté puis de l'autre avant de lever les yeux vers la galerie, comme pour se souvenir que c'était là que se trouvait la chambre forte où Ekman était passé de vie à trépas.

« Vous êtes déjà venus, bien sûr, dit la veuve en l'observant attentivement.

— Oui, répondit Helen. La dernière fois que nous étions ici, votre domestique nous a laissés entrer pour jeter un coup d'œil.

— Alors, vous savez que c'est là qu'il est mort. En haut. »

Nous acquiesçâmes tous deux. Les photos du corps d'Ekman prises par les experts figuraient toujours dans le dossier contenu dans ma serviette, mais, de façon beaucoup plus désagréable, elles étaient également logées dans mon crâne. J'ai vu un certain nombre de cadavres au cours de ma brève carrière au FBI ; bien souvent, ils sont dans un état pitoyable. Celui d'Ekman ne portait aucune marque, mais il avait quelque chose qui me troublait profondément, quelque chose de grotesque concernant son visage. Quand les gens sont morts, ils sont morts, et c'est tout ce qu'on peut en dire, d'ordinaire. Mais le visage de ce cadavre-là avait l'air de vous regarder avec une espèce de concentration. Ça semble absurde, mais c'était comme s'il contenait quelque chose de plus que juste le récit d'une mort – comme s'il avait quelque chose à dire sur la nature de toutes les morts, une vérité, peut-être, sur la nature de l'éternité elle-même et de notre place en son sein. Ça peut paraître loufoque, je suppose ; et ça l'est. Mais j'espérais sincèrement que Mme Ekman n'avait jamais vu les photos du cadavre de son mari.

« Désirez-vous boire quelque chose ? demanda-t-elle. J'ai du vin d'ouvert.

— Non, merci », répondis-je.

Mme Ekman s'était déjà relevée et se servait d'une bouteille de vin blanc posée sur le buffet.

« Je ne buvais jamais de vin, dit-elle. Il est probable que je n'aurais pas commencé si Peter n'avait pas bu autant. Je terminais la bouteille rien que pour l'empêcher de la finir, vous comprenez ? » Tenant un verre de liquide doré, elle revint s'asseoir dans son fauteuil, plus confortablement cette fois. « Mon mari n'était pas précisément un fan du FBI. En vertu de la loi pour la liberté d'information, il a réussi à se procurer une copie du dossier que vous aviez sur lui. Il a écrit à votre service de demande de documents quelque part en Virginie et a obtenu le dossier, après quoi il a rédigé un article à ce sujet dans son blog. »

J'opinai.

« Vous avez vu le dossier de Peter au FBI ? demanda-t-elle.

— J'y ai jeté un coup d'œil. Mais tout récemment et uniquement parce qu'il est mort. Le Bureau garde en général des dossiers sur les ressortissants étrangers, les signataires de pétitions politiques, les personnes ayant appartenu au Parti communiste ou ayant frayé avec un dictateur étranger. Peter rentrait dans ces quatre catégories. »

Mme Ekman but une grande gorgée de vin blanc, fronça les sourcils.

« Évidemment, admit-elle. Il a écrit un livre sur Hugo Chávez, n'est-ce pas ? Encore une erreur de jugement de sa part. Il a toujours été enclin à tenir les politiciens en haute estime, jusqu'à ce que, inévitablement, ils le laissent tomber comme nous tous. Si ce n'est que Peter prenait ce genre de chose très à cœur. (Elle sourit.) Mais ne vous méprenez pas. Il était très fier de ce dossier du FBI. Il adorait en parler dans les soirées élégantes. Il pensait que ça lui donnait un côté avant-gardiste et subversif. Même s'il n'était pas du tout comme ça. À bien des égards, Peter était très conservateur. Comme vous le savez sûrement si vous avez lu quelques-uns de ses livres.

— Oui, en effet. Mais ce n'est pas de nous qu'il avait peur. Croyez-vous que c'était de quelqu'un d'autre ?

— Il avait indéniablement peur de quelque chose. »

Elle eut un léger frisson et, saisissant un châle en cachemire sur le bras de son fauteuil, elle s'en enveloppa les épaules.

« Il arrive qu'on se sente un peu isolé dans cet endroit et qu'on se laisse aller à des fantasmagories. Nous en plaisantions, Peter et moi. Nous appelions ça le syndrome de Sleepy Hollow. Il est beaucoup plus facile de plaisanter de ce genre de chose quand on n'habite pas seul.

— Avez-vous peur de quelque chose actuellement, madame ? »

Elle haussa les épaules.

« Votre mari meurt et vous oubliez parfois qu'il n'est plus là. Vous vous imaginez qu'il se trouve dans la cuisine. Ou dans son bureau, comme il en avait l'habitude. Et, à certains moments, vous imaginez… d'autres trucs. »

Cynthia Ekman secoua la tête.

« C'est une vieille maison. Quelquefois, elle craque un peu, tout simplement. Je suis sûr que personne ne m'en veut, pas de la façon dont on devait lui en vouloir. Plus maintenant, en tout cas. Cela fait longtemps qu'on ne m'a pas menacée. Au moins cinq ans.

— Nous n'étions pas au courant, dit Helen. Je suis désolée. Je crains que nous n'ayons concentré toute notre attention sur la mort de votre mari.

— Je suis originaire de Somalie, expliqua Mme Ekman. Je suis née là-bas et j'ai demandé l'asile politique en Angleterre pour éviter un mariage arrangé, avant de venir travailler aux États-Unis comme traductrice pour les Nations unies. Puis j'ai écrit un livre sur le traitement des femmes dans la société islamique, intitulé *Parmi les odalisques : s'échapper du sérail*.

— Je l'ai lu, dit Helen. Cynthia Shermarke, c'est vous ?

— Oui.

— J'ai beaucoup aimé ce livre. Ç'a été un best-seller, n'est-ce pas ?

— Oui. Seulement il m'a valu quantité de critiques en Arabie Saoudite et en Égypte. Dont certaines extrêmement violentes, vraiment. J'ai reçu je ne sais combien de menaces de mort. Par les temps qui courent, cela fait partie du quotidien lorsque vous écrivez quelque chose et que des gens ne sont pas d'accord. J'ai rencontré Peter après avoir achevé le livre. On s'est mariés et on est venus vivre ici. À l'origine, la chambre forte était destinée à mon usage. On était loin de penser que ce serait lui qui aurait le sentiment d'en avoir besoin.

— Peut-être pourriez-vous nous en dire plus », suggéra Helen.

Mme Ekman sourit. Apparemment, Helen au moins avait gagné sa confiance.

« Oui. Peut-être que je devrais. »

Mme Ekman posa son verre et alla chercher un ordinateur qui se trouvait sur une table devant la fenêtre. Elle regagna son fauteuil et l'ouvrit sur ses genoux.

Pendant que nous attendions qu'il démarre, je balayai la pièce du regard. Un certain nombre de jolies boîtes de cigares étaient placées en évidence dans des niches, comme les tombes de généraux français inconnus : je savais que c'étaient des boîtes de cigares parce qu'il y avait un coupe-cigare sur le couvercle de chacune d'elles. Sur une table basse, un cendrier en cristal de la taille d'un enjoliveur voisinait avec un briquet qui avait l'air de s'être détaché d'une météorite. Et il y avait une bouteille d'oxygène avec un tuyau et un masque respiratoire pour me rappeler que Peter Ekman avait souffert d'un emphysème lié au tabagisme.

« Il tenait le journal en question dans ce portable, expliqua Mme Ekman en se mettant à taper sur le clavier. Lequel était protégé par un mot de passe secret. Sauf que le mot de passe n'était pas si secret. Il était noté dans un petit carnet où il conservait la liste de tous ses mots de passe. Peter était très négligent dans ce domaine. »

Elle sourit avec patience et, pendant un instant, je me représentai le type de relation qu'ils avaient entretenue : lui, fréquemment ivre et désorganisé, mais s'en amusant probablement ; elle, débrouillarde et tenace, voire quelque peu inflexible, et souvent exaspérée par son brillant mari, mais à l'évidence l'admirant également. Du moins, jusqu'à ce qu'elle découvre sa liaison, supposai-je.

« J'ai souligné les passages clés à votre intention, mais, dans le cas présent, il serait peut-être préférable que je vous les lise. Je n'ai pas encore décidé si j'allais vous remettre ce portable. »

Je haussai les épaules.

« Vous pourriez juste nous faire une copie sur une clé USB. J'en ai une avec moi.

— Écoutez, vous comprendrez probablement ce que je veux dire quand je commencerai à lire, d'accord ? Et il vaudrait peut-être mieux que vous attendiez que j'aie fini pour poser des questions. »

J'acquiesçai.

« Bien sûr. Si cela peut vous être agréable, madame. »

Elle secoua la tête avec amertume.

« Oh ! croyez-moi, agent Martins, je ne trouve vraiment rien d'agréable dans tout cela. Et pourriez-vous dire Cynthia ou madame Ekman, au lieu de madame ? Cela semble un peu condescendant. Comme si vous faisiez des efforts surhumains pour être patient avec moi. »

Alors qu'elle baissait son regard sur l'écran, j'attirai l'attention de Helen tout en tâchant de refréner mon envie de faire la grimace. On avait fait claquer ma laisse, sévèrement, et j'en étais encore à haleter et à plier le cou comme un cabot qu'on réprimande.

« *Je reçois maintenant tellement de mails*, lut Mme Ekman, *qu'à certains moments, on dirait une version moderne de la malédiction chinoise proverbiale : "Puissent tous tes messages te trouver." C'est à peu près le contraire d'une diaspora. Si mille chemins mènent à Rome, alors je suis également certain qu'un millier de mails par semaine mènent à moi. Ces jours-ci, je suis résigné à recevoir des UBE (e-mails en masse non sollicités), des UCE (e-mails commerciaux non sollicités) ou des spams purs et simples provenant de prétendus réseaux de machines zombies situés partout dans le monde. Régulièrement, on me promet des millions de dollars si j'envoie mes coordonnées bancaires à un* hameçonneur *(comme on appelle parfois ces spammeurs) nigérien analphabète ; ou on me propose des moyens non moins improbables de rendre mes parties viriles bien plus grandes qu'elles ne le sont. J'ai fini par m'habituer à ce genre de courriers indésirables, de même que je me suis habitué à avoir des poils pubiens gris, ou aux suppléments dans les pages dominicales du* New York Times.

« *Malheureusement, je me suis même habitué aux mails menaçants. Dans mon domaine, cela fait partie des risques du métier et, presque toujours, il s'agit des traditionnelles missives malévoles, comme quoi j'ai gravement offensé le Parti républicain, ou l'islam, ou Dieu, et qu'il ne tardera pas à me punir de mort. Mais ces derniers temps, j'ai reçu des mails de menace très différents de ceux que je recevais d'ordinaire. Pas par leur contenu – non, le contenu reste le même : Dieu me hait –, mais plutôt par la façon dont ils semblent se comporter quand ils arrivent dans la boîte de réception de mon ordinateur.*

« *Bon, je ne suis pas un spécialiste. Un des petits paradoxes de mon existence, c'est que je passe énormément de temps à me servir d'un ordinateur, mais que je ne comprends strictement rien à la façon dont il fonctionne. Naturellement, je me suis accoutumé à ce degré d'ignorance quotidienne. Et, comme la plupart des gens qui possèdent un ordinateur portable, je peux vivre avec. Ou du moins, je le pensais.* »

Cynthia Ekman lisait à haute voix le journal à l'écran de son défunt mari, manifestement très fière de la prose légèrement pompeuse de celui-ci. Je n'avais pas la moindre foutue idée de ce que signifiait « malévoles », et j'avais fait la fac de droit.

« *Non, ce qui me laisse perplexe*, dit-elle, continuant à lire, *c'est que je suis absolument incapable de trouver un seul de ces mails dans mon ordinateur. Appelons-les des mails Mister Phelps car ils semblent programmés pour s'autodétruire dès qu'on les a lus, à peu près de la même manière que le message enregistré qui précède le générique dans la série télévisée des années 1960* Mission impossible. *Jim Phelps, l'imperturbable chef de l'équipe d'escrocs et de perceurs de coffres de l'IMF, passe une bande qui disparaît ensuite dans un nuage de fumée, comme si une ampoule d'acide invisible avait effacé à jamais le message secret. C'était toujours le meilleur moment de l'épisode, ne serait-ce que parce que c'était la partie la plus facile à comprendre.*

« *Ces mails ne sont pas des virus, car ils semblent avoir l'effet inverse de celui des logiciels malveillants, à savoir opérer en secret sans être arrêtés ni supprimés par l'utilisateur ou l'administrateur du système informatique. Les chevaux de Troie, par exemple. Non, mes mails Mister Phelps arrivent dans ma boîte de réception et y restent jusqu'à ce que je les aie lus ou qu'ils y aient séjourné un certain nombre d'heures sans que je les lise. De fait, à titre d'expérience, je me suis abstenu de lire deux de ces mails, et ils se sont volatilisés l'un et l'autre dans les vingt-quatre heures.*

« *Jusqu'ici, j'ai eu une douzaine au moins de ces mails Mister Phelps. Bien évidemment, ils sont anonymes. Les mots varient, mais le contenu est le même pour l'essentiel : de brèves lamentations émaillées d'injures qui m'accusent et prophétisent ma mort imminente. Tout d'abord, j'ai fait comme si de rien n'était. Mais leur étrange comportement m'a persuadé d'informer quelqu'un de leur existence. Manifestement, cela ne pouvait pas être Cynthia. (C'est un lieu isolé que celui où nous habitons, en bordure de Tarrytown, et lorsque je me rends à Washington pour voir Adele, Cynthia reste seule ; se dire une fois de plus que sa vie ou la mienne est menacée ne serait pas bon pour son moral.) Et comme Adele sait tout sur les ordinateurs – elle vient d'obtenir son diplôme de l'EEEC du MIT et en est devenue un des geeks-chic attitrés (ce qu'elle me trouve, je n'en ai pas la moindre idée) –, j'ai décidé de lui en parler.* »

La voix de Mme Ekman sembla faiblir quelque peu à ce stade, à cette première mention d'Adele, la maîtresse de son mari. Désireux de la payer de retour pour avoir secoué aussi violemment mon collier quelques instants plus tôt, je me raclai la gorge et dis :

« Adele. Je suppose que c'est la femme avec qui votre mari avait une relation sentimentale.

— Il baisait avec elle.

— La… voyait-il depuis longtemps ?

— Je n'en sais rien du tout. Je viens tout juste de le découvrir. En lisant ce journal. Je soupçonne qu'il s'agissait d'une de ces petites pisseuses de copie non rémunérées cherchant à se faire un nom dans le milieu de plus en plus étroit de la presse écrite. Mais, comme je l'ai déjà dit, agent Martins, il vaudrait peut-être mieux que vous gardiez vos questions pour quand j'aurai fini.

— Oh ! bien sûr, je m'en souviens très bien. Mais, au FBI, on nous apprend à penser par nous-mêmes et à poser des questions quand nous le jugeons nécessaire, et pas quand quelqu'un nous en donne l'autorisation. Nous ne sommes pas aussi patients que les gens l'imaginent. Connaissez-vous le nom de famille d'Adele ?

— Non, je ne le connais pas. Mais je présume qu'il ne devrait pas être très difficile à trouver.

— Non, je suppose.

— Puis-je continuer avec cette entrée ? » Elle me lança un petit sourire amer. « S'il vous plaît. J'ai presque fini. Il y en a encore deux autres après celle-là.

« *Adele habite un joli immeuble de la 11ᵉ Avenue, tout à côté du bureau. Elle a été intriguée lorsque – nous étions couchés à ce moment-là – je lui ai parlé des mails Mister Phelps et, son intérêt professionnel piqué, elle a insisté pour que j'allume mon portable afin qu'elle puisse jeter un coup d'œil par elle-même. Mais, naturellement, il n'y avait rien à voir dans ma boîte de réception, et elle a dû croire à moitié que je me faisais des idées. Très gentiment, elle a proposé de contrôler mes mails pour moi, dans l'espoir d'identifier elle-même un de ces Mister Phelps, mais cela voudrait dire lui communiquer mon mot de passe, et j'ai beau avoir de l'affection pour elle, je ne lui fais pas suffisamment confiance pour la laisser franchir ainsi le portail de ma vie.* »

Mme Ekman s'arrêta.

« C'est la fin de la première entrée, dit-elle. Enfin, la première entrée pertinente. »

Elle termina son verre de vin blanc et s'en versa un autre.

« Intéressant, fit Helen. Je n'ai jamais entendu parler de mails s'autodétruisant.

— Moi non plus », avouai-je.

Mme Ekman haussa les épaules avec dédain.

« Si c'en était.

— Vous pensez que cela pourrait être autre chose ? demandai-je.

— Eh bien, je ne suis pas une spécialiste de l'informatique. Contrairement à Adele, apparemment. Cette petite pétasse qu'il fréquentait s'y connaissait en ordinateurs, pas vrai ? Si vous cherchez qui se cache derrière tout ça, vous pourriez faire pire que de regarder de son côté. Il lui aurait été facile d'avoir accès au portable de Peter. Comme je vous l'ai dit, il n'était pas particulièrement malin s'agissant de garder son mot de passe secret. Elle aurait pu installer quelque chose dans son ordinateur sans qu'il s'en rende compte ; quelque chose qui aurait effacé les mails de façon sélective.

— Oui, je suppose que c'est possible, dis-je. Mais pour quel motif l'aurait-elle fait ?

— Peter était célèbre. Influent. Il aurait pu représenter une aide infiniment précieuse pour quelqu'un comme elle démarrant dans le monde du journalisme. Alors peut-être qu'elle a concocté cette machination pour l'effrayer, le mettre en son pouvoir. »

Ça paraissait dément, mais j'opinai néanmoins, et Helen aussi.

Cynthia Ekman eut un haussement d'épaules.

« D'un autre côté, s'il avait décidé de ne pas favoriser sa carrière, peut-être était-elle dépitée. Et peut-être voulait-elle lui donner une leçon. Je ne sais pas.

— Il y a là plus de peut-être que dans *Maybe Baby*, madame Ekman, dis-je, sans être sûr que Buddy Holly et les Crickets lui disent quelque chose.

— Avait-il peur ? demanda Helen. De ces mails Mister Phelps ?

— Pour répondre à cette question, le mieux est sans doute de lire les entrées suivantes, répondit Mme Ekman. Celle-ci a été écrite un lundi, soit une semaine avant sa mort. Je peux ? »

Je réprimai un bâillement. Les mails Mister Phelps étaient effectivement intéressants, et j'avais hâte d'en parler aux gars du labo, mais entendre lire à haute voix le journal d'Ekman me rappelait ce que j'avais toujours pensé du bonhomme : qu'il avait quelque chose d'un frimeur – comme une nana au popotin imposant qui se promène en s'appliquant à tortiller du cul rien que pour en mettre plein la vue à quelques potes.

« Allez-y, madame.

— *Davantage sur mes étranges mails Mister Phelps. Au début, ils étaient menaçants de manière générale : Dieu tout-puissant m'avait jugé, pour conclure que je ne faisais pas l'affaire, et j'allais bientôt mourir d'une mort horrible aux mains de l'ange numéro un du Seigneur et être condamné à rôtir éternellement en enfer. Mais il semble à présent que j'aie rendez-vous avec la mort à la fin du mois. Une sorte de visite du collecteur des loyers. Le temps qui m'est imparti est de sept jours à compter d'aujourd'hui. Ce qui, à mon avis, est une bonne chose car, lorsqu'une semaine sera écoulée et que je serai toujours là, ces mails disparaîtront peut-être pour de bon.*

« Adele pense que je devrais m'adresser à la police, mais les flics n'aiment pas beaucoup qu'on ne leur fournisse pas de preuves. Adele elle-même a cherché des traces de ces mails dans mon ordinateur, sans résultat. Et j'imagine mal que la police puisse réussir là où elle a échoué. Bien sûr, ce dernier rebondissement – la prédiction de ma mort – n'est qu'une étape de plus pour les individus essayant de m'effrayer. Les bons magiciens de cabaret font des prédictions basées sur des choix qu'ils ont déjà imposés à leur public, tout comme, dans les sociétés tribales, le sorcier fait toujours savoir au préalable à sa victime qu'elle va être une victime. C'est de la simple logique vaudou. Heureusement, je ne suis pas aussi naïf. Et on m'a déjà menacé. Ça n'a rien donné la dernière

fois ; et très probablement, ça ne donnera rien non plus cette fois-ci. Peut-être la meilleure défense contre les menaces visant sa propre personne est-elle un style de vie assertif. Aussi, avec mes excuses à Samuel Beckett, je dois y aller… j'y vais.

« *Mardi. Assailli par l'incertitude. Et la sensation curieuse de ne pas être seul. Notamment quand je suis seul. Cyn est retournée quelque temps à Londres, pour travailler à son nouveau livre. En me laissant ici, rongé par les pressentiments les plus grotesques. À plusieurs reprises, ces chimères m'ont trouvé faisant le tour du jardin, un pistolet dans une main et une lampe torche dans l'autre. Bien entendu, je n'ai rien découvert. Même pas une empreinte de pied. Toutefois, je crois que j'aurais été grandement soulagé si j'avais vu un assassin caché dans les buissons plutôt que rien du tout. Parce que ça ne fait pas vraiment l'effet de rien du tout. Tel est le problème. J'ai une imagination comme tout le monde, et il est facile de voir un meurtrier ou un démon dans chaque coin sombre. Surtout ici, dans le pseudo-village hanté de Sleepy Hollow. Au moment même où j'écris ceci, la pendule tictaque sur le manteau de la cheminée avec une troublante vigueur, marquant chaque seconde entre maintenant et lundi soir prochain, comme si ma vie touchait au terme de son temps mesuré. Ridicule, je sais. Les choses ne sont pas aussi noires en pleine journée, mais l'obscurité excite l'imagination, aiguisant les sens comme la cécité, dit-on, améliore la capacité auditive, tant et si bien que chaque bruit, chaque mouvement, chaque odeur se met à prendre une signification nouvelle et sinistre. Tout conspire à me rendre inquiet et désemparé dans un endroit où je me sens normalement si à l'aise et en paix.*

« *Passablement éprouvé par ma propre compagnie – ce n'était encore jamais arrivé –, j'ai appelé Adele et j'ai pris le train pour me rendre en ville, où j'ai déjeuné avec elle chez Michael. Il y avait beaucoup de gens que je connaissais, et l'ambiance était si métropolitaine et raisonnablement gothamienne que cela a entièrement dissipé toute idée de menace de mort. J'ai probablement trop bu. Et peut-être que la boisson interfère avec les stéroïdes que je prends pour mon emphysème. Sans parler du Xanax. Et du Viagra, bien sûr. Après un délicieux repas, nous étions de retour à l'appartement d'Adele pour le sexe. Suis resté la nuit. Curieusement, le sexe était super, ce qui me donne à penser que mes problèmes ne sont pas physiologiques mais mentaux ; mon esprit étant distrait, mon corps réagit exactement comme il est censé le faire.*

« Vendredi. Rentré à Tarrytown pour le week-end sans une pensée pour Mister Phelps et les mails menaçants. Mon état détendu n'a duré que pendant environ la moitié du voyage en train, lorsque mon compartiment s'est vidé à Irvington et qu'il m'a fallu finir le trajet seul. Qu'est-ce qu'écrit Hughes Mearns ? "Hier soir, j'ai vu dans l'escalier/ Un petit homme qui n'était pas là/ Il n'était pas là aujourd'hui encore/ Ah, si seulement il pouvait s'en aller." Eh bien, ç'a été ainsi de marcher jusque chez moi depuis la gare. J'aurais juré que j'étais suivi, mais, chaque fois que je jetais un coup d'œil derrière moi, la route était déserte. À deux ou trois reprises, je me suis arrêté pour haranguer les airs, mettant au défi la personne en question de s'avancer et de s'identifier. Mais le pire de tout, ç'a été la nuit. J'avais à peine éteint la lumière de ma chambre que j'ai entendu distinctement le bruit d'une respiration. Certes, cela aurait pu être moi. Mais je ne pense pas. En tout cas, c'est la dernière fois que la lumière a été absente. Depuis, toute la maison est restée illuminée comme un arbre de Noël. Je suppose que cela fait de moi une cible facile pour quiconque aurait un fusil à lunette, mais c'est plus fort que moi. La peur du moins probable semble l'emporter sur ma peur du plus probable. Il en est sans doute toujours ainsi. Mais, pour citer Horatio lui-même, ce que j'ai vu ou peut-être pas "est bien étrange".

« Samedi. Aujourd'hui, je sais que j'ai entendu quelque chose qui n'était pas là. Peut-être vu également. Dans le jardin. Et ensuite dans la maison. Une demi-douzaine de fois, j'ai commencé à appeler la police, puis je me suis ravisé. Elle pensera tout

simplement que je suis fou. Naturellement, il est fort possible que je sois en train de devenir fou. Cyn ne cessait de le répéter, et je la comprends. C'est une des raisons pour lesquelles elle est allée en Europe – pour me fuir. Dans Hamlet, *tout le monde croit le prince fou, et il est préférable, bien sûr, que nous le croyions également. J'ai toujours pensé que la pièce de Shakespeare avait servi de base au* Tour d'écrou. *Il n'y a guère de différence entre Hamlet et la gouvernante. Que dit James ? "L'étrange et le sinistre brodés dans la texture même du normal et du simple." Ces derniers temps, cela pourrait être une description de ma vie de tous les jours. L'étrange et le sinistre, le normal et le simple. C'est la juxtaposition des deux qui rend les choses réellement terrifiantes.*

« *Dimanche. Je pense que je vais passer la nuit dans la chambre forte. J'ai honte de l'avouer ; après tout, c'est dans l'intérêt de Cyn que la chambre forte a été installée, pas dans le mien. Je dois être une mauviette. Je suis une mauviette. (Ce n'est pas du Beckett, mais ça ira.)* »

Mme Ekman fit une longue pause avant d'ajouter, d'une voix hésitante :

« Et c'était la dernière entrée avant qu'on ne le retrouve mort, ici, dans la chambre forte.

— Croyez-vous que votre mari était fou, madame Ekman ? demanda Helen.

— Tous les maris sont fous. Mais il faudrait qu'un homme soit sacrément cinglé pour rester célibataire, non ? Si l'on considère tout ce qu'une femme est prête à faire pour lui. (Elle haussa les épaules.) Je n'en sais vraiment rien, agent Monaco. Helen.

— Votre mari prenait-il de la drogue ? demandai-je. De la drogue à usage récréatif ?

— Il en prenait autrefois. Lorsque je l'ai rencontré, il était accro à la cocaïne.

— J'essaie simplement d'établir si sa paranoïa n'était pas due en partie à la boisson. Ou peut-être à des médicaments. Il souffrait d'emphysème, n'est-ce pas ? Que prenait-il pour ça ?

— Des stéroïdes principalement. Du Xanax, pour l'anxiété provoquée par ses difficultés à reprendre son souffle. De l'oxygène pur. Vous avez vu le nébuliseur.

— Eh bien, ça n'aidait sûrement pas de mélanger de l'alcool avec ça, n'est-ce pas ? Sans compter ce qu'il avait éventuellement absorbé d'autre. Du Viagra ? Certes, l'emphysème signifie que vous manquez d'oxygène, ce qui peut provoquer des hallucinations. Mais si vous êtes tout seul un soir et que vous finissez la bouteille, il se peut très bien que vous attrapiez votre cylindre et que vous inhaliez trop d'oxygène pur, et, comme vos poumons ne fonctionnent pas correctement, vous n'arrivez pas à expulser l'excès de dioxyde de carbone qui est ainsi rapidement produit. Ce qui peut provoquer également des hallucinations, n'est-ce pas ? »

Je savais être en terrain sûr. Un de mes grands-parents était mort d'un emphysème lié au tabac.

« Oui, ce que vous dites est certainement possible, admit Mme Ekman. D'un autre côté, si vous prêtez attention au ton de ces entrées, vous conviendrez je pense, qu'il semble avoir toute sa raison. Je suis convaincue que ces mails Mister Phelps étaient absolument réels. »

Elle secoua la tête et ferma le portable.

« Mais si c'est votre opinion, agent Martins, je me demande bien ce que vous faites là.

— Il est de notre devoir de nous montrer sceptiques, répondis-je. Jusqu'à ce que nous trouvions des éléments prouvant le contraire. Et c'est ce que nous cherchons ici, en dépit de ce que je viens de dire. Je me faisais simplement l'avocat du diable. Je me rends compte à présent qu'avoir une copie du journal sur une clé USB ne serait pas l'idéal. Dans la mesure du possible, nous aimerions donc emprunter l'ordinateur de votre mari afin que les spécialistes du laboratoire d'informatique du FBI à Houston y jettent un coup d'œil et voient s'ils peuvent dénicher quelque chose que n'aurait pas trouvé Adele, l'amie de votre mari. Il vous sera rendu dès que possible. Intact. Et tout ce qu'il y a dedans sera traité avec un total respect de la vie privée et de façon confidentielle. Ce qu'ils feront, c'est prendre une copie image miroir du contenu de la mémoire de l'ordinateur, la mettre sur un disque dur et s'en servir pour travailler dessus. Nous pourrons vous le renvoyer dans un jour ou deux. »

Mme Ekman serra le portable contre sa poitrine comme si c'était Ekman lui-même.

« Vous ne vous en apercevrez même pas, ajouta Helen. Nos collègues sont extrêmement soigneux. Vous pouvez leur faire confiance. Je m'en porte garante. »

Mme Ekman sembla réfléchir encore un moment puis inclina la tête.

« Je suppose que tout ira bien. »

Elle remit le portable à Helen.

« Le mot de passe est Balliol. B-A-L-L-I-O-L. »

Helen glissa l'ordinateur de Peter Ekman dans son sac. C'était un Briggs & Riley, avec plus de pochettes que la collection de vinyles d'un hippie.

« J'ai une question, dit Mme Ekman. Vous êtes du FBI de Houston, n'est-ce pas ? Peter n'a jamais été à Houston de sa vie. Ce qui peut seulement signifier que vous pensez qu'il existe un lien entre ce qui lui est arrivé et quelque chose qui s'est passé au Texas, n'est-ce pas ? Vous ne m'avez pas encore expliqué en quoi cela vous concerne, pour commencer.

— Il est possible que cela ait un rapport avec un autre incident, répondis-je de manière vague. Mais je ne peux pas me permettre de donner des précisions pour le moment. »

Mme Ekman haussa les épaules.

« J'imagine qu'on s'est habitué, dans ce pays, à ce que le FBI nous fasse des cachotteries.

— Nous ne vous faisons pas de cachotteries, madame Ekman, affirma Helen, qui détestait qu'on puisse sous-entendre que le FBI ressemblait en quoi que ce soit à la CIA. C'est simplement que nous ne disposons d'aucune information concrète. Je vous promets que, lorsque nous en aurons, je ne manquerai pas de vous en informer.

— Et n'oubliez pas d'aller parler à cette petite garce avec qui il baisait.

— Dès que nous serons de retour à Manhattan », dis-je.

Nous remerciâmes Mme Ekman pour sa coopération et retournâmes à la voiture. Le crépuscule avait transformé le ciel en un brasier d'un rouge flamboyant, presque cauchemardesque, comme si un volcan était entré en éruption à l'autre bout du monde. Alors qu'on s'éloignait de la maison, je dis à Helen qu'il n'était pas difficile de voir pourquoi Peter Ekman avait une liaison.

« Ah ! vraiment ? Et pourquoi ça ?

— D'après ce que j'ai entendu dire sur Ekman, il était beaucoup trop citadin pour un endroit pareil. (Je haussai les épaules.) Ce n'était pas Walden, ni Emerson. »

Helen hocha la tête.

« Un peu fruste, hein ? Ici, il est plus facile de croire au diable qu'à Dieu.

— Il m'arrive de penser que Dieu n'est que le diable faisant semblant d'être gentil. »

10

Le Regional Computer Forensics Laboratory, au 1333 Northwest Freeway, est une boîte en verre s'apparentant à un téléviseur grand écran posé sur un carré de gazon, une petite concession à la nature dans une zone dominée par les immeubles anonymes et par le vacarme des voitures et des camions roulant à toute allure. Il se trouve à seulement sept minutes du bureau de Houston, mais cela pourrait aussi bien être sept heures. Si l'ambiance dans l'immeuble du FBI à North Justice Drive est bruyante, animée et souvent combative, celle du labo est beaucoup plus feutrée et calme, telle une bibliothèque publique dans une ville bourrée d'illettrés. La plupart des experts en informatique du RCFL ne se soucient guère de paraître aussi élégants que nous autres fédéraux. À quoi bon ? Les seules personnes à qui il leur arrive de parler sont des agents de terrain comme moi, exigeant – diraient-ils – l'impossible, et il n'y a pas besoin d'avoir une cravate et des chaussures qui brillent pour farfouiller à l'intérieur de l'ordinateur d'un quidam.

Passé une porte, au-delà d'une aire de réception qui pourrait servir de fronton à n'importe quelle antenne locale, les choses deviennent rapidement très différentes d'un bureau habituel du FBI. Il y a une pièce remplie d'étagères sur lesquelles reposent deux douzaines de grandes caisses de déménagement, contenant chacune un ordinateur ou un disque dur emballé dans du plastique rose par le service chargé de l'enquête, pour éviter que quelque chose n'en tombe. Et au-delà de cette aire d'accueil s'étend une longue salle brillamment éclairée, réservée à des postes de travail individuels faisant penser à des cellules de monastère dans un magasin RadioShack, chacun d'eux constituant le royaume quasiment impénétrable d'un spécialiste en informatique du CART ou du RCFL, dont la tâche consiste à réaliser une image miroir d'un ordinateur suspect et à identifier un document ou une image numérique susceptible d'être utilisé comme preuve devant un tribunal. Les postes de travail sont des établis compacts, avec de hautes étagères sur lesquelles s'aligne toute une variété de PC et de Mac, tandis qu'en dessous s'entassent des boîtes de fils, de câbles et de clés USB qui constituent les spatules, les pinces et les scalpels de ce travail d'autopsie, moins horrible que l'autre, mais tout aussi crucial. À la vérité, appliquer de la poudre fluo sur une surface non absorbante pour y chercher des empreintes latentes ressemble déjà à un épisode des *Experts* de l'an passé. Aujourd'hui, les empreintes digitales que nous laissons le plus fréquemment sont numériques, qu'il s'agisse d'un signal cellulaire dans un Speedymart lors d'un cambriolage ou d'une page Facebook avec la photo du criminel arborant un Mac-10, un journal où apparaît un article sur le hold-up et des billets volés. Je ne vous raconte pas d'histoires.

Ken Paris était le prince des geeks du RCFL. Après trente ans passés au Bureau, il était devenu VTFF : Va-Te-Faire-Foutre, ce qui signifiait en gros que, alors qu'il approchait de la retraite, nous avions encore besoin de lui beaucoup plus qu'il n'avait besoin de nous. Mais Ken adorait son travail. Pas plus tard que la semaine précédente, il s'était rendu au tribunal pour témoigner contre un homme de vingt-trois ans, Rhys Conroe Jr, de Galveston, qui avait diffusé des milliers d'images de jeunes garçons se faisant sodomiser par des adultes. Sur le témoignage de Ken, Conroe avait été reconnu coupable et condamné à une peine de deux cent vingt mois dans une prison fédérale sans possibilité de libération conditionnelle. C'est ce qui rendait ce boulot digne d'intérêt aux yeux de Ken : l'idée que des fumiers comme Conroe soient retirés de la circulation, raison pour laquelle il était également conseiller du Project Safe Childhood, une initiative du ministère de la Justice lancée en 2006. Ken détestait les pédophiles de la même façon que la plupart d'entre nous détestent les blattes, et il était déjà sur la piste Internet de plusieurs salauds de malades à qui Conroe avait fourni des images.

Ken était de Little Rock, ce pourquoi on aurait cru entendre Bill Clinton. Si vous fermiez les yeux, c'était presque comme si l'ancien président était avec vous dans la pièce. Ken lui ressemblait même un peu. Dans la fin de la cinquantaine, il était grand, avec une tête énorme, de petits yeux bleus, un sourire facile, un tsunami de cheveux gris argentés et un nez comme une croupe bien galbée sur un tabouret de bar. Il avait toujours eu une passion pour les ordinateurs, et il avait travaillé pour Apple jusqu'au milieu des années 1980 ; puis, déçu par les ventes du Macintosh, il avait renoncé à la possibilité d'acheter des actions de la société et était entré au FBI. « J'ai toujours été sacrément verni », plaisantait-il.

Je le trouvai à sa table, en train de joindre des photos d'une étonnante obscénité à une FD-302 – un document qui serait finalement produit à titre de pièce à conviction.

« Hé, Gil, qu'est-ce que tu mijotes ? » demanda-t-il. Fermant le couvercle du portable sur lequel il était en train de travailler, il secoua la tête. « Affaire Conroe, deuxième partie. Il semble que des instituteurs du coin soient impliqués dans cette merde de dégénérés. Il suffira que les jurés voient un seul de ces JPEG pour qu'ils prononcent un verdict de culpabilité. Ce qu'ils font toujours. Rien que pour ne plus avoir à les regarder. Tu imagines ? Des instituteurs, bordel !

— De mon temps, on leur donnait une pomme, pas son zizi.

— Tu es ici au sujet de l'ordinateur de Peter Ekman, c'est ça ? Bon écrivain. Fin polémiste. Peut-être un peu verbeux à mon goût.

— MAD. Des mails s'autodétruisant. Ça te dit quelque chose, Ken ?

— Je n'en avais encore jamais entendu parler.

— Alors ça existe.

— Oui, bien sûr. Il existe plusieurs sociétés proposant ce type de service de messagerie commercial. Ce qui n'est que ça, en réalité : un service. Avant tout, cela permet à une entreprise de suivre les mails qu'elle envoie de façon invisible, et de savoir si et quand les documents en question sont ouverts et transférés. Toutefois, un rapport de suivi peut contenir beaucoup plus que ça. Date et heure d'ouverture du message, situation géographique approximative du destinataire, son adresse IP, l'URL, pendant combien de temps le courrier a été lu, combien de fois il a été ouvert et dans combien d'ordinateurs. Presque tout, sauf la taille de la bite du destinataire. Et peut-être que, dans quelques années, quand on recevra davantage de messages vidéo, on le saura aussi. Un mail autodestructible n'utilise pas de logiciel espion, de programme malveillant ni de virus. Il n'est pas illégal et ne viole aucune disposition sur la protection de la vie privée.

— Attends, attends. Tu oublies de mettre la cerise sur mon gâteau, Ken. Cette bande s'autodétruira dans cinq secondes. Bonne chance, Mister Phelps.

— J'y arrive. Les mails sont configurés pour s'effacer à un certain stade. Il est possible de définir le nombre de fois maximum où le message peut être consulté, le laps de temps pendant lequel il existe effectivement, voire les deux. Il est possible de composer un message qui s'effacera après une première consultation, au bout de dix secondes, une minute ou dix minutes, ou après une ou dix consultations. Il appartient en fait à la personne qui compose le message de fixer les critères de destruction. Et il n'y a pas besoin d'acide sulfurique. Mister Phelps n'a même pas à jeter un coup d'œil autour de lui pour s'assurer que personne ne regarde.

— Mais s'il s'agit d'une activité légitime, Ken, qu'est-ce que ça peut foutre ?

— En fait, il y a un tas de bonnes raisons parfaitement légales pour lesquelles quelqu'un souhaiterait utiliser des MAD. Comment être sûr que tes informations personnelles sont en sécurité dans la messagerie du PC du destinataire ? Tu envoies ton CV à une boîte, mais tu ne veux pas qu'elle puisse se servir librement des données qu'il contient si tu n'obtiens pas le poste. Les MAD te procurent un niveau de sécurité supplémentaire. Avec la capacité de créer et d'envoyer des messages autodestructibles, ta correspondance la plus personnelle ne peut pas finir dans de mauvaises mains. Et elle ne peut pas rester durant neuf ans dans la boîte de réception de quelqu'un, comme certains des mails que contient l'ordinateur d'Ekman. Dans neuf ans, deux entreprises qui travaillent main dans la main à l'heure actuelle seront peut-être des concurrents féroces. Et une fois qu'un message s'est autodétruit, il a disparu. Même la personne qui a écrit le message ne peut pas récupérer l'original. »

Je secouai la tête.

« Mais ça ne s'applique pas à toi, Ken.

— Ta confiance me touche, mais je te ferai néanmoins remarquer que je ne porte pas de blouse blanche ni de stéthoscope. Avec un disque flash et une clé USB, ma médecine est limitée.

— Quand un fichier est supprimé, l'ordinateur met un marqueur dans le gestionnaire de fichiers pour le faire savoir au système ; mais ça ne s'applique pas au disque de sauvegarde. Et Ekman avait un disque de sauvegarde. Il te suffit sûrement de trouver la cavité numérique où se cachent les données binaires, non ?

— D'après ce que je comprends d'une des sociétés auxquelles j'ai parlé, quelqu'un s'abonne au service MAD et, lorsqu'il veut envoyer un mail autodestructible, il utilise un lien ressemblant à un mail ; le destinataire accède au mail via ce lien, à partir de quoi les critères de suivi et de destruction définis par l'expéditeur s'appliquent. Le mail ne réside jamais vraiment dans l'ordinateur du destinataire, par conséquent les instruments de recherche traditionnels ne peuvent pas le détecter. »

Je fis la grimace.

« Tu en es sûr ?

— J'ai examiné la Dropbox d'Ekman, son registre Microsoft Windows et les fichiers Microsoft Outlook : boîte de réception, supprimés, non lus, spams, mails indésirables, quarantaine AVG et ainsi de suite, j'ai regardé tout ça. Et s'il est vrai qu'il y a des menaces dans le courrier, ce sont de vieux messages remontant à 2005, des trucs islamistes. Et avant ça, à 2002, lorsqu'il avait été pris à partie en Grande-Bretagne par des défenseurs des droits des animaux en réaction à ses commentaires favorables aux gens portant de la fourrure. Mais rien d'aussi récent que ce que tu as suggéré. J'ai jeté un coup d'œil à l'hiberfil. J'ai vérifié ses fichiers temporaires. Je me suis renseigné auprès de toutes les sociétés de MAD que j'ai pu dénicher dans Google, en quête d'une chaîne de recherche. J'ai contrôlé l'espace non alloué de la machine. J'ai même passé au crible toutes ses cavités numériques. Charmante expression, soit dit en passant. J'essaierai de m'en souvenir.

— Combien de sociétés de MAD as-tu trouvées sur Google ?

— Une dizaine environ. Et ce ne sont que les boîtes légales. Tu peux parier qu'il y a au moins autant de boîtes illégales proposant un service MAD pour une raison quelconque. C'est le problème avec Internet ; il y a toujours plus de merde que de PQ. Mais il faut une ordonnance d'un tribunal pour inspecter la base de données des prestataires de service légaux. Et même alors, rien ne garantit que tu trouveras quoi que ce soit. Le mieux que tu puisses faire, c'est d'arriver à mettre la main sur un suspect potentiel, de lui confisquer son ordinateur, et avec un peu de chance on s'apercevra qu'il est allé sur le site web de mails autodestructibles soit en consultant le fichier index.dat – qui stocke l'historique Internet –, soit grâce aux vestiges de pages Web encore présents dans la mémoire cache. »

Je poussai un soupir, me levai de la chaise de Ken Paris et, m'approchant de la fenêtre sale, je contemplai au-dehors la vue on ne peut moins stimulante. S'il faut en croire les films de John Ford, le Texas était jadis une région de vastes plaines, de rivières rouges et d'horizons à perte de vue. Le ciel n'avait peut-être pas changé, mais le reste, c'étaient maintenant la circulation automobile, les parkings à moitié vides et des immeubles de bureaux à la mords-moi-le-nœud abritant toutes sortes d'activités locales : vente d'automobiles, matériel pour pipelines, construction de maisons individuelles, immobilier. Immobilier. Merde ! J'allais devoir me trouver un endroit où loger, et rapidement. Un endroit qui ne serait pas chez moi et où je pourrais cultiver ma solitude héroïque ; ce qui semblait typiquement texan, au moins. Comme tous les agents de terrain au Bureau, j'avais réussi, je ne sais comment, à foutre mon ménage en l'air. De façon irrévocable, apparemment, à en juger par la dernière conversation que j'avais eue avec Ruth. Elle m'avait informé que j'avais trente jours pour quitter la maison de Driscoll Street avant qu'elle ne change les serrures et ne flanque mes affaires sur le trottoir.

« Ma femme, Ruth. Elle a demandé le divorce.

— Eh bien, c'est ça, le Bureau. Nous attrapons toujours notre homme. C'est juste nos femmes qu'on laisse filer. » Il agita un doigt dans ma direction alors que je m'en allais. « Mais ne laisse surtout pas filer ton gosse, d'accord ? »

Cher Danny,

Si je t'écris cette lettre, c'est pour m'expliquer auprès de toi, dans la mesure où je n'ai pas pu te parler beaucoup ces derniers temps. Tu es trop jeune pour la lire maintenant, aussi je vais la garder jusqu'à ce que tu sois plus vieux. D'ailleurs, tu remarqueras qu'il y a un cachet de la poste sur l'enveloppe scellée. Cela simplement pour que tu saches que je pensais vraiment beaucoup à toi quand je l'ai écrite et que je n'essaie pas de prétendre que tu étais plus important pour moi que tu n'as peut-être fini par le croire. Je ne connais pas ton âge à l'instant présent, ce qui rend cette lettre encore plus difficile à rédiger, aussi pardonne-moi si j'essaie tout simplement de parler à l'homme que je pense que tu deviendras.

Je suis si fier de toi, Danny, et je t'aime énormément, et j'ai toujours voulu faire de mon mieux pour toi, fiston. Ta mère aussi. C'était notre plus cher désir à tous les deux. Jusqu'à ce que tu aies toi-même un fils, il est difficile de savoir combien c'est merveilleux d'être un parent et quel sens du mystère humain cela procure – autrement dit, comment il se fait même que nous existions. Je ne sais pas plus pourquoi je suis un homme que quand j'étais enfant.

Mais, fatalement, quand je te regarde, je me vois moi-même et j'imagine souvent mon propre père me regardant à son tour. C'est seulement maintenant que je suis ton père que je peux vraiment le comprendre, comme j'ai essayé de le faire quand j'étais son fils. C'était un bon père, et même si je me suis efforcé d'en être un encore meilleur, je ne suis pas tout à fait sûr d'avoir réussi. Je pense que c'est vrai pour un tas de types. De fait, c'est à la fois un honneur et une grande responsabilité que d'être père, et il y a des moments où cette responsabilité pèse peut-être beaucoup plus lourdement qu'on ne l'imaginerait.

On veut transmettre à son fils une sagesse durement acquise et une mine d'expériences bénéfiques, mais on a parfois l'impression que tout ce que l'on fait, c'est donner des ordres et des conseils, et pas grand-chose en matière d'amour.

Quand on est jeune, il faut apprendre un tas de trucs, mais ce qu'on ne vous dit pas, c'est tout ce qu'il reste encore à apprendre quand on est un parent. On pourrait dire, je suppose, que j'ai eu plus à apprendre en étant ton père que je n'ai jamais eu à le faire en étant un fils. Qui l'eût cru ? Franchement, cela a été facile d'être le fils de mon père par rapport aux difficultés que cela a dû lui poser d'être mon père. Je pensais qu'il détenait toutes les bonnes réponses, même si je n'étais pas d'accord avec un certain nombre d'entre elles. C'est seulement maintenant que je me rends compte qu'il n'avait pas toutes les réponses et qu'il inventait, à bon escient, au fur et à mesure. Comme tous les pères, j'imagine. La vie recèle tellement de tentations et de problèmes qu'il n'y a pas toujours suffisamment de temps pour faire les choses bien. Et le fait est que je n'ai pas les réponses, Danny – aucun de nous ne possède autant de réponses que nous en aurions probablement besoin –, mais je reconnais les questions. Ce sont les mêmes questions que celles que je posais quand j'étais enfant. Ce sont probablement les mêmes que celles que tous les fils posent à leur père. Ce que je veux dire par là, je suppose, c'est que tu me ressembles beaucoup plus que tu n'en as peut-être conscience.

Ne te méprends pas, Danny. Je ne désire pas que tu deviennes comme moi. Tu n'es pas moi, de même que je n'étais pas mon père. Regarde combien nous sommes différents. Nous sommes différents, mais il est toujours le seul type que je connaisse qui me ressemble le plus. Le seul type qui m'aime autant que je t'aime.

Alors que j'écris ceci, ta mère et moi ne nous entendons pas très bien depuis quelque temps, et nous vivons séparés. Rien de tout cela n'est ta faute. C'est la mienne et, dans une moindre mesure, celle de ta mère. J'espère sincèrement que nous pourrons nous réconcilier et vivre de nouveau ensemble comme une famille, mais, à chaque jour qui passe, je redoute le pire, que quelque chose se soit brisé entre nous qui ne pourra jamais être réparé. Je ne veux pas entrer dans les détails à l'heure actuelle, si ce n'est pour dire que, quelle que soit l'affection qu'ils se portent, il arrive que les gens s'aperçoivent que leurs croyances et leurs principes les obligent à vivre séparément. Je crois une chose et ta mère une autre, mais il y en a une sur laquelle nous pouvons nous entendre, c'est toi : nous voulons tous les deux ton bien.

Je te promets de t'écrire de nouveau dès que j'en aurai le temps. Mais c'est tout pour le moment. Je t'aime.

Ton père dévoué.

11

Le lendemain matin, en consultant ma messagerie vocale, je trouvai un message urgent d'Andrew Newman, le directeur médical de l'UTHPC, me demandant de l'appeler à son bureau.

« Hmm, merci de nous rappeler, agent Martins. Je vous en suis reconnaissant. Je regrette de devoir vous dire que Philip Osborne est mort à 4 h 31 ce matin. Je dois ajouter que nous avons tous été très surpris à l'hôpital psychiatrique du comté de Harris. Nous étions à peu près sûr de l'avoir stabilisé. Au moins sur le plan physique. C'est dommage. J'étais un grand admirateur de ses écrits.

— Quelle est la cause du décès ?

— Infarctus. Suivi d'un œdème pulmonaire massif. Il semble que son cœur se soit tout bonnement arrêté.

— Je vois. Avez-vous essayé de le ranimer ?

— Non. Dans certains cas, il est clair qu'il ne servirait à rien d'essayer. Sans vouloir entrer dans les détails, je dirais qu'il s'agissait, hélas, d'un de ces cas.

— Bien. Puis-je vous demander ceci : croyez-vous que sa mort soit due au même traumatisme mental que celui qui l'a plongé dans un état de catatonie aiguë ?

— D'après la quantité d'adrénaline que nous avons trouvée dans son organisme, c'est en effet ce que je suppose. Mais ce n'est qu'une supposition, vous comprenez, agent Martins. Il faudra, bien sûr, pratiquer une autopsie.

— Quand aura-t-elle lieu ?

— Demain matin à la première heure, j'imagine. »

Je m'apprêtais à raccrocher quand je me rendis compte que Newman était toujours au bout du fil.

« C'est probablement sans importance, continua-t-il, et cela n'a rien d'exceptionnel en un sens, mais, pendant quelques instants, juste avant de mourir, M. Osborne a repris connaissance. D'après l'ordinateur qui le surveillait et l'infirmière qui a été appelée par l'alarme de son patient, il est resté conscient environ quatre minutes.

— Osborne a-t-il activé cette alarme lui-même ?

— Non, c'est automatique. Son état conscient a activé une alerte dans l'ordinateur de l'infirmière de nuit, qui s'est rendue à sa chambre. Non qu'elle ait eu besoin de ça vu les circonstances.

— Quelles circonstances ?

— Euh, il s'est mis à crier. Et a continué à crier. Comme s'il tombait d'un gratte-ciel. C'est ce qu'on m'a raconté. L'infirmière a été assez effrayée. Cela dit, il n'est pas inhabituel que des gens crient dans un hôpital psychiatrique. Mais peut-être est-il quelque peu inhabituel de crier pendant si longtemps. D'après l'infirmière, près de quatre minutes.

— Vous voulez dire qu'il a crié tout le temps où il a repris connaissance ?

— Oui.

— J'aimerais parler à cette infirmière si c'est possible, docteur Newman. Comment s'appelle-t-elle ?

— Il s'agit de l'infirmière Kendall. Toutefois, il faudra qu'elle vous appelle. Son service était censé se terminer à midi, mais on l'a renvoyée chez elle plus tôt.

— Ah ? Et pour quelle raison ?

— Les cris ont été suivis d'un œdème pulmonaire massif. Je suppose que ça l'a légèrement secouée.

— Qu'est-ce qu'un œdème pulmonaire, au juste ?

— En général, il résulte d'une insuffisance cardiaque. Le cœur faiblissant, la pression dans les veines pulmonaires se met à augmenter. Et à mesure que cette pression s'accroît, du liquide est envoyé dans les poches d'air des poumons, ce qui interrompt l'arrivée normale d'oxygène. Il a craché du sang. Sur l'infirmière Kendall, qui, par malheur, se penchait au-dessus du lit au même moment.

— De sorte qu'elle a reçu du sang sur son uniforme. N'est-ce pas ce qu'on appelle les risques du métier ?

— Oui. Mais c'est ainsi, agent Martins : il a craché ses boyaux sur elle. Elle était couverte de sang. Comme si on lui avait jeté un plein verre de bière. Il est possible qu'il y ait eu un état cardiomyopathique préexistant. Ou une affection pulmonaire.

— Je n'en suis pas si sûr, docteur Newman. Il ne fumait pas. Et il avait réussi à se maintenir en assez bonne forme. Il avait seulement la quarantaine, je crois. »

Je remerciai Newman et lui rappelai de demander à l'infirmière Kendall de me téléphoner ; ainsi que de m'envoyer le résultat de l'autopsie.

Je posai le téléphone et regardai un instant mon ordinateur avant de chercher « œdème pulmonaire » et « Philip Osborne » dans Google. Les trucs sur l'œdème pulmonaire étaient terrifiants et achevèrent de me persuader que, parfois, le corps humain se détraque de façon spectaculaire.

Les images Web de Philip Osborne montraient un homme à la grande barbe broussailleuse, et aussi sans barbe ; et qui devenait au fil du temps plus robuste et plus corpulent qu'il ne l'avait été dans la vingtaine : il avait des biceps de docker, mais pas aussi gros que ceux de l'homosexuel avec qui il apparaissait çà et là, un gaillard très musclé, nanti lui aussi d'une barbe, tenant la main d'Osborne, tous deux vêtus d'une chemise en lin blanc et d'un pantalon bleu à rayures. On aurait dit un de ces mariages civils en bord de mer comme on en voit dans les magazines people, et je me demandai pourquoi il n'y avait aucune mention de ce type dans le dossier. Il s'appelait John Cabot, et je fis une nouvelle recherche dans Google, pour découvrir qu'ils avaient été effectivement unis civilement et que Cabot était mort du sida voilà un peu plus de cinq ans.

Il y avait aussi quelques photos plus récentes d'Osborne serrant des mains ou plaisantant avec l'évêque Coogan, et, me souvenant qu'ils avaient été amis, je décidai de passer un coup de fil à ce dernier.

« Navré, Eamon. Mais Philip Osborne est mort ce matin.

— Merci de me prévenir. J'irai là-bas et je dirai une prière pour lui. Depuis qu'il a été admis, ils ont l'habitude de me voir dans cet hôpital. Ont-ils dit de quoi il était mort ?

— D'après les médecins, il a fait un arrêt cardiaque qui a occasionné un œdème pulmonaire. Mais, pour une raison quelconque, une infirmière de nuit qualifiée a soudain éprouvé le besoin de rentrer chez elle.

— Écoute, je dois y aller. Nous avons une petite difficulté locale en ce moment. C'est pourquoi Son Éminence est ici avec moi. Je pourrais peut-être en discuter avec toi quand je te rappellerai.

— Certainement, Eamon. »

Après avoir raccroché, je me rendis aux toilettes pour me laver et me désinfecter les mains tout en me demandant quel genre de « petite difficulté locale » pouvait justifier qu'un agent fédéral donne des conseils à un évêque. En revenant à mon bureau quelques minutes plus tard, je croisai Jesús Gutierez.

Cinq spécialistes en déminage travaillaient pour le bureau régional de Houston, et Gutierez – Gut – était le plus expérimenté, bien qu'il fût aussi le plus jeune et le moins ancien. Il portait un blouson bleu, et, comme les démineurs et les agents de la lutte antiterroriste travaillaient souvent sur les mêmes affaires, je m'arrêtai pour lui demander s'il se passait quelque chose dont je devrais être au courant.

« Ce n'est probablement rien, dit-il, balançant tranquillement sa masse d'un pied sur l'autre tel un boxeur impatient. Mais on a reçu un coup de téléphone de la police de Pasadena. Il semble que quelqu'un ait trouvé un objet suspect dans l'Armand Bayou Nature Center, et nous devons nous rendre sur place pour jeter un coup d'œil, Mel et moi. »

Mel Karski était le superviseur de Gut.

« Drôle d'endroit pour un objet suspect », fis-je remarquer.

Gutierez secoua la tête.

« Ce boulot a JUPTAC marqué dessus en lettres de néon », répondit-il.

JUPTAC pour « juste une perte de temps à la con », comme la plupart des enquêtes auxquelles étaient mêlés les démineurs du FBI. Chaque fois que les gars du Contre-terrorisme levaient un barbu avec une bombe dans ses baskets ou son slip, les spécialistes en déminage du Bureau devaient réagir au pied levé à plus de fausses alarmes qu'une maternité.

« Mais l'autre solution est sûrement pire, dis-je.

— On croirait entendre Mel. Il est en train de jeter un coup d'œil à la camionnette avant qu'on n'aille là-bas. Je ne sais pas pourquoi ils pensent que c'est une connerie pour le déminage. Il n'y avait pas de colis, ni de fils, ni de calecif sur les lieux. Qu'est-ce que les flics de Pasadena s'imaginent que je vais faire avec ce truc ? Donner des coups de pied dedans, peut-être. Ou essayer de le faire voler de nouveau.

— Voler ?

— Il paraît que cet objet ressemble à un putain de modèle réduit d'avion. Eh bien, c'est probablement un modèle réduit d'avion, bordel. Comme moi je suis un spécialiste de ces foutus OVNI.

— C'est ainsi qu'il est arrivé dans la réserve naturelle ? Il a volé jusque-là ?

— Ça en a tout l'air, ouais. Heureusement, il a atterri dans les marais. Sans quoi il aurait pu mettre le feu. »

Je regagnai mon bureau. Quelque chose dans ce qu'avait raconté Gut me titillait. Un moment s'écoula avant que je ne m'aperçoive que Vijay Persaud tournait autour de ma table et qu'il m'avait posé une question. Vijay travaillait au DCSNet, le système d'écoute du FBI.

« Qu'est-ce que tu as dit ?

— Je t'ai demandé si je pouvais te parler un instant, répondit-il. En privé.

— Maintenant ?

— Si ça te va. »

Je me levai et attrapai ma veste et mon portable.

« Pas de problème. » Puis, n'écoutant toujours que d'une oreille, je me précipitai dans le couloir. « Mais ça devra attendre.

— Où vas-tu ?

— À l'Armand Bayou Nature Center. À Pasadena. »

Mel Karski quitta la Sam Houston Parkway pour prendre Genoa Red Bluff Road. La camionnette n'était pas très propre, avec des sacs de fast-food et des paquets de cigarettes vides par terre, et un morceau de chewing-gum collé au tableau de bord pareil à une patelle d'un gris luisant ayant perdu sa coquille. Pendant un moment, j'appuyai ma tête contre la vitre de la portière côté passager ; du moins, jusqu'à ce que je m'aperçoive que les fientes d'oiseaux sur l'extérieur de la glace se trouvaient en réalité à l'intérieur. Après ça, je gardai mes mains dans mes poches.

« Vous devriez laver cette camionnette, fis-je observer. On dirait une boîte de Petri là-dedans.

— De cette manière, ça se fond mieux dans le décor », répondit Gut.

Le paysage de chaque côté de la nationale était uniformément plat et aride, et, hormis quelques McDonald, stations-service, parcs de caravanes et semi-remorques tirant une citerne pleine de lait ou de pesticide, voire les deux, quasiment désert. Il y avait également une église de temps à autre, bien sûr ; au Texas, on n'a jamais plus de cinq kilomètres à faire avant de rencontrer un lieu de culte.

Peu après, nous laissâmes la route principale pour nous enfoncer dans l'ABNC, l'une des plus importantes réserves naturelles urbaines des États-Unis, qui doit son nom à la rivière, ou bayou, se jetant dans la baie de Galveston. Une Ford Crown Vic blanche de la police de Pasadena nous attendait au bureau d'accueil, et deux policiers en uniforme noir nous emmenèrent à pied le long d'un chemin sinueux jusqu'à l'endroit où on avait découvert l'objet suspect. Les policiers n'avaient pas pris leur petit déjeuner à cause de notre visite, et ils n'étaient pas d'une humeur particulièrement loquace, ce qui m'allait très bien. Cela nous permettait de profiter du calme et de la brise marine venant de la baie, à deux ou trois kilomètres à l'est. Ce qui changeait agréablement de la chaleur, de la poussière et de la cacophonie de la ville. Le garde ne disait pas grand-chose non plus, même s'il est possible que nous ne l'ayons pas entendu à cause de la moustache imposante qui lui couvrait toute la bouche. Peut-être est-ce ce qui fit peur à une grande aigrette blanche dans les hautes herbes poussant de chaque côté du sentier ; alors qu'elle s'envolait et se dirigeait vers le sud au-dessus de Clear Lake, elle masqua un instant le soleil.

Au bout du chemin, nous grimpâmes sur un bateau ponton, qui n'était guère plus qu'un pont rectangulaire avec une rambarde et un volant, sur deux longs flotteurs. Tandis que le garde faisait démarrer le moteur, une créature mystérieuse plongea silencieusement sous le tapis émeraude recouvrant la surface de l'eau et s'éloigna en traçant derrière elle un sillage presque invisible. De l'autre côté du bayou, le garde heurta la rive avec la proue carrée du bateau, et nous sautâmes à terre. Il demeura sur le ponton pendant que les flics nous conduisaient à la clairière où avait été découvert l'objet. Un des flics dégaina son pistolet et se mit à regarder attentivement autour de lui.

« Ils se servent de la clairière pour laisser de la viande aux alligators, expliqua l'autre flic. C'est comme ça qu'ils l'ont vu d'abord.

— Voilà qui est réconfortant, répondit Gut. Je me demandais pourquoi le garde restait sur le ponton. »

L'objet était à peu près de la taille d'une grande aigrette morte et aussi coloré. Soixante centimètres de long, avec une envergure de près d'un mètre trente. Fuselage allongé et cylindrique, sans marque, ressemblant comme deux gouttes d'eau à un petit missile de croisière. La plus grande partie du sol était gorgée d'eau, ce qui expliquait sans doute qu'il n'ait pas roussi l'herbe en atterrissant.

« Merde, qu'est-ce que c'est que ça ? » fit Mel en s'agenouillant à côté de l'engin. Avec précaution il posa une main sur le fuselage en métal puis la retira vivement. « Brûlant. Très probablement à cause du soleil. » Il jeta un coup d'œil à l'extrémité arrière de la chose et laissa échapper un grognement. « Intéressant. Pas de signe de combustion. Semble fonctionner à l'électricité. » Il se pencha vers la partie avant. « Nom de Dieu, il y a une minuscule caméra dans le nez.

— On appelle ça un Switchblade, dis-je, et c'est le dernier cri en matière d'armes high-tech : un minidrone qu'on peut balader dans son sac à dos et déployer plus vite qu'une gamelle de bidasse. Il suffit de déplier les ailes comme une table de pique-nique, puis d'utiliser un système de guidage miniature pour le faire passer par une fenêtre de salle de bains. À supposer que les hadjis aient des fenêtres de salles de bains. Les types du Pentagone surnomment ce petit jouet leur balle magique.

— Vous parlez d'une sacrée balle ! dit Gut. Sûr que ça réveillerait un big T. »

Un « big T », c'est ainsi que les types comme Gut, qui avaient servi en Afghanistan, appelaient un taliban.

Je haussai les épaules.

« Celui-ci ne devait pas avoir de charge, sinon on ne l'aurait pas retrouvé.

— N'empêche, dit Mel, on ferait mieux de laisser l'armée s'occuper de ça. C'est un truc pour la boîte à emmerdes. D'accord, Gut ? »

Gut acquiesça.

« Je fourre seulement mon nez dans ce que je connais et, pour ce qui est de ces machins-là, j'y connais que dalle. J'appellerai l'EOD à la base militaire quand on retournera à la camionnette.

— Ouais. Faites ça.

— Quand même, j'aimerais bien rester un moment pour voir comment ils s'y prennent, si vous n'y voyez pas d'inconvénient, patron. Au cas où il y aurait une version de Windows que j'ignore. »

Mel opina.

« Bien sûr, je vous en prie. » Il lança un regard vers le ciel bleu. « La question est la suivante : qu'est-ce que ce machin fabrique ici ? Sans aucun objectif. Pas de hadjis. Pas de fenêtre de salle de bains. Juste des sacs à main flottants.

— Nous avons reçu un rapport de la Division des enquêtes criminelles de l'armée concernant un groupe terroriste, d'anciens militaires, appelé HIDDEN, qui essaie de se procurer ces armes.

— Vous voulez dire que ce sont des Américains ? » demanda Mel.

J'acquiesçai.

« Exactement. Des Américains. Les plus dangereux foutus terroristes de tous. Ils prévoient d'utiliser ces armes contre la communauté juive locale.

— Les Juifs, répliqua Mel Karski. C'est toujours nous. Comme si on n'avait pas suffisamment de problèmes avec les talibans et le révérend Al-Qaida.

— À mon avis, dis-je, il s'agissait d'un vol d'essai. Ils ont très bien pu s'installer dans un Starbucks de Sylvan Beach tout en pilotant ce coucou à travers la baie. Ou peut-être que le vendeur a arrangé une gentille petite démonstration pour un des suspects. »

J'avais sorti mon portable et je m'apprêtais à composer un numéro.

« Dans tous les cas, ça signifie que je dois appeler maintenant mon ASAC pour arranger une gentille petite démonstration de la manière dont le FBI gère une crise cinq étoiles.

— Hmm, non. Pas ici, agent Martins. Pas à côté de ce machin. Il vaudrait mieux l'éteindre, immédiatement. » Mel se tourna vers les deux flics. « Vous aussi, les gars. Juste au cas où. Vous ne voudriez pas que nos portables renvoient un signal de détonation ?

— C'est possible ? s'enquit un des flics en s'éloignant du Switchblade.

— Oh oui ! répondit Gut. À vrai dire, ça arrive sans arrêt en Afghanistan et en Irak. Il se fait plus d'anges de cette façon-là dans les pays de la coalition qu'à Bedford Falls. »

12

Je parlai à Gisela du Switchblade abandonné, et elle fut d'accord qu'on ne pouvait pas se permettre d'attendre que l'informateur dont disposait le CID de l'armée au sein de HIDDEN nous ait mis au courant des derniers projets des terroristes. Nous devions partir du principe que le groupe se trouvait à présent en possession de l'arme en question et qu'il pouvait à tout moment commettre un attentat contre la congrégation Beth Israel de North Braeswood Boulevard. On était jeudi et, dans moins de vingt-quatre heures, la synagogue serait pleine de monde. Il était impératif que nous arrêtions les membres du groupe le plus vite possible. En même temps, nous savions qu'ils étaient déjà fortement armés et, compte tenu de leurs antécédents militaires, on pouvait raisonnablement s'attendre à ce qu'ils opposent une violente résistance. Toutes choses donnant à penser que nous allions avoir besoin d'un soutien tactique complet.

Le chef de HIDDEN, Johnny « Sack » Brown, vivait dans un complexe d'appartements de South Gessner Road, dans le sud-ouest de Houston. C'est une zone fréquentée par les gangs locaux – les Cholos et les Broadway Surenos –, surtout la nuit, quand le quartier sud donne le coup d'envoi. D'après le nombre d'étoiles à cinq branches, de chapelets noirs et de fourches orientées vers le bas que je voyais dessinés sur les bâtiments du coin, je supposais que les Cholos étaient en plein essor. Ou alors il y avait des activistes rosicruciens qui comptaient emménager.

Avec quelques policiers du 17e district connaissant bien le secteur, nous vérifiâmes le site sur Google Earth et Google Maps, et nous décidâmes de garer nos véhicules devant l'église épiscopale de l'Épiphanie, à une centaine de mètres de l'immeuble cible, puis de nous déployer à partir de là. L'église ressemblait moins à un endroit où vous auriez rencontré Jésus ou saint Jean l'évangéliste qu'à un drugstore ouvert toute la nuit où vous pouviez faire exécuter votre ordonnance ou acheter un hamburger. De l'église, une équipe s'approcherait du complexe d'appartements par le nord, deux autres par le sud et l'ouest. Sur Google Earth, le complexe se composait de deux douzaines de cubes en béton, avec chacun un petit appartement au rez-de-chaussée et un autre, identique, au-dessus. Plusieurs avaient même des cheminées, encore qu'on voyait mal à quoi elles pouvaient bien servir dans une ville aussi chaude que Houston.

Lorsque l'opération eut lieu, à 6 heures le lendemain matin, ces clapiers semblaient toujours aussi peu attrayants. South Gessner Road est une artère à quatre voies avec tout le charme d'un doggy bag de la veille. De l'autre côté de la rue se trouve un You Lock It Self Storage, une entreprise de self-stockage, et, d'après l'aspect général des alentours, c'était une ressource utile, dans une zone où aucune porte ou serrure ne donne l'impression de pouvoir résister à un enfant de deux ans déterminé.

Dès que les portes du car s'ouvrirent, l'équipe se mit rapidement en position, chacun s'efforçant de se concentrer sur la tâche à accomplir. Mais ce n'était pas facile. En moyenne, l'unité tactique est peut-être appelée une ou deux fois par mois, et c'était une coïncidence malheureuse que j'aie réclamé un déploiement le matin où une autre victime probable du tueur en série de Boston avait été retrouvée dans Memorial Park. Moyennant quoi, plusieurs agents de terrain avaient été retirés des Crimes violents pour servir dans mon opération, avec pour résultat que cette dernière enquête pour meurtre, dirigée par Harlan Caulfield, fonctionnait à la limite de ses capacités. Ce qui laissait augurer d'une matinée extrêmement délicate, et le bruit courait d'un bras de fer entre Gisela et Harlan quant à la question de savoir quelle enquête avait la priorité. Harlan essayait pour voir, bien sûr ; une fois qu'une opération tactique a été demandée, elle a la priorité. Personne n'a envie de risquer la vie d'un agent en déployant des effectifs réduits de moitié. Pas pour une femme morte dans un parc.

Quoi qu'il en soit, pas un seul coup de feu ne fut tiré. Johnny « Sack » Brown et ses deux amis n'offrirent aucune résistance et ils se laissèrent arrêter et enfermer dans une cellule du bureau régional aussi docilement que s'ils avaient reçu une invitation du gouverneur du Texas lui-même à s'y rendre. Il n'y avait, cependant, pas trace dans l'appartement d'un Switchblade, ni d'aucune autre arme d'ailleurs, même pas un pistolet, et l'équipe tactique réintégra ses quartiers on ne peut moins ravie. Ce n'est que lorsque je fouillai les tiroirs du bureau de Johnny « Sack » Brown et que je découvris un reçu de You Lock It Self Storage que je compris où le groupe rangeait ses nouveaux jouets. Dix minutes plus tard, j'étais dans South Gessner Road en compagnie de deux de nos dernières recrues, ouvrant la porte extérieure d'une unité de stockage équipée d'un climatiseur, puis d'une porte à enroulement, et révélant une cache d'armes, parmi lesquelles non pas un mais six Switchblade.

Il était encore tôt. Je n'avais pas pris de petit déjeuner, mais j'étais trop heureux pour avoir faim. Sautant dans la voiture, je retournai à Justice Park Drive avec la bonne nouvelle concernant les Switchblade quand mon portable se mit soudain à sonner. C'était l'évêque Coogan.

« Je suis allé à l'hôpital, dit-il. Prier pour Philip Osborne. Je t'ai appelé hier soir, comme tu me l'avais demandé, mais ça ne répondait pas.

— Désolé. J'avais l'intention de vous rappeler, mais nous avons eu quelque chose de très important.

— J'ai vu pas mal de trépassés, tu comprends. Tout le monde ne meurt pas avec le sourire des saints aux lèvres.

— C'est-à-dire ?

— Pour être tout à fait franc, il n'avait pas l'air en paix avec le monde. À coup sûr, la dernière prière d'une personne peut être d'un grand réconfort. Mourir dans les bras de l'Église, pour ainsi dire. Et Osborne n'a pas eu ça. Je déteste voir une âme qui n'est pas en paix au moment où elle s'en va. Et il ne l'était pas, c'est certain. Souviens-toi de ça la prochaine fois que tu ouvriras un livre de ce satané Richard Dawkins.

— D'accord, l'évêque. Écoutez, vous avez dit qu'il y avait quelque chose dont vous vouliez me parler. Une petite difficulté locale, pour reprendre votre expression.

— En effet. J'ai besoin d'un conseil, Gil. Tu pourrais peut-être passer de nouveau à la maison, à un moment donné. Demain, éventuellement. Je serai ici la plus grande partie de la journée.

— Bien sûr. En fait, il faudrait que je prenne un peu de vacances. J'ai besoin d'aller voir un agent immobilier et de me chercher un logement, parmi un tas d'autres trucs.

— Vous déménagez ?

— Ruth veut que je parte de chez elle. Et elle a aussi l'intention de divorcer.

— Pourquoi fait-elle ça ?

— Je gardais mes vertus dans une poche et mes vices dans l'autre. Ce qui était très bien jusqu'à ce qu'elle se mette à me faire les poches et qu'elle s'aperçoive que je n'étais pas aussi vertueux qu'elle l'imaginait.

— Je suppose que ça ne servirait à rien que j'essaie de lui parler en ton nom.

— Comme vous dites. (Je ris.) Je pense qu'elle déteste les catholiques autant que les païens comme moi.

— Tu n'es pas un païen, Gil. C'est peut-être ainsi que tu te considères actuellement, mais quand tu te détournes de Dieu, tu fais seulement une boucle et, dans peu de temps, cette boucle te ramènera devant lui. Tu verras si je me trompe. »

Il était difficile de discuter de ces choses-là avec un évêque, même aussi profane qu'Eamon Coogan.

Mon trajet de retour au bureau me faisait passer par la Southwest Freeway et ensuite au nord par la 610. À mi-chemin environ, j'aperçus des lumières bleu et rouge puis deux fourgons de l'équipe d'intervention du FBI sur la chaussée opposée qui tournaient dans North Post Oak Road et Woodway Drive. Ils se dirigeaient manifestement vers la dernière scène de crime du tueur en série et, me disant que je devrais peut-être faire un demi-tour pour les suivre, je décidai de prendre à droite dans Memorial Drive. Je collai le gyro sur le toit de la voiture et écrasai le champignon. Ce n'est pas que je pensais pouvoir ajouter quoi que ce soit d'important à l'enquête, mais je n'avais pas encore vu par moi-même l'œuvre de l'assassin, et, après tout, Harlan Caulfield m'avait déjà demandé mon opinion par le passé, de sorte que je voulais lui montrer que j'étais toujours disposé à lui apporter mon aide. En outre, je me sentais un peu coupable de lui avoir piqué quelques-uns de ses hommes.

Les fourgons étaient faciles à repérer tandis qu'ils fonçaient le long de la rue, et je fus rapidement sur leurs talons. Ils virèrent dans North Picnic Lane et s'arrêtèrent devant trois terrains de base-ball, juste à côté d'un poste de commandement mobile – un des ces gros camping-cars avec une antenne parabolique sur le toit qui donnent l'impression que Tom Cruise se repose à l'intérieur entre les prises de vues. Quelques flics faisaient de l'excellent boulot en maintenant un groupe de curieux à distance. Déjà plusieurs caméras de télévision étaient installées pour fouiller dans les restes des assiettes de la police et du FBI, et achever de faire de la scène une abomination complète. On pouvait presque sentir une odeur de proie fraîchement tuée flotter dans l'air au-dessus de leurs têtes avides et oscillantes.

Se fiant à mon gyro, les flics me firent signe d'avancer comme si j'étais une huile, et je me rangeai le long du poste de commandement juste au moment où Harlan en sortait avec une cigarette électronique à la bouche. Dépourvues de flamme et de combustion, les cigarettes électroniques étaient à peu près la seule chose que vous pouviez fumer dans Memorial Park, ou presque partout ailleurs, du reste. Harlan tira une bouffée de sa clope sans tabac, sans fumée et sans odeur : juste de l'inoffensive vapeur d'eau mélangée à une pincée de nicotine, si bien que vous pouviez avoir le goût sans infliger d'outrage à vos poumons ni aux autres. Infliger un outrage à qui que ce soit ne me dérangeait pas.

« J'avais raison au sujet de saint Pierre, n'est-ce pas ?

— Qu'est-ce qui vous fait dire ça, Martins ?

— Allons, Harlan. Tout le monde sait au Bureau que c'est ainsi que les gars des Crimes violents ont surnommé votre tueur en série. » J'indiquai d'un signe de tête les équipes de journalistes. « C'est-à-dire, tout le monde sauf eux.

— C'est un gros titre que je tiens à éviter à tout prix, grommela Harlan. Alors tâchez de tenir votre langue. J'aurais sans doute intérêt à dire un mot à mon équipe. Et à écraser les kiwis de quelqu'un, très fort.

— Encore une victime qui était sur le point de récolter une auréole.

— C'est sûr. (Harlan poussa un soupir.) Caroline Romero a fondé le Robbie Center après la disparition de son fils Robbie. Il s'est enfui de chez lui à l'âge de douze ans et elle ne l'a jamais revu. Aussi elle et son mari se sont servis d'une partie de leur fortune non négligeable pour créer le centre afin d'essayer de prévenir les enlèvements et les fugues, et de récupérer les enfants disparus. Depuis qu'ils ont commencé il y a quinze ans, ils ont permis de retrouver plus de trois cents gosses dont on était sans nouvelles et de les rendre à leur famille. Et si ça ne mérite pas une foutue auréole, alors quoi ? (Il tira une bouffée de la cigarette.) Elle habitait Crestwood Drive, à un peu plus d'un kilomètre à l'ouest d'ici. Jolie baraque. Gens sympas. Elle avait d'autres gosses, mais en perdre n'est pas quelque chose dont on se remet facilement, je suppose. Elle n'a jamais fait de mal à une mouche, d'après ce que racontent ses voisins.

— Comment est-ce arrivé ?

— Elle a été abattue avec une arme de petit calibre, pareil que les autres. Hier soir, elle est sortie faire du jogging et n'est pas rentrée. Personne n'a rien entendu, bien sûr. Tout du moins, jusqu'à présent.

— Est-il possible que votre assassin ait le sentiment d'être du côté des anges ? Que la raison pour laquelle il tue ces gens, c'est qu'il est convaincu en réalité de faire le boulot de Dieu ? »

Harlan regarda sa cigarette électronique et secoua la tête.

« Vous poussez l'athéisme un peu loin, vous ne croyez pas ?

— Non, non, Harlan. C'est parfaitement logique quand on y réfléchit. Enfin, si on croit au paradis, aux récompenses de Dieu pour les justes et à tout le bataclan. Je veux dire, si le paradis est vraiment le paradis, alors le tueur croit peut-être qu'il aide simplement ses victimes à obtenir leur récompense plus tôt que plus tard. Qu'il leur rend service. »

Harlan fronça les sourcils.

« C'est l'idée la plus stupide qu'il m'ait jamais été donné d'entendre.

— Vous n'êtes pas un tueur en série, Harlan. Vous ne pensez pas comme un dément. Mais nous connaissons tous les deux des tas de gens qui s'imaginent que le paradis est un endroit réel et qui ont hâte d'y être. Est-ce que les terroristes musulmans qui ont écrasé leurs zincs contre les tours jumelles n'étaient pas persuadés qu'ils allaient trouver soixante-douze vierges les attendant au ciel ?

— Je n'ai jamais compris ce que les vierges avaient de si attirant.

— Harlan, peut-être que le tueur pense qu'il réunit ces victimes avec le Seigneur. Qu'il les fait entrer au paradis. Qu'il les amène à leur récompense. Exactement comme saint Pierre.

— Vous êtes un sacré malade, Martins. Vous savez ça ? (Il sourit et me tapa gentiment sur l'épaule.) Mais franchement, c'est la meilleure théorie que j'ai entendue depuis longtemps. Et aussi bonne que toutes celles qu'on m'a servies depuis que j'ai commencé à bosser sur cette foutue affaire.

— Seulement des peut-être, c'est tout, Harlan. Seulement des peut-être.

— Vous êtes bouché ou quoi ? C'est peut-être comme ça qu'on va avancer sur ce truc.

— Peut-être.

— Mouais. Vous avez pris le petit déjeuner ?

— Non.

— Bien. Alors allons jeter un coup d'œil à cette scène. »

Le meurtre de Caroline Romero portait à six le nombre de morts dues à saint Pierre, ce qui eut pour effet de justifier le recours au Centre opérationnel de gestion de crise du bureau régional de Houston, qui coordonnerait à l'avenir les ressources de tous les organismes judiciaires locaux enquêtant sur les meurtres. Le COGC est une vaste pièce sans fenêtre située au second étage. Elle ressemble à la salle de crise de la Maison-Blanche, mais en plus grand et en mieux équipé, avec des dizaines de terminaux PC et de télévisions à écran plat le long des murs, de sorte qu'il est possible d'obtenir les informations plus facilement et, par-dessus tout, de les partager entre les cinquante flics et agents fédéraux que peut accueillir le COGC. Personne n'aime mettre le centre opérationnel en place quand une autre opération est programmée. Le gestionnaire de crise à la tête du COGC veut avoir le sentiment de disposer d'un droit de priorité sur toutes les ressources locales du Bureau, raison pour laquelle, lorsque nous nous rencontrâmes devant l'ascenseur de l'entrée, Doug Corbin crut bon de me passer un savon.

Doug Corbin avait un caractère de cochon. Il lui était déjà arrivé de me botter les fesses, et il y avait pris plus de plaisir qu'il n'aurait dû.

« Je pourrais vous flanquer un avertissement, agent Martins, dit-il, beaucoup trop près pour mon confort d'écoute, la prochaine fois que vous essaierez d'écraser une mouche avec la moitié de l'équipe de ce foutu COGC.

— Eh bien, monsieur, ça ne semblait assurément pas être une simple mouche à 6 heures ce matin.

— D'après qui ? Vous ? Vous n'êtes qu'un superviseur de premier niveau, Martins, pas le directeur du FBI.

— Et j'avais l'accord de mon ASAC, monsieur. Gisela DeLillo. Pourquoi ne pas vous adresser à elle si vous êtes mécontent de ce qui s'est passé ?

— Est-ce censé me rassurer sur le fait que vous savez de quoi vous parlez, nom d'un chien ?

— Nous avions des renseignements solides selon lesquels les suspects n'étaient pas du genre à se rendre sans avoir deux douzaines de flingues sous le nez.

— Vraiment ? L'armoire à fusils était vide, c'est ce qu'on vient de me dire.

— Vous avez mal entendu. Je reviens du box où mon sujet planquait six minimissiles de croisière et suffisamment d'armes et de munitions pour réapprovisionner Fort Alamo.

Et ni Gisela ni moi ne savions que le COGC avait été convoqué quand nous avons demandé l'opération.

— Veillez à venir m'en parler avant même de songer à demander de nouveau une opération. Je n'aime pas commencer un COGC avec seulement deux blancs-becs fraîchement émoulus de l'Académie et une secrétaire dégageant des relents de boules antimites. Ni attendre que les gens se pointent comme si c'était le premier jour d'école. Et je ne vous aime pas, c'est sûr. »

Vers la fin de la conversation, Vijay Persaud, le type du DCSNet, apparut à côté de moi.

Je laissai Corbin prendre seul l'ascenseur. L'idée d'inhaler son haleine pourrie était trop pour moi. J'espérais que Vijay entrerait dans la cabine avec lui, mais il n'en fit rien.

« Tu devrais en discuter avec l'AA, dit-il. Je suis le représentant de section, tu sais. »

L'AA était l'Association des agents.

« Merci, Vijay. Mais je crois que je vais oublier tout ça. Je n'ai jamais aimé les morveux qui vont pleurer auprès de leur mère parce que quelqu'un les a traités d'andouille.

— D'accord. (Il marqua un temps d'arrêt.) Hmm, Gil ? Il faut qu'on parle. De toute urgence. Tu te souviens ?

— Eh bien, vas-y, parle, Vijay. On est au FBI, pas dans les vestiaires du Houstonian Club.

— En fait, non. Il vaudrait mieux que ce soit en tête à tête, je pense. Ça t'ennuierait qu'on aille dans une salle de réunion ? »

J'hésitai.

« Vraiment, c'est urgent.

— OK, Vijay. J'ai compris. Mais pour l'instant, j'ai un truc urgent de mon côté qui m'attend dans la salle d'interrogatoire en bas. Un terroriste présumé du nom de Johnny "Sack" Brown. Il projetait d'envoyer un missile à travers la fenêtre d'une synagogue ici à Houston. Je peux te retrouver quand j'en aurai fini avec lui ?

— D'accord. S'il te plaît, Gil. Je me répète, mais c'est plutôt urgent. »

Je laissai tomber. Mais j'avais envie de lui répondre qu'au FBI tout est toujours foutrement urgent.

Johnny "Sack" Brown était un type du genre « sans commentaire », avec des bras musclés et des manières de journal roulé en boule. À presque chaque question que nous lui avons posées, Gisela et moi, au cours des deux ou trois heures suivantes, il serrait le poing menotté à la table puis répétait poliment son mantra de l'antipathie et de la séparation. Sur sa poitrine était dessiné un tatouage d'une surprenante obscénité, représentant un personnage âgé à la longue barbe, sans doute divin, accompagné de cette légende : « Dieu bande pour les Marines » ; tandis que, sur un de ses avant-bras, se trouvait un aigle américain serrant un étendard sur lequel était écrit : « jésUS notre sAuveur ». Ces tatouages m'intriguèrent et, pendant un instant, j'essayai de détourner le soliloque concernant les Switchblade que j'avais découverts à l'intérieur du box de Gessner Road, dans l'espoir d'amener Brown à parler de n'importe quoi – absolument n'importe quoi.

« J'ai souvent pensé à me faire tatouer, moi aussi. Mais je ne vois aucune opinion à laquelle je tiendrais assez pour supporter la douleur. »

Brown se mit à nous regarder de haut comme si nous étions les chiens les plus laids qu'il ait jamais vus.

« Je pense que vous n'auriez pas ces tatouages si vous ne croyiez pas en Dieu, n'est-ce pas ? »

Pour une fois, il ne répondit pas « sans commentaire » à une question directe. Poursuivant dans cette voie, j'ajoutai :

« Non, je suppose que vous ne pouvez pas répondre "sans commentaire" à une question semblable. Pas sans renier votre foi religieuse. Même si, bien sûr, en raison de Miranda, un tribunal peut interpréter le silence comme un déni tacite. Vous ne saviez peut-être pas ça. Je vous repose donc la question. Êtes-vous chrétien, monsieur Brown ? »

Après un autre long moment, il dit :

« Je suis chrétien, agent Martins. Et après ?

— Je ne voulais nullement manquer de respect à votre foi. J'ai moi-même été chrétien.

— Et qu'est-ce que vous êtes maintenant ?

— Oh ! je suis athée.

— Alors ça n'a rien d'étonnant que vous travailliez pour une institution impie comme le FBI.

— Vous savez, je ne peux pas m'empêcher de me demander ce que le Seigneur aurait pensé de ce que vous aviez l'intention de faire. Je ne vois pas comment votre dieu pourrait bander pour des Marines qui sont prêts à assassiner son peuple élu.

— Dieu punit son peuple quand celui-ci fait le mal.

— C'est une chose de chasser les marchands du Temple et une tout autre de tirer un missile guidé à travers la putain de fenêtre d'une synagogue. »

Il y avait chez Brown une froide détermination que je trouvais intimidante. Ce n'était guère le fanatique que j'avais imaginé. Il donnait l'impression d'un homme ayant mûrement réfléchi à ce qu'il prévoyait de faire. Et il n'avait pas l'air troublé le moins du monde par sa situation. Il allait être difficile de le faire craquer.

« Je vais vous dire ce que je ne comprends pas, déclara Gisela. Je ne comprends pas comment quelqu'un d'aussi intelligent que vous a pu planifier le massacre d'hommes, de femmes et d'enfants juste parce qu'ils étaient juifs. Ça ne colle pas.

— Est-ce que ce n'est pas à vous de le découvrir ? répondit Brown. À vous et à vos psys des sciences comportementales. »

Puis il sourit, se laissa aller en arrière, fit de son mieux pour croiser les bras et ne dit plus un mot.

Nous essayâmes de poser d'autres questions, mais sans résultat, et au bout d'un moment nous arrêtâmes l'interrogatoire, éteignîmes l'enregistreur, et Johnny « Sack » Brown fut ramené à la poterne pour être conduit dans un centre de détention fédéral.

« Laissons-le mariner durant le week-end, dit Gisela en récupérant son pistolet dans son casier. Les psys pourront l'évaluer lundi. Rien ne vaut un petit séjour derrière les barreaux au centre de détention pour rendre un homme loquace. »

J'étouffai un bâillement.

« Vous avez besoin de rentrer chez vous. Vous avez passé la moitié de la nuit à travailler sur l'opération de l'unité tactique. Allez-y, je vous verrai lundi. »

Je poussai un soupir et secouai la tête.

« Je ne peux pas. Vijay Persaud, du DCSNet, veut me parler de quelque chose.

— Il est tard, fit remarquer Gisela. Il y a de fortes chances pour qu'il soit rentré lui aussi. Oubliez ça jusqu'à lundi. S'il est encore là, je lui parlerai.

— Et Corbin m'a engueulé parce que j'avais pris des agents au COGC pour l'équipe tactique.

— Qu'il aille se faire foutre ! s'exclama Gisela. Les opérations de l'équipe tactique passent en premier. Pas de fédéraux morts. C'est le protocole standard. J'en parlerai à Chuck. J'en ai assez que cet enfoiré de Corbin essaie de donner des ordres à mes agents. Qu'il soit gestionnaire de crise ne signifie pas qu'il dirige ce bureau. (Elle sourit.) Allons, rentrez chez vous. »

Je me rendis aux toilettes, où je me lavai soigneusement les mains et le visage. Interroger des suspects a cet effet sur moi.

13

Il était tôt le samedi matin. Quelque part dans Driscoll Street, un chien aboyait, mais je n'avais pour seule et unique compagnie que le bruit de ma respiration haletante et le sinistre tic-tac du réveil de voyage sur la table de chevet : on aurait dit un scarabée métallique agité rongeant le bois malade de ma vie. Désormais, mon sentiment de solitude était toujours pire à ce moment de la journée. J'étais allongé dans le lit et je regardais fixement au-delà du terrain vague d'un grand matelas me séparant de l'oreiller où aurait dû se trouver la tête blonde de Ruth. Je n'avais pas bien dormi depuis qu'elle était partie. Cela faisait une heure que j'étais réveillé, dressant des plans pour une personne et faisant de mon mieux pour ne pas m'apitoyer sur moi-même. Le week-end s'annonçait gentiment merdique. Si je n'avais pas eu un besoin urgent d'un endroit où me loger, je serais allé au bureau.

Ce n'était probablement pas une bonne idée, mais, faute de mieux, je décidai de me rendre à Lakewood le dimanche matin. Non pas pour faire la paix avec Dieu, mais dans l'espoir de rencontrer Ruth et de faire la paix avec elle. Je ne savais pas vraiment où elle était, mais ce n'était pas à Corsiciana. Quelqu'un m'avait raconté l'avoir vue à l'église, avec Danny, le dimanche précédent, et je me disais que, tant qu'elle serait là, elle serait peut-être plus encline à faire aux autres, c'est-à-dire à moi, ce qu'elle voudrait qu'on lui fasse.

Mais ça semblait un mince espoir, et surtout je voulais apercevoir Danny. Je supposais que Ruth serait mieux disposée à mon égard si je pouvais lui dire que, comme l'avaient demandé ses avocats, j'avais déménagé. Aussi, avant de passer voir l'évêque Coogan, je fourrai quelques vêtements dans un sac avec l'intention d'aller dans un motel le temps de me chercher un truc à louer. J'avais pas mal d'idées sur la question. C'était juste le fric qui me manquait.

Je jetai un dernier coup d'œil à la maison, me rappelant notre vie ici. Pour l'essentiel, je restai sur le seuil de la chambre de Danny, à contempler son petit lit et les jouets les moins attirants qu'il avait laissés lorsque sa mère et lui étaient partis. En redescendant, je me dis que je n'avais jamais beaucoup aimé cet endroit – en grande partie parce que j'avais peu à voir avec son choix –, mais, pendant un moment, jusqu'à ce que je foute tout en l'air avec Nancy et mon nouvel athéisme, nous y avions été heureux. Pas vrai ? Et maintenant ? Est-ce qu'il arrivait à Danny de s'ennuyer de la maison ? Ou de moi ? Je me posais la question. Chez son grand-père à Corsiciana, il y avait des chevaux et des poneys qu'il pouvait monter, une cabane perchée dans un arbre et une piscine de la taille d'un champ de blé. Un petit garçon pouvait oublier quantité de choses, y compris son père absent, quand il avait un poney à lui.

Après avoir démarré, je m'éloignai lentement, me forçant à ne pas me retourner, comme si j'étais Loth lui-même. Il me suffit de garder les yeux fixés sur la route puis d'appuyer sur l'accélérateur. Je mis alors le cap sur la résidence de l'évêque, dans Timber Terrace Road, près de Memorial Drive. C'était une vaste maison moderne dans un quartier calme et verdoyant de la ville, à proximité du séminaire catholique St Mary et de l'école de théologie où, quand il ne travaillait pas à la chancellerie de l'archidiocèse, Coogan exerçait de temps en temps des fonctions académiques dont la maison était la récompense, je suppose. Et une jolie récompense de surcroît, avec une longue allée en courbe, une antenne parabolique sur le toit et un petit étang en forme de haricot, sans compter l'accès à la Cardinal Beran Library, où Coogan effectuait des recherches pour un livre qu'il était en train d'écrire.

Une domestique – peut-être une bonne sœur – tenant un chiffon et une boîte d'encaustique ouvrit l'épaisse porte en bois et en verre de l'évêque et me fit entrer dans une pièce confortable, tapissée de livres, où flottait une forte odeur de cigare et de cire d'abeille ; au-delà de la baie vitrée, un arroseur sifflait comme un serpent, travaillant d'arrache-pied à garder humide un tapis de pelouse émeraude.

Coogan apparut sur le seuil, s'épongeant le front avec un mouchoir de la dimension d'une taie d'oreiller ; comme d'habitude, il avait l'air d'un Elvis obèse essayant un nouveau costume d'*All My Trials Lord* pour un récital unique au Vatican. Nous échangeâmes une poignée de main. Dans l'énorme paluche de Coogan, la mienne ne paraissait pas plus grande qu'une patte de chat.

« Tu as pris le petit déjeuner ?

— Vous semblez lire dans mes pensées, Eamon.

— Tu as perdu du poids. C'est plus facile à lire que tes pensées, Gil. Tu n'as pas dû manger souvent chez toi, je parie. » Il posa sa grosse main sur mon épaule. « Viens à la cuisine, je vais demander à Mme Harris de te préparer quelque chose. »

Je le suivis le long du couloir jusqu'à une cuisine parfaitement équipée où la femme qui avait répondu à la porte astiquait une plaque de cuisson en céramique au centre d'un plan de travail en granite aussi grand que la nef d'une petite église bien propre.

« Madame Harris ? dit Coogan. Pourriez-vous confectionner un petit déjeuner copieux pour M. Martins, s'il vous plaît ?

— Certainement, Votre Excellence.

— Je lui ai demandé de ne pas m'appeler comme ça, me dit Coogan. On croirait que je porte un casque colonial et que je vais remettre des lettres d'introduction à la reine, mais elle ne veut rien entendre. »

Mme Harris l'ignora ; elle était déjà en train de préparer mon petit déjeuner, qui fut servi en l'espace de vingt minutes, et qui était succulent par-dessus le marché. Coogan me regarda manger avec un plaisir par procuration, presque comme s'il pouvait savourer chaque morceau qui entrait dans ma bouche.

« Eh bien, de quoi vouliez-vous me parler, Eamon ? lui demandai-je. Ça vous ennuie si je fume ?

— Non, vas-y. J'aime bien l'odeur des cigarettes. »

J'en allumai une et attendis.

« Alors ? »

Il haussa les épaules.

« Ça n'a plus d'importance. Nous avons résolu le problème, l'archevêque et moi. Le père Breguet, un des prêtres du séminaire St Benedict, était soupçonné d'avoir détourné des fonds de l'église. De toute façon, nous avons bien réfléchi et décidé de ne pas porter plainte.

— Vous allez le laisser s'en tirer comme ça ? (Je fronçai les sourcils.) Puis-je vous demander pourquoi ? »

J'eus un instant l'impression que Coogan cherchait ses mots avec soin.

« Nous en sommes arrivés à la conclusion, Son Éminence et moi, que la somme qui avait disparu était moins importante que ce que nous avions tout d'abord supposé.

— Pas vraiment une affaire fédérale, je pense.

— Non, mais tu es le seul responsable de l'application des lois que je connaisse suffisamment pour lui parler de ces choses sans un avocat. »

Je souris.

« Eh bien, je ne peux pas me plaindre de la nourriture.

— En réalité, j'avais une autre raison d'aller de l'avant et de te laisser venir ici. »

Je poussai un soupir.

« Je ne cherche pas le réconfort éternel. Juste un endroit où loger.

— Alors, tu as vraiment déménagé. »

J'acquiesçai.

« Ce matin, avant de venir. Ruth était sur le point de me jeter à la rue. Une femme peut faire ça quand elle a la garde de votre gosse. Et les Benjamin Franklin de son papa pour la financer. Elle semble toujours savoir quel est le meilleur moment pour remuer le couteau dans les tripes d'un homme.

— Eh bien, je ne suis pas un expert en matière de femmes », dit-il.

Je laissai échapper un long soupir et donnai une tape sur mon ventre plein.

« Aussi, après avoir quitté cette maison admirablement bien tenue qui est la vôtre, Eamon, je vais aller me chercher un motel et ensuite un appartement quelque part.

— Ma foi, je pourrais peut-être te donner un coup de main dans ce domaine, Gil. Bien entendu, ce n'est pas vraiment pratique. Mais cela pourrait te dépanner pendant un moment.

— Mes critères de recherche en ligne sont assez simples. Ils se résument à ceci : moins c'est cher, mieux c'est. Je vais avoir besoin de l'argent que j'ai pour la procédure de divorce. Écoutez, c'est très gentil à vous de proposer de m'aider, Eamon, mais je ne crois pas que la vie dans un séminaire me plairait à l'heure actuelle. Ces derniers temps, la seule chose pour laquelle je prie, c'est de gagner à la loterie du Texas.

— Je pensais, il y a une maison que tu pourrais avoir. Pour toi tout seul. Et pendant aussi longtemps que tu le désires. Ce n'est pas l'idéal pour quelqu'un travaillant à Houston, mais si tu as vraiment besoin de faire des économies, je pense que ça pourrait te convenir en attendant mieux.

— Je ne sais pas, Eamon. Je suis un peu spécial pour ce qui est de la propreté des choses, vous savez ?

— Une maison meublée vacante. Avec cinq chambres, un petit jardin, et propre comme un sou neuf. Loyer gratuit, de surcroît. Jusqu'à ce que tu trouves quelque chose de plus permanent à Houston. Ce qui ne devrait pas te prendre beaucoup de temps. Tu peux emménager aujourd'hui, si ça t'intéresse.

— Bien sûr que ça m'intéresse. Sauf qu'il y a un hic, pas vrai ? C'est là que vous me dites que la maison est hantée.

— Elle se trouve à Galveston. »

Coogan mit ses mains dans ses poches, bomba le torse et sourit, attendant ma réponse.

Je réfléchis un moment. Galveston n'était pas exactement la porte à côté ; c'était même encore plus loin de Ruth et de Danny à Corsiciana. À quatre-vingts kilomètres au sud de Houston, le plus grand port du Texas commençait tout juste à se remettre du passage de l'ouragan Ike. C'était pratiquement une ville fantôme. J'avais déjà vu des boules d'amarante ayant l'air plus gaies que Galveston, de sorte que vivre là n'était guère l'idéal. Il y avait ça et le fait que je resterais coincé deux heures tous les jours sur la I-45. Mais qu'avais-je d'autre à faire de mon temps libre ? De plus, habiter quasiment n'importe où, même une zone sinistrée, quand le loyer est gratis, présente de grands avantages. On ne peut pas trouver moins cher qu'un loyer gratis. Ni plus commode quand on ne sait absolument pas où passer la nuit. D'ailleurs, je n'avais pas très envie, à vrai dire, de me taper la corvée d'avoir à chercher un logement. D'après ce qu'on racontait, les locations étaient presque toujours crasseuses. Cette partie de la quête d'un endroit où m'installer me flanquait réellement la frousse. Et la perspective de passer des jours à nettoyer un nouvel appartement n'avait rien pour me réjouir.

« C'est une ruine, c'est ça ? Comme le reste de Galveston. Ike a emporté le toit et inondé la cave. Ou alors il n'y a toujours pas l'électricité. »

Coogan secoua la tête.

« En fait, ce n'est pas une maison désagréable. Un peu calme, peut-être. La plupart des voisins ont déménagé après l'ouragan et ne sont pas revenus. Mais tous les dommages ont été réparés et l'intérieur a été redécoré voilà à peine un an. Il y a une télévision grand écran. Un douche à hydromassage. Une cuisine entièrement refaite avec tout l'équipement moderne. Jusqu'à récemment, la maison était occupée par un prêtre qui aimait bien son verre de vin et son confort matériel. Le père Dyer. Il se trouve maintenant dans une résidence de Texas City. Pour les membres du clergé à la retraite. Et j'ai fait nettoyer les lieux par des professionnels après son départ, si bien que, pour l'instant, elle est impeccable.

— Impeccable ?

— Impeccable. (Il marqua une pause.) Écoute, Gil, aucun de ces fainéants du séminaire ne veut ne serait-ce que mettre les pieds à Galveston. Ils préfèrent des coins un peu plus animés ici à Houston, ou à Dallas. Avec des êtres humains. Des catholiques. Et je peux difficilement leur en vouloir. Les seules assemblées régulières qu'on puisse avoir à Galveston, c'est avec des grues et des tortues. La maison se trouve près de la vieille cathédrale. Par conséquent, tu me rendrais service si tu pouvais garder un œil sur l'endroit. Un peu comme un gardien. En effet, nous avons eu quelques problèmes avec des pillards. Des salopards volant le plomb des toits de l'église, ce genre de trucs. Un locataire muni d'un Glock serait sans doute une excellente chose. Si tu veux, nous pouvons y aller maintenant, pour jeter un coup d'œil à la maison.

— Euh, oui, ce serait super, Eamon. Si vous avez le temps. »

Eamon fit la moue.

« Je suis célibataire, non ? Et il n'y a pas de satané match ce week-end. Alors qu'est-ce que je ferais d'autre de mon foutu samedi ? »

Je souris.

« C'est bien vrai, ce qu'on dit. Si vous voulez perdre la foi, liez-vous d'amitié avec un prêtre. »

14

Dieu et BP auraient bien des comptes à rendre au sujet du golfe du Mexique, mais qualifier Galveston de ville fantôme était quelque peu trompeur. Même les fantômes avaient l'air d'avoir sauté dans un train traversant la Galveston Causeway pour se replier à l'intérieur des terres et aller hanter au nord une ville plus agréable comme Houston ou Dallas. La plupart d'entre eux, du moins ; le seul endroit qui donnait l'impression d'abriter encore un revenant ou deux était la maison diocésaine où l'évêque Coogan m'avait emmené la veille, un endroit où, selon toute vraisemblance, j'allais devoir vivre un moment, faute de quelque chose de mieux et surtout de gratuit.

De l'extérieur, les choses ne paraissaient guère enthousiasmantes. C'était une maison en bois de trois étages datant du début du siècle dernier, avec un toit flanqué d'une tourelle d'angle, de grands balcons et galerie, et une palissade blanche. La maison était beaucoup plus vaste que je ne l'avais imaginée et, comme beaucoup de vieilles constructions à Galveston, elle aurait été plus à sa place dans un quartier déshérité d'Amityville. J'avais déjà vu des bicoques à l'air sinistre, mais seulement sur la couverture d'un roman de Stephen King.

À l'intérieur, cependant, les choses étaient beaucoup plus agréables. L'endroit était particulièrement propre – sur ce point, Coogan n'avait pas exagéré. Et la maison était aussi luxueusement équipée qu'il l'avait promis, avec une télévision à écran plat, une cave à vins bien garnie et une belle bibliothèque. Elle était superbement meublée également, avec un grand lit extrêmement confortable, quelques jolis tapis espagnols et une kyrielle de meubles en cuir. J'aimais bien jusqu'aux tableaux encadrés sur les murs, même s'il s'agissait en majorité de sujets religieux. D'après Coogan, ils étaient d'un peintre anglais nommé Stanley Spencer, dont je n'avais que vaguement entendu parler : sa *Résurrection* était d'un plaisant académisme, tandis que ses *Anges de l'Apocalypse* faisaient penser à un groupe d'épouses rentrant d'une réunion de Weight Watchers.

En dépit de ce confort matériel, je ne dormis pas très bien la première nuit. L'arbre à l'extérieur avait une forme idéale pour une pendaison – un effet renforcé par un vieux morceau de corde attaché à la plus grosse branche. Un élagage ne lui aurait pas fait de mal, et, agités par la brise mexicaine qui avait fait jadis de Galveston un endroit plus agréable à vivre que Houston, les rameaux tapèrent contre les fenêtres des étages supérieurs pendant toute la nuit. Construite entièrement en bois, la bâtisse craquait comme une goélette naufragée en se refroidissant après les températures élevées de la journée, à tel point que je dus me lever à plusieurs reprises pour vérifier ce que je savais déjà : j'étais seul dans la maison.

Je n'étais pas simplement seul dans la maison. Venait rehausser, si l'on peut dire, l'aspect fantomatique de mon nouveau chez moi le fait que la plupart des maisons du quartier étaient barricadées et vides. J'aurais pu vider tout un chargeur par la fenêtre sans que personne bronche. La ville se remettait progressivement sur pied, prétendait-on à la station-service locale, mais pas au point qu'on le remarque. J'avais connu des boîtes de coton plus bruyantes que Galveston.

Chaque fois que je regardais par une fenêtre, je m'attendais à voir une bande de zombies remonter la rue. À l'épicerie du coin, dans Strand Rear Street, près du port verdâtre, le type derrière la caisse venait d'un trou pourri du cercle Arctique russe ; il racontait en blaguant que Galveston lui rappelait sa ville natale, et je le croyais volontiers. Je n'aurais pas pu me sentir plus coupé du reste du monde si j'avais été en garnison dans un camp au pôle Nord. Et ce dimanche matin, alors que je sortais en voiture de Galveston, je n'aurais jamais pensé que je serais bien content de me rendre à l'église de Lakewood.

J'avais à peine quitté l'île et traversé la Causeway que mon téléphone se mit à sonner. C'était Helen Monaco.

« Où étais-tu passé, Martins ? Je t'ai appelé chez toi toute la journée d'hier, se plaignit-elle. Et tu ne répondais pas à ton portable ni à tes mails.

— Ça alors, Helen, on dirait que tu te fais du souci pour moi.

— Et d'ailleurs, où es-tu, bordel ?

— À Galveston. C'est là que j'habite, depuis hier. Raison pour laquelle tu n'as pas pu me joindre chez moi. J'ai déménagé. J'aurais dû appeler le bureau pour les prévenir, mais c'est mon premier jour de repos depuis que Ruth m'a quitté.

— Galveston ? Pourquoi diable habites-tu là ? Tu es fatigué de la vie ou quoi ?

— En fait, c'est une maison plutôt sympa, dans la journée. Et sans frais de location avec ça.

— Si j'avais su que tu étais aussi désespéré, tu aurais pu avoir mon canapé.

— C'est ce que tu dis maintenant. Mais tard le soir, lorsqu'on aurait bu quelques verres et que tu te serais mise à me draguer, qui sait où ça aurait pu mener ?

— Et moi qui m'apitoyais sur ton sort.

— Inutile de te donner cette peine. Pour ce qui est de m'apitoyer sur moi-même, je m'en tire très bien tout seul.

— Tu es en voiture. J'espère que je ne vais pas gâcher ton dimanche.

— À Galveston, tous les jours ressemblent à dimanche. C'est pourquoi je reviens à Houston.

— Hier matin, j'ai reçu un coup de fil d'un type que je connais dans la police de Houston. Vendredi soir, ils ont arrêté une femme blanche de quarante et un ans du nom de Gaynor Carol Allitt, qui avait provoqué un accident de voiture après avoir brûlé un feu rouge à l'intersection de North Post Oak et de Woodway. Rien de grave, juste de la tôle froissée, c'est tout. Il semble qu'elle ait été effrayée par un véhicule de patrouille qui se dirigeait vers Memorial Park pour jeter un coup d'œil à ce nouveau meurtre. Du moins, c'est ce qu'ont cru les deux agents de police. Mais lorsqu'ils l'ont questionnée, elle est devenue quasiment hystérique et leur a déclaré qu'elle voulait avouer un crime.

— Les meurtres en série ?

— Le meurtre de Philip Osborne.

— Mais il s'agit d'une dingue, n'est-ce pas ? Forcément.

— C'est ce que les flics ont pensé. Aussi l'ont-ils soumise au détecteur de mensonges. Et d'après le polygraphe, elle ne mentait pas. C'est alors qu'ils m'ont appelée. Et quand je lui ai parlé hier soir, elle semblait assez raisonnable ; comme si elle avait toute sa tête. Elle n'est pas rentrée dans les détails, s'en tenant au récit qu'elle a fait au HPD. Elle m'a expliqué qu'elle avait appris la mort d'Osborne au journal télévisé et qu'elle se sentait coupable. Raison pour laquelle elle avait d'abord avoué. »

Soudain, aller à Lakewood ne semblait pas si important. De plus, je savais au fond de moi que je perdais probablement mon temps. Envoyer à Ruth un SMS comme quoi j'avais décampé de sa maison de Driscoll Street paraissait une option plus simple – et qui ne m'obligerait pas à mettre un casque.

« Où est-elle actuellement ?

— Ils l'ont transférée à Travis Street. C'est là qu'ils l'ont soumise au détecteur de mensonges. À part ça, la seule raison pour laquelle ils la détiennent toujours, c'est que je leur ai demandé. Selon eux, elle ne colle pas pour le meurtre et serait plus à sa place dans un hôpital. Après tout, ce n'est pas comme si Osborne avait été vraiment assassiné. Du moins, pour autant qu'on sache.

— Tu veux me retrouver au Coney Island, à l'angle de Dallas ?

— OK.

— Je suis en route. »

Entouré d'autres grands immeubles modernes, le 1200 Travis Street se composait de trente étages de pierre couleur miel déjà brûlante au toucher. Le hall du rez-de-chaussée était tapissé de hautes baies vitrées, avec d'énormes logos et des slogans municipaux gigantesques. Mais, pour les flics franchissant l'entrée dans leur chemise bleu ciel et leur pantalon bleu marine, l'impression générale était celle d'une agence internationale de publicité plutôt que du siège du service de la police de Houston. Je garai la voiture et, décollant la chemise de mon dos, je jetai ma veste sur mon épaule avant de me diriger vers le Coney Island, de l'autre côté de la rue. Je ne fais pas beaucoup la cuisine et, avec un réfrigérateur vide après seulement une nuit dans ma nouvelle demeure, j'avais une faim de loup.

À l'intérieur, Helen était assise à une table de coin. Ses cheveux blonds retombaient librement sur ses robustes épaules, que découvrait sa robe d'été sans manches. Je m'installai en face d'elle et indiquai d'un signe de tête affable le beignet à moitié mangé et la tasse de café vide.

« On dirait que tu es là depuis un moment, agent Monaco.

— Pas vraiment. Mais je prendrais bien un autre café. »

La serveuse s'approcha, versa un peu de café et d'eau, et je commandai avec voracité. Je lui rendis le menu en plastique poisseux, puis, dès qu'elle se fut éclipsée, je sortis un flacon de gel antibactérien et m'en appliquai sur les mains.

Helen hocha la tête et sourit.

« Toujours ce même vieux Gil Martins.

— Quoi ?

— À ta place, je ne m'inquiéterais pas des microbes. Le cholestérol dans ta commande te tuera. Ça ou les cigarettes que tu t'es remis à fumer. Je peux le sentir sur tes vêtements.

— Tu sais, avec un flair comme le tien, tu devrais travailler au FBI. »

Mon petit déjeuner arriva, et Helen réussit à contenir son dégoût pendant que je mangeais.

« Ne te gêne surtout pas pour moi. J'adore regarder les gens se goinfrer.

— Excuse-moi, mais je n'ai rien avalé depuis hier après-midi, expliquai-je. On ne peut dénicher de vraie nourriture nulle part dans Galveston.

— Comment est la maison ?

— Elle craque pas mal. Surtout la nuit. Mais sinon, on y est très bien. Les flics nous attendent ?

— À 11 heures. L'inspecteur s'appelle Kevin Blunt. »

Lorsque j'eus fini mon petit déjeuner, je me frappai la poitrine et réglai l'addition.

Dehors, la chaleur nous sauta au visage comme un feu de prairie. Traversant la rue, nous pénétrâmes dans la fraîcheur de l'immeuble du HPD et déclinâmes notre identité à la poupée Bratz faisant office de réceptionniste.

Quelques minutes plus tard, l'inspecteur Blunt descendit et nous conduisit jusqu'à une salle d'interrogatoire sans fenêtre. C'était l'incarnation même de la figure d'autorité impitoyable, avec un penchant marqué pour les dialogues hargneux genre série télé. Il était chaussé de bottes de cowboy en peau d'autruche et portait un blazer bleu en lin orné de boutons dorés sur lesquels on pouvait voir de petits serpents à sonnette qui étaient probablement des portraits tout crachés de sa progéniture.

« Si vous voulez mon avis, vous perdez votre temps, déclara-t-il en nous invitant à nous asseoir. Une meurtrière ? (Il secoua la tête.) Ça fait vingt ans que je travaille aux Homicides, et à mon avis cette bonne femme a NPLB gravé sur le front. NPLB pour le meurtre, au cas où il subsisterait le moindre doute. »

NPLB était, dans le vocabulaire des flics, un de ces acronymes destinés, pour la majorité d'entre eux, à empêcher le grand public d'en savoir autant sur nous qu'il le souhaiterait ; acronyme qui signifiait : « n'a pas l'air bien ».

« Si vous autres fédéraux croyez que ça en vaut la peine, allez-y, ne vous gênez pas, grommela-t-il. Putain, nous adorons coopérer avec le Bureau. Ça nous donne l'impression d'être vraiment importants. Mais en l'absence d'autre preuve que les aveux improbables de Mlle Allitt, il m'est impossible de la garder un jour de plus. Merde alors, la mort de Philip Osborne n'est même pas considérée comme suspecte. Et franchement, j'ai des choses plus intéressantes à faire un dimanche que de chaperonner un entretien avec une femme totalement délirante.

— Nous vous sommes assurément reconnaissants de votre coopération, inspecteur », dis-je.

D'un geste las, il décrocha un téléphone et demanda à quelqu'un d'amener Gaynor Allitt dans notre salle d'interrogatoire.

« Vous voulez savoir ce que je pense ? demanda-t-il ensuite.

— C'est vous l'expert en homicides, pas moi.

— Il y a à peine quelques mois, on a eu un type qui a avoué un meurtre, et il avait l'air de connaître une tripotée de détails sur l'affaire ; on l'a soumis au détecteur de mensonges, comme dans le cas de Gaynor Allitt, en s'attendant à ce que le polygraphe montre qu'il mentait, d'accord ? Sauf qu'il ne mentait pas. Pas d'après la machine. Il était réellement convaincu de sa culpabilité. De sorte que nous aussi, pendant quelque temps. À cheval donné on ne regarde pas les dents, dit le proverbe. Eh bien, c'est ce que nous avons fait, parce que le procureur nous l'a conseillé. Finalement, il s'est révélé que le type possédait un alibi plaqué or pour le meurtre. Et un peu plus tard, on a découvert qu'il avait pris des médicaments et qu'il avait piqué du nez devant sa télé. Il avait dormi tout le long du journal d'information d'une chaîne, plus vingt ou trente bulletins de nouvelles sur le meurtre. Tant et si bien que, lorsqu'il s'est réveillé, il croyait dur comme fer avoir tué quelqu'un. »

J'opinai du chef.

« Je veux dire simplement que se fourrer le doigt dans l'œil est dans la nature même de l'être humain, d'accord ? C'est le prix que nous devons payer pour avoir le genre de cerveau qui invente des explications aux trucs et aux machins. Je crois à la crédulité humaine et à pas grand-chose d'autre. Tout ce qui m'étonne, c'est que nous n'ayons pas plus de conneries à la Looney Tunes. Des fêlés avouant des meurtres qu'ils n'ont pas commis. »

Je souris patiemment, mais je commençais à en avoir légèrement marre de Blunt et de son numéro de talk-show façon psy. Je jetai un coup d'œil à ma montre puis tambourinai des doigts sur la table jusqu'à ce que je songe au nombre de fripouilles qui devaient la toucher tous les jours.

Blunt haussa les épaules.

« C'est un grand immeuble. Amener un suspect ici peut prendre un moment. »

Il consulta sa montre et il s'était remis à parler lorsque la porte s'ouvrit.

Après quelques questions et réponses de routine censées la mettre à l'aise, je demandai à Gaynor Allitt si elle désirait la présence d'un avocat. Elle déclina la proposition comme elle l'avait fait la veille ; et parce qu'à ce stade ni Blunt ni le FBI n'étaient enclins à croire qu'elle avait commis autre chose qu'une infraction au code de la route, il ne semblait guère nécessaire que nous lui trouvions un représentant légal.

C'était une grande femme aux cheveux roux coupés court et aux sourcils épilés. Plantureuse, elle portait une robe mauve unie, trop de fard à paupières vert et un grand crucifix en or autour de son cou parsemé de taches de rousseur. Son visage non dépourvu d'attrait exprimait de l'indignation, et, de temps à autre, quand elle refusait de répondre à une question, son menton de forme irrégulière adoptait une position belliqueuse, elle rougissait violemment et, en l'espace de quelques secondes, son long cou pâle devenait marbré, comme si elle avait avalé quelque chose de nocif, tel que la vérité qu'elle s'efforçait de cacher. De ce fait, il était facile de lire dans ses pensées. Elle n'aurait jamais pu jouer au poker ; tout ce qui reposait sur ses larges épaules était on ne peut plus parlant.

« Vendredi soir, vous avez informé deux officiers de police du HPD que aviez assassiné Philip Osborne, lui rappelai-je. Qu'est-ce qui vous a poussée à leur dire que vous l'aviez tué ?

— J'ai fait une erreur, OK ? Quand j'ai entendu la sirène, je ne sais pas pourquoi, mais j'ai cru qu'ils me pourchassaient. C'est pourquoi j'ai brûlé le feu rouge. Après avoir heurté l'autre voiture, j'étais plutôt secouée, je présume.

— Vous aviez ça sur la conscience ? La mort d'Osborne ?

— Oui, répondit-elle. Mais c'est à la police que j'en ai parlé, pas au FBI. Je ne vois pas ce qui vous fait penser qu'il s'agit d'une question fédérale.

— C'est notre affaire.

— J'estime que j'ai le droit de savoir pourquoi vous m'interrogez, et non le HPD. Dans la mesure où j'ai renoncé à une représentation légale, pour le moment, vous n'avez aucune raison de ne pas me le dire, n'est-ce pas ?

— Vous semblez très bien informée, Gaynor. Ces détails de compétence sont parfois déroutants, même pour nous.

— Je suis sténographe judiciaire au tribunal de district du comté de Harris, dans Franklin Street.

— Le Bureau est impliqué parce que Philip Osborne avait reçu des menaces de mort émanant d'organisations d'extrême droite. C'est le genre de chose sur lequel on est obligés d'enquêter. » Je mentais à ce sujet, mais je doutais que cela pose un problème à quiconque écouterait l'enregistrement. « Bon, peut-être aimeriez-vous nous dire pourquoi vous avez assassiné Philip Osborne. Après quoi, vous pourriez peut-être nous expliquer comment vous vous y êtes prise au juste. »

Gaynor Allitt secoua la tête.

« Pour l'enregistrement, dit Blunt, le sujet secoue la tête.

— Excusez-moi, mais n'est-ce pas ce que vous avez déclaré à ces agents ? demandai-je. Ainsi qu'à l'inspecteur Blunt ici présent ? Que vous l'aviez assassiné. Ou je me trompe ?

— Je n'ai jamais dit que quelqu'un avait été assassiné. Philip Osborne n'a pas été assassiné, affirma-t-elle. Il a été tué parce que c'était un impie.

— Pourquoi le qualifiez-vous d'impie ? Parce que c'était un démocrate éminent ? Ou parce que c'était un homosexuel notoire ?

— Ce n'était pas la principale raison.

— Ah ? Et quelle était la principale raison pour laquelle c'était un impie ?

— À cause de ce qu'il écrivait, et de ce qu'il disait. Et d'ailleurs, agent Martins, vous vous trompez au sujet de ses opinions politiques : ce n'était pas un démocrate. Ces derniers temps, c'était plutôt un faucon. En ce qui concerne l'Iran, ça ne fait aucun doute. Non, son impiété venait d'autre chose. "Car le méchant dit en son cœur : 'Il n'y a point de Dieu.'" Psaume X, verset 4.

— C'est tout ? C'était un impie parce qu'il était méchant ?

— Parce que Philip Osborne était un athée qui s'employait activement à détourner les autres de Dieu. Nous parlons ici de quelqu'un qui s'était fixé comme seul but dans la vie de diffamer Dieu, de tourner en ridicule les disciples de Jésus-Christ, de saper la morale et les enseignements chrétiens. Philip Osborne a été tué parce que c'était un individu mauvais, agent Martins.

— Les prisons du Texas sont remplies d'individus mauvais. La plupart, beaucoup plus mauvais que Philip Osborne.

— Mais pas aussi dangereux. Et après tout, ils sont derrière les barreaux. Cet homme croyait à tout ce qui était contraire à la loi divine. Dans l'Apocalypse, XXI, il est dit que les lâches, les incrédules, les abominables, les meurtriers, les impudiques, les enchanteurs, les idolâtres et tous les menteurs auront leur part dans l'étang ardent de feu et de soufre, ce qui est la seconde mort. Voilà ce qu'on entend par impiété.

— Et pourtant, si vous l'avez tué, cela fait de vous aussi une meurtrière ? » dis-je.

Gaynor Allitt rougit. Manifestement, j'avais touché une corde sensible.

« Les lois de Dieu passent avant tout ce que nous édictons. Il faut obéir à Dieu plutôt qu'aux hommes. Actes, chapitre V, verset 29.

— Vous avez l'air de lire beaucoup la Bible, Gaynor, dis-je.

— Oui.

— Mais le pouvoir qui gouverne ce pays est voulu par Dieu, n'est-ce pas ? Et si vous avez vraiment tué Philip

Osborne, cela fait de vous une criminelle, pas seulement au regard de la loi, mais au regard de Dieu également.

— La loi de Dieu est immuable, répliqua Gaynor. Les lois des hommes peuvent changer d'un jour à l'autre. Et en cas de conflit entre la loi de Dieu et celles des hommes, un chrétien a tout intérêt à observer la loi de Dieu. »

Nous continuâmes dans cette veine pendant encore une dizaine de minutes avant que je n'essaie d'en venir aux faits réels.

« Supposons un instant que vous ayez effectivement tué Philip Osborne. Est-ce parce que vous vous sentez coupable que vous nous faites ces aveux ?

— En un sens, oui, répondit-elle doucement. Je ne suis pas assez forte pour me soumettre aux volontés de Dieu sans ressentir la faiblesse humaine du remords. Je ne veux pas avoir d'autres morts... Je veux dire, je ne veux pas avoir sa mort sur la conscience.

— Il est un peu tard pour ça, vous ne trouvez pas ? fit observer Helen. Il est déjà mort.

— Parlons de la façon dont vous l'avez tué, dis-je. À cet instant, la police ne considère pas sa mort comme suspecte. Brutale, peut-être. Mais pas suspecte. Pourriez-vous nous dire ce que la police aurait négligé qui justifierait que la mort d'Osborne fasse l'objet d'une enquête criminelle ?

— Non.

— Allons, dit Blunt. Donnez-nous une chance. Nous ne sommes que des êtres humains. Peut-être quelque chose nous a-t-il échappé dans le décès de Philip Osborne.

— Si j'avoue, ce n'est pas pour vous faciliter la tâche, se contenta-t-elle de répondre. Franchement, je pense que vous devriez être en mesure de faire votre travail tout seuls.

— Ah ! fis-je. Je comprends maintenant. Vous voulez notre aide. (Je souris et me renversai sur ma chaise.) Oui, je commence à voir le tableau.

— Comment ça ? »

Gaynor Allitt avait l'air de m'en vouloir à présent.

« Quelque chose vous pèse sur la conscience et vous vous dites que vous avez besoin d'en parler à quelqu'un. Pour pouvoir vous sentir mieux. »

Elle ne répondit pas.

« Mais il nous est impossible de vous aider si vous ne nous aidez pas au préalable, Gaynor. En nous fournissant quelques informations de base. »

Elle garda le silence.

« Vous vous imaginez peut-être qu'en avouant vous en aurez fini. Vous aurez obtenu ce que vous vouliez, et, comme nous n'avons aucune charge contre vous, nous n'aurons pas d'autre solution que de vous relâcher. »

Gaynor Allitt détourna les yeux et poussa un soupir.

« Ce n'est pas ça du tout. »

Blunt se pencha en avant sur sa chaise puis se mit à examiner ses ongles.

« À mon avis, toute cette histoire abracadabrante n'est qu'un prétexte pour attirer l'attention, dit-il. Je suis surpris que les agents Martins et Monaco se montrent aussi patients avec vous, mademoiselle Allitt. (Il rit.) Si vous n'étiez pas sténographe judiciaire, je serais enclin à faire venir un médecin pour qu'il évalue votre santé mentale. Ou à vous inculper d'obstruction à la justice. Je ferai peut-être les deux, du reste. C'est un délit grave dans cet État, ma petite. En vertu du code pénal du Texas, article 38, paragraphe 18, il est passible d'une peine maximum de vingt ans d'emprisonnement. Sans déconner.

— Je sais ce que je sais, répondit-elle. Et je vous en prie, gardez vos grossièretés pour vous. Ce n'est pas nécessaire, et je trouve ça choquant. »

Le silence régna pendant un long moment. Blunt tendait la main vers le magnétophone pour mettre fin à l'entretien quand Helen prit soudain la parole.

« Attendez une minute », lui dit-elle. Puis, tranquillement, à Gaynor Allitt : « Gaynor. Je pense réellement que vous voulez notre aide ; et vous savez que nous pouvons vous aider, mais, pour ça, vous devez nous faire confiance. »

Allitt poussa un soupir et essuya une larme au coin d'un œil puis de l'autre. Après quoi, elle sortit un mouchoir et tamponna son nez rouge.

« J'ai peur, dit-elle.

— De qui ? demanda Helen.

— Je ne peux pas vous le dire. » Allitt sourit avec amertume et secoua la tête. « Je suis désolée, agent Monaco. Vraiment, je ne peux pas. Mais je ne veux pas rentrer chez moi. Surtout aujourd'hui.

— Qu'y a-t-il d'important aujourd'hui ? demanda Helen.

— On est dimanche. Je ne veux pas rentrer chez moi un dimanche. Je sens davantage la présence de Dieu à mes côtés le dimanche. Et quand je suis seule. »

Quelque chose dans son comportement me rappela ce que j'avais éprouvé la veille au soir dans la maison diocésaine de Galveston. Une impression de nervosité.

« Si vous me permettez, Gaynor, remarquai-je, vous avez l'air de nous dire que vous avez peur de Dieu.

— Eh bien, disons simplement qu'il y a plus de raisons de craindre Dieu que vous ne pouvez sans doute l'imaginer.

— Quand vous dites que vous craignez Dieu, ce n'est pas dans un sens respectueux, suggéra Helen. En d'autres termes, il ne s'agit pas d'une simple façon de parler, d'une expression dont pourrait se servir un pasteur dans une église. Vous l'employez dans un sens littéral. C'est bien ça ?

— Oui. Vous avez raison. Et je le crains effectivement, beaucoup. Je crains le Tout-Puissant comme je craindrais ses tempêtes ou ses inondations ou ses épidémies de peste, ou le pouvoir de la radioactivité. Je crains l'ange de Dieu. Je crains la puissance du Seigneur et sa colère. Je le crains, oui, vraiment. »

C'était presque comme si sa peur était communicative, à tel point que, pendant un moment, nous restâmes tous silencieux. C'est alors que je compris où menait logiquement tout ça, du moins, dans sa logique à elle.

« Est-ce Dieu qui a tué Philip Osborne ?

— Oui.

— Avez-vous demandé à Dieu de tuer Philip Osborne ?

— Oui.

— De quelle façon ? De quelle façon lui avez-vous demandé ?

— Si vous demandez quelque chose en mon nom, je le ferai, répondit-elle. Jean, chapitre XIV, verset 14.

— Soyons clairs, Gaynor. Êtes-vous en train de dire que vous avez prié Dieu pour que Philip Osborne meure ?

— Oui.

— Et Dieu l'a tué de quelle manière ?

— Je ne sais pas exactement. Mais je pense qu'il a envoyé son ange de la mort exécuter ses ordres. Comme dans le livre de l'Exode, chapitre XII.

— Doux Jésus ! s'écria Blunt avant de lever les yeux vers le plafond.

— Non, pas Jésus, insista-t-elle. Dieu. Il y a une différence.

— D'accord, marmonna Blunt.

— La prière fervente du juste a une grande efficacité, déclara Allitt. Jacques, V, verset 16.

— Êtes-vous en train de dire que vous l'avez tué en priant ?

— Oui. Il a été tué par mes prières.

— C'est une sacrée affirmation, Gaynor, dit Helen. Et vous nous pardonnerez de trouver ça un peu difficile à avaler.

— Heureux ceux qui n'ont pas vu et qui ont cru.

— Ce genre de chose était probablement plus facile dans les temps bibliques qu'aujourd'hui, objecta Helen.

— Néanmoins, c'est tout à fait vrai. Je veux dire, ça expliquerait beaucoup de choses, non ?

— À savoir ?

— Les circonstances de la mort de Philip Osborne n'étaient pas normales non plus, n'est-ce pas ? fit observer Gaynor Allitt. Tout ce qu'a dit la presse après cet incident à l'hôtel Zaza, c'est qu'il avait eu une dépression nerveuse. Mais on sait qu'il fuyait quelque chose dont il avait très peur. »

Ce qui était exact. Par respect et admiration pour un des leurs, les journaux avaient seulement fait état de la « dépression nerveuse » d'Osborne. Rien sur sa peur intense pendant les moments qui l'avaient conduit à aller s'écrouler dans une fontaine, ou durant les minutes qui avaient précédé sa mort, n'avait jamais été publié.

« Et jusqu'à son décès, il est demeuré dans un état de catatonie que les médecins n'arrivaient pas à expliquer, n'est-ce pas ? Quelque chose le terrifiait. Et quelque chose a fini par le tuer. Mais ce n'était pas un revolver, hein ? Ni du poison. Non, c'était quelque chose de plus puissant que n'importe quelle arme humaine. »

Blunt roulait les yeux, et je pouvais difficilement le lui reprocher. Ce que disait Gaynor Allitt paraissait fou. Et pourtant, quelque chose dans sa façon de le dire rendait ses paroles presque crédibles.

Dès que Gaynor Allitt eut été ramenée à sa cellule, l'inspecteur de police Blunt prit son manteau sur le dossier de sa chaise et l'enfila avec lassitude.

« Cette femme est cinglée. »

Il arborait un large sourire et secouait la tête de l'air de quelqu'un qui pensait avoir tout vu et tout entendu – du moins jusqu'à ce qu'il voie et entende Gaynor Allitt.

Il avait ma compassion. Mais je ne souriais pas, pas encore ; et Helen non plus.

« Qu'est-ce que tu en penses ? demanda-t-elle.

— Je ne sais vraiment pas. D'une certaine manière, elle donnait l'impression d'être sensée. Voire perspicace. As-tu remarqué que, lorsque j'ai parlé d'Osborne comme d'un démocrate, elle a fait observer, à juste titre, que sur beaucoup de questions de politique étrangère, c'était en fait un ultra-conservateur ? C'est ce qu'elle a raconté qui a l'air complètement dingue. Pas sa façon de le dire.

— Mais elle n'a pas dit que des trucs dingues, fit valoir Helen. Elle semble assurément savoir des choses sur la mort d'Osborne qui ne figuraient pas dans les journaux.

— Elle a pu trouver ces merdes sur le Net, objecta Blunt. On peut tout trouver sur le Net. L'autre jour, j'ai même vu la vidéo de mon propre mariage sur YouTube. Ça faisait vingt ans que je n'avais pas regardé ce putain de film d'horreur.

— C'est peut-être ce qu'elle a fait, dit Helen. Ou peut-être pas.

— Allons, fit Blunt. On ne peut pas tuer quelqu'un en priant pour qu'il meure. Même pas en Haïti. Si les prières servaient à quelque chose, ma seconde femme pèserait cinquante kilos de moins. »

Je jetai un coup d'œil à mes notes et me penchai par-dessus la table vers le magnétophone.

« Vers la vingt-deuxième minute, Gaynor Allitt a dit quelque chose d'intéressant, avant de se reprendre. » Je fis revenir la bande en arrière. « J'ai noté l'endroit. Nous y sommes. »

J'appuyai sur le bouton de lecture.

« *Est-ce parce que vous vous sentez coupable que vous nous faites ces aveux ?*

— *En un sens, oui, répondit-elle doucement. Je ne suis pas assez forte pour me soumettre aux volontés de Dieu sans ressentir la faiblesse humaine du remords. Je ne veux pas avoir d'autres morts... Je veux dire, je ne veux pas avoir sa mort sur la conscience.* »

J'arrêtai le magnétophone.

« Elle dit "d'autres morts". Au pluriel.

— Elle l'a fait, hein ? s'exclama Helen. Est-ce que tu penses ce que je pense ?

— Qu'elle a peut-être prié pour plus d'un décès ? Oui. Peter Ekman ? Clifford Richardson ? »

Je parlai à Blunt des autres affaires dont nous pensions qu'elles étaient peut-être liées à celle-ci.

Il écouta patiemment, puis déclara :

« Vous ne croyez tout de même pas à ses boniments ?

— Qu'elle a tué Philip Osborne en priant ? répondis-je. Non. Mais vous admettrez sûrement que la prière constitue un élément de preuve de l'intention de tuer. Qu'elle prétende que ce sont les prières qui ont tué Osborne ne signifie pas qu'il soit mort ainsi. Peut-être y a-t-il un acte criminel que nous n'avons pas encore découvert, tout simplement.

— Vous courez après des chimères, dit Blunt. Une des choses que j'ai apprises aux Homicides, c'est que le suspect numéro un est presque toujours le coupable. Vous attrapez un type avec un pistolet fumant à la main, il serait stupide d'aller vérifier si le colonel Moutarde avait un fichu alibi.

— Possible, concédai-je. Mais s'il y a une chose que j'ai apprise à l'Antiterrorisme, c'est qu'il est dans la nature des complots de paraître improbables.

— Dommage que nous devions la laisser partir, dit Helen. Je ne pense pas qu'elle ait envie qu'on la relâche.

— Devons-nous la laisser partir ? Je ne sais pas.

— Quoi ? fit Blunt, horrifié.

— D'après votre propre polygraphe, elle ne mentait pas.

— Bien sûr, elle s'imagine qu'elle dit la vérité. Comme un tas de maboules. Je pourrais me convaincre que je suis Napoléon, mais qui me croirait ?

— Le recours au polygraphe est irrecevable uniquement lorsqu'un prévenu s'y oppose ou lorsqu'il viole le droit de l'accusé, stipulé dans le sixième amendement, de bénéficier de témoins à décharge. (Je haussai les épaules.) Je ne vois pas comment Gaynor pourrait s'y opposer, dans la mesure où il prouve qu'elle dit la vérité. »

Blunt lut dans mes pensées.

« Ah non ! fit-il. Pas moi. Si vous croyez que je vais me présenter devant un juge pour expliquer pourquoi je veux maintenir en détention cette givrée, vous êtes encore plus à côté de vos pompes qu'elle.

— Elle a dit qu'elle ne voulait pas rentrer chez elle, allégua Helen. Elle a clairement peur de quelque chose. Ou de quelqu'un.

— Tout comme moi, répliqua Blunt. J'ai peur que ma femme me tombe dessus d'une hauteur de plus de cinquante centimètres. Et aussi d'aller au tribunal et qu'un petit futé d'avocat me fasse passer pour un connard. Écoutez, les gars, Gaynor Allitt a déjà été inculpée d'infraction au code de la route. Il n'y a aucune raison de la retenir pour quoi que ce soit d'autre. Et maintenant que j'ai entendu ce qu'elle a à raconter, je tiens à ce que cette bonne femme ait dégagé de ma boutique dans l'heure qui vient.

— Et que penserais-tu d'une ordonnance de protection d'urgence, Gil ? demanda Helen sans lui prêter attention.

— Contre quoi ? (Je haussai les épaules.) Il n'y pas de violences domestiques dans l'histoire.

— Un mandat pour des soins de santé mentale ?

— Elle ne me paraît pas représenter un risque pour elle-même. On pourrait peut-être persuader un juge de délivrer une ordonnance de garde pour un examen psychiatrique. Les résultats du polygraphe permettraient d'appuyer la demande. »

Mais Blunt continuait à secouer la tête.

« Pourquoi pas ? demandai-je. Vous avez dit vous-même qu'elle était givrée.

— Les gens paraissent givrés jusqu'au moment où ils se retrouvent dans une salle d'audience, et alors ils se démerdent toujours pour se ressaisir tandis que vous finissez par avoir l'air d'un foutu nazi.

— Oui, dis-je. Mais tout ce que vous avez à faire pour obtenir une ordonnance d'un tribunal, c'est de fournir un motif raisonnable. Moyennant quoi, elle peut être détenue pendant une durée de vingt-quatre jours.

— Le seul moyen de se procurer une ordonnance concernant la santé mentale de cette femme, c'est qu'elle coopère. Et elle ne me donne pas l'impression d'être du genre coopératif.

— Il a raison, Helen. Si elle s'oppose à l'ordonnance, jamais un juge ne considérera qu'elle est suffisamment folle pour qu'on la garde dans un hôpital psychiatrique.

— Il se pourrait qu'elle coopère, dit Helen. Enfin, si elle a vraiment peur.

— Oui, peut-être bien. Et ensuite, qu'est-ce qui se passera ?

— C'est une satanée menteuse, dit Blunt. Et tôt ou tard, ça vous retombera sur la gueule.

— Parfois, on est obligé de mentir pour établir la vérité, fit remarquer Helen.

— Ah ! magnifique, rétorqua Blunt. C'est ça qu'ils vous apprennent à Quantico, mon chou ?

— On pourrait l'interroger de nouveau, suggéra Helen.

— Vous perdez votre temps, dit Blunt. Nom d'un chien, comme j'aimerais avoir la charge de travail que vous autres ne semblez pas avoir. Vous n'avez sans doute rien de mieux à faire. Pour ma part, je vais descendre signer un formulaire de remise en liberté. Et ensuite je rentrerai chez moi afin de profiter de ce qui reste de ce dimanche. »

Sur ce, il quitta la salle d'interrogatoire, nous laissant seuls.

« Que fait-on maintenant ? demanda Helen.

— Laissons-la partir.

— Et pour ce qui est de se procurer une ordonnance ?

— Oh ! ça. (Je souris.) Je me suis servi de l'inspecteur Blunt pour m'aider dans une petite expérience : je voulais voir s'il existait une possibilité que cette histoire n'ait pas l'air complètement dingo.

— Et il n'y en n'a pas, hein ?

— Si je téléphonais au conseiller juridique du FBI pour essayer de lui expliquer tout ça, il me confisquerait probablement mon insigne.

— On est dimanche. Il se peut qu'il soit à l'église. Et même qu'il croie en Dieu. Auquel cas, il croira peut-être qu'il y a quelque chose dans l'histoire de Gaynor Allitt.

— Je n'ai encore jamais rencontré de juriste qui ne mettait pas les preuves dix mètres au-dessus de la foi. Moi y compris, d'ailleurs. Je ne pense pas une minute que Philip Osborne ait été tué par les prières de cette femme.

— Alors on la laisse partir.

— Oui. Mais on est dimanche. Ce qui constitue une chance pour nous.

— Comment ça ?

— Si tu étais une chrétienne fanatique, où irais-tu un dimanche ?

— À l'église.

— Précisément. » Distraitement, j'appliquai de nouveau un peu de gel sur mes paumes en sueur, emplissant l'air d'une forte odeur d'hôpital. « J'aimerais bien en savoir un peu plus sur le genre d'église où elle va et les énergumènes qu'elle y retrouve. Pas toi ? Il se pourrait qu'il y ait d'autres chrétiens fanatiques comme elle et qui pensent de la même façon. »

15

Nous attendîmes Gaynor Allitt puis nous la raccompagnâmes chez elle : cela semblait le meilleur moyen de l'avoir à l'œil. Située en dehors du centre-ville, dans l'est de Houston, la maison faisait partie d'une petite résidence composée de pavillons de deux étages à seulement deux minutes de Minute Maid Park. Je m'arrêtai devant le double garage faisant office de rez-de-chaussée et coupai le moteur.

« Eh bien, merci pour le trajet. Et pour avoir essayé de m'aider.

— Attendez une minute, dis-je en sortant mon portefeuille. Voici ma carte.

— Vous ne me croyez pas, n'est-ce pas ? dit-elle. Au sujet de Philip Osborne ?

— Ce n'est pas que nous ne vous croyons pas, répondis-je. C'est juste que nos supérieurs ne nous croiraient pas. J'ai déjà suffisamment de problèmes comme ça dans mon boulot sans avoir à leur répéter votre récit, Gaynor.

— Je suppose que ça semble légèrement tiré par les cheveux.

— Légèrement, en effet. Peut-être que si vous aviez quelque chose d'un peu plus concret sur quoi s'appuyer... »

Elle eut un petit sourire ironique.

« Peut-être que je vous donnerai quelque chose de concret. Je veux dire, de vraiment concret, dont il vous soit impossible de ne pas tenir compte. Mais pas tout de suite. Plus tard, éventuellement. Après une nuit au poste, j'ai besoin de prendre un bain.

— Bien sûr, fit Helen.

— Écoutez, dit Gaynor. Vous avez été très gentils l'un et l'autre. J'apprécie que vous m'ayez prise au sérieux. Contrairement à ce pauvre type au poste de police. Blunt. (Elle ouvrit la portière.) Je prierai pour vous. Je prierai pour vous deux. »

Nous la regardâmes grimper un petit escalier latéral menant à la porte d'entrée, puis pénétrer dans la maison.

« Je me demande comment je dois le prendre, compte tenu des circonstances, dis-je.

— Je pense qu'elle l'a dit gentiment.

— Espérons-le, vu ce qu'il est arrivé selon elle à Philip Osborne. Dieu doit pas mal m'en vouloir. »

Je redémarrai pour aller me garer au coin de Cline Street, d'où on pouvait surveiller la porte d'entrée de Gaynor Allitt.

« Pourquoi Dieu serait-il différent ? demanda Helen. Ces temps-ci, il semble que tout le monde t'en veuille.

— Qui ça, tout le monde ?

— Ta femme, ton beau-père, Chuck, Doug Corbin, Gary Greene.

— Greene ? Quel est son foutu problème ?

— Je ne sais pas. Il m'a dit que tu l'évitais.

— Des conneries.

— Je l'ai vu hier matin, et il a demandé après toi. Paraît que tu avais promis de lui parler, ainsi qu'à Vijay Persaud, mais que tu t'es défilé. »

Greene était l'ASAC dirigeant l'équipe de lutte contre la cybercriminalité.

« Il prétend avoir essayé de te téléphoner chez toi, sans résultat.

— Je te l'ai dit, je ne vis plus là-bas. En outre, si c'était vraiment urgent, il aurait appelé sur mon portable ou mon

BlackBerry du bureau. (Je fronçai les sourcils.) Attends une minute. »

Je sortis le BlackBerry.

« J'étais injoignable jusqu'à ce que tu m'appelles, Helen. Après quoi je l'ai éteint parce qu'on interrogeait Gaynor. Merde ! On dirait qu'il m'a appelé à trois reprises. (Je poussai un soupir.) Pour une fois que je prends un jour de congé, tout le monde veut me joindre. »

Je pressai un bouton pour lui retourner son appel.

« Il est sur répondeur. Gary ? C'est Gil Martins, en réponse à votre coup de fil. J'ai déménagé, ce qui fait que je n'ai pas eu votre message avant. Rappelez-moi. »

Je remis le BlackBerry dans ma poche.

Pendant un moment, nous restâmes assis en silence – ou ce qui ressemblait le plus à du silence dans ce secteur. De temps à autre, une voiture de patrouille du shérif du comté de Harris déclenchait sa sirène et remontait bruyamment Clinton Drive.

« Je peux faire le guet si tu veux t'allonger. On risque d'être là un bout de temps. Je parierais dix dollars qu'elle est là-dedans jusqu'à ce soir, au plus tôt.

— Tu l'as entendue. Elle a déclaré qu'elle allait prendre un bain.

— Quand une nana dit ça, c'est qu'elle a l'intention d'aller se coucher. Elle ne veut pas avoir l'air d'une flemmarde, c'est tout. Si tu connaissais un tant soit peu les femmes, tu le saurais.

— Est-ce que tu insinues que je ne connais rien aux femmes ?

— Tu ne connais absolument rien aux femmes, chef.

— Allons, Helen. Cette bonne femme n'est pas un simple soldat de la chrétienté, c'est un membre des forces spéciales de Dieu. En tout cas, c'est ainsi qu'elle se considère. Et les valeureux guerriers du Seigneur ne vont pas se coucher un dimanche matin.

— C'est ce qu'on va voir, hein ?

— OK. Dix dollars. Écoute, Helen, moi, je n'ai rien de mieux à faire. Mais toi, je ne pense pas. Est-ce que tu ne devrais pas être en train d'escalader des murs au gymnase ou de présenter des modèles de bikinis pour la CIA ?

— Je voulais t'en parler ce matin, quand tu es venu au Coney Island : même un type sans nez aurait pu sentir l'alcool dans ton haleine.

— J'ai passé la nuit dernière à Galveston. Tu devrais essayer un de ces jours. Il n'y a rien d'autre à faire à Galveston que boire et regarder la télé. Et d'ailleurs, hier, c'était samedi. La dernière fois que j'ai vérifié, je n'étais pas de service. »

Helen hocha la tête.

« Mon père buvait. Beaucoup. Alors il y a deux choses que je peux détecter à cent mètres, Martins. Les foutaises et l'alcool. Tu as peut-être perdu ta foi religieuse et ta femme, mais veille à ne pas perdre ton estime de soi et ensuite ton boulot.

— Tu sais, j'aime bien la façon dont tu me remontes les bretelles, Helen. Ça me donne l'impression que tu as quelque chose à fiche de ce qui m'arrive.

— Oui, c'est probablement vrai. Et avec moi, c'est toujours comme ça, Martins. Quand j'ai quelque chose à fiche de quelqu'un, je l'abreuve généralement de sermons assortis. Promets-moi juste de ne plus boire en solo. »

J'acquiesçai. J'étais sur le point de sortir une nouvelle blague quand je vis soudain Gaynor Allitt descendre le petit escalier sur le côté de sa maison.

« On dirait que la première tournée est pour toi, dis-je. Tu me dois dix dollars. »

Gaynor ouvrit la porte de son garage, révélant une Ford Explorer bordeaux. Mais ce n'était pas la voiture qu'elle conduisait lorsqu'elle avait eu l'accident qui avait attiré sur elle l'attention de la police du comté de Harris ; la sienne était encore en réparation. Il n'était pas rare que les Texans possèdent deux voitures ; sauf, peut-être, quand ils vivaient seuls.

« Je ne l'avais pas vue venir, celle-là », admit Helen.

Gaynor referma la porte du garage et s'éloigna rapidement en direction de la 49. Sur le pare-chocs se trouvait un autocollant qui intimait : « NE ME SUIVEZ PAS, SUIVEZ JÉSUS ». Elle resta sur la 49 pendant une quinzaine de kilomètres, jusqu'à la 610 où elle obliqua vers le nord. À la Houston Galleria, elle descendit la rampe pour se rendre au parking souterrain. Nous l'imitâmes.

« C'est peut-être le plus grand centre commercial du Texas, dit Helen, mais la dernière fois que j'y ai jeté un coup d'œil, il n'y avait pas d'église à l'intérieur. »

Nous garâmes la voiture et suivîmes Gaynor Allitt dans le centre commercial. Avec près de quatre cents magasins et restaurants ainsi que deux hôtels, la Houston Galleria était une Mecque climatisée pour des gens venus d'aussi loin que la Louisiane. Tiffany, Ralph Lauren, Gucci, Chanel, Louis Vuitton, Valentino, Versace, YSL, tous avaient des boutiques dans la Galleria et, bien qu'on fût dimanche, toutes étaient ouvertes et donnaient l'impression de faire des affaires. Pour beaucoup de Houstoniens, se promener dans la Galleria le dimanche après-midi était une institution, mais, pour quelqu'un comme Gaynor Allitt, aller faire des courses le jour du Seigneur devait être un péché. J'avais décrit Gaynor Allitt comme un membre des forces spéciales de Dieu, et c'était comme découvrir qu'un commando ne savait pas nager.

Par l'escalator, nous montâmes derrière elle au niveau 1. On se serait cru à l'intérieur d'une cathédrale – une véritable cathédrale texane, avec un atrium en verre et des milliers de fidèles. Dans la maison de mon père, il y a de nombreuses demeures, et celles-ci appartenaient pour la plupart à de grandes maisons de mode vendant des accessoires à des prix exorbitants.

« Qui achète ces trucs ? demandai-je comme nous passions devant Burberry puis Valentino, tous deux vides de clients.

— Des femmes, bien sûr. Des femmes désireuses d'avoir l'air chic. »

Mais Gaynor Allitt continua son chemin, dépassant Giorgio Armani, Salvatore Ferragamo puis Bulgari, et nous fûmes tous les deux surpris lorsqu'elle entra chez Yves Saint Laurent.

« Ça ne coûte rien de regarder, remarqua Helen.

— C'est ce que je dis toujours. »

Je lançai un coup d'œil ostensible aux jambes nues de Helen et opinai.

« Tu es pitoyable. » Mais elle se mit à rire tout en lorgnant à travers la vitrine d'YSL. « Peut-être que le numéro de sainte nitouche n'était qu'une comédie.

— Dans ce cas, je suis curieux de voir la suite, pas toi ?

— Ouais. J'ai dix dollars de moins. Il y a sûrement là quelque chose qui me permettra de me refaire. »

Chez Ralph Lauren, en face, nous nous bagarrâmes avec une vendeuse pugnace à coups de refus polis, puis, comme ça ne suffisait pas, au moyen de la carte du Bureau : Helen expliqua à la blonde dégageant des effluves de crème solaire, et qui s'obstinait à nouer avec nous des pourparlers commerciaux, que nous filions un suspect ; finalement, elle nous laissa tranquilles, et nous passâmes la demi-heure qui suivit à regarder dehors par la vitre, ce qui dut paraître étrange aux quidams qui s'arrêtaient brièvement pour regarder à l'intérieur.

« Je n'arrive toujours pas à comprendre. Tu as vu ce qu'elle avait sur elle au poste de police. J'aurais parié qu'elle n'était même pas capable d'épeler Yves Saint Laurent.

— Et par-dessus le marché, c'est une sténographe judiciaire. Ça fait dix dollars que j'aurais pu gagner.

— Pourquoi n'irais-tu pas jeter un coup d'œil à travers la vitrine pour voir ce qu'elle fabrique ? »

Au même instant, Gaynor Allitt sortit de la boutique et, à la place de la robe qu'elle portait une demi-heure auparavant, elle était vêtue d'une robe à ceinture ornée d'un audacieux motif léopard.

« Quelle transformation !

— Aucun doute, fit Helen. Et à ce propos, il s'agit d'une robe à trois mille dollars, si j'ai bonne mémoire, ce qui est en général le cas dans ce domaine. »

Gaynor Allitt s'arrêta, puis tourna à gauche. Elle ne fit toutefois que quelques mètres avant d'entrer chez Jimmy Choo.

« Excellente décision, fit Helen. Maintenant, il lui faut de meilleures chaussures.

— Meilleures comment ?

— Huit cents ou neuf cents dollars.

— Ça promet d'être un sacré dimanche. »

Une demi-heure s'écoula encore avant qu'une Gaynor Allitt nettement plus grande ne ressorte de la boutique. Cette fois, elle portait une paire de sandales incrustées de strass avec ce que Helen m'assura être des talons de dix centimètres.

« Ah ! j'aime bien celles-ci, dit-elle. Ce sont des chaussures à mille dollars.

— Pour des chaussures ?

— Moins il y a de chaussure, plus elles coûtent cher. Sans compter qu'elles la rendront plus facile à suivre.

— Qu'est-ce qui te faire dire ça ?

— On voit que tu n'as jamais essayé de marcher avec des talons de dix centimètres. »

Nous suivîmes de nouveau Gaynor à travers le centre commercial.

« Elle est habillée de pied en cap, dis-je. Ce dont elle a besoin maintenant, c'est d'un endroit où aller. »

Nous retournâmes au parking et quittâmes la Galleria dans son sillage. Elle prit la 59 et roula une dizaine de kilomètres vers l'est avant de tourner dans Polk Street et de s'engager sur le parking du Hyatt.

Il n'était pas difficile de passer inaperçu à l'intérieur du Hyatt : l'atrium de trente étages de l'hôtel, l'un des plus hauts du Texas, avait la taille d'un petit aéroport.

« On dirait qu'elle va réserver une chambre, indiqua Helen. Et sans bagage.

— Ce n'est pas le travail de l'homme ? De réserver la chambre ? »

Helen eut l'air peinée.

« Parfois, je m'interroge à ton sujet, Martins. Tu tiens pour acquis que son amant est un homme, alors qu'il pourrait très bien s'agir d'une autre femme.

— Allons. Il va de soi que quelqu'un comme elle pourrait difficilement être lesbienne. Elle pense probablement qu'on devrait lapider toutes les gouines.

— La Bible ne contient rien au sujet des femmes homosexuelles, seulement des hommes homosexuels.

— Écoute, je sais très bien ce que les évangéliques du Texas pensent des homosexuels, hommes et femmes. Jusqu'à récemment, j'en faisais partie.

— Eh bien, moi aussi je le sais.

— Tu n'es pas une évangélique.

— Non, mais je suis une lesbienne. »

Je sentis ma respiration s'arrêter dans ma poitrine.

« Hein ?

— Je suis une lesbienne.

— Quoi ?

— Je suis une lesbienne, Martins.

— Bon Dieu, Helen. Qu'est-ce que c'est que cette connerie ?

— Il fallait que je le dise à quelqu'un un jour ou l'autre. Tu es mon patron et mon ami, alors j'ai pensé que ça devait être toi. Que tu pourrais en informer quelques-uns des types au bureau.

— Moi ?

— Oui, toi. C'est un problème ?

— Non. Je leur dirai, si tu y tiens. Bien sûr, pas de problème. » Je marquai un temps d'arrêt. « Hé, l'employé à la réception vient de remettre une clé à Gaynor.

— Tu sais ce que je pense ? Que peut-être elle n'exagérait pas. Elle a peur de se retrouver chez elle toute seule. »

Gaynor Allitt traversa le hall d'entrée et pénétra dans l'ascenseur. Sur le sol en marbre, ses talons neufs faisaient le même bruit qu'un métronome de pianiste. Puis nous regardâmes la cabine monter au vingt-sixième étage.

« Qu'est-ce qu'on fait maintenant, chef ?

— Je suggérerais bien de monter prendre un café au Spindletop, le restaurant tournant, mais je me sens déjà passablement retourné par tes dernières révélations.

— Tu sembles un peu déçu, Martins.

— Non, affirmai-je. Enfin, peut-être un peu. Mais ce n'est pas toi qui me déçois, Helen. En fait, je t'admire d'avoir vidé ton sac comme ça. C'était un sacré truc à garder pour soi pendant tout ce temps. Ça n'a pas dû être facile.

— Il faut faire avec », répondit-elle.

Je jetai un coup d'œil à ma montre.

« Ouais, je suppose. Je vais te ramener à Travis Street et à ta voiture. »

Nous retournâmes au parking du Hyatt. Cela prit un moment parce que le distributeur automatique de tickets ne marchait pas et que le gardien dut venir lui-même récupérer ma monnaie, ce qui veut dire qu'il s'écoula encore un bon quart d'heure avant que je ne prenne à droite dans Polk Street. Après ça, il fallut qu'on attende de nouveau pour laisser le passage à des services d'urgence avant de tourner dans Smith : un camion de pompiers, deux ambulances et trois voitures de patrouille.

« Je me demande de quoi il s'agit, dit Helen. On devrait peut-être les suivre. » Elle pivota sur son siège. « Ils s'arrêtent devant le Hyatt.

— Une fausse alerte. On en vient et tout était OK.

— On est sur place. »

Je poussai un juron, mais je faisais déjà demi-tour et mettais le gyro sur le toit.

Je m'arrêtai à la hauteur d'un flic occupé à dérouler du ruban jaune. Baissant ma glace, je lui montrai mon insigne.

« Hé, mon vieux. Qu'est-ce qui se passe ? »

Le flic me regarda, puis leva les yeux vers le Spindletop.

« Une bonne femme a sauté du haut du Hyatt, répondit-il.

— Nom d'un chien ! » Je jetai un coup d'œil à Helen, qui me retourna un regard contrit. « Tu penses ce que je pense ?

— Naturellement. »

Je coupai le moteur et nous longeâmes la façade du Hyatt jusqu'à une cohue de flics et d'auxiliaires médicaux s'agitant au pied de la verrière de l'atrium de trente étages. Par terre derrière eux s'étalait une bâche en plastique masquant quelque chose d'innommable. Un des flics pivota pour me faire face.

« Ouais, quoi ?

— On surveillait une femme, répondis-je. À l'intérieur du Hyatt. Blanche, cheveux roux, la quarantaine, vêtue d'une robe imprimée léopard. Est-ce que ça pourrait être votre sauteuse ?

— J'ai ici deux fédés qui pensent pouvoir identifier la victime », dit-il d'une voix forte.

Mon BlackBerry se mit à sonner. Je jetai un coup d'œil à l'écran.

« Merde ! »

C'était Gary Greene qui me rappelait.

« Gary, écoutez, je suis désolé. Je ne peux pas vous parler pour le moment. Une suspecte que je filais a sauté du haut du Hyatt Regency. Je vais devoir vous rappeler.

— Je compte sur vous », dit Greene.

Ça n'avait pas vraiment été une conversation, mais elle avait duré suffisamment longtemps pour que je perde Helen de vue. Lorsque je l'aperçus de nouveau, elle contemplait ce qui gisait sur le sol derrière l'écran ; moi aussi, et je compris tout à coup pourquoi ils avaient eu besoin d'une bâche aussi longue.

Rien ne peut vous préparer au spectacle d'un cadavre. Les morts violentes ne sont jamais propres et nettes, mais la vision d'un corps tombé d'une grande hauteur a quelque chose de doublement désagréable. Je ne connais pas de sort plus tragique que celui de quelqu'un se jetant dans le vide depuis un édifice élevé, et je songeai aussitôt à ces deux cents personnes forcées de sauter des tours jumelles, l'image la plus poignante et la plus tenace de l'horreur qui s'était déchaînée à l'intérieur. Tout d'abord, je ne compris pas les circonstances exactes de ce qui était arrivé à Gaynor Allitt ; il faut un moment aux yeux et au cerveau pour démêler les débris humains, rouges et sanguinolents, que vous avez devant vous. La seule chose dont j'étais certain, c'est qu'il s'agissait de Gaynor Allitt. La robe et les chaussures qu'elle portait étaient suffisamment parlantes. Mais il me fallut plusieurs secondes de contemplation horrifiée pour m'apercevoir que, lorsque vous vous écrasez sur du béton depuis une hauteur élevée, ce qu'il y a au-dedans de votre corps finit par se retrouver au-dehors. Dans le cas de Gaynor Allitt, une partie de ses entrailles était à cinq ou six mètres de son corps fracassé. Le plus pénible, peut-être, était de se rendre compte brusquement que ses organes internes et ses intestins s'étaient pour l'essentiel échappés de son cadavre par l'entrejambe, comme si elle avait fait une horrible et gigantesque fausse couche dans la rue.

Quelque chose retint mon attention ; ce n'était pas la chaussure Jimmy Choo qui dépassait, pareille à un petit oursin, de la masse d'os et de chair rosâtre d'une jambe ; ni la robe à imprimé léopard qui me faisait penser à quelque grand félin maculé d'incarnat par le sang d'une proie dévorée récemment ; ni les yeux de Gaynor Allitt pendant hors de leurs orbites ; c'est la carte qu'elle tenait dans sa main humaine encore identifiable. J'indiquai la carte à l'un des flics et lui demandai si je pouvais y jeter un coup d'œil.

« Allez-y. Simplement, ne l'enlevez pas de la scène. »

Je trouvai un gant en latex dans la poche de ma veste et m'en enveloppai soigneusement la main. La poigne de Gaynor était étrangement ferme, et je dus plier un de ses doigts vers l'arrière pour libérer la carte de son étreinte morte.

C'était ma propre carte.

Je la retournai, lus ce qui était écrit au dos et la tendis à Helen, en grande partie pour détourner son regard de la boucherie étalée sur le sol. Puis je la pris par le bras et l'emmenai.

Elle leva la tête vers la tour du Hyatt.

« On devrait entrer pour jeter un coup d'œil. Quelqu'un l'a sûrement poussée, Martins.

— Non, dis-je.

— Tu déconnes ? Écoute, elle vient tout juste de dépenser quatre mille dollars pour se bichonner. Il y a de fortes chances pour que ce soit quelqu'un qui se trouve encore à l'intérieur.

— Non. Regarde la carte. Il s'agit d'un suicide. Ça ne fait aucun doute.

— C'est ta carte. Pourquoi est-ce que tu me donnes ta carte ?

— Elle la tenait, expliquai-je. Gaynor Allitt. Elle l'avait à la main. Elle a dû s'y accrocher quand elle a sauté. Il y a quelque chose d'écrit au dos.

— *Cher agent Martins. Est-ce assez concret à vos yeux pour servir de base à une enquête ?* » Helen fit la grimace. « Nom de Dieu, tu as raison. Il s'agit sans doute d'un suicide. Je suppose que c'était de l'humour de sa part.

— Eh bien, ça ne me fait pas rire. »

Helen me rendit la carte, que je remis à un des flics, accompagnée d'une autre carte sur laquelle j'avais marqué l'adresse du domicile de Gaynor Allitt.

« Elle serait encore en vie, dis-je à Helen, si j'avais insisté pour essayer d'avoir un mandat de santé mentale.

— Ce n'est pas sûr qu'on te l'aurait accordé.

— Non, c'est vrai. Mais pourquoi la robe et les chaussures ? J'avoue que je ne comprends pas. Si tu avais l'intention de te tuer, pourquoi dépenser quatre mille dollars dans des vêtements ? Ça n'a pas de sens, Helen.

— Si », répliqua-t-elle. Pendant un instant, on aurait dit qu'elle allait dégobiller. Puis elle déglutit et se remit à parler. « Je pense avoir une explication.

— Vas-y.

— Lorsque je me trouvais sur ce yacht, en France, un des autres agents m'a raconté que son père s'était suicidé. Mais avant, il avait mis son plus beau costume et ses plus belles chaussures. D'après lui, son père voulait probablement être à son avantage lorsqu'il mourrait. Ça me fait la même impression. Peut-être Gaynor désirait-elle se sentir et avoir l'air un peu différente… comme seules une nouvelle robe et une fabuleuse paire de chaussures peuvent faire qu'une femme se sente différente. »

Nous retournâmes à la voiture en silence. Le trajet de retour au poste de police me fit prendre vers le sud jusqu'à Fannin Street et, peu avant la Gulf Freeway, nous arrivâmes en vue de la cocathédrale du Sacré-Cœur.

« Tu peux me laisser ici, si tu veux. »

Pensant qu'elle croyait que j'allais continuer directement en direction de Galveston, je secouai la tête.

« Ça ne me dérange pas. Le HPD n'est qu'à huit cent mètres dans Fannin.

— Je sais. Mais j'ai envie de marcher.

— Bien sûr. Si tu préfères. Je comprends. Après ce qu'on vient de voir… »

Je m'arrêtai sur le côté de l'édifice. Helen descendit de voiture et, comme je ne repartais pas, elle fit le tour jusqu'à ma portière. Derrière elle s'étendaient les parterres de fleurs parfaitement entretenus de la cathédrale, qui emplissaient l'air de toute une variété de parfums. Au-dessus, une fenêtre en ogive près de la tribune d'orgues, où quelqu'un travaillait une toccata et fugue de Bach. Une éternité semblait s'être écoulée depuis que j'étais venu prier pour retrouver ma foi de plus en plus chancelante, mais, en réalité, cela ne faisait que quelques semaines.

« Pourquoi ne me l'as-tu pas dit avant ? demandai-je.

— Dis quoi ? Que j'étais lesbienne, ou catholique ? »

Je souris.

« D'autres surprises ?

— À mon avis, tu en as eu ton content pour la journée.

— Tu vas entrer ?

— Oui. Je pensais prier pour Gaynor Allitt.

— Ça ne peut pas lui faire de mal.

— Viens avec moi si ça te dit. On pourrait prier pour elle ensemble.

— Et rater un paisible dimanche après-midi à Galveston ? Je ne pense pas. De plus, il y a davantage de chance que tes prières soient entendues si je ne suis pas agenouillé à côté de toi, Helen. Si tu as l'intention de parler à Dieu, il serait préférable qu'on te voie en meilleure compagnie.

— Oh ! je ne m'inquiète pas pour ça. Je suis lesbienne, tu te souviens ? J'ai dans l'idée que Dieu ne comprend absolument rien aux lesbiennes.

— Alors pourquoi entrer ?

— Parce que je pense que Gaynor apprécierait. Vois-tu, Martins, elle était lesbienne également. »

Je fronçai les sourcils.

« Tu es sérieuse ?

— Évidemment. Je ne plaisante pas avec ce genre de chose.

— Comment peux-tu en être certaine ? »

Helen secoua la tête.

« Tu es bien un homme. C'était juste sous ton nez et tu ne t'en es pas aperçu.

— Mais toi, oui.

— Bien sûr.

— Tu me donnes l'impression d'être un idiot.

— Tu n'es pas un idiot, Martins. Tu es juste un homme, voilà tout.

— Quand tu dis ça, ça donne l'impression que ce sont tous des idiots. »

16

Je n'allai pas à Galveston – pas tout de suite. Il y avait des questions sur Gaynor Allitt auxquelles j'avais besoin répondre. C'était bien le moins que je puisse faire après le petit mot qu'elle m'avait laissé au dos de ma carte. Je mis le cap sur le 1127 North Shepherd Drive et le poste de police de la 11e division, un bâtiment bas entouré de concessionnaires automobiles et d'ateliers de réparation. Après sa collision de vendredi soir au croisement de North Post Oak et de Woodway, c'est dans l'un d'eux qu'avait été amenée la voiture de Gaynor Allitt, et le sergent de permanence m'orienta vers celui-ci.

J'enfilai des gants en latex. Un mécanicien m'accompagna jusqu'à un parking où il m'indiqua une Taurus dont la portière côté passager était fortement cabossée, puis il me lança un trousseau de clés. À son insu, c'étaient les clés que je voulais. En plus de celle du véhicule, il y avait une Yale et un porte-clés en cuir Ford avec quatre chiffres écrits dessus. Il n'y avait pas besoin d'être un fin limier pour deviner que la Yale était la clé de la porte d'entrée de Gaynor dans Gregg Street et les chiffres, probablement ceux de la combinaison de l'alarme intérieure.

Il n'y avait pas grand-chose dans la boîte à gants ni dans le coffre, mais le carnet d'adresses du système de navigation contenait ses destinations favorites. Lesquelles comprenaient son domicile, le tribunal de district du comté de Harris dans

Franklin Street où elle avait travaillé et une église près du Centre spatial Lyndon B. Johnson, à Clear Lake. Je notai l'adresse de l'église et les quatre chiffres inscrits sur le porte-clés puis retournai à la maison de Gaynor Allitt.

Je me garai dans Cline Street comme la première fois, au cas où un voisin fouille-merde prêterait attention à ce genre de chose, mais ça n'en avait pas l'air. Gregg Street était toujours aussi tranquille, de sorte que j'avais encore plus de mal à croire à ce qui s'était passé depuis que j'avais quitté cet endroit.

Je grimpai l'escalier latéral, ouvris et refermai la porte, et j'aurais rentré dans l'alarme les quatre chiffres que j'avais notés, sauf que Gaynor n'avait pas branché le système. À quoi bon, quand vous saviez que vous ne remettriez plus jamais les pieds chez vous ? J'enfilai une nouvelle paire de gants en latex, essuyai la poignée et regardai autour de moi. Ma fouille de son domicile était légale en vertu de l'article 213 du Patriot Act – les dispositions de « perquisitions furtives » ; cela dit, sans même un début de délit ou un rapport au nom de Gaynor Allitt, elle n'était pas non plus complètement justifiée. Mais j'avais le sentiment que Gaynor elle-même n'aurait pas protesté contre ma présence chez elle. Je n'étais pas près d'oublier ma carte dans sa main, ni la vue de son corps en miettes. J'étais encore sous le choc. C'est du moins l'excuse que je me donnais pour l'instant, jusqu'à ce que j'aie besoin d'en trouver une meilleure.

L'intérieur était un espace ouvert, avec des parquets en bois ciré, des ventilateurs de plafond et des lampes imitation Art nouveau. Il y avait un grand canapé de cuir en forme de L à un bout du salon et un coin cuisine à l'autre bout. La maison possédait deux chambres, chacune munie d'une salle de bains attenante, et un petit cabinet de travail joliment meublé avec beaucoup de livres, la plupart religieux. Face au bureau se trouvait une caméra vidéo montée sur un trépied, mais la carte mémoire manquait. Ouverts sur le bureau au revêtement de cuir, un ordinateur portable et une grosse bible familiale. La penderie dans la chambre d'amis attira mon attention – une vieille armoire double en acajou flammé somptueux. Mais une des portes était couverte d'une sorte de rideau lourd et épais ressemblant à une housse de couette délicatement brodée, et, même si le motif m'était inconnu, quelque chose me persuada qu'il avait une signification religieuse. Tirant le rideau, j'ouvris la porte de l'armoire et je fus intrigué de découvrir non pas une tringle à vêtements, mais un petit siège rembourré, une deuxième bible et plusieurs chapelets, comme si l'armoire avait été aménagée à des fins de dévotion. Curieux, je fis un pas à l'intérieur et m'assis sur le siège, qui était très confortable ; il y avait aussi une petite lampe électrique, que j'allumai.

La bible, assez ancienne, avait la taille d'un PC de bureau, avec une reliure en cuir richement ornée qui aurait été plus à sa place dans un film d'horreur ; les chapelets étaient pour la plupart en argent et en ébène ; une des cloisons en bois s'ornait d'une image de Dieu on ne peut plus banale, accompagnée d'une citation de l'Épître de Paul aux Romains : « Qui accusera les élus de Dieu ? C'est Dieu qui justifie ! »

J'ouvris la bible. Entre les pages épaisses se trouvait une liste de noms imprimée. Elle était surmontée d'un titre en un mot : « Prières ».

Je parcourus la liste. La plupart des noms ne me disaient rien, sauf quatre d'entre eux, dont trois – Clifford Richardson, Peter Ekman et Willard Davidoff – avaient été biffés ; le quatrième nom était celui de Philip Osborne. Gaynor Allitt n'avait vraisemblablement pas eu le temps, ou l'envie, vu ses sentiments de culpabilité en la matière, de le rayer de la liste comme pour les trois autres morts.

Cette liste constituait jusqu'à présent la preuve la plus concrète que ces quatre décès étaient liés. Néanmoins, il y avait peu de chance que le titre « Prières » convainque quiconque, et surtout pas le chef du service juridique du bureau régional de Houston, qu'il y avait lieu de poursuivre l'affaire. L'attitude de l'inspecteur Blunt à l'égard des aveux de Gaynor Allitt avait été salutaire dans son scepticisme. C'était une chose d'enquêter sur quatre disparitions brutales ; c'en était une tout autre d'examiner les décès de quatre individus en s'appuyant sur l'idée que ces décès étaient dus aux prières d'une femme souffrant de troubles psychologiques et qui s'était suicidée. De véritables preuves, du genre de celles qu'on peut mettre dans un sac en pastique et montrer à des jurés, étaient indispensables. Je photographiai la liste avec mon téléphone puis la fourrai dans ma poche. Ayant vérifié que l'image était lisible, je photographiai l'intérieur et l'extérieur du cabinet de prière – si c'en était un. Puis je pris l'ordinateur portable de Gaynor et l'emportai jusqu'à la voiture.

De là, je me rendis à la Northwest Freeway et au RCFL, où je remplis quelques formulaires et laissai l'ordinateur pour que Ken Paris y jette un coup d'œil. Après quoi je regagnai le bureau, où j'enregistrai la liste comme pièce à conviction avant d'appeler Gary Greene ; et, cette fois, je réussis à l'avoir, même si je le regrettai aussitôt.

« Qu'est-ce que vous avez foutu ? »

Je lui répondis que j'avais été obligé de déménager et que j'avais passé ensuite la matinée à interroger une suspecte qui s'était tuée un peu plus tard. Ce qui me semblait une explication raisonnable, mais Greene ne voulut rien entendre.

« Ne bougez pas vos fesses d'où elles sont, grommela-t-il. J'arrive.

— Est-ce que ça ne pourrait pas attendre demain ? Ça n'a pas été une journée particulièrement agréable. J'ai encore du sang sur mes chaussures.

— Non. Ça ne peut pas attendre. Mais vous, oui. Et votre journée risque de devenir bien pire qu'un peu de sang sur vos foutues chaussures. »

Sur ce, il raccrocha.

Gary Greene était grand – plus grand que moi – et noir, avec une tête comme une boule de bowling et des manières de planteur mécanique de quilles. Autour de la bouche, il avait une barbe et une moustache légèrement grisonnantes, et au bout du nez des lunettes à monture épaisse qui ajoutaient une forte touche de scepticisme à la façon dont il me considérait. J'avais été convoqué dans son bureau quelques minutes après son arrivée dans l'immeuble. Vijay Persaud, du DCSNet, était là aussi.

Le Digital Collection System est le système de surveillance propre au FBI. Il permet un accès instantané à toutes les communications par téléphone portable, ligne fixe ou SMS n'importe où aux États-Unis – et, qui sait, à l'étranger. La manière dont il fonctionne est confidentielle, mais il utilise un système d'exploitation Windows et rend les écoutes téléphoniques aussi aisées que des achats sur Amazon.

« On essaie de mettre votre cul d'anguille sur cette chaise depuis vendredi soir », dit-il.

Je commençai à lui expliquer, mais ma version des choses ne semblait nullement l'intéresser. Il agita une main devant son visage comme pour chasser des gaz nauséabonds – les siens probablement.

« Vous êtes occupé. Je sais. Chacun dans cet immeuble pense que sa merde est plus urgente que celle du voisin. Mais nous aussi, nous sommes occupés, Martins, et, étant donné que je dois emmener ma fille à l'école du dimanche, vous comprendrez que je ne serais peut-être pas là en ce moment si vous nous aviez gardé un peu de temps vendredi soir.

— Gisela m'a dit qu'elle vous parlerait.

— Oh ! et elle l'a fait. Mais ce n'est pas à Gisela que nous souhaitions parler, Martins. Voyez-vous, nous ne voulions pas discuter avec vous des affaires du Bureau, mais en votre qualité de témoin.

— De témoin ? Moi ? Et de quoi ?

— Vous commencez enfin à piger.

— Vous feriez peut-être mieux d'aller droit au but. Je ne voudrais surtout pas continuer à vous faire perdre un temps précieux.

— Vous connaissez l'évêque Eamon Coogan, n'est-ce pas ?

— Oui.

— Ça vous ennuierait de me dire comment ?

— Non, ça ne m'ennuie pas. Avant de devenir évêque ici à Houston – à vrai dire, il est archevêque, mais il s'agit d'un titre émérite, ce n'est donc pas un véritable archevêque, lequel se trouve juste un rang au-dessous de cardinal –, c'était un ami de mes parents à Boston. Il possède un diplôme de médecin. Mon père l'a eu comme élève à la fac de médecine.

— Alors comme ça, vous êtes catholique ?

— Je l'étais.

— Mais vous êtes toujours ami avec l'évêque.

— Oui.

— Des amis proches ?

— Tout dépend de ce dont vous êtes sur le point de l'accuser.

— Voilà une réponse franche.

— Il y a quelques semaines, il m'a fait des confidences. Il m'a mis sur une affaire de terrorisme intérieur que nous sommes en train d'examiner. Il soupçonnait l'existence de liens entre la mort de Philip Osborne et…

— Ouais, Gisela m'a tout dit au sujet de cette connerie. » Il marqua un temps d'arrêt. « Et il ne vous a parlé de rien d'autre ?

— C'est là que je me trouvais ce matin. J'interrogeais une femme qui prétendait être mêlée à ça.

— Celle qui s'est suicidée ? »

J'acquiesçai.

« Ce serait peut-être le moment de me dire de quoi il s'agit.

— Je trouve intéressant qu'il vous ait fait des confidences là-dessus et pas sur une autre question qui le touche de plus près.

— Telle que ?

— Non, je tiens à ce que ceci soit bien clair, Martins. À part la mort de Philip Osborne et l'enquête dont elle fait l'objet, vous n'avez discuté de rien d'autre qui ait un rapport avec un acte criminel possible ?

— Pas vraiment.

— Ce qui signifie ?

— Eh bien, hier, quand je l'ai vu, il a mentionné quelque chose en passant, à propos d'un prêtre du séminaire bénédictin de Jersey Village qui avait été pris la main dans la caisse. Mais c'est tout.

— Était-ce le frère Breguet ?

— Oui.

— Il a mentionné ça en passant. Comment ?

— Au petit déjeuner. Nous prenions le petit déjeuner chez l'évêque, dans Timber Terrace Road.

— Il vous arrive souvent de prendre le petit déjeuner avec l'archevêque émérite ?

— En fait, c'était la première fois.

— Et qu'est-ce qu'il a dit d'autre ? Sur le père Breguet ?

— Seulement qu'il avait songé à me demander conseil. Mais que le cardinal et lui avaient décidé de ne pas porter plainte.

— Pour quelle raison ?

— Parce que ça ne semblait pas très charitable et que ça ne faisait pas beaucoup d'argent.

— Ça au moins, c'est vrai. »

Je me tournai vers Vijay Persaud. Il était sec comme un coup de trique et plutôt séduisant dans le genre lugubre. Il n'avait presque rien dit jusqu'à présent. Mais il n'était pas difficile de deviner quel rapport il avait avec ça.

« Je suppose que tu as espionné le téléphone de l'évêque, Vijay. Raison pour laquelle tu es ici. »

Vijay guetta un signal de Gary Greene avant de répondre, sans en obtenir. Il ne jouait qu'un rôle secondaire. C'est Greene qui tirait les ficelles et lui-même n'était là que pour répondre par oui ou par non quand celui-ci l'exigerait.

« Le père Lawrence Breguet est recherché concernant des allégations de sévices sur mineur remontant à une vingtaine d'années, à l'époque où il enseignait à St Benedict, l'école de garçons rattachée au séminaire de Memorial Park. Nous avons interrogé de nombreuses victimes à la suite de l'arrestation de plusieurs enseignants qui faisaient partie d'un réseau de pédophiles à Houston.

— L'affaire Conroe, dis-je. Ken Paris m'en a touché un mot. Mais il n'a pas mentionné le diocèse catholique.

— Un de ces types a craqué, expliqua Greene. Il nous a parlé du père Breguet. Et nous avons découvert des photos dans son PC qui le mettent dans la même cuvette de chiottes que les autres. Si ce n'est qu'il était en vacances en Italie à ce moment-là. Au Vatican. Et il semble à présent qu'il n'ait nullement l'intention de rentrer au Texas dans l'immédiat, du fait que votre pote l'évêque lui a plus ou moins conseillé de rester à l'écart. Depuis lors, il a disparu dans la nature, mais pas avant d'avoir retiré du fric sur les fonds de l'église locale via un compte courant en ligne.

— Tout ça figure dans les interceptions ?

— Ça et plus encore.

— Et qu'est-ce que vous voulez, une enquête d'un grand jury à l'encontre de l'évêque Coogan ?

— Aider un individu accusé de maltraitance d'enfants à échapper à la justice est un crime.

— L'évêque est au courant de cette enquête ?

— Il le sera demain matin, répondit Greene. Simplement, nous voulions vous parler d'abord, Martins. Pour nous assurer que tout est étanche dans le bureau régional de Houston. On ne voudrait pas avoir de nouvelles fuites.

— Pardon ? Vous croyez que je vais le rancarder ? Tout comme vous prétendez qu'il a rancardé le père Breguet ? »

Greene se contenta de me dévisager.

« Avec tout le respect que je vous dois, allez vous faire foutre. Je ne suis pas un mouchard. Et surtout pas pour le compte de l'Église catholique. Si vous le pensiez vraiment, vous auriez demandé à E. Howard Hunt d'enregistrer mes conversations téléphoniques. Attendez une minute. (Je souris.) C'est pour ça que vous étiez si énervés, hein ? Que je ne sois pas à mon ancien domicile, dans Driscoll Street. Vous avez placé ce téléphone sur écoute, mais je n'étais pas là. Et depuis que j'habite Galveston, mon portable ne capte pas. C'est ça, hein ? Espèce d'enfoiré. »

Je me levai et me dirigeai vers la porte.

« Personne n'a placé votre téléphone sur écoute, Martins, dit Greene. Je voulais juste savoir comment vous réagiriez à la nouvelle concernant votre ami Coogan. Alors rasseyez-vous, bon sang. » Il marqua une pause. « Vous n'êtes suspecté de rien. »

Je m'assis, mais je ne me sentais pas tout à fait tranquille.

« Je voulais que vous m'en disiez un peu plus sur l'évêque Coogan. Quel genre d'homme est-ce ?

— Vous voulez savoir si c'est un pédophile, comme le père Lawrence Breguet ?

— D'accord. Eh bien ?

— Sincèrement ? Je n'en ai pas la moindre idée. Ce n'est pas le genre de truc dont nous parlons. Mais laissez-moi ajouter une chose : si Coogan en est un, je veux bien acheter une foutue pelle et vous aider à l'enterrer. OK ?

— Je suis rassuré de l'entendre, agent Martins.

— Franchement, je me fiche que vous soyez rassuré. J'ai vu aujourd'hui une femme que je connaissais sauter du haut du Hyatt Regency. Après ça, tout semble avoir bien peu d'importance. Y compris votre opinion sur moi. (Je secouai la tête.) Encore une chose : à propos de ces écoutes téléphoniques. Lorsque vous avez déclaré que, d'après les interceptions, l'évêque Coogan avait conseillé au père Breguet de rester loin de Houston, vous avez précisé que c'était plus ou moins ce qu'il avait dit. Ma question est donc la suivante : plus ou moins ?

— Je ne vous suis pas, agent Martins.

— Plutôt plus ou plutôt moins ? Ou peut-être devrais-je écouter l'enregistrement et décider moi-même. »

Greene haussa les épaules.

« L'évêque pourrait raisonnablement prétendre qu'il exécutait les ordres du cardinal. »

Je souris.

« Plutôt moins que plus, je dirais. Auquel cas, vous aurez du mal à persuader un grand jury de lancer une inculpation. Un cardinal demande à un évêque de faire quelque chose et il le fait. Ne pas obtempérer serait comme un soldat qui désobéit à un chef d'état-major. Ce n'est que mon avis, mais j'ai été juriste et je peux vous dire que vous auriez sans doute plus intérêt à poursuivre le diocèse de Houston que l'évêque.

— Ce ne serait pas la première fois qu'un grand jury inculperait un évêque catholique, fit observer Greene.

— On est au Texas, rétorquai-je. Houston possède la troisième plus importante population hispanique des États-Unis. Quarante-quatre pour cent de Latino-Américains. Ce qui en fait une ville extrêmement catholique. Contrairement à Kansas City.

— Je suis moi-même baptiste, dit Greene.

— Mais c'est du Kansas que vous parliez, n'est-ce pas ? Où ils ont inculpé cet autre évêque catholique ? Kansas City est beaucoup plus protestante que Houston.

— Et vous ? Vous dites ne plus être catholique. De quelle confession êtes-vous maintenant ?

— Je ne vais pas à l'église. Comme je ne crois pas en Dieu, me qualifier de ceci ou de cela ne semble guère utile.

— Putain, Martins, et ça ne vous manque pas, d'aller à l'église ?

— J'y allais à cause de ce que je croyais. À présent, je n'y vais plus à cause de ce que je sais. »

Je ne savais pas grand-chose, c'était évident. Surtout en ce qui concernait l'évêque Coogan. Ruth jubilerait en apprenant l'enquête du grand jury dans la presse. Sa haine de l'Église catholique semblait maintenant entièrement justifiée. Cela prouvait ce qu'elle avait toujours affirmé, à savoir que le diocèse de Houston cachait un nid de prêtres pédophiles, à l'instar de Dallas. Bien entendu, j'étais coupable d'une dissimulation non négligeable. J'aurais dû mentionner à Gary Greene que j'habitais à présent la maison diocésaine de Galveston. Et j'aurais probablement dû vider les lieux et m'installer dans un motel ; ce que j'allais faire, mais pas tout de suite. J'avais un problème à régler avant. Lequel m'obligea à faire les trois quarts du chemin de retour à Galveston, si bien qu'il était plus commode de rester une nuit supplémentaire.

Les États-Unis ont beau avoir mis fin au programme de navette spatiale, la mission de la station spatiale internationale est toujours contrôlée depuis le Centre spatial Lyndon B. Johnson de Clear Lake City. Il s'agit d'un ensemble d'une centaine de bâtiments, datant de l'époque où les Américains regardaient la voûte céleste et pensaient non pas à Jésus, mais à la Lune et aux étoiles, et se demandaient comment y aller ; cela semble incroyable, mais, quarante ans après le dernier vol habité pour la Lune, nous levons les yeux vers le ciel et nous pensons à Dieu et à la manière de mener une vie qui lui plairait suffisamment pour nous permettre d'entrer au paradis. Si c'est un progrès, alors je suis Neil Armstrong.

À deux ou trois kilomètres du Centre spatial Lyndon B. Johnson, l'église Izrael des hommes et des femmes de bien était un grand édifice Art déco dans Space Center Boulevard. À mon avis, il n'y avait pas beaucoup d'employés du centre spatial qui y faisaient leurs dévotions. En 2007, une prise d'otages avait eu lieu au bâtiment 44, et la plupart des types que j'avais rencontrés à ce moment-là m'avaient paru davantage enclins à mettre leur foi dans la télémétrie qui avait ramené *Apollo 13* sur terre en avril 1970. D'après tout ce que j'ai lu sur cette mission, il a fallu bien plus que des prières pour que les gars puissent regagner leurs pénates. Mieux que personne, je pense, ils savent qu'il n'y a pas de paradis, seulement cette gigantesque balle scintillante qu'on appelle l'univers.

L'église avait l'air d'un vieil aéroport. Comme l'aérodrome d'Ellington était situé à proximité, je ne doutais que ce fût le cas. Mais la tour de contrôle avait été remplacée par une grande flèche en verre, et, au-dessus de l'entrée principale, se trouvait un énorme bas-relief d'un ange. On aurait dit qu'il surveillait les voitures coûteuses déjà garées dans le parking brûlé par le soleil. À moins qu'il ne leur servît à faire l'appel pour le service du soir et à aller ensuite rechercher les insouciants restés chez eux pour regarder le match de base-ball. Ils seraient venus avec lui, de surcroît. Ce n'était pas le genre d'ange à se contenter d'un refus.

Près de l'entrée se trouvaient des préposés à l'accueil – des hommes, en majorité, vêtus de costumes d'été et tenant des bibles écornées. L'accueil était enthousiaste, en plus.

Au temps pour Lakewood, me dis-je en pénétrant dans l'intérieur par bonheur frais de l'église, où la ressemblance s'arrêtait là, et je restai bouche bée pendant un bon moment, m'émerveillant en silence de ce qui m'entourait. J'ai vu quantité de cathédrales et d'églises, mais très peu qui soient aussi impressionnantes que celle-ci. Quelque part, un architecte continuait à regarder son chèque d'honoraires et, lorsqu'il ne se demandait pas s'il oserait l'encaisser, il se félicitait probablement de sa prodigieuse audace.

L'église de Lakewood était vaste, mais l'église Izrael était si résolument moderne qu'elle défiait toute description, sauf à dire qu'il s'agissait d'une structure circulaire avec plus d'une douzaine d'entrées, que dominait un cône central s'élevant dans le clocher. L'autel se trouvait sous le cône, qui ressemblait probablement au Grand collisionneur de hadrons en Suisse. Une immense image du Christ était suspendue dans le vide au-dessus du parterre, où plusieurs milliers de personnes attendaient patiemment le début du culte. C'était comme sur le plateau d'un film de James Bond, au point que, lorsque le pasteur finit par faire son entrée sous un tonnerre d'applaudissements, je m'attendais presque à ce qu'il porte un chat.

Je m'assis au fond et plaquai un sourire grimaçant sur mes lèvres, comme celui dont j'étais fréquemment obligé de faire usage à Lakewood. Je me relevai presque aussitôt, tandis que les fidèles autour de moi bondissaient sur leurs pieds en agitant leurs poings et en criant « Alléluia ». Un orgue monumental se mit à jouer, et il fut rapidement clair pour moi que le pasteur de cette église futuriste n'était pas du genre à partager la vedette avec les chanteurs d'un chœur ni avec des pasteurs remplaçants. La musique était apparemment classique, voire baroque à l'origine, même si je ne reconnaissais pas le compositeur ; toutefois, il devait avoir du goût pour le spectaculaire.

Le pasteur, pour sa part, avait la quarantaine. Il portait une chemise blanche et une redingote noire, de sorte qu'il faisait penser à un pasteur à l'ancienne dans un film de John Ford ou à un juif orthodoxe éventuellement, selon le point de vue où l'on se place. Grâce à l'écran géant sur lequel était projeté son visage rayonnant, je pouvais voir qu'il était beau, avec des yeux bleu ciel, des traits découpés à la machine et un sourire pareil aux atours des anges. Ses cheveux étaient blonds et épais, et sa voix grave avait un accent qui ne pouvait provenir que de l'ouest du Texas. Bien qu'un peu raide à mon goût, son débit était d'une efficacité indiscutable ; mes voisins s'en délectaient comme si sa voix se déversait sur une pile de crêpes chaudes.

Nous chantâmes quelques cantiques. Tous les mots apparaissaient sur l'écran. C'est seulement lorsque le pasteur se mit à prêcher que je commençai à saisir son idée directrice. Chaque prédicateur en a une. De la simple stratégie commerciale. Billy Graham prêchait sur la renaissance à travers Jésus ; le pasteur Joel Osteen à Lakewood prêche que Dieu souhaite votre prospérité ; à l'Église Izrael des hommes et des femmes de bien, le pasteur Nelson Van Der Velden – son nom était marqué sur l'écran au-dessus de sa tête – prêchait, avec passion, sur l'arrivée des derniers jours, accompagnée de récits de ses communications directes avec Dieu, Jésus-Christ et les anges.

J'ai entendu pas mal de sermons d'église et je pourrais probablement élaborer un système de notation relativement équitable en ce qui les concerne, si jamais Zagat décide un jour de se mettre à les recenser, mais, même au Texas, c'était bien la première fois que j'entendais un prédicateur déclarer qu'il avait réellement rencontré le Messie dans une vision. Le pasteur Van Der Velden parlait avec la totale conviction de quelqu'un ayant pris la peine de se persuader au préalable que tout ce qu'il dit à son auditoire extasié est la vérité absolue.

Autrement, je ne sais pas comment il y serait parvenu. À cet égard, c'était comme entendre une version améliorée d'un arnaqueur de rue pratiquant une forme hautement sophistiquée de bonneteau. On ne peut pas réussir une bonne escroquerie de ce type sans y croire au moins en partie.

« Je déteste me répéter », lança-t-il avec un grand sourire. Le volume de son charisme était maintenant à onze. « Vraiment, les amis. Mais certaines choses supportent la répétition. Lorsque Jésus parlait de la bonne nouvelle, il ne voulait pas que nous nous taisions à ce sujet. Au contraire. Ne disait-il pas à ses disciples : "Allez par tout le monde et prêchez l'évangile." Et si l'évangile ne vaut pas la peine d'être répété chaque jour de la semaine, chaque minute de chaque heure, alors je n'y connais rien. Non, mes chers amis, jamais je ne me tairai au sujet de l'évangile.

« Vous savez, quand vous êtes au travail et que vous entendez quelqu'un parler de quelque chose qu'il a vu à la télé ? Comme *America's Got Talent ?* Eh bien, c'est ce que je ressens par rapport au message de Dieu. Moi, je suis un type qui peut dire : "Bien sûr que l'Amérique a du talent, mais d'où pensez-vous qu'il vienne, ce talent ? Voyons, de Dieu, bien sûr." Les amis, j'adore cette émission, mais chaque fois que je la regarde, je ne peux pas m'empêcher de penser à la parabole des talents. Quelle belle histoire. Et quel grand conteur était Jésus. Ça, c'était un type au talent extraordinaire. »

Des tas de « Amen », « Alléluia » et « Louons le Seigneur ».

« Se répéter, continua Van Der Velden. Cela gêne certains. Ils pensent que c'est un signe de vieillissement. Eh bien, dans ce cas, je dois être aussi vieux que Mathusalem, parce que le message de Dieu, j'ai dû le répéter des millions de fois. (Il laissa échapper un gloussement.) Mais qui les compte ? Une autre chose dont vous m'avez déjà entendu parler, c'est mon expérience en Terre sainte. Comment, en 2005, j'ai passé une année entière à étudier en Israël. On pourrait dire, je suppose, que j'avais faim de voir la terre des miracles. J'étais comme un de ces villageois au bord du lac de Tibériade, lorsque Jésus a accompli le miracle de la multiplication des pains et des poissons. J'avais faim, c'est vrai, mais, comme eux j'ai reçu beaucoup plus que je ne m'y attendais. Dieu soit loué, j'ai été rempli de son message comme si j'avais fait un immense festin. Parce que, si vous cherchez, vous trouverez ; et si vous frappez, la porte s'ouvrira, mes amis. Amen. Amen.

« Certains d'entre vous m'ont aussi entendu parler des deux sages que j'ai rencontrés en Israël. Pas trois, cette fois-ci, juste deux. Assurément les hommes les plus sages que j'aie jamais connus. L'un d'eux était le rabbin Yitzhak Kaduri. Des quatre coins du monde, de grands rabbins venaient écouter Rabbi Kaduri, qui fut pendant des années ce qui se rapproche le plus d'un des prophètes de l'Ancien Testament ; il en avait assurément l'aspect. Un peu plus tôt, j'ai mentionné Mathusalem, célèbre pour son âge. Et même si le rabbin Kaduri n'était pas aussi vieux que lui, il était très âgé au regard des critères modernes. À sa mort, le 28 janvier 2006, il avait cent huit ans. Je suis fier de pouvoir dire que j'ai fini par le connaître un peu dans les derniers mois de sa longue existence. Franchement, je ne sais pas ce qu'un homme comme lui trouvait à un jeunot comme moi, si ce n'est probablement une soif de vérité spirituelle et d'illumination.

« Et peut-être ceci : que j'étais un gentil. Naturellement, il y avait un grand nombre de juifs qui écoutaient le rabbin Kaduri, et ce à juste titre, mais je pense qu'il craignait qu'ils ne gardent sa vérité ultime pour eux, ou même qu'ils essaient de la supprimer. Dans cette mesure, j'étais le type qu'il fallait au bon endroit et au bon moment. Rien de plus.

« Vous savez, je présume, que le mot "rabbin" désigne en général ceux qui deviennent maîtres ou enseignants de la Torah, comme les juifs appellent les cinq livres de Moïse qui commencent la Bible hébraïque. Quand ils s'aperçurent quel homme sage était Jésus, les gens se mirent à le qualifier lui aussi de rabbin. Donc, comme je le disais, le rabbin Kaduri est l'homme le plus sage que j'aie jamais rencontré. Il m'a enseigné toutes sortes de choses. J'ai promis de ne pas divulguer certaines d'entre elles – des choses cachées, connues seulement d'érudits comme lui depuis des milliers d'années. Et je dois respecter cette promesse. Mais il y en a une dont il m'a permis de parler, et c'est une vision qu'il a eue. Vous imaginez d'ici l'agitation de ses disciples lorsqu'il leur annonça que la personne qui lui était apparue en songe n'était autre que le Messie, car, bien sûr, les juifs continuent à attendre le Messie. Et ils devinrent encore plus agités lorsque le rabbin leur apprit qu'il viendrait bientôt. Il ajouta qu'il savait qu'il s'agissait du Messie car, dans la vision, il avait reçu un message. En hébreu, ce message disait : *Yarim ha'am veyokhiakh shedvaro vetorato omdim.* Ce qui peut se traduire par : "Il élèvera son peuple et confirmera sa parole et sa loi."

« Eh bien, j'y ai beaucoup réfléchi, et il me semble que c'est précisément ce que dirait le Messie. Et voici un autre élément fascinant : le rabbin Kaduri écrivit le nom du Messie et promit qu'après sa mort l'identité de celui-ci serait révélée. Et c'est exactement ce qui se passa. Il avait marqué le nom sur un bout de papier qu'il avait mis sous pli et donné à un de ses disciples, lequel ouvrit l'enveloppe après le décès du rabbin. Et vous savez quoi ? Il s'avéra que le nom que le rabbin le plus âgé, le plus sage et le plus respecté d'Israël avait révélé à ses disciples était celui-là même que les chrétiens connaissent depuis près de deux mille ans. Jésus. Tout à fait. Alléluia et amen.

« Comme vous vous en doutez, cela posait à nombre de disciples du rabbin un vrai et gros problème. Personne n'aime reconnaître qu'il a commis une erreur. Et pas n'importe quelle erreur. Imaginez : la révélation du rabbin signifiait qu'ils avaient rejeté leur propre Messie, qu'ils l'avaient livré aux Romains pour être crucifié, comme il est dit dans les Évangiles. Qu'est-ce que les disciples du rabbin Kaduri devaient faire au vu de cette révélation ? Eh bien, je vous l'avoue avec tristesse, beaucoup d'entre eux choisirent de faire disparaître le message posthume du rabbin. Mais naturellement, la vérité finirait par se savoir. Comme je l'ai dit, je pense que c'est une des raisons pour lesquelles le rabbin Kaduri m'a raconté les détails de sa vision : parce qu'il se doutait qu'une partie de ses propres disciples essaierait de calmer le jeu et que je vous en parlerais. Et il avait raison. Le nom du Messie est Jésus, les amis, et il viendra bientôt. Et alors, chacun devra rendre des comptes. Dans l'évangile selon Matthieu, il est dit : "Déjà la cognée est mise à la racine des arbres : tout arbre donc qui ne produit pas de bon fruit sera coupé et jeté au feu. Moi, je vous baptise d'eau, pour vous amener à la repentance ; mais celui qui vient après moi est plus puissant que moi, et je ne suis pas digne de porter ses souliers. Lui, il vous baptisera du Saint-Esprit et de feu. Il a son van à la main : il nettoiera son aire, et il amassera son blé dans le grenier, mais il brûlera la paille dans un feu qui ne s'éteint point."

« Je vous l'affirme, mes frères et mes sœurs, il a déjà commencé, ce grand règlement de comptes dont parle la Bible. Des choses se passent actuellement en Israël, des choses que la Bible avait prédites, qui prouvent que c'est le cas. Des événements politiques et des forces historiques annonçant les derniers jours avant qu'il ne vienne de nouveau. Déjà, ses ennemis sont en déroute. Le jour du Jugement est proche, lorsque les méchants seront condamnés comme il est dit dans le livre de l'Apocalypse. Alléluia. »

Je jetai un coup d'œil à mes voisins immédiats tandis qu'ils marmonnaient « Amen » ou « Dieu soit loué ». Je ne les trouvais pas risibles ni méprisables parce qu'ils étaient ravis de quelque chose à quoi je ne croyais plus ; j'avais juste pitié d'eux : quand les gens se mettent à parler d'illumination et de Messie, vous pouvez parier que les ailes d'un éphémère suffiraient à porter le roc sur lequel se fonde leur vérité.

Je réprimai un bâillement, me demandant pendant encore combien de temps j'arriverais à supporter les foutaises du pasteur Van Der Velden avant de prendre la direction des toilettes pour homme. Il y avait peut-être quelqu'un à l'extérieur – un des préposés à l'accueil éventuellement – qui pourrait m'en dire un peu plus sur Gaynor Allitt. Je m'apprêtais à faire une sortie prématurée quand, tout à coup, j'aperçus quelqu'un ressemblant comme deux gouttes d'eau à Ruth et, pendant un instant, je me dis que j'aurais certainement préféré une vision de ma femme à celle de Dieu ou de Jésus. Franchement, je n'aurais pas su quoi dire à quoi que ce soit de plus divin que ma propre épouse. Mais c'était effectivement Ruth ; et maintenant que j'en étais certain, je me rendais compte que je n'avais aucune idée de ce que j'allais lui dire lorsqu'on se parlerait, ce qui semblait probable. Bien entendu, elle penserait que je l'avais suivie jusqu'ici et ne serait pas très contente. Et je ne tenais pas à lui dire que j'étais là à cause du Bureau, ce qu'elle ne croirait pas une seconde. Il était fort possible aussi qu'elle m'ignore totalement et qu'en lui parlant je provoque une scène sordide et gênante.

Rien de tout cela ne m'inquiétait particulièrement, cependant, comparé au fait que Danny n'était nulle part, et à la signification apparente de l'homme qui se tenait à côté de Ruth. Grand et séduisant, il portait un costume bleu un peu trop large pour lui, de la même façon que la plus grande taille dans un magasin est trop large pour n'importe quoi d'autre qu'un gorille de deux cents kilos ou le frère cadet de Goliath. Il avait l'air d'un joueur de foot, ou d'un culturiste, ou peut-être d'un petit immeuble. De temps à autre, Ruth levait les yeux vers lui – il devait mesurer un mètre quatre-vingt-quinze au bas mot – comme si elle quêtait son approbation, et il la regardait à son tour avec un grand sourire. À cet égard du moins, ils étaient comme un bon millier d'autres couples dans cette église ; rien que de les voir me donnait l'impression d'être un poisson hors de l'eau.

Enfin, Van Der Velden cessa de parler. Il y eut encore des prières et un cantique avant que le spectacle ne se termine, et les gens se tournèrent vers les bas-côtés puis commencèrent à sortir. C'est alors qu'elle me vit, et son visage n'aurait pas pu être moins réjoui si son petit ami surdimensionné lui avait écrasé les orteils. La souffrance céda rapidement la place à l'irritation tandis que je me frayais un chemin à travers la foule pour la rejoindre.

« Qu'est-ce que tu fais ici ?

— Ce n'est pas ce que tu penses. Je ne t'ai pas suivie. Je ne savais pas que tu serais là. Sincèrement. Je te donne ma parole.

— Écoute, mon pote, dit le géant. Je te conseille de ne pas faire d'histoires, OK ? »

Il posa sa main de King Kong sur l'épaule de Ruth, un geste de propriétaire qui ne me plut pas beaucoup.

« Vraiment, je ne suis pas venu pour faire des histoires. J'essaie seulement de parler à ma femme, c'est tout. Je ne sais pas ce qu'elle vous a dit sur moi, mais il faut que vous me donniez une minute, d'accord ? »

Le mastodonte regarda Ruth, qui lui adressa un signe de tête.

« Ça va, Hogan, dit-elle.

— Hogan ? répétai-je malgré moi.

— Je te retrouverai à la voiture, d'accord ? Je peux m'en occuper. »

À contrecœur, Hogan s'éloigna, me laissant seul avec Ruth et son regard meurtrier.

« Où est Danny ? Dis-moi comment il va, s'il te plaît.

— Tu n'es pas ici pour ton travail.

— En fait, si.

— Je ne te crois pas, Gil. Arrête tes bêtises. Tu m'as forcément suivie, c'est évident.

— Ruth, honnêtement, c'est un hasard que je te trouve ici. Mais maintenant que nous sommes là tous les deux, pouvons-nous parler un moment ? Je t'en prie. Est-ce qu'il a reçu les cadeaux que je lui ai envoyés ?

— Il les a reçus, Gil.

— Est-ce qu'il a aimé le jeu Xbox ?

— Il était un peu vieux pour lui, Gil.

— Tous les gosses aiment les jeux trop vieux pour eux, chérie. C'est comme ça. Il faut faire avec.

— Alors dis-moi : quel est ce travail officiel qui t'a amené à Clearwater ?

— Un des membres de cette Église est mort. Gaynor Allitt. Elle s'est suicidée ce matin. Je suis venu pour essayer de trouver quelqu'un qui pourrait expliquer la raison de son geste. Vois-tu, elle faisait l'objet d'une… »

Mais, ayant entendu mes paroles, un autre homme – la cinquantaine, avec un nez cassé et une moustache de souteneur – intervint.

« Excusez-moi, monsieur. Je n'ai pas pu m'empêcher d'entendre la fin de votre conversation. Vous avez bien dit que Gaynor Allitt était morte ?

— En effet. C'est ce que j'ai dit, et elle est morte, hélas. Vous la connaissiez ?

— Oui, je la connaissais. Je m'appelle Frank Fitzgerald.

— Monsieur Fitzgerald, je m'appelle Gil Martins et je suis un agent spécial du FBI. Si pouviez m'accorder quelques instants…

— Oui. Oui, volontiers. En fait, attendez-moi là, agent Martins, je reviens tout de suite. »

Fitzgerald s'éloigna d'un pas pressé. Je le suivis des yeux assez longtemps pour noter que, sous sa veste, il portait une radio à la hanche ; ce qui semblait plus probable qu'un flingue.

« Tu vois, dis-je à Ruth. Lui au moins, il me croit, contrairement à toi. »

Ruth me lança un coup d'œil incrédule, comme si elle s'attendait à ce que la terre m'engloutisse pour toujours.

« Où est Danny en ce moment ? demandai-je de nouveau en regardant autour de moi. Est-ce que l'as amené avec toi aujourd'hui ? J'aimerais bien le voir.

— Il n'est pas ici. Il est à la maison. Une fois que tous les problèmes auront été réglés, Gil, j'espère que ce sera possible, mais jusque-là cela risque de le perturber. Les choses ont déjà été suffisamment pénibles pour lui comme ça.

— Eh bien, nous pouvons au moins nous accorder sur ce point. » Je regardai autour de moi les gens qui continuaient à sortir de l'église.

« Je ne m'attendais certainement pas à te voir ici.

— Cela fait deux choses sur lesquelles nous pouvons nous accorder.

— Cette église, c'est loin de Corsiciana, Ruth.

— Je ne vis pas là-bas.

— Ah ? Et où vis-tu ? »

Elle eut l'air surprise.

« Chez moi, à Driscoll Street, naturellement. Où d'autre ? »

Ce fut à mon tour d'avoir l'air surpris.

« C'est là qu'est Danny en ce moment ? »

Elle acquiesça.

« Tu m'as laissé un message disant que tu avais déménagé, alors je t'ai pris au mot.

— Même pour tes standards, c'est du travail rapide. »

Elle détourna la tête. C'était sans doute plus facile que de me regarder, moi et mon chagrin.

« Et qui s'occupe de lui ?

— Il passe la journée chez Robbie Murphy. Le gamin de l'autre côté de la rue.

— Je me rappelle. Celui que Danny a frappé, c'est ça ?

— Des trucs de garçons. En réalité, ils sont très bons amis. Cela m'étonne que tu t'en souviennes.

— Bien sûr que je m'en souviens. Je vous aime toujours tous les deux, Ruth. Et je souhaite que vous reveniez. Plus que tout au monde, je voudrais que les choses redeviennent comme avant. Ce qui signifie plus d'athéisme, plus de Richard Dawkins ni de Christopher Hitchens, plus de remarques stupides sur la religion. Tu as ma parole. Je retournerai même à Lakewood avec toi. (Je secouai la tête.) Pendant un moment, ça m'a submergé. Tu sais ? La pression. Ça m'est monté à la tête, j'imagine. Mais ça va, maintenant. »

Ruth semblait peinée – elle était excellente pour ça, Ingrid Bergman dans *Jeanne d'Arc* –, mais la peine dans sa voix était entièrement dirigée contre moi. Ça n'aurait pas pu me faire plus mal si elle m'avait coupé les oreilles avec une lame de rasoir.

« Je te crois, Gil. Mais nous savons tous les deux que tu ne crois pas en Dieu. Tu ne vois donc pas ? Tu vivrais dans le mensonge et moi aussi. Pendant combien de temps serions-nous capables de garder le cap ? Trois mois ? Six ? Non, ça ne pourrait jamais marcher. Du reste, je ne vais plus à Lakewood. C'est ici mon église, désormais.

— Ruth, tu ne parles pas sérieusement. Ces gens, ce sont des fanatiques encore pires que ceux de Lakewood. Tu es une femme intelligente, Ruth. Une juriste. Censée faire preuve d'un certain pragmatisme avec ces choses-là. Tu tiens vraiment à élever ton fils dans un environnement pareil ? Pour l'amour de Dieu, Ruth…

— C'est pour l'amour de Dieu que je suis ici, Gil. Il est dommage que tu ne puisses pas le voir.

— Ne fais pas ça, Ruth. Ne fais pas ça à ton enfant, s'il te plaît. Un garçon a besoin de la présence de son père. Tout comme un père a besoin de voir grandir son fils. Tu es en train de m'enlever tout ça. Et pour quelle raison ? Parce que je suis un pécheur ? Parce que je suis la paille qui doit être jetée dans le feu inextinguible ? Je t'en prie, Ruth. Tu ne t'en rends peut-être pas compte pour l'instant, mais tu regretteras tout cela, je te le promets. Un jour, tu te réveilleras et tu comprendras ce que tu as perdu. »

Frank Fitzgerald apparut à mes côtés.

« Le pasteur Van Der Velden aimerait vous parler, agent Martins, dit-il.

— Oui, bien sûr. Pourquoi pas ? »

Je me tournai vers l'homme à côté de moi. Maintenant que je le regardais de nouveau de près – suffisamment pour sentir son haleine et lire dans ses yeux –, je pouvais déceler le sang-froid et l'expérience du personnage, et combien il était circonspect, et je sus aussitôt que la radio à sa hanche était bien une arme, en définitive. La portait-il pour sa propre protection, ou celle du pasteur ?

« Actuellement, il est occupé à rencontrer quelques-unes des nombreuses personnes qui sont venues ce soir. » Fitzgerald jeta un coup d'œil par-dessus une de mes épaules puis l'autre, comme s'il cherchait à repérer un coéquipier que j'aurais emmené avec moi. « Mais il vous prie de l'attendre un moment dans son bureau. Jusqu'à ce que le dernier de ses paroissiens soit parti. Est-ce possible ? »

Des paroissiens. Je l'aimais bien, celle-là. Ça donnait au fonctionnement de l'Église Izrael un air quasiment anodin, style garden-party, pique-nique et paquets enveloppés de papier rose avec un foutu ruban autour.

« Bien sûr. Pas de problème. »

Je regardai de nouveau vers l'endroit où s'était tenue Ruth, mais elle avait profité de cette diversion pour se fondre dans la foule.

Fitzgerald devait avoir remarqué la déception sur mon visage car il toucha mon bras en un geste de contrition. C'est du moins ce qu'il me sembla. Sa poigne était aussi ferme que la sangle de selle d'un cavalier de rodéo. Il ne lâcha mon bras que lorsque je me mis à le suivre.

« Que lui est-il arrivé ? demanda-t-il.

— Pardon ?

— À Gaynor. Vous avez dit qu'elle s'était suicidée, n'est-ce pas ?

— Sans vouloir vous offenser, je préférerais, pour donner des explications, que nous soyons dans le bureau du pasteur. Ce qui s'est passé aujourd'hui était pour le moins traumatisant, et je ne tiens pas à subir cette épreuve plusieurs fois. Je suis sûr que vous comprenez.

— Oui, naturellement. Alors vous étiez avec elle.

— Plus ou moins.

— Elle me manquera sans aucun doute, dit-il. C'était un membre de longue date de cette Église, et très aimé. Sans parler d'une chrétienne indéfectible.

— Je l'ignorais. »

17

Frank Fitzgerald me fit franchir une porte imposante au sommet d'un escalier ; imposante parce que large et arrondie comme un énorme bouclier en bois. Il me laissa dans une grande bibliothèque circulaire au sol en marbre, probablement conçue par un extraterrestre faisant une fixation sur l'aluminium brossé. Au centre de la pièce et sous un plafond en verre se trouvait une table en demi-lune, et le long des murs étaient disposées des vitrines contenant de vieilles bibles enluminées, du genre auquel tout un monastère de scribes avait dû travailler pendant une vie entière de dimanches pluvieux. J'en regardai une et me dis que la parole de Dieu était beaucoup plus crédible quand elle était écrite en latin. À cet égard, la vieille Église catholique avait probablement raison : dès qu'on a permis aux gens de lire la Bible dans leur langue maternelle, on a ouvert la porte à l'interprétation, aux débats, aux critiques doctrinales, à l'hérésie et pour finir à l'athéisme. Il n'y a rien de mieux que la lecture de la Bible pour vous dégoûter de l'idée même de Dieu et de la religion.

« C'est un exemplaire intéressant que vous regardez là. »

C'était Nelson Van Der Velden, et il était seul. Il s'avança jusqu'à moi dans un nuage invisible d'after-shave et de dévotion. Il était plus grand que je ne l'avais supposé, avec une belle peau claire et des yeux bleus et durs. Immédiatement, j'eus l'impression très nette de l'avoir déjà vu quelque part, mais où ?

« Cette bible a été commandée par le premier roi de Jérusalem, Baudouin Ier, en 1100, pour fêter l'instauration de son nouveau royaume. Ce qui la rend particulièrement intéressante d'un point de vue théologique, c'est qu'elle ne contient que l'Ancien Testament, ce qui a conduit certains à supposer que les moines qui l'avaient illustrée étaient aussi membres des Chevaliers du Temple et des manichéens – c'est-à-dire qu'ils croyaient à la nature double de Dieu et nullement à la divinité de Jésus-Christ. Personnellement, je pense qu'ils manquaient simplement de temps et d'argent, éventuellement les deux. Mais, loué soit le Seigneur, c'est splendide, vous ne trouvez pas ?

— Oui, en effet. »

Je possédais moi-même quelques bandes dessinées rares de DC Comics, mais je ne voyais pas de raison de prendre un mauvais départ en le lui disant.

« Nelson Van Der Velden, dit-il, tendant la main.

— Agent spécial Gil Martins. »

Nous échangeâmes une poignée de main, puis je lui remis ma carte.

Il y jeta un coup d'œil et fronça les sourcils.

« Le petit emblème n'était pas gravé en or habituellement ?

— Nous avons dû faire des coupes budgétaires, répondis-je.

— Dommage. Avec de l'or, ça paraît tellement mieux. »

J'indiquai d'un signe de tête la bible que je venais de regarder.

« Je présume que c'est aussi ce que pensaient ces moines médiévaux.

— L'emploi de l'or était censé symboliser les multiples grâces du royaume des cieux. Mais l'or servait également un objectif spirituel plus élevé. Il était conçu comme un acte de louange, afin d'exalter le texte. En même temps, bien sûr, il témoignait de la puissance du propriétaire.

— Je suppose que J. Edgar Hoover avait une idée semblable en tête, dis-je, et je lui montrai mon écusson doré. Bien sûr, ce n'est pas de l'or véritable. Je préférerais. Je l'aurais déjà revendu pour en acheter un faux. »

Van Der Velden sourit patiemment.

« Frank me dit qu'un membre de notre Église s'est suicidé.

— Gaynor Allitt. Elle s'est jetée du haut de l'hôtel Hyatt Regency à Houston il y a à peine quelques heures.

— Mon Dieu, c'est horrible.

— Oui.

— Vous étiez là ? »

J'opinai.

« Cela a dû être épouvantable pour vous. Épouvantable pour vous deux. (Il secoua la tête.) Gaynor Allitt.

— Vous la connaissiez ?

— J'essaie de mettre un visage sur le nom. Ce n'est pas toujours facile avec le grand nombre de fidèles que nous avons.

— Cela en fait combien ?

— Onze mille.

— Je vais à Lakewood, alors je sais ce que vous voulez dire. Ils sont près de dix-huit mille, là-bas.

— Vraiment ? fit Van Der Velden. C'est une bonne Église. Et Osteen un grand prédicateur. Le meilleur. Il possède un talent indéniable. »

Je hochai la tête.

« Est-ce que vous vous souvenez d'elle à présent ? Gaynor Allitt ? Grande, rousse, fin de la trentaine. »

Il grimaça.

« Non. Je regrette, agent Martins. Compte tenu des circonstances, j'aimerais bien. Et je suis désolé de ne pas pouvoir.

— M. Fitzgerald m'a donné l'impression qu'elle venait ici depuis un bon moment. En fait, il a parlé d'elle comme d'un membre très aimé de cette Église.

— Eh bien, si Frank vous l'a dit, c'est sûrement vrai. En tant que secrétaire chargé des adhésions, il a beaucoup plus affaire que moi aux membres de base de l'Église Izrael. (Il eut un haussement d'épaules.) En ce qui me concerne, je ne suis que la figure de proue. Dites-moi, agent Martins, avez-vous une idée de la raison pour laquelle elle a fait ça ?

— Il est encore un peu tôt. Je travaille actuellement sur de nombreuses possibilités.

— Écoutez, est-ce que cela vous ennuierait si je disais une brève prière pour elle ? »

Le pasteur inclina la tête et ferma les yeux, ce qui me donna l'occasion de l'examiner de plus près.

« Père tout-puissant, Dieu éternel, écoute nos prières pour ta fille Gaynor Allitt, que tu as rappelée à toi. Accorde-lui le bonheur et la paix. Permets-lui de franchir sans encombre les portes de la mort et de vivre à jamais avec tous les saints dans la lumière que tu as promise à Abraham et à tous ses descendants en religion. Et lors de ce grand jour de la résurrection et de la récompense dont nous savons qu'il viendra bientôt, mon Dieu, élève Gaynor parmi tous tes saints. Pardonne-lui ses péchés et accorde-lui la vie éternelle dans ton royaume céleste. Nous t'en prions, Christ notre Seigneur, amen.

— Amen », dis-je.

C'était uniquement pour la forme. Je ne tenais pas à ce qu'il ait une aussi mauvaise image de moi que ma propre épouse, pas alors que j'espérais obtenir des informations sur Gaynor Allitt.

Le pasteur ouvrit les yeux, puis hocha la tête d'une manière qui donnait à penser qu'il avait réellement parlé à Dieu. Il faisait partie de ces rares ministres de l'Église qui possèdent un tel don et qui vous rendent le fait de croire beaucoup plus facile parce qu'eux-mêmes croient avec une force irrésistible ; et lorsqu'il sourit, ce fut comme s'il souriait parce qu'il avait ressenti le pouvoir de l'amour et de la miséricorde de Dieu. Je lui enviais presque la force apparente de sa foi et, du même coup, j'éprouvais une pointe de honte et de regret en me rappelant mon jugement cynique un peu plus tôt sur son caractère et sa vocation. Le type était plus sincère que je ne l'avais imaginé.

« Que puis-je faire pour vous aider, agent Martins ?

— J'aimerais reparler à M. Fitzgerald, si c'est possible, dans la mesure où, à l'en croire, il la connaissait mieux que vous. Cela dit, il m'incombe d'expliquer comment le FBI s'est retrouvé mêlé à cette affaire.

— Oui, je dois l'avouer, je me posais la question. » Il désigna un long canapé courbe complétant le cercle amorcé par son bureau. « Pourquoi ne pas vous installer confortablement pour me dire tout ça, après quoi je demanderai à Frank de venir répondre à vos questions ? »

Je racontai à Van Der Velden que j'avais enquêté sur les morts subites de Clifford Richardson, Peter Ekman, Willard Davidoff et Philip Osborne, et que Gaynor Allitt avait reconnu avoir tué Osborne par des prières.

« Pardonnez-moi. Vous m'avez bien dit qu'elle avait tué quelqu'un par des prières ?

— C'est exact.

— Des prières à qui, au juste ?

— À Dieu. (Je haussai les épaules.) Au début, nous avons été tentés de la prendre pour une simple excentrique. Nous en avons pas mal de ce genre dans le domaine judiciaire. Mais elle croyait manifestement ce qu'elle nous disait. Et pour le reste, elle était parfaitement sensée. Ce qui fait que, lorsque nous l'avons relâchée ce matin, nous avons décidé de la maintenir sous surveillance. Voyez-vous, il était clair également qu'elle avait très peur de quelqu'un. Dieu, peut-être. Je ne sais pas. En tout cas, cela pourrait bien être la raison pour laquelle elle s'est tuée.

— Laissez-moi vérifier si j'ai bien compris, dit Van Der Velden, avant de poursuivre en choisissant ses mots avec soin : Elle vous a déclaré qu'elle avait prié pour la mort de cet homme, Philip Osborne. Je présume qu'il s'agit du journaliste et écrivain. »

J'inclinai la tête.

« Vous a-t-elle dit pourquoi elle avait une dent contre lui ?

— Parce que c'était un impie. On pourrait dire, je suppose, un de ces méchants dont vous avez parlé dans votre sermon. Ceux qui sont condamnés comme il est écrit dans le livre de l'Apocalypse.

— Mais vous ne croyez pas vraiment que M. Osborne a été tué par des prières ?

— Non. Ce n'est qu'un panache de fumée, et nous essayons de voir s'il y a un incendie réel en dessous. Nous avons pensé qu'il existait peut-être un lien entre la mort d'Osborne et celle des trois autres personnes que j'ai citées. Que quelqu'un aurait pu être impliqué d'une façon plus concrète. Je sais que cela donne l'impression que nous nous raccrochons à des fétus de paille, mais Gaynor Allitt semblait en savoir beaucoup plus sur la mort de Philip Osborne que ce qui a paru dans les journaux.

— A-t-elle laissé une lettre ?

— Non.

— A-t-elle mentionné cette Église ?

— Non plus. En fait, elle s'est bien gardée de faire la moindre allusion à votre Église. Je ne vous ai trouvés que parce que cette adresse était enregistrée comme une destination favorite dans le système de navigation par satellite de sa voiture.

— Vous assistiez au service, dit Van Der Velden, aussi vous me pardonnerez, je l'espère, si je vous rappelle que nous prions pour les gens à l'Église Izrael des hommes et des femmes de bien, pas contre eux. Nous sommes une Église évangélique, agent Martins. Nous croyons au même genre de choses que celles auxquelles ils croient à Lakewood.

— Ç'a été assurément mon impression.

— Je suis soulagé de l'entendre. Vous savez, la prière est absolument fondamentale pour les chrétiens. Il existe un poème d'un pasteur anglican, R. S. Thomas, pour qui j'ai une certaine admiration, et qui s'intitule *Conte populaire*, dans lequel il écrit : "Les prières sont comme du gravier jeté à la fenêtre du ciel, dans l'espoir d'attirer l'attention du bien-aimé." Ce qui exprime fort bien la chose, à mon avis. Dieu sait déjà tout. Il sait probablement ce pour quoi je vais prier avant même que les mots ne jaillissent de mon cœur. Vous espérez qu'il écoutera, que vous pourrez le faire changer d'avis sur tel ou tel sujet. Quelquefois, je suppose qu'il entend mes prières et que, peut-être, il y répond de surcroît. Mais, la plupart du temps, je me dis qu'il sait ce qui est bien pour moi et qu'il ne prête aucune attention à mes prières. La plupart du temps, je pense que je ne suis qu'un bout de gravier projeté dans la fenêtre de Dieu. Ce que je veux dire, c'est ceci, agent Martins : il est difficile d'imaginer quelqu'un utilisant la prière comme une arme mortelle. Ce serait pour le moins impertinent de notre part de croire que nous pouvons faire appel à Dieu comme les prophètes de l'Ancien Testament et provoquer la destruction de nos ennemis. Vous voyez de quoi je parle ? Je ne doute pas que le pouvoir de Dieu soit plus mortel que toutes les armes fabriquées par l'homme, en revanche, je doute fort qu'il s'agisse d'un pouvoir dont dispose quiconque, hormis des personnages comme Moïse ou Josué, ou, pour être plus précis, dont quiconque ait le droit de se servir. De plus, je me demande quel Dieu ce serait pour exaucer des prières telles que celles que Gaynor prétend avoir faites. Permettez-moi de citer un autre poète anglais, C. S. Lewis : "Que ce soit le vrai moi qui parle. Que ce soit le vrai toi à qui je parle." Franchement, je ne sais pas très bien qui pourrait répondre au genre de prières dites par Gaynor. Mais je suis absolument sûr que cela ne pouvait pas être notre Père qui est aux cieux. »

Le pasteur alla chercher Frank Fitzgerald. Son absence dura un moment.

J'en profitai pour jeter un coup d'œil aux magazines posés sur sa table basse ; tous d'une tournure plus intellectuelle que spirituelle : *Forbes*, *The New Yorker, Scientific American*. Puis je m'amusai à regarder les livres sur ses étagères. Certains semblaient être en hébreu, ce qui me persuada que, à moins que ce ne soit uniquement de la frime, Nelson Van Der Velden avait effectivement étudié les textes sacrés en Israël, et pas seulement chrétiens mais aussi juifs. Outre des livres, il y avait plusieurs photographies encadrées. Sur une ou deux, Van Der Velden apparaissait en compagnie d'un très vieux rabbin, et, lorsqu'il revint enfin avec Frank Fitzgerald, je lui demandai si le vieil homme était ce même rabbin Kaduri dont il avait parlé dans son sermon.

« Oui. Cette photo a été prise à Jérusalem, peu avant le décès de Kaduri. Un homme tout à fait remarquable.

— Vous connaissez bien le judaïsme ?

— Mon doctorat de l'université de Californie, à Berkeley, est en religion comparée, répondit-il avec une fierté non dissimulée. J'ai fait ma thèse sur le judaïsme et la Kabbale. Pourquoi ? »

Je sortis mon téléphone et cherchai les photos que j'avais prises du cabinet de prière de Gaynor Allitt.

« Vous ne sauriez pas ce que c'est ? En particulier, le dessin des rideaux ? »

Van Der Velden regarda mes images et fronça les sourcils.

« On dirait une sorte de *parokhet*. C'est un rideau qui couvre la porte de l'*aron kodesh* dans une synagogue – le meuble qui renferme les rouleaux de la Torah. Sauf que ce rideau-là semble à l'envers. Le dessin que vous voyez est une *menorah*, le chandelier à sept branches symbole du judaïsme depuis les temps anciens. Ou bien la personne qui a mis ce rideau ignore la signification du dessin, ou bien… »

J'attendis.

« Ou bien quoi ?

— Ou bien il pourrait s'agir de quelqu'un désirant blasphémer, un peu comme on accrocherait un crucifix à l'envers si on avait, disons, des penchants sataniques.

— Le rideau se trouvait sur la porte d'une armoire où Gaynor Allitt se dissimulait apparemment pour prier. »

Fitzgerald s'approcha et regarda les images sur mon téléphone.

« Jamais rien vu de pareil, pasteur.

— Vous dites qu'elle priait là-dedans, agent Martins ?

— C'est exact.

— Cela paraît quelque peu obsessionnel. Et je parle en connaissance de cause, car je prie moi-même beaucoup. Qu'en pensez-vous, Frank ? Est-ce la Gaynor que vous connaissiez ?

— Pas du tout, répondit-il. Écoutez, elle avait une foi solide. On dit que la foi peut déplacer les montagnes. Eh bien, c'est peut-être vrai, mais, à mon avis, il faudrait être à moitié cinglé pour essayer. (Il haussa les épaules.) Gaynor était convaincue, et même pieuse, mais elle ne m'a jamais donné l'impression d'être folle au point de se mettre à prier pour que des personnes meurent.

— Je ne serais pas surpris qu'elle ait fait une dépression nerveuse, suggéra Van Der Velden. Le surmenage, peut-être.

— À vrai dire, elle m'a paru absolument saine d'esprit. Même si je suis longtemps allé à l'église, je n'étais encore jamais tombé sur un cabinet de prière. Si c'en est un. Voyez-vous une raison pour laquelle quelqu'un voudrait prier dans un truc comme ça ?

— Vous voulez dire à part la plus évidente ? Le silence, la concentration, le fait que ce soit un endroit particulier. Ma grand-mère priait au lit, c'était sa façon de s'endormir. Mon père priait à haute voix chaque fois qu'il était dans un avion, ce qui ne le rendait pas précisément populaire auprès des autres passagers. (Il secoua la tête.) Au sommet de hautes montagnes, dans des bâtiments en flammes ou à bord de navires en perdition, je pense que le Seigneur est habitué à entendre des prières provenant de toutes sortes d'endroits étranges.

— Une dernière chose, dis-je. Dans votre sermon, vous avez mentionné votre père. Ne s'agirait-il pas de Robert Van Der Velden ? De la Pyramide du pouvoir de la prière, à Dallas ?

— Nous ne sommes pas une entreprise familiale, contrairement à ce que les gens s'imaginent parfois. Mon père fait les choses à sa manière et moi à la mienne. Et, à ce propos, la Pyramide de la prière est actuellement fermée, au cas où vous ne le sauriez pas. L'Église a fait faillite. Le diocèse catholique de Dallas l'a rachetée à la cour fédérale qui administrait la liquidation. Ils ont payé cinquante millions de dollars.

— Je suis surpris que les catholiques aient eu une telle somme à dépenser.

— Pour votre gouverne, continua Van Der Velden, mon père n'a pas perçu un sou là-dessus. Je préfère mettre cartes sur table afin qu'on ne pense pas que j'ai le moindre lien avec la Pyramide de la prière. Surtout dans la mesure où il a fini par devoir autant d'argent à autant de gens. (Il sourit et me donna une tape sur le bras.) Je ne voudrais pas que le FBI se mette dans l'idée que je suis une sorte d'escroc. J'aime beaucoup mon père, mais le nom que nous honorons ici à l'Église Izrael est le saint nom de Dieu, pas celui de Van Der Velden.

— J'apprécie votre franchise, n'en doutez pas.

— Alors, parfait. Avez-vous d'autres questions ?

— Seulement à M. Fitzgerald. Vous avez dit que vous connaissiez Gaynor mieux que le pasteur Van Der Velden.

— C'est exact, répondit Fitzgerald.

— Avait-elle de la famille dans l'Église ? Des proches ? Des amis ?

— Comment dire ça sans avoir l'air de dénigrer une morte ? Ce n'était pas quelqu'un de chaleureux, monsieur Martins. Elle gardait ses distances. Mais elle était respectée. On pourrait dire, je suppose, que c'était le genre de personne que vous admirez sans pour autant vous lier d'amitié avec elle. N'empêche, les gosses auront de la peine.

— Les gosses ?

— Elle enseignait à notre école du dimanche. Cet après-midi, on s'est demandé où elle était. Ce n'était pas dans ses habitudes de ne pas venir sans avertir quelqu'un. Ça va être déjà assez pénible de leur dire qu'elle est morte sans expliquer également qu'elle s'est tuée. »

Je secouai la tête.

« Non. Je ne pense pas qu'il y ait besoin de ça.

— Bien.

— Messieurs. Je vous remercie pour votre temps et votre patience. J'aurais bien voulu venir ici avec de meilleures nouvelles. Mais j'ai eu plaisir à voir votre magnifique église. Si je ne m'abuse, c'est un ancien bâtiment d'aéroport ? »

Van Der Velden eut un hochement de tête.

« Un de nos membres les plus fortunés nous en a fait don après l'avoir acheté à la ville lorsque les services aériens commerciaux ont pris fin. C'était le bâtiment de la Continental Airlines.

— Que leur est-il arrivé ? murmurai-je.

— Et n'hésitez pas à vous arrêter si vous passez dans le coin. Surtout un dimanche. Vous êtes toujours le bienvenu pour assister au culte avec nous. »

Après avoir quitté l'Église Izrael des hommes et des femmes de bien pour regagner Galveston, je m'arrêtai à plusieurs stations-service jusqu'à ce que j'en trouve une avec une épicerie bien approvisionnée et un large éventaire de magazines et de périodiques, notamment le numéro en cours de *Scientific American*. Je tenais à me procurer un exemplaire parce que, en regardant les diverses revues sur la table basse en verre fumé dans le bureau luxueusement aménagé du pasteur Van Der Velden et en apercevant le nom du Pr Sara Espinosa sur la couverture, je m'étais rendu compte que cela faisait la seconde fois que je le voyais. La première fois, c'était sur la liste que j'avais découverte au bas du cabinet de prière de Gaynor Allitt, à l'intérieur de la bible. Dans le bureau de quelqu'un d'autre, un exemplaire de *Scientific American* aurait semblé parfaitement banal, et j'aurais tenu pour une simple coïncidence le fait d'être tombé une seconde fois sur le nom du Pr Espinosa. Mais, étant donné qui était Van Der Velden, on pouvait imaginer que c'était un magazine que désapprouverait un prédicateur texan.

J'étais moins enclin à penser qu'il s'agissait d'une coïncidence lorsque j'ouvris le magazine. L'article que le Pr Espinosa avait cosigné était qualifié d'échange de vues franc et parfois controversé entre deux éminents biologistes sur la manière dont les scientifiques devraient appréhender les religions et leurs partisans.

J'achetai un plein sac de provisions et le magazine pour l'article, que je lus d'un bout à l'autre dans la voiture tout en fumant une cigarette.

Le Pr Espinosa était professeur de biologie intégrative à l'université d'Austin et, en dépit de sa jeunesse relative et de son physique, elle était également titulaire de nombreux titres honorifiques et prix internationaux. Quelques mois auparavant, à l'Institut Salk d'études biologiques de San Diego, le Pr Ambrose Salomon, de l'université de Cambridge, en Angleterre, et elle avaient débattu de la façon la plus efficace de s'opposer aux menaces de nature religieuse pesant sur la pratique scientifique. Espinosa était moins favorable que son collègue à une coexistence pacifique entre science et religion, et son argument essentiel était que le meilleur moyen de discréditer et éventuellement de détruire toute religion était de continuer à enseigner les faits de l'évolution humaine et de bannir des programmes d'enseignement des sciences les variantes pseudo-scientifiques du créationnisme. Compte tenu de ce qui était arrivé, d'après Gaynor Allitt, à Philip Osborne, il paraissait raisonnable de supposer que tout christianiste hostile à celui-ci ne le serait pas moins au Pr Espinosa.

J'étais encore très loin d'avoir découvert dans le détail de quelle manière Osborne et les trois autres avaient trouvé la mort, mais, suspectant comme je le faisais une cause cachée, cela me semblait une bonne idée de m'intéresser davantage au pasteur Van Der Velden et à son Église – sans parler du Pr Espinosa, parce que j'étais déjà à moitié convaincu qu'elle courait un danger.

Le lendemain matin, dès que j'aurais fini mon rapport sur l'arrestation de Johnny « Sack » Brown et du groupe HIDDEN, et que j'aurais mis au courant le psy qui devait aller au centre de détention évaluer son état de santé mental, je dirais à Gisela qu'il existait, à mon avis, des preuves indirectes d'un complot en vue de commettre des actes terroristes. Elle commencerait probablement par résister à cette idée. Mais elle pouvait difficilement ignorer la liste de noms trouvée chez Gaynor Allitt, ses étranges aveux, son suicide particulièrement sanglant, le message sarcastique qu'elle m'avait laissé et le fait que le nom du Pr Espinosa se retrouvait à la fois sur la liste de Gaynor et sur la couverture d'une revue scientifique dans le bureau de Nelson Van Der Velden. De toute évidence, le meilleur moyen pour moi de faire avancer l'enquête était encore de demander au Pr Espinosa si elle avait reçu des menaces sous forme de mails s'autodétruisant, comme ceux dont avait été victime Peter Ekman.

De retour à la maison diocésaine de Galveston, je fis un brin de toilette, non sans soulagement, et me préparai une omelette. Après l'avoir mangée, un grand verre de whisky à la main, je recherchai Van Der Velden sur Internet, puis le professeur, tout en m'efforçant de ranger en bon ordre ce qui se trouvait sur la table dont je me servais en guise de bureau. Parfois, il me semblait impossible de travailler avant d'avoir mis mes affaires bien comme il faut : mon ordinateur formant un carré au milieu, la souris nettoyée et reposant sur son tapis antibactérien, le téléphone portable toujours du côté gauche, mon calepin ouvert à une page blanche, une jolie rangée de crayons soigneusement taillés, une gomme neuve, encore dans son emballage en cellophane. Je suppose que nous avons tous nos petits rituels quand nous sommes à notre bureau.

Il était minuit passé lorsque j'eus fini. Je bus un second whisky bien tassé en espérant que cela me mettrait en contact avec un oubli dont j'avais grand besoin. En vain, et je ne tardai pas à regretter d'avoir repoussé l'offre de Helen Monaco d'utiliser son canapé. Ce qui n'avait jamais été autre chose, naturellement : une offre de dormir sur son canapé et pas avec Helen elle-même. C'était maintenant un point acquis. Mais, en vérité, si je demeurais éveillé, c'était probablement parce que j'avais bien d'autres choses à penser ; tant de programmes continuaient à fonctionner dans ma cervelle que mon corps ne parvenait pas à décider lesquels fermer en premier avant de me plonger dans le sommeil. De sorte que je restai étendu, à contempler les ombres projetées au plafond par une pleine lune de la grosseur d'une boule de bowling, les vestiges de tout ce qui m'était arrivé depuis que j'avais quitté la maison le matin tourbillonnant dans ma pauvre tête : les aveux invraisemblables de Gaynor Allitt au quartier général de la police de Houston ; son suicide du haut du Hyatt ; la révélation que Helen était lesbienne ; cette satanée liste de noms dans le mystérieux cabinet de prière de Gaynor ; la découverte que le diocèse catholique de Houston et Galveston faisait actuellement l'objet d'une enquête du FBI ; l'annonce que l'évêque Coogan allait être mis en examen par un grand jury pour avoir favorisé la fuite d'un autre prêtre pédophile – même si j'avais bien conscience de ce qui était sur le point d'arriver à Eamon, il m'était, bien sûr, strictement interdit de le contacter, d'autant plus que le DCSnet avait mis ses téléphones sur écoute, de sorte que l'appeler aurait été un suicide professionnel ; revoir Ruth ; la revoir avec ce grand abruti de Hogan ; le soupçon qu'elle et Hogan entretenaient déjà une sorte de relation ; le soupçon que l'Église Izrael des hommes et des femmes de bien et son pasteur apparemment débonnaire étaient impliqués dans un abominable complot visant à tuer les opposants à toute religion organisée.

Comme si tout ça ne suffisait pas, la maison diocésaine avait l'air agitée. De temps à autre, même les murs et le sol de la chambre semblaient bouger légèrement, à croire qu'elle essayait, sans succès, de se sentir à l'aise avec moi à l'intérieur. À l'instar de la nuit précédente, l'endroit donnait l'impression d'être à peu près aussi chaleureux qu'un hôtel transylvanien presque vide. Il y avait de l'air dans les tuyauteries, avec pour résultat que la bâtisse laissait échapper par intermittence de curieux soupirs, assez troublants, ce qui signifiait que mes rêves, lorsqu'ils venaient, n'étaient pas des rêves agréables, mais bien plutôt des exutoires saisissants, pour ne pas dire fantastiques, à mon imagination débordante.

Pour je ne sais quelle raison, je rêvai de l'hôpital de Dykebar pour les aliénés incurables, en Écosse, et de mon pauvre oncle Bill, toujours enfermé entre ses sévères murs gris. Et il me sembla comprendre ce que j'avais peut-être toujours su en réalité, à savoir que la dispute violente mais entièrement muette qu'il avait sans cesse avec l'homme invisible se tenant apparemment à ses côtés s'expliquait par le fait qu'il s'efforçait de dire à quelqu'un – n'importe qui – quelque chose d'important. Quelque chose d'important à mon sujet. Et l'ayant dit, il finit par se calmer. Désormais en paix, il posa sa main sur mon visage et hocha la tête avec bienveillance.

« Je n'aurais pas pu t'aimer davantage si tu avais été mon propre fils. C'est pour ça que j'étais si sacrément en colère. Parce que personne ne voulait écouter ce que j'essayais de dire, nom de Dieu. Te concernant, Gil. Te concernant. »

J'aurais souhaité pouvoir me rappeler les paroles que Bill avait prononcées dans mon rêve. Mais lorsque le réveil à côté du lit se mit à sonner, je m'assis brusquement, trempé de sueur, et laissai presque tous les souvenirs de ce qui avait été dit entre nous sur l'oreiller derrière moi.

18

Il y avait une fleur sur le bureau de Gisela : un grand et séduisant lis calla dans un long vase gris ressemblant à un sac de golf avec un seul club dedans. Mais elle ne regardait pas son unique lis, elle me regardait sans broncher, comme si j'étais moi aussi un objet botanique curieux à étudier avec soin.

Tandis que je lui parlais de Gaynor Allitt et de l'Église Izrael, elle jeta un coup d'œil à la liste de noms que j'avais découverte, m'écoutant avec une certaine réticence, de sorte que, avant même que je n'aie fini de parler, je savais que mes arguments ne l'avaient pas convaincue.

« Gil, vous avez fait du sacré bon travail, vendredi dernier, dit-elle. La rapidité avec laquelle vous avez pigé cette histoire de drone qu'ils ont trouvé dans la réserve naturelle. Le Switchblade. C'était très judicieux. Avec toutes les preuves que nous avons contre Johnny "Sack" Brown, ça m'étonnerait que le procureur ne réclame pas la peine de mort.

— Eh bien, j'en suis heureux.

— Vous pouvez. Sans vous, il y aurait peut-être un tas de victimes juives dans cette ville et la presse aurait cloué le Bureau au pilori. Oui, c'était vraiment du bon travail. Le maire et le gouverneur ont appelé Chuck pour nous féliciter. Et Chuck m'a appelée et m'a chargée de vous transmettre ses propres remerciements.

— Je suppose que c'était trop compliqué qu'il me le dise lui-même.

— Il l'aurait peut-être fait sans les deux plaintes qu'il a reçues récemment à votre sujet. »

Gisela ne manquait pas de franchise, je devais lui accorder ça.

J'acquiesçai.

« Je l'aurais parié. Gary Greene et cette tête de nœud de Doug Corbin.

— Je sais, je sais. J'ai également dit à Chuck ce que je pensais de Corbin. Greene, ma foi, c'est encore autre chose. Pourquoi ne pourriez-vous pas être ami avec un évêque ? Ce n'est pas comme s'il dirigeait une famille mafieuse, bonté divine.

— D'après les propos que m'a tenus Greene, je me demande. L'avenir le dira.

— Écoutez, les emmerdes, ça arrive, dans ce boulot. Mais, côté positif, Harlan a été très impressionné par cette théorie loufoque que vous avez imaginée à propos de son tueur en série. » Elle émit un soupir puis arbora un sourire triste. « Ce qui me donne à penser que cette dernière idée de votre cru concernant Gaynor Allitt et Nelson Van Der Velden n'est peut-être qu'une théorie loufoque poussée un peu loin.

— Je ne vois pas le rapport.

— Non, et c'est sans doute le problème. (Elle marqua un temps d'arrêt.) Vous avez dit à Harlan que vous pensiez que le tueur en série était peut-être du bon côté, n'est-ce pas ? Qu'il avait en réalité le sentiment de faire le travail de Dieu ? Amener au Seigneur les honnêtes gens, ce genre de truc.

— C'était juste une idée.

— Et maintenant, il vous est venu une autre idée, à savoir que les membres de cette Église à Clear Lake City tuent tous ceux qu'ils considèrent comme des ennemis de Dieu, pas vrai ?

— Alors vous écoutiez.

— Est-ce que vous ne seriez pas légèrement obnubilé par Dieu et l'Église ?

— Dans ce pays, la moitié des actes terroristes sont commis au nom de Dieu, de Jésus ou du prophète Mahomet. Ce n'est pas à moi qu'il faut dire ça, Gisela, c'est à eux. Je travaille au Terrorisme intérieur, alors si j'ai l'air un tantinet obsédé par Dieu, c'est sans doute parce que bon nombre de nos clients le sont aussi.

— Il y pas mal de cinglés qui courent les rues, Gil, je ne le conteste nullement. Il est d'autant plus essentiel que nous autres au Bureau gardions la tête sur les épaules.

— Tout à fait. »

Mais je commençais à me dire qu'il y avait anguille sous roche, et que l'anguille en question portait ma lotion après-rasage.

« Est-ce que vous faites toujours des cauchemars ?

— Et alors ? Ça aide à surveiller la balle si vous savez que le type qui l'a lancée a une putain de grenade dans sa poche. Où est-ce que mène tout ça, Gisela ? Hier, Greene m'a pratiquement accusé d'être un pédophile et un indicateur de l'Église catholique, et maintenant vous me dites quoi ?

— Écoutez, Gil. Je ne suis pas psy, mais il me semble qu'une grande partie de ce que vous m'avez raconté tout à l'heure, à propos de Nelson Van Der Velden, fait suite au départ de votre femme parce que vous aviez cessé de croire en Dieu et d'aller à l'église. Est-ce que vous n'essaieriez pas à toute force de prouver que Dieu est le salaud, en l'occurrence ?

— Je ne vois pas comment, dans la mesure où je ne crois plus à son existence.

— Dans tous les cas, nous ne pouvons pas aller voir le chef de division pour demander à enquêter sur l'Église de Van Der Velden.

— Et pourquoi pas ? Vous avez vu la liste…

— Voilà pourquoi. »

Elle me tendit le *Houston Chronicle* du matin. En tête de la rubrique VILLE ET ÉTAT, sous un portrait du gouverneur présidant un nouveau « jour de prière » au Reliant Stadium, figurait une photo de Nelson Van Der Velden, rayonnant, à l'hôpital pour enfants de Fannin Street, où il rencontrait des gosses atteints d'un cancer. Le gros titre expliquait à l'évidence la réticence de Gisela à s'en prendre au pasteur comme je l'avais préconisé : « Le pasteur de Clear Lake City récolte un million de dollars pour les enfants malades ».

« Ah ! fis-je à voix basse.

— Vous vous imaginez ce qui se passerait si les journaux apprenaient que nous enquêtons sur lui ? Chuck me savonnerait également les oreilles, mais seulement après me les avoir arrachées de la tête. » Elle s'interrompit un instant, puis grimaça avant d'ajouter : « Et tout sortirait. Absolument tout. Y compris votre autre comportement obsessionnel. Moyennant quoi nous serions tous les deux dans le pétrin. Moi pour ne pas en avoir tenu compte et vous pour, eh bien, votre comportement obsessionnel. »

Je fronçai les sourcils.

« Mais enfin, de quoi est-ce que vous parlez, Gisela ? Quel comportement obsessionnel ?

— Oh ! allons, Gil. Vous vous en êtes forcément aperçu.

— Aperçu de quoi ? »

Gisela parut momentanément perplexe.

« Vraiment, vous ne vous en êtes jamais aperçu ? Personne d'autre ne vous en a encore fait la remarque ? »

Je secouai la tête.

« Obsessionnel, je ne sais pas. J'ai toujours été un peu particulier avec mes affaires. C'est ça que vous voulez dire ?

— Euh, oui. Particulier. En effet. Sauf que ça semble aller en empirant. Tant que vous vous contentiez de tailler quelques fichus crayons chaque matin et de les aligner sur votre bureau comme si c'était votre petite armée personnelle, ça ne posait pas de problème, je suppose. Mais dernièrement, il s'agit de bien plus que ça. Votre manie compulsive de vous laver et de vous désinfecter les mains ; la façon que vous avez de toujours nettoyer le volant de votre voiture avec un sachet de lingettes humides que vous mettez dans la boîte à gants ; de réaménager les chambres d'hôtel ; de ranger les affaires ; de compter à voix haute pendant que vous pissez, du moins, c'est ce que prétendent certains de vos collègues ; de ne pas choisir un plat sur un menu si c'est un nombre impair – ça, je l'ai vu de mes propres yeux. Vous êtes comme la petite pointe triangulaire sur le papier toilette dans une salle de bains d'hôtel. Je pourrais continuer et donner davantage d'exemples, je veux dire. Mais il me semble que vos marottes se sont aggravées depuis que votre vie privée a volé en éclats. Comme si vous tentiez de compenser votre trouble affectif actuel en gardant tout le reste obsessionnellement propre et net. C'est mon avis.

— Ce n'est pas un crime de ranger son bureau.

— Non.

— Et peut-être que ça aide d'être légèrement obsessionnel dans ce boulot. Vous y avez pensé, Gisela ? Peut-être que ça paie de vouloir mettre un peu d'ordre dans le chaos.

— Bien sûr que j'y ai pensé. Vous êtes mon meilleur agent de terrain, Gil. Les gens vous aiment bien. Ils vous respectent. Mais une ou deux personnes en ont fait état, voilà tout.

— Comme qui ?

— Ça n'a pas d'importance. Simplement, je suis votre supérieur, en conséquence je suis responsable de votre bien-être. Vous pourriez songer éventuellement, je dis bien éventuellement, à demander l'aide d'un professionnel. Avant qu'un problème minime ne devienne une chose plus sérieuse.

— L'aide d'un professionnel ? Vous parler du Head Fed ?

— Eh bien, oui. Je pense que vous devriez aller le voir et lui dire sans détours que vous avez un TOC.

— Un TOC ? Qu'est-ce que vous racontez ? Je n'ai pas de TOC.

— Gil Martins, écoutez-moi. Vous avez un TOC. Je connais d'autres gens qui souffrent de troubles obsessionnels compulsifs. Vous êtes exactement comme eux. Et ça ne cesse d'empirer parce que vous travaillez trop. Ce qui découle, bien évidemment, du fait que vous n'avez pas envie de rentrer chez vous. Vous avez besoin de voir le Dr Sussman et de discuter calmement de tout cela avec lui. Et jusque-là, vous devriez prendre un congé. J'en ai parlé avec Chuck il y a quelques minutes et il est d'accord qu'il vous faut des vacances. Nous pensons tous les deux que quatre semaines seraient le mieux. Savez-vous que cela fait six mois que vous n'avez pas pris de vacances ?

— Bonté divine, Gisela, qu'est-ce que je suis censé faire pendant quatre semaines ?

— Vous pourriez essayer de vous reposer. Écoutez, tout ira bien. Helen s'occupera de vos dossiers.

— Gisela, si j'avais été en vacances jeudi dernier, il y aurait probablement une centaine de morts dans une synagogue au nord de Braeswood Boulevard. Vous l'avez dit vous-même.

— Oui. Mais c'est important aussi. C'est de votre santé mentale qu'il s'agit, Gil. Vous êtes un des meilleurs agents de ce bureau régional et, comme nous ne pouvons pas nous permettre de vous perdre, il faut que vous vous reposiez. »

J'essayai de ravaler ce que j'éprouvais.

« Ça va ? demanda-t-elle.

— Ouais, ça va.

— Bien. » Elle marqua un temps d'arrêt. « Alors, vous devriez rentrer chez vous. »

Mais ça n'allait pas ; loin s'en faut. Je pensai à chez moi, puis au dépotoir à Galveston dans lequel je vivais à présent, et lorsque je jetai un nouveau coup d'œil au beau visage de Nelson Van Der Velden dans le *Chronicle*, j'eus l'impression qu'il se moquait de moi. On ne peut pas s'opposer à un type aidant les gosses qui ont le cancer. Pas au Texas. Ni nulle part ailleurs. Et combien devez-vous vous gagner avant de pouvoir balancer un million de dollars ?

En vérité, j'avais toujours su que j'avais un petit problème avec le rangement et ce genre de conneries, et tant qu'il ne s'était agi que de garder les choses propres et à leur place, cela avait paru relativement gérable, même si, pour être juste, ça mettait Ruth dans tous ses états. Mais Gisela avait raison : c'était devenu un peu incontrôlable ces derniers temps. Bien sûr, ça ne me faisait pas me sentir mieux par rapport à ce qui s'était passé dans le bureau de Gisela – en fait, je me sentais aussi déprimé que lorsque Ruth avait fichu le camp. Peut-être même plus. On pourrait dire, je suppose, que j'avais besoin du Bureau de la même façon que Ruth avait besoin de l'Église.

J'appelai la faculté de sciences naturelles de l'université du Texas à Austin et demandai à parler au Pr Espinosa. C'était une des dernières choses que je comptais faire avant de rentrer chez moi, comme j'en avais reçu l'ordre. Je voulais juste m'assurer qu'elle allait bien. La secrétaire de la fac me dit que le Pr Espinosa ne prenait pas les appels téléphoniques sur le campus et refusa de me donner son mail, même quand je lui dis que j'étais du FBI.

« Peut-être pourrais-je lui demander de vous rappeler plus tard via le standard du FBI ? Afin de s'assurer de votre bonne foi ?

— Non, ça ne marchera pas. Je vais être absent du bureau un moment.

— Alors, malheureusement, il va vous falloir mettre vos questions au professeur par écrit.

— Madame, j'appelle du FBI, pas du *Reader's Digest.* Et c'est assez urgent.

— Je comprends bien, monsieur. Néanmoins, c'est la seule façon dont vous allez pouvoir être en communication avec le Pr Espinosa. Je crains qu'elle n'ait des règles très strictes concernant qui peut la contacter. Puis-je vous demander de quoi il s'agit ?

— Il s'agit de menaces contre sa personne qu'elle pourrait ou non avoir reçues.

— Je vois, dit la secrétaire. Vous auriez un autre moyen de lui parler.

— C'est-à-dire ?

— Si c'est urgent, comme vous le prétendez, vous pouvez toujours venir la rencontrer. Pour une question touchant sa sécurité personnelle, elle pourra certainement consacrer du temps à quelqu'un du FBI.

— Quand, pensez-vous ?

— Cet après-midi. Disons à 16 heures ? Je sais qu'elle est libre à ce moment-là.

— Je me demande. (Je m'interrompis.) Ça fait une trotte. »

Je jetai un coup d'œil à ma montre. Il était 11 heures. Austin se trouvait à trois heures de trajet à l'ouest de Houston par la 10 et la 290. Je pouvais facilement y être ; il me resterait même du temps pour déjeuner en route. Et qu'est-ce que j'avais d'autre à faire ?

« Bon, d'accord. J'y serai. »

Je laissai un mot à Helen lui expliquant que j'allais à Austin et pourquoi, mais qu'ensuite je serais en congé forcé et qu'elle m'appelle sur mon portable si elle avait des questions sur le plan opérationnel, parce que je ne me souvenais pas de mon numéro à Galveston. Puis je fourrai dans un sac quelques affaires dont je risquais d'avoir besoin et descendis au parking chercher ma voiture. Je mis le sac à l'intérieur et récupérai une bouteille de scotch : après ce qui s'était passé dans le bureau, j'estimais avoir droit à un petit remontant pour le voyage. Mais juste un. En dépit de ce que pensait Helen Monaco, je n'étais pas encore un alcoolique. J'avais seulement besoin d'une meilleure raison de ne pas boire que toutes celles que j'avais eues jusqu'ici. En outre, boire est un excellent moyen de contrôler les TOC. On a du mal à se préoccuper de ses petites bizarreries quand on est déjà à moitié ivre à la mi-journée, sauf que je ne pouvais guère le dire à Gisela. Être un agent avec un TOC est une chose ; être un ivrogne avec un insigne est probablement pire.

Me passant la langue à l'intérieur de la bouche pour une dernière lichette, j'allumai une cigarette et mis le cap sur Austin.

Se rendre à la capitale de l'État est un trajet sans problème. Vous êtes encore à Houston et ses banlieues apparemment interminables aux constructions basses jusqu'à ce que vous franchissiez le Brazos, le plus long fleuve du Texas. Après le Brazos, le paysage est constitué uniquement de plaines agricoles, de sorte qu'il est facile de piquer du nez avec la route s'étendant toujours droit devant vous, à perte de vue, comme un simple fil grisâtre dans l'immense couvre-lit de nuages blancs et de ciel bleu. Austin elle-même est éparpillée pour préserver le point de vue sur le Capitole, destiné à vous permettre d'apercevoir l'édifice de n'importe quel endroit de la ville. Ces temps-ci, avec tous les gratte-ciel, le centre-ville d'Austin ressemble de plus en plus à celui de Houston ou de Dallas ; mais, alors que la Tour austinienne était nettement plus haute, celle de l'université, à l'air italien, était sans conteste la plus connue, pour ne pas dire la plus tristement célèbre, de tout le Texas.

Tout en me garant près du bâtiment principal, je considérai le temple surmontant la tour de l'université d'un point de vue médico-légal, m'efforçant de calculer avec l'œil d'un tireur d'élite une hauteur et une distance approximatives, et, pendant un instant, je m'arrêtai, le regard fixé sur l'horloge de la tour, m'imaginant ce que cela avait dû être de se trouver le 1er août 1966 à l'endroit précis où je me tenais. Tous ceux qui visitaient l'université en faisaient probablement autant, à mon avis. Nous le faisions pour la même raison qui nous pousse à lever instinctivement la tête lorsque, remontant Dealey Plaza, nous passons devant le Texas School Book Depository à Dallas, l'immeuble depuis lequel Lee Harvey Oswald aurait tiré sur JFK. Être fasciné par ce genre de chose est humain. Se retrouver dans la ligne de mire du fusil à gros calibre d'un dément, quel effet ça fait ? C'est un acte d'imagination obscène qui répond à notre besoin de contempler l'arbitraire mise à mal de la vie humaine, sans parler de l'indicible brutalité des individus qui la provoquent parfois. Nul doute que les gens sur la terrasse d'observation de la tour devaient penser à la même chose que moi. Nous remontions tous dans le temps jusqu'à ce 1er août 1966 où Charles Whitman s'était barricadé sur la terrasse de la tour, puis, à l'aide de deux carabines et d'un fusil de chasse, avait abattu treize personnes.

Comparé à l'enquête criminelle qui m'avait incité à faire deux cent cinquante kilomètres depuis Houston, le crime de Whitman ne semblait que trop réel et, pendant un bref instant, je me reprochai la frivolité de mes présentes recherches. Gisela avait sûrement raison : je devais être obsédé par l'idée de prouver que les croyants étaient des criminels, si j'avais roulé jusqu'à Austin pour suivre une pareille fausse piste. J'avais peut-être vraiment besoin d'aide. Mais c'est alors que me revint à l'esprit l'image de Gaynor Allitt désarticulée, tombée d'un haut bâtiment semblable, et mon entreprise idiote la perpétuait. Sous-estimer la ténacité d'un idiot réellement déterminé pouvait être une erreur.

Comme, d'ailleurs, celle d'un très mauvais architecte. Dans le bâtiment principal, on me dit d'aller au Norman Hackerman Building, à une courte distance au nord de la tour du sniper, dans la 24ᵉ Rue Ouest. Celui-là était extrêmement moderne, mais d'une façon qui me rappelait si fortement une maquette que je m'attendais presque à voir des arbres en modèles réduits et des personnages de Lego tout autour.

On avait prévenu de mon arrivée le bureau d'accueil. Une étiquette de sécurité était déjà remplie à mon nom et, dès que j'eus montré ma carte, ce qui provoqua une certaine effervescence, je fus autorisé à franchir le tourniquet et à prendre l'ascenseur.

Avant d'effectuer une recherche dans Google, j'avais dans l'idée que le Pr Sara Espinosa était latino-américaine, mais, d'après sa longue page Wikipédia, il était évident que je me trompais. Originaire de Hartford, Connecticut, elle avait fait ses études à Yale, puis obtenu une prestigieuse bourse L'Oréal-USA pour ses travaux en microbiologie et en virologie. Mais c'était pour ses interventions sur des questions scientifiques et politiques qu'elle était surtout connue. Elle passait régulièrement sur Fox News parce qu'elle était une cible fréquente et fort appréciée de la droite américaine pour ses opinions sur les trois A : l'athéisme, l'avortement et l'Afghanistan.

En personne, elle était plus grande qu'attendu, avec des cheveux blond vénitien, une bouche large, un sourire moqueur et une voix grave et sexy. Elle avait des mains masculines et des manières brusques, comme si elle était habituée à côtoyer des gens moins intelligents qu'elle, ce qui devait recouvrir à peu près tout le monde. Elle était très attirante et ne ressemblait pas du tout aux rats de laboratoire que j'avais connus à l'université de Boston. Elle était vêtue d'un pantalon en lin noir, d'un chemisier également en lin noir et d'une veste en coton blanc, qui était peut-être – ou pas – une blouse de labo.

« Agent Martins, je présume, dit-elle d'une voix forte en m'accueillant à la porte de l'ascenseur. Il n'y a qu'un membre du FBI pour avoir une veste en laine dans un tel lieu et par un tel temps. Je suppose que c'est parce que vous portez une arme à feu. Portez-vous toujours une arme à feu, agent Martins ? »

Sa conversation ressemblait beaucoup à ça, comme si elle connaissait déjà la réponse ou qu'en attendre une était trop pour elle.

« Oui. Ça évite de se faire tirer dessus. »

Elle rit et me conduisit dans un bureau luxueusement meublé, avec un canapé d'angle, plusieurs PC de bureau et une télé à écran large. Nous nous assîmes. Sur le mur au-dessus de sa tête était accroché un grand portrait de Charles Darwin, au cas où il aurait existé le moindre de doute sur là où allaient ses sympathies.

« Puis-je le voir ?

— Hmm ?

— Votre pistolet. Puis-je le voir, s'il vous plaît ? Je n'ai encore jamais vu un vrai pistolet de près, et pourtant il semblerait que beaucoup de gens en portent au Texas. Alors je suis curieuse de savoir pourquoi on en fait tout un plat. Surtout dans cette université. Quantité de gens portent une arme à l'université du Texas. Même des étudiants. Pour des raisons historiques évidentes.

— Bien sûr, dis-je. Si vous voulez. »

Glissant une main au bas de mon dos, je tirai le Glock de son étui et éjectai le double chargeur avant de le lui présenter. Elle le regarda avec fascination.

« Voilà, professeur Espinosa. » Je commençai mon laïus. « Merci d'avoir accepté de me recevoir. Vous devez être très occupée…

— Et vous faites ça, je veux dire, enlever les balles de la crosse, parce que vous avez peur, en fait, que je vous tire dessus ?

— Si vous tiriez, je suppose que ce ne serait pas délibérément.

— Dans la mesure où nous venons à peine de faire connaissance.

— Ça n'a certainement pas arrêté Charles Whitman, fis-je remarquer.

— Le pauvre garçon avait une énorme tumeur au cerveau lorsqu'il a abattu tous ces gens. Vous le saviez ?

— Mais des accidents se produisent. Surtout avec les armes à feu.

— Si ce qu'on lit est exact, mille cinq cents Américains sont tués chaque année par des décharges accidentelles d'armes à feu. Ce qui est assez minime en réalité, si l'on songe que trente mille Américains meurent tous les ans de blessures par balle. On s'attendrait à ce que se soit davantage, non ? Je veux dire, on ne peut pas imaginer que trente mille personnes soient tuées par balle parce que trente mille autres le voulaient.

— Moi, je peux, dis-je. Même trop bien, hélas.

— Vous, peut-être. » Elle soupesa le pistolet dans sa main comme si elle jugeait un melon. « Quelle impression est-ce que ça vous fait, agent Martins ? Quand vous l'avez sur vous. Est-ce que cela a un effet psychologique sur votre façon de vous comporter, je veux dire ?

— Vous posez des questions très personnelles, professeur Espinosa.

— Oui.

— Eh bien, pour être franc, je suis bien content de ne pas avoir eu à m'en servir. J'ai une collègue qui a abattu deux personnes et je pense que ça la tracasse beaucoup.

— Je suis ravie de l'entendre. (Elle sourit.) Au fait, appelez-moi Sara. Ou professeur, si c'est vraiment nécessaire. Mon vrai nom est Sara Hooker[1]. Mais, pour des raisons évidentes, je préfère utiliser Espinosa. Vous n'avez pas idée à quel point les étudiants peuvent avoir l'esprit puéril. Parmi mes lointains ancêtres figure un Joseph Hooker qui se trouvait être le meilleur ami de Charles Darwin. Mais c'est une autre histoire. Mon troisième mari se nommait Luis Espinosa. Il était Argentin. Je l'ai épousé parce qu'il avait l'air si convenable sur un poney de polo. J'ai gardé son nom pour la simple raison que, la première fois qu'on m'a publiée et que je suis apparue à la télévision, c'est ainsi que je m'appelais ; à l'époque, j'avais cette idée romantique que nous pourrions être ensemble pour toujours. Il m'a quittée lorsque j'ai cessé de payer ses dettes. En y repensant, j'aurais mieux fait de le descendre, ce salopard. Je n'ai jamais rencontré de ma vie un type aussi paresseux ni aussi bon à rien que mon ex-mari Luis. Et croyez-moi, je sais de quoi je parle. J'ai eu deux autres maris avec qui le comparer. Ça vous choque, agent Martins ?

— Pas vraiment. Il n'y a pas grand-chose qui puisse me choquer. Plus maintenant.

— Vous avez toute ma sympathie. Être choqué permet de mesurer notre niveau de civilisation. Vous ne croyez pas ? (Elle poussa un soupir outré.) Eh bien, voilà. Maintenant, vous savez tout de moi. Ça vous évitera d'avoir à me passer à tabac par la suite. »

Elle sourit, me rendit mon pistolet et l'observa attentivement tandis que je le rechargeais, comme pour obtenir des instructions.

1. Littéralement : « putain ».

« Combien est-ce que contient cette chose ?

— Le chargeur ? Dix-neuf balles de 9 millimètres. De quoi mettre un sacré holà à une conversation.

— Dix-neuf balles. Ça semble beaucoup. Du moins, jusqu'à ce que quelqu'un se mette à vous tirer dessus, je suppose. Auquel cas, j'aimerais avoir le plus de balles possible, j'imagine.

— Je pourrais vous montrer comment s'en servir, si vous voulez. »

Son visage s'éclaira.

« Vous feriez ça ?

— Y a-t-il une raison pour laquelle vous souhaiteriez apprendre à vous servir d'un pistolet ?

— Pas vraiment. Mais je pense que je pourrais être assez bonne. Mon père était un excellent tireur, et je tiens de lui pour presque tout le reste. Il était professeur de médecine.

— Le mien enseignait la chirurgie orthopédique au Massachusetts General.

— Ça alors ! Je me demande s'ils se connaissaient. Mon père était à la Yale Medical School. Le monde est petit, n'est-ce pas ?

— Pourquoi votre père ne vous a-t-il pas appris à tirer ? »

Elle poussa un soupir.

« Il s'est tué. Après ça, ma mère ne nous laissait jamais nous approcher d'une arme. Elle n'en voulait pas dans la maison.

— Je suis désolé. »

Elle sourit, nerveusement, comme si elle était sur le point de pleurer.

« Je ne sais pas pourquoi je vous raconte tout ça.

— Je suis du FBI. Et ça m'évitera d'avoir à vous passer à tabac par la suite. »

Le sourire s'élargit.

« Je suis contente que vous ayez le sens de l'humour, agent Martins. On s'imagine toujours que les agents fédéraux sont des types conformistes, laids, avec des costumes ridicules et des coupes de cheveux encore pires. Vous n'êtes rien de tout ça. Dites-moi, y a-t-il beaucoup de femmes qui travaillent au FBI ?

— Des quantités. Mon propre supérieur est une femme.

— Et ça vous plaît ? »

Je haussai les épaules.

« Je trouve ça très bien. La plupart du temps, je n'y fais même pas attention.

— En règle générale, les hommes détestent travailler pour une femme. Ça leur donne un sentiment d'infériorité. C'est la même dynamique qui voue un tas de mariages à l'échec. Les femmes devraient toujours faire semblant d'être plus bêtes que leur mari, surtout quand ce n'est pas le cas.

— En fait, je pense avoir beaucoup appris de ma chef. Et de cette collègue dont je vous ai parlé. Celle qui a abattu deux suspects.

— Selon vous, qu'est-ce que vous avez appris de vos collègues femmes ?

— Tout d'abord, j'ai appris quelque chose sur les femmes. (Je souris.) En tant qu'homme, on n'en sait jamais trop sur ce sujet.

— Exact. La plupart des hommes sont terriblement ignorants en ce qui concerne les femmes. Surtout les femmes avec qui ils sont mariés.

— Je sais, je l'ai été.

— Divorcé ?

— Pas encore. Mais je le serai bientôt. Pour la première fois.

— Mon Dieu. Et de quoi étiez-vous ignorant ? Si vous me permettez de vous poser cette question.

— Nous étions pratiquants, mais j'ai abandonné. J'ai cessé de croire en Dieu et pas elle. Si bien qu'elle m'a jeté dehors. C'est aussi simple que ça. »

Bien entendu, ça ne l'était pas, mais ça faisait un joli petit condensé.

Sara en resta bouche bée.

« Avec mes excuses à Ford Madox Ford, c'est l'histoire la plus triste que j'aie jamais entendue. Est-ce qu'on ne lui a jamais parlé de l'amour du prochain ?

— Depuis que j'ai fait le choix de ne plus l'accompagner à l'église, Ruth a beaucoup de mal à me considérer comme son prochain. Je suis plutôt une sorte de touriste en provenance d'un pays païen et devenu indésirable. (Je secouai la tête.) Je ne sais pas pourquoi je vous dis ça.

— Parce que nous avons une conversation. Parce que je vous ai posé la question. Parce que vous m'avez déjà montré votre pistolet. Parce que vous avez proposé de m'apprendre à tirer. Parce que je vous inspire confiance. Ce qui veut sans doute dire qu'il existe une alchimie que nous ne comprenons ni l'un ni l'autre.

— Quel genre d'alchimie ?

— Du genre biochimique. Récepteurs olfactifs. Les êtres humains possèdent quatre cents gènes fonctionnels codant des récepteurs olfactifs et six cents que nous estimons être des pseudogènes, ce qui signifie qu'ils ont perdu leur capacité d'encoder des protéines. Cependant, j'ai tendance à croire qu'ils ne sont pas altérés pour tout le monde. En effet, pour beaucoup de gens, une partie de ces pseudogènes fonctionnent en réalité parfaitement. L'odeur joue un rôle beaucoup plus important qu'on pourrait le penser dans la manière dont nous nous entendons avec certaines personnes et pas avec d'autres.

— Alors maintenant, je sais pourquoi les filles tombent éperdument amoureuses de moi. Elles ne font que suivre leur odorat. »

Elle eut un sourire triomphant.

« C'est cela même. Tandis que vous m'apprendrez à tirer, je pourrai vous enseigner un peu de biologie humaine.

— Je vous ai demandé tout à l'heure s'il y avait une raison pour laquelle vous souhaiteriez apprendre à tirer et vous m'avez menti. »

Elle parut un instant ravie.

« Comment l'avez-vous deviné ?

— Mettons que ce soit mon odorat qui me l'ait dit. Voyez-vous, Sara, les gens me mentent sans arrêt.

— Oui, je suppose. Ou ils sont arrêtés. Ou abattus.

— Et cette raison est… ?

— Eh bien, oui. C'est exact, agent Martins.

— Appelez-moi Gil. Comme tout le monde.

— J'aime mieux ça. Il y a effectivement une raison, Gil. À cause de qui je suis, ou plus probablement de ce que je dis, pas mal de gens me détestent. Et souhaiteraient sûrement ma mort. La liberté d'expression n'existe pas vraiment dans ce pays. Plus maintenant. Certainement pas pour quelqu'un qui s'exprime ouvertement à la télévision comme je le fais. En conséquence, je reçois constamment des menaces de mort. C'est pourquoi j'ai recours à un service de filtrage de courrier, afin d'inspecter tout ce qui me parvient par la poste ; c'est pourquoi j'utilise Choicemail dans mon ordinateur personnel : il s'agit d'un programme d'e-mails certifiés qui suppose que tous les messages sont des spams à moins que vous n'en décidiez autrement – seuls les mails approuvés arrivent dans la boîte de réception ; et c'est aussi pourquoi mon domicile est surveillé par Smith Protective Services. Ce sont les plus importants au Texas, et je paie pour un service complet, incluant contrôle d'accès, vidéosurveillance, alarme de sécurité et intervention de gardes armés. Du moins, c'est ce qui est indiqué sur la facture. Mais, dernièrement, j'ai pensé revenir à quelque chose de plus facile à gérer. Une arme à feu privée pourrait être la solution.

— Il n'y a pas mieux que Smith, dis-je. Vous ne pourriez pas trouver plus compétent. Aussi, puis-je vous demander ce qui vous a amené à envisager des changements dans votre protection personnelle ?

— Certes, il n'y pas mieux que Smith. Mais c'est cher aussi. De plus, je n'ai pas l'impression de recevoir autant de menaces de mort qu'auparavant. Je dois être en baisse.

— Ou peut-être que Choicemail et UPS font du meilleur travail que vous ne pensez.

— C'est vrai. Je n'y avais pas songé.

— Il n'y a donc rien de nouveau à cet égard dont vous vous soyez rendu compte ces derniers temps ? De nouvelles menaces. Des courriers haineux. Ce genre de choses.

— Rien, répondit-elle avec circonspection, mais j'imagine que vous n'avez pas fait tout le chemin depuis Houston pour le plaisir.

— Non. C'est parce que votre nom est apparu sur une liste de personnes considérées comme des ennemis de l'Église et de Dieu. Certaines d'entre elles ont fait l'objet de menaces. Je me renseigne auprès des autres pour savoir si elles ont été menacées également. Voilà tout. Rien de plus grave que ça, Sara. Aussi, compte tenu de ce vous venez de me dire, je pense que vous pouvez vous détendre.

— À présent, c'est vous qui mentez, Martins. »

Je secouai la tête.

« Non, madame, c'est la vérité.

— J'ai eu trois maris, Martins. Cela ne vaut peut-être pas la vaste expérience des menteurs que vous avez acquise au FBI, mais je devine infailliblement quand un homme me cache la vérité.

— Lequel d'entre eux était le pire ?

— Kevin. Le numéro deux. Il était trader à Wall Street, et les seuls moments où il disait la vérité, c'est quand il parlait en dormant. Une fois, je l'ai entendu prier à l'église et je vous jure que, même ça, c'était un mensonge. Pouvez-vous imaginer, mentir à Dieu ?

— Je l'ai fait pendant un bon bout de temps.

— Pas comme lui. C'était quelqu'un qui croyait en Dieu. Il était catholique, et je l'ai entendu par hasard se confesser.

— Par hasard ?

— D'accord. J'avais installé un micro dans le confessionnal de St Patrick, à New York. »

J'éclatai de rire.

« Et j'écoutais au fond de la cathédrale grâce à un petit récepteur à ondes courtes sans fil. J'avais acheté le kit sur Amazon pour seulement quatre-vingt-cinq dollars et j'ai tout enregistré sur une carte mémoire. Cela s'est révélé être le plus économique de tous mes divorces. Quoi qu'il en soit, je l'ai entendu avouer son infidélité, mais il n'a fait état que d'une seule des autres femmes avec qui il avait couché, alors que je savais qu'il y en avait eu au moins trois. Vous vous rendez compte ?

— J'en suis encore à essayer de vous imaginer au fond de St Patrick avec votre récepteur.

— Ne changez pas de sujet. Nous venons seulement de nous rencontrer, et voilà que vous cherchez déjà à me tromper. » Elle marqua un temps d'arrêt. « N'est-ce pas ? »

Je ne répondis pas.

« Écoutez, je ne doute pas que vous m'ayez fait ce mensonge avec les meilleures intentions, mais ça n'en reste pas moins un mensonge. Alors, de grâce, soyez franc avec moi ou je croirai que vous êtes aussi secret que J. Edgar Hoover, et ce sera la fin du commencement de notre amitié.

— Très bien. Je reconnais mon erreur. Cette liste de personnes dont je vous parlais… Toutes ont en commun de ne pas être aimées de la droite religieuse de ce pays. Jusqu'ici, ce que quatre ont aussi en commun, c'est d'être mortes. Et je pense que vous connaissez au moins l'une d'entre elles : Willard Davidoff.

— Bien sûr que je connaissais Willard. Nous étions amis. Il m'a enseigné la biologie à Yale. Mais les journaux ont dit qu'il s'agissait d'un accident.

— C'est l'impression que ça donnait. Il avait bu, il a grimpé à un arbre, est tombé et s'est cassé le cou.

— Willard a toujours aimé le vin.

— Il avait soixante-cinq ans. Pas vraiment un morveux de la Skull and Bones. Je suis allé à Boston et j'ai examiné cet arbre de près. Je n'aurais pas pu y grimper et j'ai trente ans de moins que lui.

— De fait, il appartenait à la Skull and Bones. Mais je vois ce que vous voulez dire. Même si, en l'occurrence, il était encore étonnamment vigoureux pour ses soixante-cinq ans. Croyez-moi, je le sais.

— Ce qui signifie que vous et lui... ?

— Oui. Pendant un moment. C'était un grand penseur. J'aime ça chez un homme. Et les autres ?

— Philip Osborne. Peter Ekman, Clifford Richardson.

— Peter, je le connaissais aussi. C'est vraiment triste. Bien que je n'aie jamais couché avec lui, nous étions très proches à une époque. D'ailleurs, on peut dire qu'à une occasion on a failli se retrouver au lit. (Elle secoua la tête.) Qui aurait pensé qu'il finirait par s'asphyxier dans sa chambre forte ?

— C'est ce qu'a déclaré le coroner.

— Mais vous n'y croyez pas.

— Non. Il est entré dans la chambre forte alors qu'il n'y avait aucune trace de la présence d'un intrus. Non seulement ça, mais il a omis de déclencher une alarme qui aurait fait venir la police. Écoutez, je vais être honnête avec vous : si l'un d'entre eux a été assassiné, je ne sais pas comment. Ni ça, ni... Eh bien, disons seulement qu'il y a beaucoup plus de choses que j'ignore que je n'ai envie de l'avouer à l'heure actuelle.

— Alors dites-moi ce que vous savez et je pourrai peut-être vous aider. (Elle haussa les épaules.) Après tout, il semble que je sois directement concernée par cette affaire, étant donné que mon nom se trouve aussi sur cette liste.

— Quand j'ai dit que je me renseignais auprès des personnes de la liste pour savoir si d'autres avaient été menacées, vous êtes la première à laquelle je parle. Je voulais vous voir en personne pour me faire une impression. Me rendre compte si vous êtes quelqu'un qui s'effraie facilement.

— Je comprends. »

Alors je racontai tout à Sara Espinosa, depuis le soir au pub O'Neill où l'évêque Coogan m'avait remis son dossier de coupures de presse et de tirages de pages Web, jusqu'à la veille dans le bureau de Nelson Van Der Velden à l'Église Izrael des hommes et des femmes de bien, lorsque j'avais aperçu le numéro de *Scientific American* contenant son article.

« Oui, ça semble avoir jeté un pavé dans la mare. Ils ont reçu une tonne de plaintes au sujet de mon texte. » Elle eut un haussement d'épaules. « C'est pour ça que je les écris, je suppose. »

Puis je soulignai le fait que Richardson, Davidoff, Ekman et Osborne étaient tous morts en proie à la peur ; qu'Ekman avait fait l'objet de mails autodestructibles menaçant sa vie ; qu'apparemment Osbone avait cru être poursuivi par une chose inexistante ; que Clifford Richardson s'était jeté de son balcon à Washington et que Gaynor Allitt avait également eu peur de quelque chose avant de sauter du haut de la tour du Hyatt Regency. Je réussis à donner à tout ça un air suffisamment mystérieux pour justifier l'implication du FBI et l'intérêt de l'unité de lutte contre le terrorisme intérieur. Mais en même temps, je ne m'épargnai rien en matière de critique :

en particulier que la « liste de prières » de Gaynor Allitt était la seule preuve que j'avais découverte jusqu'ici que la mort de ces quatre personnes soit autre chose qu'une malheureuse coïncidence.

Sara fronça les sourcils. Le genre de froncement de sourcils dont on se sert pour s'empêcher de rire.

« Vous savez, peut-être ne s'agit-il effectivement que d'une malheureuse coïncidence. De temps en temps, il est dans la nature des coïncidences de donner l'impression d'être davantage que ça. Les gens veulent croire à autre chose qu'une série aléatoire de désastres. Ils se plaisent à imaginer la main de Dieu dans presque tout ce qui est anormal.

— Eh bien, c'est une façon de voir », avouai-je.

Finalement, elle ne put se retenir plus longtemps de sourire.

« Allons, attendez une minute. Vous ne mèneriez pas une croisade personnelle ? Ce ne serait pas que vous essayez de trouver une meilleure raison de croire de nouveau en Dieu ? Vous ne pensez pas sérieusement qu'il se passe ici quoi que ce soit d'occulte ? S'il vous plaît, dites-moi que non.

— Pas dans le sens où on utilise habituellement ce mot : que cette affaire renferme une part de surnaturel, non. Mais au sens premier du terme ? Qu'elle comporte un aspect caché et secret ? Oui, je pense qu'il se passe ici quelque chose d'occulte. Tous les complots criminels sont occultes jusqu'à ce qu'on les dévoile.

— Oui, vous avez raison, naturellement. Et vous avez très bien fait de me rappeler le vrai sens du mot. C'est du latin, n'est-ce pas ? *Occultus*. Si je me rappelle bien, mon père employait l'expression « saignement occulte ». Quoi que cela désigne.

— En médecine, cela veut dire, je pense, que lorsqu'on trouve une anémie inexpliquée, cela peut dissimuler une hémorragie. »

Sara parut contente que je me sois souvenu de ce qu'elle avait peut-être oublié.

« Oui, c'est exact.

— Pour que vous le sachiez, je n'ai pas cessé de croire en Dieu pour me mettre à croire au vaudou. Bien évidemment, j'ai réfléchi à la possibilité qu'il n'existe aucun lien. Que je coure après une ombre dans un arbre. Mais la liste semble contredire cette hypothèse.

— Oui, il semble bien. Alors voilà ce que nous allons faire. Nous allons aborder le problème de façon empirique. Comme quand on veut mettre une théorie à l'épreuve. On procède à une expérience.

— De quelle manière ? De quelle manière allons-nous procéder à une expérience ? »

Elle sourit.

« C'est simple. Je serai votre expérience.

— Et que proposez-vous de faire ? (Je ris.) Que je vous attache sur un lit à roulettes avec un moniteur cardiaque sur la poitrine et que je vous garde sous surveillance constante ?

— L'idée a du bon, répondit-elle d'un ton enjôleur. (Je me sentis rougir un peu.) Mais non, je pensais à quelque chose de beaucoup plus prosaïque. Je ferai davantage attention en regardant autour de moi. À la maison, quand je viens ici en voiture. Tout le temps, j'essaierai de repérer un détail inhabituel. Et une fois par semaine, nous nous contacterons, par téléphone. Avez-vous une carte ? »

Je sortis mon portefeuille et lui en remis une.

« Appelez-moi jour et nuit. Comme vous le souhaitez.

— Merci. Et si j'ai quoi que ce soit d'insolite à signaler, je vous le dirai et nous agirons à partir de là, n'est-ce pas ? Je propose également que nous nous rencontrions disons dans un mois, et, s'il ne s'est rien passé, vous pourrez me signer un certificat de bonne santé, en quelque sorte. Peut-être pourrez-vous également me donner cette leçon de tir.

Oui, ce serait rigolo. En attendant, je vous suggère de téléphoner à quelques-unes des autres personnes figurant sur la liste de Gaynor Allitt pour voir si, contrairement à moi, elles ont des choses bizarres à vous raconter. Qu'en dites-vous ? »

J'acquiesçai. Mais je n'étais qu'à moitié d'accord avec elle ; l'autre moitié pensait qu'elle cherchait simplement à me faire plaisir, à trouver une manière astucieuse de me virer de son bureau sans que ce soit gênant ni pour l'un ni pour l'autre.

« Oui, répondis-je. Bonne idée. (Je me levai pour partir.) Il semble que je vous ai dérangée pour rien. Moi et mes théories ridicules.

— Vraiment, ce n'était pas dérangeant du tout. » Elle se leva à son tour. « Venez, je vais vous raccompagner. »

19

Galveston était autrefois décrite comme la seule ville de la côte du Golfe que vous auriez envie de visiter un jour de pluie. Aujourd'hui, cela faisait l'effet d'une plaisanterie de très mauvais goût, parce que c'était un jour de pluie à mettre fin à tous les jours de pluie qui avaient anéanti la vocation de l'île d'être une escapade prisée des réfugiés texans de l'intérieur. Presque tout ce qui avait fait de Galveston une importante attraction touristique s'était volatilisé. Et alors qu'auparavant elle proposait au visiteur un point de vue historique unique sur la traite des esclaves et sur la guerre de Sécession – sans parler de quelques jolies plages et hôtels huppés –, elle n'offrait plus désormais qu'un exemple salutaire de la façon dont notre climat moderne peut détruire un endroit pour toujours. Galveston ressemblait à une cité dévastée par la peste, ou à une de ces agglomérations contaminées par les radiations au Japon ou en Ukraine ; surtout dans les restaurants et les bars de la ville.

Le Strand Bar and Grill était probablement l'un des pires troquets de Galveston, mais je l'aimais bien car il convenait à mon besoin d'être dans un endroit aussi déglingué que moi. C'était une sorte d'immense salle de danse avec plusieurs dizaines de tables hideuses où l'on servait une nourriture mexicaine infecte. Seules les serveuses étaient moins appétissantes, ce qui n'était pas peu dire. Même quand la salle était à moitié pleine – ce qui n'arrivait pas souvent –, l'endroit semblait abandonné. Le Strand Bar and Grill se raccrochait à l'idée d'une reprise de l'activité à Galveston comme un chien perdu se cramponne à un morceau de bois dans un cours d'eau tumultueux, mais personne n'était dupe. On se serait cru dans une antichambre mal éclairée du purgatoire.

Une autre raison pour laquelle j'appréciais le Strand, c'est que je pouvais y aller et en revenir à pied, même si, pour être franc, y aller était toujours beaucoup plus facile que d'en revenir. Le bar se trouvait à quelques centaines de mètres seulement de ma maison diocésaine gratuite, et, maintenant que j'étais en congé forcé, je ne voyais guère de raison d'en partir, sinon aucune. En outre, la maison était plus clémente quand j'avais bu un verre ou deux, moins encline à me mettre mal à l'aise. Il n'y a pas grand-chose qui puisse troubler un homme quand il dort durant la journée. Surtout à Galveston. Personne n'envoyait jamais de courrier. Ni ne tirait ma sonnette. Aussi, lorsqu'un jour quelqu'un finit par le faire, le bruit me parut tellement fort et inattendu que je ne pus m'empêcher de sursauter.

J'allai à la porte, m'attendant à trouver l'évêque Coogan sur le perron, et rassemblai mes forces en vue d'une conversation délicate avec lui. Les journaux ne parlaient que de la fuite du père Breguet et du rôle prétendument joué dans celle-ci par le diocèse catholique de Houston. À la place, je découvris un employé de FedEx planté là, un paquet à la main.

Je signai pour le paquet et regardai le chauffeur s'en aller. Ça me donnait quelque chose à faire. La camionnette FedEx au logo criard était probablement ce qu'il y avait eu de plus sonore et de plus coloré dans cette rue de toute l'année, et je fus surpris qu'un ou deux voisins ne sortent pas, attirés par le tapage. En fait, je n'étais pas sûr qu'un ou deux voisins habitent encore à proximité ; un vieillard occupait une maison bleue délabrée à une dizaine de portes de la mienne et il y en avait un autre un peu plus loin, mais ils auraient très bien pu ne faire qu'un. De plus, le vieillard pensait probablement que j'étais un nouveau prêtre catholique, et on pouvait difficilement imaginer que les prêtres soient très populaires dans un endroit si visiblement abandonné par Dieu. Cela dit, lui-même aurait très bien pu être un des nombreux fantômes de Galveston. Dans une ville pareille, il était difficile de dire qui était vivant et qui ne l'était pas. J'avais le même problème chaque fois que je me regardais dans le miroir de la salle de bains. Je ne dirais pas que je m'étais totalement laissé aller, mais, quand vous vous pomponnez pour le seul profit des patrons du Strand Bar and Grill, il y a des moments où ouvrir un sachet de rasoirs ne semble guère en valoir la peine – ni même, d'ailleurs, un paquet venant de Portland, police de l'Oregon. Surtout quand vous êtes ivre les trois quarts du temps. Je jetai donc le paquet sur le canapé et, après qu'il eut disparu un temps sous une pile de linge sale, de cannettes de bière et de vieux journaux, je m'efforçai de l'oublier.

Je n'étais allé qu'une fois à Portland, Oregon. Je devais interroger un suspect et j'avais passé moins de dix-huit heures dans la ville. Ça semblait un endroit assez attrayant, où ils font de la bonne bière, mais je ne pouvais pas en dire plus. Je ne connaissais personne qui vive à Portland. Mais manifestement quelqu'un me connaissait. J'ouvris le paquet de FedEx et en sortis une grande enveloppe contenant un dossier de police ainsi qu'un longue lettre d'accompagnement. J'allai chercher une cannette fraîche dans le réfrigérateur, allumai une cigarette et me mis à lire.

Cher agent Martins,

J'espère que vous me pardonnerez cette intrusion pendant vos vacances, et aussi d'avoir contourné les canaux d'investigation habituels. Je suis un officier de la police de Portland, un inspecteur avec vingt ans de service. Helen Monaco, de votre bureau régional, m'a donné votre adresse actuelle pour me permettre de vous envoyer ce dossier concernant une enquête que nous avons menée ici à Portland au sujet du décès récent du révérend David Durham. Peut-être êtes-vous déjà au courant de cette affaire, car les médias en ont beaucoup parlé, en majeure partie de pures spéculations.

À première vue, il semble que sa mort ait été un accident saugrenu – c'est assurément la conclusion de l'enquête –, mais plusieurs aspects m'ont paru pour le moins étranges. J'avais déjà appris la mort de Peter Ekman à New York et, lorsque j'ai contacté la police locale pour discuter de certaines similitudes entre son décès et celui de David Durham, on m'a parlé de votre propre enquête.

J'ai reçu l'ordre de classer l'affaire, aussi, en l'absence de toute preuve réelle qui persuaderait mes supérieurs que la mort de Durham n'était pas accidentelle, c'est ce qu'il me faudra faire ; mais je ne me sens pas à l'aise avec ça. En conséquence, j'ai décidé de porter à votre attention les circonstances très particulières de son décès – pour l'essentiel non relatées par les médias –, bien que de cette façon détournée et officieuse. Car, pour toutes les raisons que je viens de citer, je dois garder l'anonymat. J'approche en effet de la retraite et j'aimerais bien arriver à la fin de ma carrière avec un dossier sans tache ; ce qui ne serait pas le cas si l'on apprenait que j'ai désobéi sciemment aux ordres de mes supérieurs.

Les faits sont les suivants :

Il y a quatre semaines, les ouvriers de la station d'épuration d'eau de Columbia Boulevard, ici à Portland, découvrirent le corps d'un homme de quarante et un ans, de race blanche, flottant dans le nouveau clarificateur par temps sec. Il s'agit d'un bassin de décantation destiné à retirer les résidus solides de l'écoulement des eaux usées en période de temps sec. Cela après qu'on eut signalé au poste de police du quartier qu'un sans-abri avait été vu se dissimulant à l'intérieur d'une conduite d'évacuation pluviale du cimetière maçonnique Columbia, dans le district de Maywood Park, à une quinzaine de kilomètres à l'ouest. Les policiers arrivèrent au cimetière juste au moment où l'homme était emporté par une crue, à la suite d'une averse extrêmement brutale. Jusque-là, nous avions eu l'été le plus sec qu'ait connu Portland depuis 1968, avec de faibles débits records dans les ruisseaux et les rivières. Ce grain brutal signifiait que deux centimètres et demi de pluie étaient tombés en cinq minutes seulement, ce qui avait été suffisant pour l'entraîner.

Huit heures plus tard, après que la police eut passé au peigne fin la Columbia River toute proche et ses canaux, le corps fut retrouvé à la station d'épuration locale, comme indiqué plus haut. L'homme fut d'abord identifié comme étant George Gresham, puis David Durham, ayant logé sous son nom d'emprunt au Golden Spikes Motel, à quelques kilomètres à l'est du cimetière. On ne sait pas pourquoi il séjournait sous un nom d'emprunt, ni pourquoi il s'était glissé dans une conduite d'évacuation. Cependant, à ce moment-là, la conduite était sèche, et il semble raisonnable de conclure qu'il se cachait pour échapper à quelque chose.

Durham n'était pas de Portland et n'avait apparemment aucun lien avec la ville. Avant son arrivée à l'aéroport international la veille, il vivait et travaillait comme pasteur évangélique à Toronto. Mais c'était très probablement l'un des prédicateurs les plus controversés d'Amérique du Nord. Ses convictions religieuses l'avaient déjà mis en désaccord avec beaucoup de chrétiens évangéliques lorsque, en 2000, il fut nommé professeur d'études religieuses à l'université de Californie, à Berkeley. Un peu plus tard, il publia une biographie du Christ intitulée *Le Mensonge de Jésus*, devenue un best-seller, dans laquelle il prétendait que les Évangiles étaient erronés, que Jésus n'était pas le fils du Christ, qu'il n'était pas ressuscité et que le ciel n'existait pas. Sa réputation de non-orthodoxe fut scellée lorsqu'il apparut dans le livre de David Horowitz publié en 2006, *Les Professeurs : les 101 universitaires les plus dangereux des États-Unis*. À la suite d'un incident au cours duquel Durham brûla le livre de

Horowitz sur le campus de l'université – geste qu'il qualifia lui-même d'acte nazi et pour lequel il présenta ses excuses –, il fut congédié par l'université.

À ce stade de sa carrière, il accepta une offre d'emploi inespérée comme pasteur de l'Église évangélique Tre Fontane du Canada, à Toronto, en 2007 – Église déjà connue à l'échelle mondiale pour ses conceptions libérales-progressistes. Cette réputation reposait en grande partie sur sa diversité raciale et l'importance de son rôle dans l'aide aux pauvres et aux sans-abri ; mais aussi sur son soutien à la communauté gay et lesbienne de Toronto. Ce qui avait souvent placé l'Église Tre Fontane en porte-à-faux par rapport à l'orthodoxie religieuse évangélique, de sorte que cela convenait probablement très bien à Durham d'aller là. D'autant plus que c'était un orateur chevronné. Prêcher avait toujours été au cœur du ministère de Tre Fontane, et Durham ne tarda pas à s'imposer comme l'un des prédicateurs les plus radicaux d'Amérique du Nord. Il passa une fois à la télévision canadienne, où il déclara qu'il doutait fort que Dieu aurait eu besoin d'une immaculée conception, ni permis à Jésus de marcher sur l'eau ; dans la même interview, il qualifiait la résurrection physique de tour de passe-passe et le livre de l'Apocalypse de « divagations pathologiques d'un fou ». Mais alors qu'il demeurait une figure extrêmement populaire à Toronto, il devint bientôt un personnage haï des dignitaires religieux aux États-Unis. Sa vie fut menacée à plusieurs reprises.

L'été dernier, il effectua une tournée de conférences pour promouvoir son nouveau livre, *La Nature contre nature de la théologie*. En raison des menaces de mort qu'il avait reçues à la fois de chrétiens et de musulmans, ses éditeurs prirent la précaution d'engager un garde armé pour l'accompagner. Mais la tournée dut être interrompue, Durham ayant apparemment fait une crise de nerfs lors d'une lecture à Philadelphie, crise de nerfs que les éditeurs mirent sur le compte de son planning surchargé. Il retourna à Toronto où, presque aussitôt, il démissionna de son poste de pasteur et disparut.

Une semaine après sa démission, il arriva ici, à Portland.

Durham était divorcé et vivait seul. Sa petite amie à Toronto, Cassandra Hendrikson, raconta à la police de Portland que, avant sa disparition, il était inquiet, mais que, lorsqu'elle avait essayé d'en discuter avec lui dans un restaurant, il l'avait engueulée, si bien qu'elle était partie. Elle ne savait pas pourquoi il était allé à Portland ; il n'avait jamais parlé de Portland auparavant. Cette ville ne figurait même pas dans sa tournée. Il avait acheté son billet à l'aéroport le jour du départ. Ce n'était pas un billet pour Portland, d'ailleurs ; c'était un billet pour Anchorage. En l'occurrence, ce vol subit un retard prolongé, et, au lieu d'attendre comme tout le monde, Durham annula son billet et en acheta un second, cette fois un billet de première classe pour Portland. Il semble que sa destination n'était pas très importante pour lui, ni le prix à payer, du moment qu'il allait à l'autre bout du pays et le plus vite possible. Il n'avait qu'un bagage à main, ce qui est également quelque peu inhabituel pour un voyage aussi long.

À son arrivée à Portland, il déclara à l'agent de l'immigration que sa visite avait un but touristique. Apparemment, il était très fatigué et pouvait à peine garder les yeux ouverts le temps du balayage rétinien. À l'aéroport, Durham loua une voiture. L'employé à la location faillit ne pas lui laisser le véhicule tellement il avait l'air distrait. De plus, il transpirait à grosses gouttes et semblait essoufflé. La seule raison pour laquelle l'employé finit par céder, c'est que Durham put prouver qu'il était pasteur.

Après son départ de l'aéroport, il s'inscrivit dans trois hôtels différents en l'espace de vingt-quatre heures : le Nordic Motel, dans North East Sandy Boulevard, à six kilomètres seulement de l'aéroport ; le Palms Motel, dans North Interstate Avenue, et enfin le Golden Spikes. Il paya en liquide, d'avance, chaque fois. Au Nordic, il prit une suite parce que c'était tout ce qui restait, mais la direction lui intima de quitter les lieux. Selon le type occupant la chambre voisine, Durham avait empilé tous les meubles devant la porte. Au Palms Motel, il s'affola lorsqu'il y eut une panne de courant qui ne dura que quelques minutes et régla la note immédiatement. Alors qu'il s'en allait à bord de la voiture de location, il arracha le rétroviseur d'un véhicule en stationnement. Du Palms, il semble avoir conduit pendant environ une heure avant de s'arrêter au bureau du shérif du comté de Multnomah, dans South East Hawthorne Boulevard, pour demander à être placé en détention. Le sergent de permanence lui ayant demandé pourquoi, il répondit qu'il avait tué quelqu'un ; et comme le sergent voulait savoir qui, Durham répliqua qu'il avait tué Jésus et qu'il le regrettait maintenant amèrement, à la suite de quoi, de façon assez cocasse, le sergent lui dit de fiche le camp avant qu'il ne s'attire des ennuis. Ce qu'il fit.

Le réceptionniste au Golden Spikes Motel ne remarqua rien d'inhabituel chez Durham, si ce n'est qu'il demanda un bungalow le plus éloigné possible de la route. Après avoir rempli la fiche, il laissa sa voiture sur le parking et prit à pied North East Sandy Boulevard jusqu'au cimetière maçonnique Columbia, à environ cinq kilomètres à vol d'oiseau. Il y a un Best Western Pony Soldier Inn pas loin, et, avant d'entrer dans le cimetière, il demanda à voir une chambre. On lui en montra une et il dit qu'il reviendrait. Puis, traversant la route, il pénétra dans le cimetière, où il passa quelques minutes à soulever le couvercle d'une conduite d'évacuation. Au Sacred Grounds Expresso Bar, situé juste en face, John Philips et sa femme, Carol, buvaient un café. C'était son anniversaire, et elle venait de lui offrir une paire de jumelles. C'est ainsi qu'il aperçut par hasard Durham dans le cimetière. Il informa le gardien du cimetière de ce qui se passait, lequel appela le bureau du shérif de Multnomah, qui envoya une voiture de patrouille et les deux policiers témoins de l'accident.

Les prévisions de la matinée ne faisaient aucunement état de précipitations – anormales ou non. M. et Mme Philips indiquèrent qu'au moment où ils étaient entrés à l'Expresso Bar, le ciel était bleu et sans nuages, mais que cela faisait à peine dix minutes qu'ils avaient vu Durham dans le cimetière qu'un épais nuage noir recouvrit toute la zone, nuage qu'ils qualifiaient d'« inquiétant et de mauvais augure ».

Le corps de Durham fut transporté au bureau du légiste du comté de Multnomah, où le médecin pratiqua une autopsie et effectua l'identification. Ce qui fut encore plus difficile du fait du sort subi par le cadavre après la noyade. Les bras et les jambes de la victime étaient fracturés à plusieurs endroits et, pire encore, le visage avait été arraché à l'avant du crâne. Toutes choses apparemment conformes à la force signalée des eaux d'orage dans la conduite d'évacuation.

L'identification fut rendue possible par la clé de chambre du Golden Spike retrouvée dans la poche de veste du mort.

Un examen supplémentaire du corps de la victime révéla qu'il souffrait d'un sarcome malin du cœur, une forme de cancer extrêmement rare. Son attitude fantasque est actuellement attribuée à cet état. Pourtant, à aucun moment le cancer de Durham n'a été diagnostiqué par un praticien – ni à Toronto ni à Portland –, et il semble parfaitement possible qu'au moment de son décès Durham ait tout ignoré de son affection. D'ailleurs, il avait vu son propre médecin pour un contrôle de routine trois mois seulement avant sa mort, et aucun signe de cancer n'avait été détecté.

Un dernier fait étrange et fort désagréable marque la mort de David Durham. Lorsque la police se rendit à son bungalow au Golden Spikes Motel, elle découvrit par terre un unique excrément de soixante centimètres de long. Il n'est pas interdit de penser que, à l'instar des cambrioleurs qui défèquent sur le sol des maisons dans lesquelles ils se sont introduits, Durham ait fait de même parce qu'il avait peur de quelque chose.

Je cessai de lire pour aller chercher mon téléphone portable ; non pas parce que je voulais passer un coup de fil – ce qui était impossible à cause de la mauvaise réception dans cette partie de Galveston –, mais parce que je désirais jeter un coup d'œil à la photo de la liste trouvée chez Gaynor Allitt.

David Durham était un des noms, juste sous celui de Sara Espinosa.

À Quantico, on vous apprend que les gens irritants n'ont pas nécessairement tort, mais que le simple bon sens exige de garder en tête que ça peut être le cas.

Parfois, vous devez entendre vos propres arguments dans la bouche de quelqu'un d'autre pour savoir à quel point vous paraissez cinglé.

Je commençais à envisager la possibilité que les miens ne manifestent qu'un esprit de contradiction, un désir obsessionnel de prouver que j'avais raison et les autres, tort. Je me demandais si l'inspecteur de Portland n'avait pas attrapé le même virus de l'incrédulité ; s'il n'avait pas perdu lui aussi sa foi religieuse et poussé à l'excès son nouveau scepticisme. Ou si, ayant exclu Dieu de sa vie, il s'était rendu compte que cela laissait au centre de celle-ci une absence divine, absence qu'il avait besoin de combler avec quelque chose à quoi il pouvait croire : lui-même, peut-être.

Les circonstances de la mort de David Durham étaient malheureuses, sinon étranges, mais il n'était pas invraisemblable qu'un homme souffrant d'un cancer du cœur soit perturbé à un degré physiologique tel que cela se manifeste par toutes sortes de comportements excentriques, comme de chier sur le sol de sa chambre de motel. Les gens font des tas de trucs bizarres quand ils sont malades, et même quand ils ne le sont pas. Et s'il n'était pas perturbé sur le plan physiologique, on pouvait estimer que Durham l'était déjà sur le plan psychologique, avant même de publier son livre *La Nature contre nature de la théologie*. Quel évangéliste écrirait un livre prétendant que les religions tirent leur pouvoir de « leur dénégation rigoureuse du sens commun » ? Ça avait l'air dingue à tous égards.

Bien sûr, le nom de Durham figurait sur la liste de Gaynor Allitt. Oui, il y avait ça. Mais, pour la première fois, il me vint à l'idée que d'autres groupes de religieux néoconservateurs et amis de Fox News avaient fort bien pu compiler des listes semblables de leurs ennemis idéologiques et que, très probablement, beaucoup de ces listes se recoupaient. David Horowitz n'avait-il pas fait une chose analogue en écrivant un livre à la William Buckley intitulé *Les Professeurs : les 101 universitaires les plus dangereux des États-Unis* ?

Les gens meurent, et, dès que vous dressez une liste d'individus, il va de soi que certains mourront plus tôt que d'autres. Je suspectais que les probabilités que cinq personnes se trouvant sur la liste de Gaynor Allitt soient mortes dans un délai inférieur à un an étaient moins élevées qu'on aurait pu le supposer. Le dossier de la police de Portland contenait une liste, photocopiée à partir du livre, des cent un professeurs considérés par Horowitz comme des universitaires empoisonnant l'esprit des étudiants d'aujourd'hui. Lorsque je jetai un coup d'œil à cette impressionnante nomenclature, je ne fus guère surpris de découvrir que près d'une douzaine de noms de la liste de Gaynor Allitt apparaissaient également dans le livre de Horowitz : à savoir Noam Chomsky, Eric Foner, Ward Churchill, Peter McLaren, Gayle Rubin, Caroline Higgins, David Barash, Angela Davis, Alison Jaggar, José Angel Gutierrez et Joseph Massad. Ce qui m'incita à penser qu'il était peut-être temps que je me ressaisisse et que, conformément aux souhaits de Gisela, je m'en remette au Head Fed, le Dr Sussman. Après quoi je passerais à son bureau pour lui dire, humblement, qu'elle avait raison et que je préférais laisser tomber l'enquête sur tout ce qui avait un lien avec la mort de Philip Osborne, ou, plus exactement, qui n'avait absolument aucun lien.

Aussi je me rasai, pris une douche, dénichai une chemise propre, repassai mon costume, cirai mes chaussures – je fis même un peu de rangement dans la maison –, sortis sur la galerie et marquai un temps d'arrêt en haut des marches. Même au regard de l'exceptionnelle apathie de Galveston, c'était une journée d'un calme extraordinaire, sans un souffle de vent. Mais pas un calme agréable, avec des chants d'oiseaux et le fracas de la mer ou le déferlement des vagues sur la plage pas très loin. Il régnait dans l'air comme un grand vide feutré. Je descendis les marches et ouvris la portière de ma voiture couverte de poussière. Le soleil de midi, suspendu dans le ciel bleu tel un cadran d'horloge brûlant, avait transformé l'intérieur plastifié du véhicule en un véritable enfer. Je fis démarrer le moteur, mis la climatisation au maximum et remontai les marches pour m'abriter de la chaleur sous le toit en bois de la galerie, pendant que j'attendais. L'interruption de ce silence de mort par le rugissement assourdi de la climatisation de la voiture sembla galvaniser toute la rue comme un groupe électrogène, convoquant tout d'abord un chat noir émacié venu voir ce que c'était que ce raffut, puis un petit lézard à mes pieds, et, pour finir, je vis mon unique voisin – le vieillard – longer pieds nus le trottoir dans ma direction. Je n'en croyais pas mes yeux car c'était la première personne que je voyais dans la rue depuis que je m'étais installé dans la maison diocésaine.

« Bonjour, dis-je.

— Pas à Galveston.

— Pardon ?

— Je dois dire que vous n'avez pas l'air d'un prêtre à la retraite, dit-il, ses yeux jetant des étincelles avec nervosité.

— Je n'en suis pas un. J'habite ici temporairement, jusqu'à ce que j'aie trouvé quelque chose de plus stable.

— Stable ? (Il poussa un soupir.) Vous ne trouverez rien de stable dans les alentours. Plus maintenant. Pas depuis Ike. Cette satanée ville donne l'impression d'être condamnée à la destruction. Et elle devrait probablement l'être. Il est vraiment regrettable qu'Ike n'ait pas terminé le travail. Certaines de ces vieilles bicoques ne sont pas sûres du tout. N'empêche, la vôtre n'a pas trop mauvaise mine. Je suppose que c'est l'Église catholique qui paie tout ? Comme toujours. C'est l'avantage de porter des vêtements liturgiques : ils ont de très grandes poches. »

Sa voix de baryton donnait à penser qu'il venait d'ailleurs, elle contenait plus qu'une pointe d'accent de New York – l'État, en tout cas. Et elle avait quelque chose de patricien, comme s'il était allé dans une de ces grandes universités où on apprend non seulement à se gouverner soi-même, mais encore à gouverner les autres.

« Vous vivez un peu plus haut dans la rue, monsieur… ?

— Je ne sais pas si l'on peut vraiment appeler ça vivre, répondit le vieil homme. C'est plutôt une existence au jour le jour. Survivre serait plus exact. En fait, je me suis accoutumé à l'idée que toute cette rue était mon propre enfer personnel. Comme dans cette affreuse pièce de Jean-Paul Sartre. »

Je secouai la tête.

« Je ne vais pas beaucoup au théâtre.

— Vous avez bien raison. Moi non plus. J'ai toujours détesté le théâtre. Mon ex-épouse me disait toujours : "Charles Hindemith, vous n'avez pas assez de patience pour le théâtre : on devrait tout vous interdire, sauf Shakespeare et Stephen Sondheim." Ces temps-ci, je n'aime que les divertissements que l'on peut arrêter en appuyant sur une télécommande. Tout le reste se prend pour du maudit art, et l'art n'a rien de divertissant. L'art est une chose que vous devez endurer. Comme les pilules. »

Il était plus beau que le vieillard que j'avais vu de la route, distingué même et pas aussi vieux que je l'avais supposé ; ses cheveux argentés brillaient comme un sou neuf dans la lumière, et il semblait à peine remarquer la chaleur torride. Sa chemise en coton bleu marine n'avait pas une tache de sueur. Il ne grimaçait même pas sous l'œil jaune et malveillant du soleil, contrairement à moi d'habitude.

« Vous vivez vraiment ici tout seul ? demanda-t-il avec ce qui ressemblait à de la perplexité.

— Oui.

— Vous devez être fou. Un jeune gars comme vous, s'enterrer dans cette ville fantôme déserte. Je suis vieux. Abandonné dans ce purgatoire. On s'attendrait à ce que je sois ici tout seul. Je suis peut-être damné, qui sait ? Mais vous, un séduisant jeune homme, avec toute sa vie devant lui. Et vivant ici comme si on l'avait envoyé à l'île d'Alcatraz. Êtes-vous fou ?

— Je m'appelle Martins, dis-je, ignorant la question. Gil Martins.

— Ce n'est pas ce que je vous ai demandé », marmonna-t-il.

Je descendis les marches de la maison et lui tendis la main pour qu'il la serre, mais il la regarda avec indifférence, se contentant de secouer la tête.

« Allons, vraiment, quel intérêt ? Ça ne sert à rien. Je veux dire, ça ne sert à rien si, comme vous le dites, vous n'habitez là que temporairement.

— À votre guise.

— Euh, non, plus maintenant, répliqua-t-il tristement. De toute façon, ce n'est pas vous que je venais voir.

— Le père Dyer est maintenant dans une maison de retraite, lui indiquai-je avec obligeance, encore que ça ne m'aurait pas déplu de lui dire d'aller se faire foutre : il avait un genre à ça. À Texas City.

— Après Galveston, c'est probablement un progrès.

— Malheureusement, je ne connais pas l'adresse. Mais je pourrais facilement la trouver si vous voulez lui rendre visite.

— Non. Ce ne serait pas une bonne idée du tout. Je risquerais d'aimer l'endroit et d'avoir envie de m'y installer par-dessus le marché. Écoutez, je ne voulais pas vous déranger. Vous êtes manifestement sur le point de sortir. Je flânais simplement quand j'ai entendu la voiture démarrer. Il n'y a pas grand-chose qui démarre dans ces parages. Énormément de choses qui se terminent, mais très peu qui démarrent. Inutile de préciser que, de toute évidence, vous n'êtes pas prêt pour moi, loin s'en faut.

— Désolé, je ne vous suis pas.

— Non ? dit-il sur un ton pompeux. Mais ça viendra. Laissez passer un peu de temps. Ça viendra. »

Et avec une lueur dans le regard, il s'en alla.

« Qu'est-il arrivé à vos chaussures ? lui lançai-je.

— Qui a besoin de chaussures à Galveston ? »

Sans tourner la tête, il m'adressa un signe de la main.

« Connard », grommelai-je, puis je descendis les marches et montai dans la voiture.

Roulant vers le nord, je passai la Galveston Causeway. Avec le County Road Bridge au sud-ouest, c'étaient les deux seuls moyens de quitter l'île et de gagner l'intérieur du Texas. Le County Road Bridge n'était qu'une invraisemblable route à deux voies franchissant la baie et reliant un banc de sable mouvant à un autre. En hiver, quand le mauvais temps soufflait de l'Atlantique – ce qui était fréquent –, il était beaucoup moins fiable que le pont-jetée, plus large et plus haut, menant au nord.

Comme d'habitude, dès que j'arrivai sur le continent, mon portable se mit à sonner. C'était Ken Paris, du laboratoire d'informatique judiciaire.

« Ken, dis-je d'une voix joviale. Eh bien, ça fait plaisir de parler de nouveau à un être humain. Galveston est comme une cellule d'isolement dans un pénitencier sur une île déserte. Ils m'ont mis en congé forcé, si bien que je peux voir la baraque rétrécir. Je suppose que c'était ça ou l'asile.

— Ouais, Helen m'a raconté. Ça se passe comment ?

— En fait, je suis en chemin pour aller voir le Dr Seuss.

— Un dimanche.

— Merde, on est dimanche ? Je n'en avais aucune idée.

— Je savais que Galveston était coupé du monde réel, mais je pensais qu'ils avaient encore la télévision et les journaux.

— Même ça, je n'en jurerais pas. Eh bien, si on est dimanche… Qu'est-ce que tu veux, Ken ? Est-ce que tu n'as pas mieux à faire que d'appeler un type un dimanche ?

— Je ne le dis à personne, mais j'aime bien travailler le dimanche. Le téléphone ne sonne pas. Personne ne m'envoie de mails. Et je n'ai pas de crétins qui débarquent en lançant des appels au secours parce que le fiston a perdu ses devoirs dans un putain d'ordinateur portable.

— Alors je suppose que je devrais me sentir honoré que tu m'aies appelé.

— Pas spécialement. Mais comme c'est dimanche et que tu es en congé forcé et tout, je me suis dit que personne au Bureau ne verrait d'inconvénient à ce qu'on se rencontre un moment. C'est à propos du portable que tu as déposé ici dimanche dernier. Celui de Gaynor Allitt. La dame qui a fait le grand saut depuis le Hyatt Regency.

— Bon sang, j'avais complètement oublié.

— Ça ne semble pas être le genre de truc qu'on oublie facilement.

— Je veux dire, le portable. Je ne suis pas près d'oublier sa cervelle sur le trottoir, si c'est de ça que tu parles.

— Quoi qu'il en soit, congé forcé ou pas, j'ai pensé que tu voudrais avoir cette connerie le plus rapidement possible.

— Ouais ?

— Rejoins-moi au Red Onion à 12 h 30 et je t'expliquerai tout.

— Qu'est-ce que c'est, Ken ? Qu'est-ce que tu as trouvé ?

— Elle tenait une sorte de journal vidéo, Martins. Et attends-toi à des surprises. »

Le Red Onion se trouvait à mi-chemin entre le RCFL et le bureau régional du FBI, au bord de la Northwest Freeway. Sorte de redoute en béton rouge, dans le style pueblo, ressemblant un peu au fort Alamo, c'était un restaurant populaire auprès des agents du Bureau, excepté pour le brunch du dimanche, où la clientèle se composait surtout de familles texanes obèses portées sur la nourriture mexicaine.

La serveuse m'escorta jusqu'à une table au fond, près d'une vitrine qui donnait sur un parking rempli de dizaines de camions jaunes. Ken Paris lisait le *Houston Chronicle.* Il y avait déjà une bière Corona et une assiette de tortilla chips sur la table, et à côté un iPad muni d'une paire d'écouteurs, manifestement installé pour me permettre de regarder le journal vidéo de Gaynor Allitt. Comme à l'accoutumée, Ken portait un grand tee-shirt à manches courtes donnant l'impression qu'il allait faire une partie de bowling. Il gloussa lorsque je m'assis en face de lui. Je commandai une Dos Equis et desserrai ma cravate.

« Hé, fit-il, tu as vraiment cru qu'on était un jour ordinaire, agent Martins ?

— Au bureau du FBI à New York, ils avaient l'habitude de dire que les terroristes travaillent toujours le dimanche et qu'on ne fait pas mieux comme vacances qu'une bombe artisanale dans Times Square.

— Ils aiment bien leurs formules de biscuits chinois, à Federal Plaza. »

Je joignis les mains puis les pressai sur la table en me disant que ça m'aiderait peut-être à ne pas réarranger les couverts et les condiments, ou même à prendre l'iPad de Ken. Quelqu'un me regardant aurait pu supposer que je priais.

« Le journal ? Il est sur cette tablette ?

— Je comptais t'apporter des crayons, mais j'ai finalement changé d'avis.

— Quand j'ai reçu ton appel ce matin, j'étais moi aussi en train de changer d'avis. À propos de toute cette maudite affaire, je veux dire. Je songeais sérieusement à laisser tomber étant donné les regards étranges que me lancent les collègues dans les couloirs à Justice Park Drive.

— Ça fait déjà un moment, Gil, avant même cette affaire, mais tu ne t'en es pas aperçu.

— Tu veux parler de l'histoire du TOC ?

— Comment ça va, d'ailleurs ?

— J'essaie de surveiller ça. Bien sûr, depuis que j'ai commencé, ça semble encore pire que je ne pensais. (Je secouai la tête.) C'est vraiment bizarre.

— Bien. (Ken hocha la tête.) J'entends, que tu essaies de mettre un frein à cette connerie. Ça changera de pouvoir déjeuner avec toi sans avoir à te regarder faire un petit tas bien ordonné avec les morceaux de sucre. (Il sourit.) Le nombre de fois où j'ai eu envie de tendre le bras pour les envoyer valdinguer. Malgré tout, tu auras peut-être une opinion un peu différente sur cette affaire quand tu auras vu le journal vidéo. Je veux dire, s'agissant de laisser tomber.

— Jetons un premier coup d'œil à ce que nous avons.

— Occupons-nous d'abord des choses importantes, d'accord ? Je meurs de faim. »

Il fit signe à la serveuse et nous commandâmes nos plats.

« Je t'ai fait une transcription pour t'éviter d'avoir à prendre des notes. Et je t'ai copié la vidéo sur une clé USB. Au fait, j'aurais peut-être dû te le signaler avant, mais Gaynor Allitt n'utilisait pas un mot de passe en texte clair, mais en valeur de hachage. C'est quand on applique un algorithme unidirectionnel à un mot de passe. Le sien comportait huit caractères, ce qui, avec le hachage, donne environ huit milliards de combinaisons. Il a fallu un bon moment à notre *rainbow table* pour le déchiffrer. Plus important, ça aurait pris une éternité à quelqu'un ne travaillant pas au FBI ou à la NASA, et peut-être même davantage.

— Qu'est-ce que tout ça signifie ?

— Le hachage ? Ça signifie qu'elle était très bien informée en matière de sécurité informatique et probablement qu'elle craignait beaucoup qu'on ne lui vole son ordinateur ou qu'on ne s'introduise dedans, raison pour laquelle elle prenait des précautions aussi drastiques.

— Elle avait assurément peur de quelque chose.

— Quant à savoir de qui ou de quoi au juste, ce sera probablement un peu plus clair quand tu regarderas le journal.

— Des traces d'envoi de mails autodestructibles ? demandai-je.

— Pas du tout. D'après ce qu'il y a dans la mémoire cache, je doute qu'elle soit même allée sur un site de service de MAD avec cet ordinateur. (Il secoua la tête.) De même que pour son journal vidéo, elle aimait bien se filmer nue et se masturbant. (Il balaya le restaurant du regard.) Mais je me suis dit qu'ils n'étaient pas prêts pour ce film, au Red Onion.

— Tu plaisantes.

— Non. Tu peux le regarder sur la clé USB si ça te chante. Elle devait aussi se servir de sa caméra vidéo pour Skype. À vrai dire, elle utilisait beaucoup Skype, mais sa liste de contacts était plutôt courte. En fait, il n'y avait qu'un seul nom, et c'est un identifiant, ce qui ne signifie pas grand-chose dans un annuaire téléphonique. Tu peux toujours essayer de contacter cette personne via Skype pour lui expliquer le problème, mais c'est à toi de décider. À mon avis, si elle communiquait par Skype en se branlant, la personne en question risque d'être un peu longue à répondre.

— Voyons le journal vidéo d'abord, dis-je. On décidera ensuite pour le contact Skype. A-t-elle envoyé des entrées du journal en pièces jointes à un mail ?

— Non. Pas à ma connaissance. »

Il fit glisser le curseur pour déverrouiller l'iPad puis appuya sur l'icône de l'application vidéo, faisant apparaître une image fixe de Gaynor Allitt assise sur sa chaise, face à la caméra. Le film était prêt à démarrer. Je mis les petits écouteurs en plastique. Il reprit son journal et se mit à lire.

Une bonne partie de la première page était consacrée à l'annonce que le maire avait demandé aux forces de l'ordre de Houston un rapport de situation sur l'enquête concernant le tueur en série. Malgré tous les efforts de Harlan Caulfield, les reporters avaient commencé à appeler le criminel saint Pierre. Harlan n'allait pas être content. Pendant un instant, je me le représentai fumant rageusement une de ses ridicules cigarettes électroniques, puis je pressai la petite flèche sur l'iPad de Ken. Mais ça ne m'aurait pas dérangé d'avoir moi-même une de ces clopes électroniques.

Il y avait plusieurs entrées en l'espace de quelques jours – toutes les entrées étaient dûment datées sur l'écran –, mais son apparence restait toujours la même, plus ou moins, ce qui me persuada qu'elle était délibérée et calculée de manière à créer une certaine impression chez l'interlocuteur auquel Gaynor Allitt destinait la vidéo, et, si ce n'était pas moi, c'était certainement quelqu'un comme moi.

Elle avait une fleur rouge derrière l'oreille. C'était peut-être l'effet du souvenir indélébile que je gardais de son corps mutilé au pied de la tour du Hyatt Regency, mais la fleur ressemblait à une blessure, comme si elle avait reçu une balle sur le côté de la tête et que l'éruption de sang qui avait suivi s'était figée en une volute d'étamines et de pétales rouges. Elle avait sans nul doute été choisie pour aller avec le vernis à ongles rouge, le rouge à lèvres et la robe rouge qu'elle portait. Je me demandai si le choix de cette couleur avait une valeur symbolique – si elle n'avait pas voulu imiter la Grande prostituée. Aux yeux désapprobateurs de l'Église Izrael des hommes et des femmes de bien, ce que Gaynor Allitt avait à dire lui aurait garanti ce sobriquet quand bien même sa façon de s'habiller n'y serait pas parvenue. Peut-être s'habillait-elle ainsi quand elle allait à l'église. J'avais des doutes, mais, pour moi, il semblait bien.

Elle était assise dans son cabinet de travail, un petit micro fixé sur la poitrine. Dans sa main, une télécommande par câble. Les yeux rivés sur l'objectif, elle sembla tout d'abord nerveuse, mais elle gagna rapidement en assurance, avec de temps à autre dans la voix une pointe d'accent de Brooklyn, l'endroit où elle avait vécu avant de s'installer au Texas. Mais c'est le contenu de ses paroles qui était important, lequel contrastait fortement avec ce que je l'avais entendu dire au siège du HPD dans Travis Street.

Si vous regardez cette vidéo, cela signifie que je suis morte, et ou bien vous êtes un membre de l'Église Izrael des hommes et des femmes de bien qui a volé mon portable, ou bien vous êtes un fonctionnaire de la police de Houston se demandant peut-être ce qui m'est arrivé.

Dans le premier cas, allez vous faire foutre ; et transmettez, s'il vous plaît, ma haine et mon dégoût à cet archiprêtre du mal, Nelson Van Der Velden. À mon avis, lui et le reste d'entre vous représentez tout ce qui ne va pas en Amérique, avec son obsession perverse pour les religions apocalyptiques.

Si vous appartenez aux services de police, alors bienvenue dans mon univers et je vous remercie d'avoir pris la peine de chercher ce qui m'est arrivé. Espérons que ce court film pourra répondre aux questions que vous vous posez peut-être sur ma mort. Essayez de garder l'esprit ouvert pendant que vous le regarderez. Je ne suis pas folle et je ne réclame que votre patience, le temps que je puisse m'expliquer. À tout le moins, faites un effort pour lire le manuscrit inédit d'un livre que j'ai écrit et que vous trouverez également dans cet ordinateur. Il s'intitule Prière, *et vous commettriez une erreur en pensant qu'il s'agit d'une sorte de pamphlet religieux et en le rejetant comme étant sans intérêt pour votre enquête – à supposer qu'il y ait une enquête ; et dans le cas contraire, pourquoi pas et où étiez-vous donc ? Aucun de vous ne s'est-il rendu compte que des gens, les ennemis des fondamentalistes religieux et des théocrates chrétiens, étaient en train de mourir ?*

Je ne suis pas une cinglée de la religion. Je ne suis même pas pratiquante. Ce que vous avez vu chez moi n'est qu'une façade de conformité religieuse, au cas où quelqu'un de l'Église Izrael se présenterait à ma porte. Nelson Van Der Velden aime garder un œil sur ses adeptes et emploie une police de la pensée appelée le Shomrim pour contrôler les membres de son Église, s'assurer qu'ils paient leur dîme et, de manière générale, qu'ils mènent une existence qu'il approuve. Croyez-moi, les conséquences en cas de désobéissance peuvent être dramatiques, voire fatales.

Ce qui m'incite à vous conseiller de faire preuve de prudence dans vos rapports avec ces individus. Ils sont armés et dangereux, même si ce n'est pas, je pense, d'une manière que vous avez rencontrée jusqu'ici, mais j'y viens. Cependant, je ne suis pas une athée ; je tiens à souligner ce point pour des raisons qui apparaîtront clairement. Oui, je crois en Dieu, mais pas pour les motifs banals habituels.

À propos, vous trouverez également à la fin du manuscrit un fichier PDF contenant un formulaire signé et certifié authentique vous donnant officiellement l'autorisation d'utiliser mon travail comme témoignage dans votre enquête.

Mon nom n'est pas Gaynor Allitt, mais Esther Begleiter, et je viens de Brooklyn, à New York, où j'ai grandi dans une famille juive hassidique de Satmar. J'en savais déjà long sur le fanatisme religieux quand je suis venue vivre au Texas. Je ne suis plus en contact avec cette famille, aussi je présume que ma mort ne sera pas une source de grand regret pour des parents ayant abandonné depuis longtemps l'espoir que je leur fasse honneur.

Enfant, je suis allée à l'école Abraham Joshua Heschel de New York, et on pouvait supposer que je me serais inscrite à l'université Yeshiva. Mais j'avais d'autres projets en tête, et notamment d'échapper à un mariage hassidique arrangé avec un petit cousin, parce que je m'étais rendu compte que j'étais lesbienne. Les lesbiennes et le hassidisme de Satmar n'ont jamais fait bon ménage. La Torah considère tout comportement homosexuel comme une abomination. Je me rappelle avoir essayé d'en discuter avec ma mère, qui m'assura que quantité de lesbiennes juives avaient mis de côté leurs sentiments personnels afin de devenir de bonnes épouses et mères de famille, mais je n'étais pas convaincue, de sorte que, au lieu d'aller à Yeshiva, je rompis complètement avec ma famille et réussis à obtenir une bourse pour étudier la psychologie à l'université de Georgetown.

Après avoir obtenu mon diplôme, je restai pour effectuer des recherches. Peut-être à cause de mes antécédents, j'étais devenue très intéressée par l'effet placebo de la religion, autrement dit, je considérais toute religion comme une pilule inerte, médicalement inefficace, destinée à tromper son destinataire. Comme psychologue, me passionnait en particulier la façon dont la prière semble effectivement modifier quatre zones distinctes du cerveau humain : le lobe frontal, le cortex cingulaire antérieur, le lobe pariétal et le système limbique. J'étais aussi curieuse d'examiner les déclarations selon lesquelles une certaine quantité de prière quotidienne pouvait empêcher les pertes de mémoire, la dégénérescence mentale et même la démence ou la maladie d'Alzheimer. Il convient d'ajouter, cependant, que rien de tout cela n'était dicté par le désir de me prouver que Dieu existait réellement. En fait, j'étais plus ou moins persuadée alors qu'il n'existait pas.

Après avoir remis ma thèse de recherche, je décidai d'écrire un livre sur le mouvement nationaliste chrétien en Amérique ; à cette fin, je pensais que ce serait une bonne idée de prendre une autre identité et, si je pouvais, d'adhérer à une Église nationaliste chrétienne fondamentaliste. Le Texas semblait un bon choix. Au cours de mes recherches sur les effets neurologiques de la prière, j'avais entendu parler d'une secte secrète, installée près de Houston, qui croyait à une théocratie chrétienne complète, en érigeant le livre du Lévitique en loi, et qui préconisait la mise à mort des homosexuels, des personnes adultères, des avorteurs et des athées ; qui non seulement croyait à ces choses, mais priait activement pour qu'elles se concrétisent. En l'occurrence, l'Église Izrael des hommes et des femmes de bien est beaucoup plus qu'une secte, avec près de dix mille membres ; et la prière qu'elle pratique va bien au-delà de ce que la plupart des gens entendent par prière.

Aussi, voilà deux ans, je quittai mon domicile de Washington, changeai de nom, trouvai un emploi de sténographe judiciaire à Houston – je me disais que, si je travaillais dans le domaine de la psychologie, je risquais de rencontrer quelqu'un que je connaissais et que ma nouvelle identité serait réduite à néant – et essayai de devenir membre de l'Église d'Izrael. Si ce n'est qu'il fallut un moment pour que je sois acceptée d'abord comme simple membre de l'Église, ce que l'on est quand on assiste seulement aux services du dimanche, avant de faire partie d'un groupe de prière secret appelé le Kavanot, qui présente des points communs avec la Kabbale et qui attribue une signification plus élevée au but de la prière, rien de moins qu'une tentative pour influer sur la trame même de la réalité. L'admission au Kavanot nécessite que vous ayez été un simple membre pendant un an ; puis que vous passiez un test de QI avec un score de cent trente-deux ou plus, ce qui est censé indiquer une intelligence supérieure et fait de vous une force de prière ; et enfin que vous ayez un entretien avec Nelson Van Der Velden lui-même. Il décide alors si vous êtes prêt – intellectuellement, spirituellement et moralement – à intégrer le Kavanot.

Ayant satisfait à ces trois conditions, j'entrai dans le Kavanot il y a environ dix-huit mois.

Actuellement, le Kavanot compte approximativement cinq cents hommes et femmes, et l'objectif de Van Der Velden est de le rendre encore plus large et donc plus puissant. Ici, j'en ai peur, les choses commencent à devenir encore plus fantastiques. J'avais moi-même du mal à y croire lorsque j'ai découvert le véritable caractère des prières qui étaient offertes à Dieu au sein du Kavanot. Mais, de grâce, essayez de vous souvenir que je n'invente rien. Posez-vous simplement la question suivante : si ceci constitue mes dernières volontés et mon testament, pourquoi donc mentirais-je, nom d'un chien ?

Mais avant d'aller plus loin, laissez-moi vous parler un peu de Nelson Van Der Velden.

Tout d'abord, c'est le fils de Robert Van Der Velden, l'ancien chef de la Pyramide du pouvoir de la prière, à Dallas. Au départ, Nelson était le successeur désigné pour diriger la PPP, mais une brouille semble avoir éclaté, dont les raisons sont aujourd'hui entourées du plus grand secret. Certains ont avancé l'hypothèse que Nelson voulait faire de la Pyramide du pouvoir de la prière bien plus qu'un nom, qu'il voulait la transformer en une réalité spirituelle. Et il ne fait aucun doute que la PPP est à l'origine du Kavanot. Mais d'autres que je connais ont suggéré qu'il s'agissait uniquement d'une question d'argent, que Nelson avait refusé d'avancer à son père la somme qui lui aurait permis de rembourser ses créanciers. Car, ne vous y trompez pas, Nelson est un homme riche. Chacun de ses adeptes, moi incluse, est obligé de faire don d'un dixième de ses revenus annuels à l'Église Izrael. Avec un effectif de dix mille membres, vous comprenez que ça monte vite. J'ai calculé qu'il touchait ainsi entre vingt et trente millions de dollars par an. Pourquoi ses adeptes versent-ils une dîme aussi généreuse ? Parce que Nelson prie pour eux. Si cela vous paraît un piètre accord, tel n'est pas le cas, croyez-moi.

Nelson Van Der Velden est d'une intelligence tout à fait exceptionnelle. Il a fait ses études à la Milton Academy du Massachusetts puis à la Harvard Divinity School, après quoi il a obtenu un doctorat en théologie à Berkeley qui lui a permis d'aller étudier pendant un an en Israël. Là, il a rencontré et travaillé avec plusieurs rabbins influents, dont le rabbin Yitzhak Kaduri et le rabbin mystique, encore plus reclus, Shimon Dayan, qui enseigne à ses fidèles le moyen d'orienter l'objectif d'une prière, de spécifier le chemin par lequel elle s'élève en un dialogue avec Dieu afin d'augmenter les chances qu'elle soit exaucée. De cette façon, chaque mot de chaque prière – à vrai dire, chaque lettre de chaque mot contenu dans une prière – a une signification précise et un effet quantifiable.

J'ignore comment Nelson Van Der Velden a pu s'insinuer à ce point dans les bonnes grâces de ces deux éminents rabbins, et il y aurait certainement un travail d'enquête à faire à ce sujet en Israël, mais il est probable que le fait que sa connaissance et sa maîtrise de la Torah sont proches de la perfection n'y est pas étranger. Il parle et lit couramment l'hébreu. En conséquence, on raconte qu'il a réussi à impressionner ces deux rabbins comme n'avait pu le faire aucun savant juif. Bon, je ne connais pas très bien la Torah, mais il semble qu'elle renferme certains aspects mystiques cachés, les Sitrei Torah et les Razei Torah. Et je crois qu'il existe un autre terme recouvrant le savoir ésotérique juif qu'on appelle le Chochmah Nistara. Mais les noms hébreux n'ont pas d'importance. L'important, c'est que la doctrine talmudique interdit l'enseignement public de ce savoir ésotérique. Dans la Mishna – ou Torah orale, comme on l'appelle parfois –, il est conseillé aux rabbins de n'enseigner la doctrine mystique de la création qu'à un seul étudiant, qui en a été jugé digne. Le bruit qui court à l'Église Izrael est que Nelson Van Der Velden était cet étudiant.

En vérité, je ne sais pas en quoi consistent les secrets qui sont censés avoir été dévoilés à Nelson Van Der Velden, mais l'opinion générale parmi les membres du Kavanot prêts à parler de ces choses est qu'il s'agit de rien de moins que des secrets révélés par Dieu à Adam. Selon un Midrash rabbinique – un enseignement homilétique –, Dieu a créé l'univers grâce à dix Sephirot, ou attributs. Ce qui est également commun à la Kabbale.

J'appuyai sur le bouton pause de l'iPad de Ken et arrachai les écouteurs tandis que la serveuse revenait avec ma bière et notre déjeuner. Ken posa son journal et jeta un coup d'œil à l'écran pour lire le chiffre sous la barre de progression. J'enfournai un peu de nourriture, remis les écouteurs en place et cliquai de nouveau sur le bouton de lecture.

Les secrets censés avoir été révélés à Nelson incluent la vraie nature d'Adam et Ève ainsi que des choses sur le jardin d'Éden et l'arbre de vie, dit Gaynor Allitt.

J'allais devoir me faire à l'idée que son vrai nom était Esther Begleiter.

Mais la révélation vraiment importante, du point de vue de Nelson, est le nom de soixante-douze lettres de Dieu qui lui a été confié par le rabbin Dayan. Ce mot est celui-là même dont s'est servi Moïse pour commander aux anges, pour changer les rivières en sang, pour ouvrir les eaux de la mer Rouge et détruire l'armée égyptienne, pour faire périr le bétail et tuer tous les premiers-nés d'Égypte. Les mystiques juifs l'utilisaient à des fins de méditation. Mais, bien sûr, de telles contraintes ne s'appliquaient pas à Nelson Van Der Velden, et il n'eut pas plutôt quitté la Terre sainte pour rentrer aux États-Unis qu'il décida de se servir du nom de Dieu dans la prière pour réaliser ses propres desseins. Cela dit, il s'arrange pour que ce nom demeure un secret connu de lui seul. Pour ma part, je ne l'ai jamais entendu le prononcer car il le fait dans une petite cabine spéciale installée au centre du Kavanot, un peu comme le cabinet de prière que j'ai ici chez moi. Je dirai également un mot à ce sujet dans un instant.

Toujours est-il que ce genre de prière ésotérique hébraïque, ou prière habilitée, comme l'appelle Nelson, ne marchant pas du tout, on dut lui rappeler – peut-être son père – qu'il n'était pas Moïse. Il fallut une nouvelle étude de la Kabbale pour le convaincre qu'il avait besoin de sa Pyramide du pouvoir à lui pour donner de l'énergie psychique – ce sont ses mots, pas les miens – à ses prières. D'où la création de l'Église Izrael et du Kavanot.

Lorsque je rejoignis le groupe, il était presque exclusivement affecté à son propre profit. Van Der Velden nous invitait à une prière habilitée afin d'accroître les biens ou la santé du groupe. Tout cela n'avait aucun sens pour moi, et j'étais juive. Je veux dire, j'avais entendu parler de la Kabbale et des Sephirot, mais rien sur le nom de soixante-douze lettres de Dieu, ni sur le pouvoir mosaïque de la prière. Bien sûr, peut-être était-ce dû au fait que j'étais une femme et que ce genre de savoir n'aurait pas été confié à une femme juive. Mais c'est une autre histoire.

Tout d'abord, je fus totalement dubitative. Franchement, je pensais qu'ils étaient tous fous. Mais ensuite, il se produisit un événement bizarre qui me terrifia. En fait, il s'en produisit plusieurs, mais le premier fut qu'un des membres du Kavanot qui était atteint d'un cancer inopérable alla mieux après qu'on eut tous prié pour lui. Puis quelqu'un gagna à la loterie du Texas alors que nous avions prié pour que son entreprise se redresse. Naturellement, j'étais toujours portée à réfléchir à ces phénomènes dans les termes scientifiques auxquels j'étais habituée en tant que neurologue et à y voir uniquement un effet placebo. Sauf pour une chose, et cela paraît ridicule, je sais, à savoir qu'il est indéniable que nous éprouvions la sensation d'une force circulant parmi nous quand nous adressions nos prières à Dieu dans le cadre du Kavanot. C'était tout à fait mystérieux. Et inexplicable. Au bout de quelque temps, il sembla qu'un tas de bonnes choses arrivaient aux personnes appartenant au Kavanot. Même à moi.

Le fait est que je tombai amoureuse de quelqu'un. Une femme, bien sûr, aussi nous devions faire très attention, car, comme la plupart des théocrates chrétiens, Nelson désapprouve totalement l'homosexualité. Cette femme s'appelait Agnes. Elle appartenait au Kavanot depuis plus longtemps que moi, et c'est elle qui m'a fait changer d'avis sur un tas de choses. En particulier, c'est elle qui m'a persuadée que je me trompais à propos de l'Église Izrael parce que je n'avais jamais été amoureuse d'une femme qui était amoureuse de moi. Je mis donc de côté mon idée d'écrire un livre sur le nationalisme chrétien et me consacrai tout entière à mes sentiments pour Agnes et, par extension – car ne nous avait-il pas réunies ? –, à Dieu et à l'Église Izrael. Je devins comme le reste d'entre eux.

Mais ensuite, Nelson devint encore plus ambitieux quant aux choses pour lesquelles il nous disait de prier, et à la manière de le faire. Tout d'abord, on nous apprit à prier par roulement, vingt-quatre heures sur vingt-quatre, à l'église et à la maison. On demanda à certains d'entre nous de s'équiper d'un cabinet de prière afin de pouvoir prier sans être dérangé. Quelquefois, on priait seuls pendant des heures et des heures, mais d'autres fois on était autorisés à avoir un partenaire de prière ; naturellement, je choisissais Agnes, et il arrivait, alors que nous étions dans mon cabinet de prière, ou dans le sien, que nous terminions nos prières dans les bras l'une de l'autre. C'étaient des moments heureux pour Agnes et pour moi. Il nous semblait que Dieu pouvait difficilement désapprouver le grand amour que nous éprouvions l'une pour l'autre.

Cependant, nous étions beaucoup moins à l'aise avec ce pour quoi nous devions prier à présent. Nelson avait eu une vision, prétendait-il, selon laquelle il nous fallait instaurer le royaume de Dieu sur cette terre – le jour du Jugement dernier, comme l'appelle la Bible –, commencer la destruction des méchants afin de préparer la venue du Seigneur. En y repensant, il me semble qu'utiliser la prière comme une arme mortelle a toujours été un des objectifs de Nelson. Voyez-vous, le nom de l'Église n'a pas grand-chose à voir avec l'État ni avec les enfants d'Israël, comme on pourrait aisément le supposer. Rien de semblable. Izrael ou Azrael – le nom signifie « celui qui aide Dieu » – désigne également l'archange de la mort, non seulement dans la tradition biblique, mais encore dans la théologie islamique et sikh. D'après Nelson, Izrael n'est qu'un ange déchu qui, bien qu'étant un démon – c'est dans la nature d'un ange déchu –, se soumet à la volonté divine, et a toujours fait le sale boulot de Dieu, qu'il s'agisse d'exterminer les premiers-nés d'Égypte, d'exécuter les enfants qui avaient été assez stupides pour se moquer du prophète Élisée parce qu'il était chauve ou de tuer tous les gens qui avaient eu le malheur de voir l'Arche d'alliance.

Cela semble fou, je sais, et je n'ai guère pris les choses au sérieux jusqu'à ce que la première victime de prière – c'est ainsi que les appelle Nelson –, à savoir le Dr Clifford Richardson, meure subitement. C'était l'un des plus éminents obstétriciens du pays et il dirigeait une clinique d'avortement privée, la clinique Silphium, à Washington. Cela aurait pu être une simple coïncidence, mais lorsque notre victime suivante, Peter Ekman, mourut subitement lui aussi, à son domicile de New York, nous commençâmes à avoir peur, Agnes et moi. Pas seulement de Nelson Van Der Velden, mais de Dieu lui-même. On aurait dit que nous avions libéré un pouvoir effroyable sans aucun rapport avec le christianisme que nous, ou plus précisément Agnes, avions embrassé. Cette même peur et ce que nous avions lu dans le Lévitique la persuadèrent que nous nous étions fourvoyées dans notre idée que Dieu pourrait approuver notre amour. Plus on étudiait les Écritures et plus elle avait l'impression que nos sentiments étaient maudits. Ce qui la déprimait profondément, et avec la mort d'une troisième victime, le Pr Willard Davidoff, à la suite de nos prières pour sa destruction, elle devint suicidaire.

Vous vous demandez sans doute pourquoi nous n'avons pas tout bonnement quitté l'Église et déménagé. Eh bien, deux personnes l'ont fait : Norris Clark et Brent Pitino, qui ont connu une fin affreuse et précipitée, que Nelson nous a annoncée en jubilant avant une réunion du Kavanot. Clark a été retrouvé broyé sur une voie ferrée après avoir déambulé devant un train express, tandis que Pitino est tombé d'un bateau à moteur et a été déchiqueté par l'hélice. Ce sont du moins les explications officielles de ce qui s'est passé. Si vous êtes encore là, monsieur le Représentant de la loi, vous aurez peut-être envie de vous renseigner par vous-même sur ces deux décès. Selon tous les témoignages, il ne restait pas grand-chose d'eux à mettre dans un cercueil. Ce qui rejoint tout à fait ce que Nelson nous a dit d'Azrael. S'il ne vous terrifie pas, il vous met en pièces, comme avec ces gosses dans le livre des Rois.

Il n'y avait pas eu de prières pour leur mort dans le Kavanot – Nelson est trop habile pour ça –, mais, ces derniers temps, il est parvenu à identifier les membres ayant la plus grande capacité à faire des prières puissantes, et l'on suppose généralement qu'il a mis sur pied un groupe de prière ultra-secret à l'intérieur du Kavanot pour exécuter sa volonté expresse. Pour punir ceux qui lui désobéissent ou qui essaient de quitter l'Église.

Après ça, nous avons tous été pris de peur. Et il y a trois semaines, incapable de vivre avec la culpabilité de ce qu'elle pensait que nous faisions ou avec la terreur de ce qui risquait de lui arriver si elle quittait l'Église, Agnes a mis fin à ses jours. Elle s'est ouvert les veines dans sa baignoire.

Esther Begleiter avala sa salive avec raideur puis arrêta l'enregistrement, bien qu'il restât quelques minutes d'après la barre de progression. J'en profitai pour mettre la vidéo en pause un moment et consacrer mon attention à la nourriture.

« Tu as fini ? demanda Ken.

— Presque. On peut discuter dans un instant. »

J'appuyai de nouveau sur le bouton de lecture. La prise de vues changea avec une coupure fort peu professionnelle, et, lorsque Esther revint, l'indicateur du temps dans le coin de l'image montrait qu'un jour entier s'était écoulé.

Désolée, dit-elle – on aurait cru qu'elle me parlait directement, et je n'aurais pas du tout été surpris si elle m'avait appelé par mon nom. *Mais c'est la mort de mon amie et amante*

Agnes Reilly qui m'a incitée à reprendre mon livre Prière *et à faire cette vidéo. Une fois encore, si vous voulez contrôler mon histoire, n'hésitez pas. Vous vous apercevrez que presque tout ce que j'ai dit peut être vérifié. Ce qui pourrait même inclure notre dernière victime de prière. Actuellement, le Kavanot prie en effet pour la mort de Philip Osborne. Regardez la signature de date et d'heure de cet enregistrement et peut-être qu'au moment où vous le visualiserez il sera mort lui aussi. Mais j'imagine que l'on peut falsifier ce genre de chose, n'est-ce pas ? Je vais donc tâcher d'apporter des preuves supplémentaires à cet égard.*

Esther leva un numéro du *Houston Chronicle*.

Pour vous permettre de vérifier la date d'aujourd'hui, voici le journal de ce matin et…

Elle sortit ensuite un petit transistor qu'elle alluma.

Et voici l'émission de radio 9-5-0. (Elle marqua un temps d'arrêt.) *Mais un bulletin d'information ne vas pas tarder, ce qui vous permettra de vérifier ça également. Rappelez-vous ce que je vous dis ici : Philip Osborne, qui est toujours vivant, pourrait bien être mort lorsque vous verrez cet enregistrement.*

Elle observa une pause tandis que le bulletin d'information donnait la date et l'heure.

Mais ça aussi, j'aurais pu le truquer, n'est-ce pas ? Oui, c'est sûrement faisable. Alors il me faudrait peut-être autre chose pour prouver que ce que je dis est vrai. Bon. Je pense avoir ça. La réponse se trouve à quelques pâtés de maisons et, vu que nous sommes lundi…

Cette fois-ci, la coupure semblait plus professionnelle, passant à un plan extérieur en marche arrière sur un panneau d'affichage géant. Esther Begleiter se trouvait à Minute Maid Park, à un match de base-ball entre les Astros de Houston et les Reds de Cincinnati. Après avoir mis au point l'heure et le score, elle tourna la petite caméra vers elle-même. Le public était clairsemé, ce qui n'avait rien d'inhabituel avec les Astros. Apparemment, elle se tenait dans la tribune intermédiaire.

Voilà. Cela devrait être relativement facile à vérifier. Maintenant, vous allez peut-être croire ce que je raconte. Écoutez, j'espère me tromper. J'espère sincèrement que cela n'arrivera pas. Mais aujourd'hui, 25 juillet, je vous dis que l'Église Izrael des hommes et des femmes de bien prie pour la mort de Philip Osborne. Par conséquent, si ce pauvre type vient à mourir, vous serez bien forcé de me croire, non ?

Le film revint au cabinet de travail d'Esther, dans sa maison de Gregg Street.

Écoutez, je sais que tout ça paraît totalement cinglé. Personne n'en est plus conscient que moi. Je suis une scientifique, après tout. Malgré ça, vous pensez probablement que je suis bonne pour l'asile, et je ne peux guère vous le reprocher. Mais si vous êtes un flic, permettez-moi de résumer les choses d'une façon que même un flic peut comprendre.

Vous avez le point numéro un : trois ennemis de la droite chrétienne – le Dr Clifford Richardson, Peter Ekman et le Pr Willard Davidoff – sont morts subitement. Peut-être avez-vous déjà relégué ces trois décès dans la catégorie des coïncidences malheureuses. Mais je vous affirme que Nelson Van Der Velden et les membres de l'Église Izrael, moi y compris, ont prié pour que ces décès surviennent.

Vous avez le point numéro deux : deux membres de l'Église Izrael – Norris Clark et Brent Pitino – ont été victimes de morts accidentelles violentes.

Vous avez le point numéro trois : un autre membre de l'Église Izrael, Agnes Reilly, s'est suicidé parce qu'elle se sentait coupable de ce qui était arrivé ; coupable et terriblement effrayée à l'idée de subir un sort analogue.

Vous avez le point numéro quatre : des membres de l'Église Izrael prient actuellement pour la mort de Philip Osborne.

Vous avez le point numéro cinq : le manuscrit de mon livre inédit, Prière. *Lisez-le, s'il vous plaît ; il contient beaucoup plus de détails sur ce que j'ai relaté dans le film.*

Et pour finir, vous avez le point numéro six : c'est moi. Comme je l'ai expliqué au début de cette vidéo, si vous êtes en train de la regarder, c'est que je dois être morte. Et si je suis morte, vous pouvez parier que ce n'est pas de causes naturelles. Voyez-vous, j'ai fait ce film parce que j'avais peur qu'il ne m'arrive quelque chose, de la même manière qu'à Clark et à Pitino. La police de la pensée de l'Église Izrael sait que nous étions proches, Agnes et moi. Ils m'ont déjà interrogée sur sa mort, comme s'ils me soupçonnaient de partager son point de vue et de me sentir terriblement coupable également, ce qui est le cas. Je ne peux vous dire combien je suis désolée de tout ça. Et, bien sûr, Agnes me manque désespérément. À tel point que je ne suis pas sûre de pouvoir continuer sans elle. Je ne crois pas être moi-même une victime de prière. Pas encore, en tout cas. Je l'aurais certainement senti. Mais c'est ce que je crains le plus.

À partir de ce que m'a dit Agnes, je sais très peu de chose sur ce qui se passe quand on devient une victime de prière. Elle était véritablement terrifiée que ça lui arrive. Elle m'a raconté qu'Azrael, le démon domestique du Tout-Puissant, ne frappe pas tout de suite. À la demande de Nelson, il prend son temps et préfère insuffler la peur de Dieu dans l'âme de la victime désignée. Parfois, Nelson prend part au processus et, par l'intermédiaire d'un mystérieux fournisseur de services Internet offshore – qui se trouve en Chine, je pense –, envoie à ses victimes de prière un mail les informant que l'ange du Seigneur les a condamnées à mort. Après quoi, ce n'est qu'une question de temps, mais jamais plus de trente jours. J'ignore pour quelle raison, mais c'est ainsi. Richardson, Ekman et Davidoff sont tous morts dans le mois ayant suivi leur désignation. Ah oui ! je n'ai pas expliqué ça, n'est-ce pas ? Le Kavanot suggère qu'on vous élimine et ensuite un vote a lieu. J'ai dressé une liste de tous ceux qui avaient été désignés jusqu'ici, ce que je n'étais pas censée faire ; la question des victimes de prière est un secret bien gardé à l'Église Izrael, et il y a même des gens qui viennent s'y prosterner chaque semaine et qui ne sont pas au courant de cette activité. Quoi qu'il en soit, vous trouverez cette liste à l'intérieur de ma bible, dans mon cabinet de prière. Elle ne suit aucun ordre particulier, bien que les quatre premiers noms soient tous des victimes de prière. Après Osborne, personne ne peut dire qui sera le prochain.

Je vous en conjure. Arrêtez-les si vous le pouvez. Pour moi ? Mais soyez prudent également. Vous n'avez pas idée de ce à quoi vous avez affaire.

Alors que le court film d'Esther Begleiter prenait fin, je poussai un long soupir de perplexité et me laissai aller en arrière dans mon fauteuil. Le Nelson Van Der Velden décrit par elle semblait à des années-lumière du type en première page du *Chronicle,* donnant un million de dollars à un hôpital pour enfants. J'eus le sentiment d'être revenu au point où j'en étais avant de partir en congé forcé pour un mois. Il n'y avait aucune preuve réelle dans tout ce qu'avait dit Esther Begleiter. Pas un mot ne pouvait être étayé pour satisfaire le substitut du procureur, a fortiori un grand jury. Même la prédiction que Philip Osborne allait bientôt mourir ressemblait à de la magie de rue à la David Blaine. Il existe un truc comme ça pour prédire l'avenir et, une fois que les illusionnistes Penn et Teller vous ont expliqué la manière de l'exécuter, cela paraît toujours simple comme bonjour. Personne, sûrement, à Justice Park Drive ne croirait que j'étais en voie de recouvrer la santé mentale si je me pointais au bureau en suggérant de prendre ses allégations au sérieux. Je pouvais entendre d'ici Gisela DeLillo. *Rentrez chez vous, Martins. Vous êtes malade. Voyez le Head Fed. Oubliez votre stupide obsession. Cette femme est aussi fêlée que vous.* Le chef de la division me virerait de son bureau en rigolant. Doug Corbin dirait à Gisela, je vous l'avais bien dit, Gary Greene marmonnerait une connerie quelconque comme quoi je n'avais pas l'esprit d'équipe et Chuck Worrall écrirait un commentaire accablant dans mon dossier personnel qui mettrait effectivement fin à ma carrière.

J'ôtai les écouteurs et les posai sur l'iPad.

« Quelle est ton opinion, Ken ?

— Elle est folle, aucun doute. Ce n'est pas possible autrement. Il ne suffit pas de faire des prières pour avoir les six bons numéros à la loterie. La dernière fois que j'ai prié en escomptant un résultat, c'était en 1978, lorsque mon père était malade à l'hôpital. J'ai prié de toutes mes forces pour qu'il aille mieux. Ça n'a pas été le cas. (Il haussa les épaules.) Je n'ai jamais gagné à la loterie non plus. »

Je versai le bol de morceaux de sucre dans ma main et me mis à jouer au solitaire avec.

« Ce n'est pas comme ça que tu trouveras la réponse, dit Ken.

— J'essaie d'établir un ordre dans la manière dont se présentent les choses. Et je commence à me rendre compte que cette habitude n'est qu'une métaphore du boulot qu'accomplit n'importe quel détective. Alors, c'est quoi, ce bordel ? Peut-être que, lorsque j'aurai compris ce qui se passe ici, j'arrêterai de le faire. Pour un moment, du moins.

— Si tu veux. »

Je me grattai la tête, comme pour la défier d'arriver à une stratégie quelconque quant à la façon de procéder. Sans résultat.

Toutefois, il me vint à l'esprit que je pourrais tout bonnement défier Nelson Van Der Velden. Après tout, on était dimanche.

20

Après le déjeuner, j'allai voir un film au Cinemark de Webster, non loin de la Gulf Freeway et à quelques kilomètres seulement à l'ouest de l'Église Izrael des hommes et des femmes de bien. C'était un endroit sombre où s'asseoir un moment et réfléchir, ce qui n'est jamais facile à Houston. Il y avait un McAllister's Deli à côté du cinéma, et, lorsque le film fut enfin parvenu à sa conclusion, j'y allai et pris un café et une pâtisserie en guise de dîner. Je lus le premier chapitre de *Prière*, le livre d'Esther Begleiter qui se trouvait sur la clé USB que m'avait remise Ken, mais il était plutôt sec et pas aussi intéressant, à coup sûr, que son enregistrement. Cela dit, ce n'était que le premier chapitre, et il ne contribua pas à me détourner de mon plan d'action. Pendant que je regardais le film, un numéro que je ne connaissais pas m'avait appelé à plusieurs reprises sur mon portable, mais je n'avais pas entendu le téléphone sonner dans ma poche. Dans tous les cas, je ne pris pas la peine de rappeler. J'avais d'autres choses en tête, comme ce que je comptais faire lorsque je retournerais à l'Église Izrael. Ça allait très certainement me flanquer dans le pétrin, d'une manière ou d'une autre. Bien entendu, j'étais plein d'incertitude, mais seuls les imbéciles sont toujours sûrs d'eux et absolument convaincus de ce qu'ils font. Voilà ce que je me disais en pénétrant dans le parking de l'Église Izrael, rempli de voitures et plus ou moins vide d'êtres humains, car, d'après ma montre, le service était déjà bien entamé. Pour une fois, je ne pouvais pas mieux choisir mon moment, semble-t-il.

« Ce n'est pas que tu sois meilleur qu'un tas d'autres connards au Bureau, Martins, dis-je à haute voix en sortant de la voiture et en ouvrant le coffre. C'est juste que ça te prend un peu plus longtemps pour laisser tomber un truc. Stupide de ta part quand ça ne marche pas et malin quand ça marche. C'est peut-être ce qu'il faut pour être bon dans ce foutu métier. Je ne sais pas. Merde, je n'ai pas suffisamment réfléchi à tout ce bastringue. Je n'y arrive pas. Je n'en sais pas assez. Pas encore, en tout cas. Mais voilà qui va secouer le cocotier, sûr et certain. »

Enlevant ma chemise, je sentis le soleil tel un rayon laser sur ma peau nue avant d'enfiler un tee-shirt bleu avec FBI en lettres jaune clair dans le dos et le logo du Bureau sur le devant. Je fixai mon insigne doré à ma ceinture, mis mes lunettes d'aviateur, vérifiai le Glock à ma hanche, fourrai la clé USB de Ken dans la poche de mon pantalon et marchai calmement vers la porte d'entrée. Cette fois, je ne cherchais pas à passer inaperçu. J'avais l'impression d'être un renard sur le point de faire irruption dans un poulailler. Je levai les yeux vers Azrael sur le bas-relief au-dessus de la porte. Il avait l'air un peu moins affable et encore plus musclé qu'auparavant. C'était un ange qui ne se cantonnait pas à chanter la gloire de Dieu et à apporter des vœux de paix et de joie à l'humanité tout entière à Noël ; c'était un ange à la putain d'attitude. Et si l'expression de son visage ne suffisait pas à vous mettre sur vos gardes, il y avait quelque chose dans la menotte brisée à sa cheville qui me faisait penser à un criminel évadé, comme Charlton Heston dans *Ben Hur*.

Un des membres du service d'ordre près de l'entrée s'avança vers moi, une main levée, dans le style d'un agent de la circulation. Il portait des lunettes comme les miennes, et je pouvais voir tout le parking, moi inclus, se refléter dans chacun des verres aussi distinctement que si on l'avait ajouté avec Photoshop.

« Je regrette, monsieur, mais le service a déjà commencé. »

J'ouvris mon porte-cartes d'agent spécial et le tins devant sa figure ainsi qu'on nous avait appris à le faire à l'Académie. Montrez-le comme si vous étiez porteur d'un message spécial ; comme si c'était un putain d'ordre présidentiel.

« Vous ne pouvez pas entrer.

— Ce n'est pas ce que dit ceci », rétorquai-je, avant de poser la paume de ma main sur mon étui pour donner plus de poids à mes paroles.

Mais le type avait déjà battu en retraite, et tout ce que je distinguais à présent dans ses lunettes de soleil, c'étaient les lettres FBI, de sorte que je savais qu'il voyait que je ne rigolais pas.

Je poussai l'épaisse porte en verre et entrai. Mes pas résonnèrent sur le sol tel le tic-tac d'une horloge, et l'air frais me balaya le visage comme si l'ange dehors avait battu des ailes. Au-delà d'une porte à double battant, je pouvais entendre que Nelson Van Der Velden avait déjà commencé son sermon. De sa voix suave et désinvolte, il parlait du *Titanic* et du fait que, si l'on avait tenu compte des mises en garde concernant la grande quantité d'icebergs, les mille cinq cents personnes ayant perdu la vie auraient pu être sauvées ; et qu'il était temps qu'on se mette à écouter les avertissements de Dieu si on voulait éviter des catastrophes semblables. C'était un bon conseil, et j'aurais peut-être bien fait de le suivre.

Je glissai une branche de mes lunettes dans le col de mon tee-shirt et pénétrai dans l'auditorium. À la vue des quelques milliers de personnes présentes, je marquai un temps d'arrêt, jetai un regard alentour à la recherche d'une place aussi à l'avant que possible et, en repérant une, je remontai l'allée centrale. Que mon arrivée ne passe pas inaperçue me convenait parfaitement ; cela faisait partie de ma prétendue stratégie. Beaucoup de gens ouvrirent de grands yeux sur mon passage. J'espérais que Ruth en était, se demandant ce qui allait bien se passer quand j'arriverais à l'avant. Ça m'aurait intéressé de le savoir moi aussi.

Nelson Van Der Velden me vit – alors que j'approchais des premiers rangs, il lui aurait été difficile de ne pas le faire –, mais je dois reconnaître à son crédit qu'il eut à peine une hésitation et qu'il continua pendant un moment son sermon comme si de rien n'était.

Je marchai jusqu'au bout de la rangée où j'avais remarqué une place libre et me frayai, le plus poliment possible, un chemin jusque-là. Puis je m'assis et m'efforçai d'avoir l'air aussi à l'aise qu'on peut l'être quand on a un Glock à la hanche et que tout le monde vous regarde, et pas toujours d'une manière gentille et chrétienne. S'il y avait une chose que j'avais apprise de Ruth, c'est que les seules armes qui dérangeaient vraiment les Texans étaient celles que l'on portait ouvertement à l'église.

« Ne faites pas grand cas de vos problèmes, disait Van Der Velden à ses fidèles. Faites grand cas de louer Dieu. C'est pour cela que nous sommes tous ici. N'est-ce pas ? Tous nous sommes venus devant Dieu avec des louanges, parce que vous devez lui donner quelque chose sur quoi travailler. Pour qu'il vous aide, il vous faut le glorifier. Vous savez ce que dit David dans les Psaumes. Dieu est pour nous un refuge et un appui, un secours qui ne manque jamais dans la détresse. Oui, il est toujours là pour nous secourir, mais seulement parce que nous sommes ici pour lui donner ce qui lui revient de droit : notre amour et nos louanges. C'est vrai de la plupart d'entre nous, mais je ne suis pas tout à fait sûr que ce soit le cas de ce monsieur qui vient de s'asseoir au troisième rang. (Van Der Velden gloussa.) Le type du FBI ? Vous l'avez vu ? Vous savez, quand j'étais petit, il y avait une série à la télévision intitulée *Dragnet*. C'est ainsi que j'ai entendu parler du sergent Friday ; mais il se pourrait bien que nous ayons nous-mêmes un sergent Sunday. Espérons-le. »

Tout le monde, Van Der Velden inclus, trouva ça très drôle ; je réussis moi-même à sourire.

« Je suppose que le sergent Sunday en sait plus sur les moments de détresse qu'un grand nombre d'entre nous. On pourrait même dire que la détresse est son métier. Et il est possible qu'il soit dans une plus grande détresse qu'on ne l'imagine. Et qu'il ait tout simplement éprouvé le besoin de venir ici pour être avec nous. Aussi, vous êtes le bienvenu, sergent Sunday. Hé, monsieur, levez-vous et dites un petit bonjour. Allons, ne soyez pas timide. Personne n'a à être timide en présence du Seigneur. Levez-vous et saluez. »

Je fixai un rictus sur mes lèvres, me levai, pivotai et m'inclinai avec raideur vers l'assistance avant de me rasseoir. Mais Van Der Velden n'en n'avait pas fini avec moi.

« Vous savez, après Waco, le FBI n'est pas l'institution du Grand Gouvernement la plus appréciée au Texas. On pourrait dire que ses agents sont à peu près aussi populaires que les collecteurs d'impôts à l'époque de Jésus. Non que ces derniers soient vraiment populaires aujourd'hui. Collecter des impôts n'est pas la carrière la plus respectée qu'un type puisse choisir. Vous vous rappelez ce que les pharisiens disent à Jésus dans Luc, lorsqu'un publicain appelé Lévi décide de donner un grand festin en l'honneur du Seigneur : “Hé, Jésus, pourquoi buvez-vous et mangez-vous avec les publicains et les gens de mauvaise vie ?” Et Jésus de leur répondre : “Ce ne sont pas ceux qui se portent bien qui ont besoin de médecin, mais les malades. Je ne suis pas venu appeler à la repentance des justes, mais à celle des pécheurs.” Alors, je le redis à notre ami, le sergent Sunday du FBI : Monsieur, vous êtes le bienvenu ici, pour vénérer Dieu avec nous ce soir. Et j'espère que chacun dans cette église ira après le service lui dire simplement ça. »

Tous les gens assis autour de moi me sourirent ou approuvèrent d'un hochement de tête. L'un d'eux me serra la main, et je me sentis réellement le bienvenu – ou presque.

« Loué soit le Seigneur, reprit Van Der Velden. Une des choses que je préfère dans les Évangiles, c'est le sens de l'humour de Dieu. La manière dont il renverse la vapeur contre ceux qui essaient de lui savonner la planche. Moi, j'imagine toujours qu'il a une lueur de malice dans les yeux quand il déjoue leurs tentatives. Et c'est un des éléments qui font de la Bible un livre si instructif, n'est-ce pas ?

« Oui, j'adore ma Bible. Je lis un tas d'autres choses également. Sur les sports, bien sûr. Mais également sur la science : *Popular Science, Scientific American.* Richard Dawkins, Stephen Hawking. Non, vraiment. On pourrait dire que j'aime bien garder un œil sur ce que mijote l'adversaire. » Il gloussa de nouveau et l'assistance en fit autant. « Une des choses qui m'amusent à propos des scientifiques, c'est la manière dont ils s'efforcent par tous les moyens de trouver une explication scientifique à ce qui leur crève les yeux. Vous connaissez l'expression : "La nature a horreur du vide." Eh bien, la science aussi, qui a passé près de trois mille ans à essayer d'expliquer l'idée d'espace vide dans l'univers. Aristote prétend que l'univers est rempli d'une substance invisible appelée l'éther. De même Isaac Newton. Si je puis me permettre une autre plaisanterie, c'est Newton qui, le premier, a fabriqué quelque chose avec rien grâce à ses lois sur le mouvement dans l'espace.

« Aujourd'hui, les physiciens quantiques souhaiteraient qu'on les prenne au sérieux quand ils proposent des conclusions passablement absurdes sur ce même espace, qu'ils ont décidé d'appeler énergie noire. Ils nous racontent qu'un vide quantique est un vide qui n'en est pas vraiment un, compte tenu du fait qu'il contient une quantité infinie de cette même énergie noire. Laquelle est ce qui resterait si vous enleviez toutes les galaxies d'étoiles et de planètes, qui, vous diront certains de ces scientifiques, représentent environ 70 % de la masse de l'univers. Et, bien évidemment, quelques-uns pensent ceci, d'autres cela, et la seule chose sur laquelle ils sont à peu près d'accord, c'est qu'ils ne sont pas d'accord sur grand-chose. Un certain nombre d'entre eux voudraient même nous faire croire qu'il leur faut, en fait, élaborer une physique entièrement nouvelle simplement pour concilier toutes les contradictions qui existent dans la physique que nous avons déjà. Sans parler de tout l'argent qu'ils désirent dépenser. Ils ont déjà jeté par les fenêtres des milliards de dollars en inventant un truc baptisé le Grand collisionneur de hadrons pour découvrir, vous l'aurez deviné, *rien*. C'est un mystère, déclarent-ils, ce rien. Parce que, bien que la nature ait horreur du vide, le vide quantique ne semble pas la déranger. Alors tout va bien. »

Van Der Velden gloussa de nouveau.

« Vous imaginez les hurlements si les chrétiens faisaient une chose pareille ? Si nous rédigions une nouvelle Bible pour expliquer certaines des choses dont on dit que nous ne pouvons pas les expliquer ? Nous n'aurions pas fini d'en entendre parler, pas vrai ? Bon, si tout ça vous semble beaucoup de bruit pour rien, vous avez probablement raison. Parce que vous serez d'accord avec moi, je pense, que les chrétiens savent déjà quel nom donner à cette énergie invisible présente dans l'univers. Nous avons déjà une explication quant à la façon de fabriquer quelque chose avec rien. Et nous n'avons assurément pas besoin d'une nouvelle physique pour ça. L'identité de cette force invisible n'a rien de mystérieux, n'est-ce pas ? Nous ne l'appelons pas, c'est sûr, de l'énergie noire, un vide quantique, le principe d'incertitude ou le boson de Higgs. Peut-être un de ces scientifiques commençait-il à comprendre lorsqu'il l'a appelée la particule de Dieu. Mais nous, nous le savions dès le départ. Nous possédons déjà la meilleure explication du monde pour comment expliquer l'inexplicable. Nous parlons de Dieu. Si les scientifiques sont contents avec un bon gros rien dans leur vie, eh bien, qu'il en soit ainsi. Mais, en ce qui me concerne, je préfère quelque chose de mieux. Si vous voulez une raison pour chaque phénomène qui se produit dans l'univers, vous ne pouvez pas rivaliser avec le Tout-Puissant, c'est certain. Ils ont cherché au mauvais endroit. Parce que toutes les réponses à l'univers et au reste se trouvent juste sous notre nez. Elles se trouvent dans la Sainte Bible. Cette bible. »

Van Der Velden brandit sa bible et, comme sur un signal, tous les fidèles se levèrent et en firent autant, puis ils se mirent à réciter une litanie qu'ils semblaient avoir répétée maintes fois auparavant, eux et lui. Je me levai à mon tour et songeai à agiter en l'air mon porte-cartes du FBI – qui, avec sa couverture en cuir noir, était presque aussi gros qu'un petit Testament – avant de repousser cette idée comme peut-être un peu trop provocatrice. Aussi je croisai les bras et attendis.

« Parce que je crois que cette bible contient la parole révélée et incorruptible de Dieu, dit l'assistance. Je crois ce que la Bible m'enseigne…

— Que le Père Tout-Puissant a créé le ciel et la terre, dit Van Der Velden.

— Je crois ce que la Bible m'enseigne, répondit l'assistance.

— Que par lui toutes les choses sont faites et à travers Christ notre Seigneur, qui a été crucifié pour nos péchés, et que toute prière est entendue, dit Van Der Velden.

— Je crois ce que la Bible m'enseigne, répondit l'assistance.

— Que Christ ressuscitera des morts et montera au ciel.

— Je crois ce que la Bible m'enseigne.

— Qu'il viendra juger les vivants et les morts.

— Je crois ce que la Bible m'enseigne.

— Sur la résurrection des corps et la vie éternelle. Amen. Laissez-moi l'entendre : avez-vous reçu le message aujourd'hui ?

— Oui, clamèrent-ils.

— Laissez-moi l'entendre : l'avez-vous reçu aujourd'hui ?

— Oui !

— Amen et loué soit le Seigneur. Merci d'être venus. Merci d'avoir écouté. Soyez tous bénis. »

L'orgue commença à jouer quelque chose de fort et de grandiose, le chœur se joignit brusquement à lui comme si le Messie avait téléphoné pour dire qu'il était en chemin, et le culte fut terminé. Les gens se mirent à me serrer la main et à me donner des tapes sur l'épaule comme si j'étais le fils prodigue.

« Je suppose que vous veniez directement de votre travail, dit l'un.

— Vous êtes en service après ça ? demanda un autre.

— Quelque chose de ce genre », répondis-je poliment, avant de me frayer un chemin vers la silhouette de Frank Fitzgerald, le portier de Nelson Van Der Velden.

Fitzgerald se trouvait à l'arrière de l'auditorium, près de l'ascenseur menant aux bureaux à la James Bond du pasteur. Il était plus trapu que dans mon souvenir et, avec sa cravate noire, son nez cassé, son écouteur et ses mains jointes devant lui, il faisait davantage penser à un agent de sécurité dans une boîte de nuit qu'à un responsable d'une Église. Il me considéra avec dégoût ; vu la façon dont j'étais vêtu, je pouvais difficilement lui en vouloir.

« Pas très courtois, vous ne croyez pas, de vous habiller de cette façon pour venir ici ? » Il se tourna, appela l'ascenseur avec une clé. Les portes s'ouvrirent aussitôt. « C'est une église, monsieur, pas un repaire de vendeurs de crack. » Il inséra la même clé et, lorsque les portes se refermèrent, pressa l'unique bouton.

« Vous savez ce qu'on dit, Frank. La religion est l'opium du peuple. Excellent pour que les gens se tiennent tranquilles.

— La télévision aussi. Vous pourriez tout aussi bien leur demander de cesser d'être des êtres humains qu'espérer qu'ils renoncent à ce qui les rend heureux.

— La religion ne m'a pas rendu heureux, c'est certain.

— Et vous êtes quoi maintenant ? Un athée ? »

J'acquiesçai.

Fitzgerald eut un reniflement de mépris.

« Et comment ça se passe pour vous ?

— Très bien », mentis-je.

Il dit quelque chose, mais, avec le bruit des portes se rouvrant, je n'entendis pas. Ou bien je n'avais pas envie d'entendre.

« Vous devez me laisser votre flingue, annonça-t-il. Si vous voulez voir le pasteur. »

Il me fit passer devant lui pour pénétrer dans le bureau de Van Der Velden et, compte tenu de ce qu'il venait de me dire, je commis l'erreur élémentaire d'obtempérer.

« Non, je ne peux pas, répondis-je. Il ne quitte jamais ma hanche, même quand je suis sous la douche. Ce sont les règles du Bureau.

— Le pasteur a lui aussi ses règles. C'est à ce moment-là que j'entre en scène. »

J'aurais pu ne pas l'écouter, sauf qu'il avait un Sig Sauer automatique à la main. Il y avait un petit drapeau américain gravé sur le côté, et il était pointé sur moi.

« Les armes me rendent nerveux, ajouta-t-il.

— Nous avons peut-être quelque chose en commun, après tout, dis-je. Les armes me rendent nerveux également. Alors pourquoi ne pas baisser celle-là avant de vous fourrer dans le pétrin ?

— C'est vous qui êtes dans le pétrin, mon ami. Monsieur l'agent de terrain opérant seul. Vous n'êtes pas censé faire ça, n'est-ce pas ? Des fois qu'un type dégainerait plus vite que vous, comme dans le cas présent ? (Il fit la grimace.) Je m'y connais. Voyez-vous, quand je ne suis pas ici à m'occuper du pasteur, je travaille pour le Département de la sécurité intérieure. La garde côtière.

— Vous êtes donc une sorte de garde du corps.

— Non, je suis un garde du corps. Les seuls endroits où je ne veille pas sur lui, c'est quand il prêche et quand il joue au tennis au Houstonian Club. »

C'était donc là que j'avais vu Van Der Velden : au Houstonian Club, et la raison pour laquelle je ne l'avais pas reconnu avant, c'est qu'il n'était pas vêtu en prédicateur, comme maintenant, mais qu'il portait une tenue de tennis.

« À votre place, je ferais ce qu'il dit », fit une voix.

Je jetai un regard alentour et vis Nelson Van Der Velden entrer dans l'immense pièce.

« M. Fitzgerald peut être difficile à contredire. Surtout avec une arme à la main.

— Ce n'est pas une attitude très chrétienne qu'il a là, fis-je observer.

— Au contraire, rétorqua Van Der Velden. Dans le livre de Néhémie, il est dit des juifs qui construisaient les murailles de Jérusalem : "Ceux qui bâtissaient la muraille, et ceux qui portaient ou chargeaient les fardeaux, travaillaient d'une main, et de l'autre ils tenaient une arme."

— Alors je suppose que c'est parfait, répondis-je. Vous savez, s'il reçoit ses ordres de vous, il y a des chances pour que vous vous retrouviez dans la même merde que lui.

— Très bien, dit-il en s'approchant dans mon dos et en retirant calmement le Glock de son étui. Laissez-moi vous débarrasser de ça. »

J'aurais pu l'arrêter sans le Sig toujours braqué en direction de ma tête, et je ne doutais pas que Van Der Velden avait raison à propos de Fitzgerald. Il avait l'air d'un homme qui sait se servir d'une arme à feu.

Van Der Velden leva l'automatique, retira le chargeur de dix-neuf balles et se mit à les faire tomber une par une dans son tiroir. Manifestement, il savait lui aussi ce qu'il faisait, mais il est vrai qu'au Texas même les bébés savent se servir d'une arme à feu, et le font parfois. Lorsque le chargeur fut vide, il l'inséra de nouveau dans le Glock qu'il me rendit.

« Vous savez, je n'arrive pas à me souvenir si le révérend Billy Graham employait un garde du corps, mais je parie que non, dis-je.

— J'ai reçu des menaces de mort.

— Je commence à comprendre pourquoi.

— Je ne pense vraiment pas que comprendre soit votre point fort, agent Martins, fit remarquer Van Der Velden. Sans quoi, vous ne seriez pas venu dans mon Église accoutré de cette manière. Qu'est-ce qui vous a pris ? Vous vouliez vous montrer offensant ?

— Possible, répondis-je.

— Portez-vous un micro ? demanda Van Der Velden. Frank ? »

Je secouai la tête, mais Fitzgerald s'avança et me fouilla quand même.

« Il n'a rien sur lui. »

Fitzgerald rengaina son arme et, avec nettement moins de grâce, je fis de même.

Van Der Velden regarda son garde du corps.

« Tout va bien, Frank. Vous pouvez disposer. Je ne pense pas que le sergent Sunday essaie de m'arrêter maintenant. »

Il eut un haussement d'épaules à mon adresse.

« On aurait dit que c'est ce que vous aviez l'intention de faire. Vous ne croyez pas ?

— Dans ce cas, vous êtes en train de résister à une arrestation et vous êtes dans un sacré pétrin, pasteur. Vous ne croyez pas ?

— C'est la seconde fois que vous le laissez entendre, dit Van Der Velden. Et ça ne semble pas plus plausible que la première fois. »

Fitzgerald fit un signe de tête à son patron et quitta la pièce.

« Voyez-vous, agent Martins, ajouta le pasteur, pour l'heure, c'est votre parole contre celle d'un homme de Dieu. Un homme de Dieu occupant une certaine position sociale dans cet État. (Il sourit et s'assit derrière le bureau.) Quoi qu'il en soit, je ne pense pas que vos supérieurs vont beaucoup apprécier votre présence ici, vêtu comme un cow-boy. Après tout, j'ai huit mille témoins de votre manque de tact. Ce n'est pas dans les habitudes du FBI, n'est-ce pas ? Pas depuis Waco. Et n'y a-t-il pas des directives opérationnelles sur la manière de mener une enquête quand une Église est impliquée ? Je crois que vous devez obtenir l'approbation de votre propre conseiller juridique.

— Vous êtes très bien informé, pasteur.

— Après notre dernière rencontre, j'ai demandé à mon avocat de vérifier ce que vous aviez exactement le droit de faire.

— Je suis prêt à le parier. Mais comme vous avez pu le constater en les examinant, je ne serais en infraction avec ces directives opérationnelles que si j'enquêtais sur vous clandestinement ; ce qui n'est guère le cas, pas vrai ?

— Non, je l'avoue. On pourrait difficilement dire que vous agissiez clandestinement. (Il eut un hochement de tête.) À présent, je commence à saisir votre raisonnement.

— Il y a ça. Et le fait que je voulais peut-être provoquer une réaction de votre part, Van Der Velden.

— Ce qui soulève la question : pourquoi ? Je pense avoir répondu très poliment à toutes vos questions au sujet de cette malheureuse Mlle Allitt la dernière fois que vous étiez ici, n'est-ce pas ?

— Très poliment, répondis-je. Mais pas très sincèrement.

— Je ne doute pas que vous ayez une bonne raison de dire cela, agent Martins. »

Je lui lançai la clé USB sur laquelle Ken Paris avait mis une copie numérique de l'enregistrement d'Esther Begleiter.

« Voilà ma bonne raison. Un gentil petit film amateur réalisé par Gaynor Allitt avant de se tuer. J'en ai fait une copie pour vous.

— Je suppose que ce film a quelque chose à voir avec moi », dit Van Der Velden.

J'acquiesçai.

« Je suppose également que vous comptez que je le regarde maintenant, est-ce exact ?

— C'est exact, pasteur.

— Et je le ferai volontiers, ne serait-ce que pour vous agréer ; après cela je répondrai même à toutes les questions fastidieuses que vous pourriez avoir concernant cette pauvre femme afin, je l'espère, de vous tranquilliser quant à mes relations avec elle, à la suite de quoi nous pourrons peut-être retourner tous les deux à nos vies respectives le plus rapidement possible. Est-ce que cela vous satisfait ?

— Entièrement. Vous avez exprimé la chose avec beaucoup de clarté.

— C'est mon métier, agent Martins. Tout comme le vôtre est d'être un emmerdeur royal. (Il montra la clé USB.) Il suffit que je la branche ?

— C'est ça.

— Les ordinateurs ne sont pas mon fort. »

Van Der Velden donna une chiquenaude à la souris sans fil posée sur son immense bureau, réveillant l'écran de son ordinateur, et se pencha au-dessous de l'appareil pour introduire la clé dans un port USB.

« J'aurais pensé qu'être capable d'envoyer à une de vos victimes de prière un mail autodestructible anonyme nécessitait une certaine compétence », remarquai-je.

Van Der Velden m'ignora un instant. Il déplaça la souris sur un tapis où était inscrit DEMANDE-LE AU SEIGNEUR DANS TES PRIÈRES, MAIS NE T'EN FAIS PAS S'IL NE DIT PAS OUI, cliqua sur le fichier contenant la vidéo d'Esther Begleiter, chaussa une paire de lunettes à monture dorée et s'appuya contre le dossier de son coûteux fauteuil de bureau.

« C'est ce qu'elle prétend ? Mlle Allitt ? »

Je devais lui reconnaître ça : il avait l'air aussi détendu que si on venait de l'accuser de soutenir que la terre est ronde.

« Regardez la vidéo. »

Tandis que le film commençait et que Van Der Velden entendait Esther le décrire comme un « archiprêtre du mal », le pasteur me lança un regard de reproche qui était aussi faux que ses soi-disant visions du Messie.

« Ça ne me dérange pas d'écouter des critiques à mon égard et à celui de cette Église – après tout, nous vivons en démocratie –, mais je ne vois vraiment pas pourquoi je devrais me laisser insulter pendant ce temps-là.

— Regardez simplement la vidéo », répétai-je patiemment.

Van Der Velden joignit les mains en une attitude pieuse puis se mit à se tapoter les doigts pensivement. La plupart du temps, il suivait le film avec attention, et, une fois, il écrivit même quelque chose. C'était probablement une note à l'intention de son avocat lorsque celui-ci contacterait le Bureau afin de se plaindre de moi, de dire à Chuck que j'étais une honte pour le FBI et un profanateur par-dessus le marché, que je méritais d'être suspendu ou de faire moi-même l'objet d'une enquête. Je pensais que mon prétendu état mental

– occasionné par le surmenage, un surmenage ayant permis l'arrestation du groupe HIDDEN et la prévention d'atrocités dans les rues de Houston – suffirait probablement à me tirer d'affaire, avec peut-être guère plus qu'une sévère réprimande. Peut-être.

Ce à quoi je n'étais pas préparé, c'est à ce qui se passa ensuite.

Je vous en conjure, disait Esther Begleiter dans ses dernières paroles à la caméra. *Arrêtez-les si vous le pouvez. Pour moi ? Mais soyez prudent également. Vous n'avez pas idée de ce à quoi vous avez affaire.*

Van Der Velden hocha la tête comme pour approuver ce qu'il venait d'entendre, puis il referma Windows Media Player. Il avait un étrange petit sourire.

« C'est certain, dit-il.

— Je vous demande pardon ?

— Mais vous le saurez sans nul doute, agent Martins, avant la fin de la semaine. »

J'eus un petit rictus.

« C'est là que vous me dites que vous allez me dénoncer à mes supérieurs. Allez-y, Van Der Velden. Je tente ma chance. »

Van Der Velden éclata de rire.

« Je ne parle pas de supérieurs terrestres, agent Martins. Après avoir vu le film amateur de Mlle Allitt, vous devriez le savoir.

— Ah ? »

Je souris et hochai la tête.

« Je pensais que vous croyiez en Dieu.

— Qu'est-ce qui vous a donné cette idée ?

— Vous. La dernière fois que nous avons parlé, vous avez dit que vous alliez prier à l'Église de Lakewood.

— J'ai dit que j'y allais. Mais j'ai arrêté de le faire depuis longtemps.

— Pourquoi ? Parce que vous avez cessé de croire en Dieu ?

— Et vous ?

— Si je crois en Dieu ? Hmm. Quelle sorte de Dieu ? Le Dieu de Jésus ? Le grand-père barbu tenant le monde entier dans la paume de sa grosse main tel un père Noël céleste ? Lent à s'irriter, plein d'amour et de compassion ? » Van Der Velden sourit avec ironie comme si cette image l'amusait et ôta ses lunettes. « Ou le Dieu de Moïse. Je suppose que vous avez suffisamment lu l'Ancien Testament pour savoir à quoi ressemble ce Dieu, agent Martins. Il est tout à fait différent. Que dit le Deutéronome ? "Car l'Éternel, ton Dieu, est un feu dévorant, un Dieu jaloux." Le genre de Dieu musclé qui endurcit le cœur de Pharaon et l'incite à interdire aux Israélites de quitter l'Égypte rien que pour lui permettre de détruire toute l'armée égyptienne – "et les Égyptiens sauront que je suis l'Éternel".

— J'en conclus que c'est le genre de Dieu auquel vous croyez.

— Oh oui ! Et manifestement, c'est aussi celui auquel croyait Mlle Allitt. Ou Mlle Begleiter, comme je devrais sans doute l'appeler à présent. Elle y croyait. Elle y croyait beaucoup. Elle était persuadée que ce que nous faisons ici est bien réel. Ou pensez-vous vraiment qu'il existe des explications plus scientifiques à ce qui est arrivé à M. Osborne et à ces autres impies ?

— Il n'y en a pas ?

— S'il y en avait, le FBI les aurait sûrement trouvées. Au lieu de quoi, vous êtes ici, à renifler un peu partout comme un chien désemparé sans avoir la plus petite idée de ce à quoi vous vous attaquez. À propos, si j'étais vous, je n'irais pas me pavaner en racontant qu'il n'existe pas. Dieu n'aime pas ça. Il serait peut-être préférable pour vous que vous cessiez de tenir des propos aussi malavisés.

— Suivez mon conseil, Van Der Velden, et tenez-vous-en à vos sermons du dimanche. Les gens auxquels vous prêchez sont plus crédules que moi.

— Vous me prenez pour un de ces évangélistes de café du commerce, comme votre pasteur de Lakewood, M. Osteen. Mais vous ne serez pas de cet avis quand l'ange de la mort viendra chercher votre âme demain soir. »

Il inclina un instant la tête, pinça l'arête de son nez et ferma les yeux. Puis il dit : « Amen ». Après une longue expiration, il rouvrit les yeux et opina du chef.

« Menacer de mort un agent fédéral est un délit grave. »

Je souris.

« Oh ! ce n'est pas une menace. Vous mourrez comme je l'ai dit. Demain soir à minuit. Si vous avez fait des projets pour mardi, à votre place, je les annulerais dès maintenant.

— Vous êtes sérieux ?

— D'ordinaire, j'accorde aux ennemis du Seigneur plus de vingt-quatre heures pour se faire à l'idée. Ça m'amuse de les imaginer s'efforçant d'être pragmatiques face à quelque chose d'aussi extraordinaire que l'ange vengeur de Dieu. Mais j'ai décidé de faire une exception dans votre cas. Quel que soit le trouble que vous pourriez semer, vos collègues l'oublieront dès qu'on découvrira votre corps. Il va sans dire que j'aurai un alibi inattaquable. Je conduirai une réunion de prière demain soir devant cinq cents personnes. En fait, nous prierons pour vous. (Il secoua la tête.) Mais cela ne vous sera assurément d'aucun réconfort.

— Je dois être tué par le van du Seigneur, c'est ça ? Voilà une pièce à conviction que j'aimerais bien voir dans un tribunal. »

Van Der Velden devint tout à coup moins enjoué, lassé de mes perpétuelles moqueries ; le sourire radieux disparut et ses yeux se plissèrent en une expression malveillante.

« Je suis désolé que vous demeuriez aussi sceptique, agent Martins, dit-il. Mais, à mesure que les heures s'écouleront entre maintenant et demain minuit, je pense que vous vous sentirez beaucoup moins optimiste par rapport à tout cela. Au commencement – c'est-à-dire à tout moment à partir de cet instant –, vous connaîtrez un effondrement psychologique ; votre esprit sera assailli de doutes et d'incertitudes sur des choses tapies dans l'ombre dont vous teniez auparavant pour acquis qu'elles n'existaient pas ; puis vous éprouverez de l'horreur tandis qu'une peur irrationnelle s'emparera de vous. La peur du noir ; une répugnance à éteindre l'électricité avant de vous endormir. Qu'est-il advenu de votre bon sens ? Êtes-vous seul comme vous le pensiez ? Quel était ce bruit que vous avez entendu ? Pourquoi ce rideau a-t-il bougé ? Y a-t-il quelqu'un dans cette pièce ? Se peut-il qu'il y ait quelqu'un en bas ?

— Quelqu'un ou quelque chose ? »

Van Der Velden éclata de rire.

« Vous parlez de choses dont vous ne connaissez pas le quart. Du moins, pour le moment. Parce que l'effondrement psychologique qui vous attend n'est rien en comparaison du véritable calvaire que vous avez devant vous. Le calvaire physique. Être tué par un démon venu des enfers n'est pas chose facile. C'est peut-être le pire qui soit.

— Je croyais que c'était Dieu qui allait me tuer, m'avez-vous dit.

— Oh ! mais oui. Dieu va vous tuer par l'intermédiaire de son propre archange de la mort. Azrael. Azrael est un ange déchu. Un démon sur lequel Dieu a le pouvoir comme sur tout le reste. Vous savez, pour un agent spécial du FBI, vous semblez étrangement mal informé de tout ça. Ou n'avez-vous pas prêté attention à Mlle Begleiter ? Quelle a été son expression ? Dieu se sert d'êtres tels qu'Azrael pour faire son sale boulot ?

— Vous êtes fou.

— Vous pensez ? Ou dites-vous seulement ça parce que vous préféreriez le croire, qu'ainsi il vous serait beaucoup plus facile de balayer mes allégations d'un revers de main ? Allons, agent Martins. Nous savons tous les deux que je suis aussi sain d'esprit que vous. Même si ça n'a pas grande signification. Parce que j'ai la nette impression que votre enquête a déjà fait un flop et vous a valu un certain nombre de désagréments au travail. Peut-être vous a-t-on accusé d'être vous-même un peu fou. Ma foi, qui pourrait en vouloir à vos collègues d'être encore plus sceptiques que vous sur de tels sujets ? Oui, cela expliquerait pas mal de choses. Par exemple, pourquoi vous prenez le risque de travailler seul. Ou pourquoi vous ne vivez plus chez vous. J'ai téléphoné aux gens de Lakewood et je leur ai raconté un bobard, que vous étiez venu ici en demandant à devenir membre. C'est eux qui m'ont parlé de vous et de votre femme. »

Je faillis lui dire que je l'avais vue dans son église le dimanche précédent, mais je ne tenais pas à ce qu'elle ait des problèmes. Je n'avais aucune raison de faire une faveur à Ruth, mais elle était plus vulnérable que moi au type de suggestions du pasteur, et elle était aussi la mère de mon fils.

« Vous savez, dit-il, vous devriez me remercier. Oui, vraiment, vous devriez. Bien peu de gens se voient accorder la possibilité fantastique que je suis sur le point de vous offrir, mon pauvre et ignorant ami. Je vais vous rendre votre foi dans l'existence de Dieu. Du jour au lendemain. Parce qu'il est là, agent Martins, il est là. Il a toujours été là, mais vous étiez bien trop stupide pour vous en rendre compte.

— C'est très généreux à vous, pasteur.

— Vous êtes sarcastique, naturellement. Mais je ne fais pas ça pour moi-même, vous savez. Vraiment pas. Tout ce que je fais, je le fais par peur de Dieu. La véritable peur. C'est une des choses que les gens ne comprennent jamais à propos de Dieu. Qu'il est capable de choses réellement terribles. Non que ce soit un grand mystère. Tout est dans la Bible. Peut-être, à la fin, votre fin, comprendrez-vous cela également.

— Vous croyez vraiment à ces conneries, n'est-ce pas ?

— Déjà Azrael, l'ange de la mort du Seigneur, quitte l'enfer pour venir jusqu'à vous. C'est ce que je crois. C'est ce que vous croirez. Et vous mourrez demain soir avant minuit, aussi sûrement que je suis ici en train de vous parler. »

J'ignore comment s'y prit Van Der Velden. Peut-être l'ascenseur contenait-il un gaz narcotique inodore que j'inhalai. Ou peut-être existait-il des moyens électroniques de provoquer le même résultat – un hologramme ou une projection –, je ne sais pas. Mais il devait y avoir une explication simple à ce qui se passa tandis que je rebroussais chemin à travers l'église moderne déserte, même si, pour être franc, aucune ne me paraissait entièrement convaincante.

En me dirigeant vers l'énorme porte d'entrée, j'étais absolument certain que tous les sièges rabattables des deux côtés de l'allée en pente douce devant moi étaient vides ; puis, pendant une fraction de seconde, il sembla que l'un d'entre eux était occupé, en fin de compte. Ma surprise à cette découverte suffit à me faire m'arrêter net, persuadé que mon esprit me jouait des tours, et, pendant quelques instants, je restai là, abasourdi, les yeux fixés sur la vague silhouette remplissant un siège tout près de la sortie.

Tout aussi bizarre que la soudaineté de l'apparition de cette forme mystérieuse était la façon curieuse dont il ou elle – c'était difficile à dire – semblait miroiter tel un mirage dans un nuage de chaleur. Au Texas, on est habitués à ce genre de chose. Parfois l'air au-dessus du bitume remue comme une danseuse du ventre. Toutefois, à l'intérieur d'une église climatisée, il devait y avoir une autre explication : peut-être souffrais-je d'un coup de chaleur et de déshydratation. Ça arrive souvent en été quand la température dépasse les trente-cinq degrés.

Pendant un moment, je me frottai les yeux, comme on fait quand on croit voir des choses qui n'existent pas. Juste après, j'entendis mon nom murmuré derrière moi, près de mon oreille. Me retournant prestement, je m'attendais à voir quelqu'un derrière moi, mais, ne trouvant personne, j'en conclus que c'était le fruit de mon imagination, du moins jusqu'à ce que je pivote de nouveau pour chercher la personne sur le siège près de l'entrée, et, ne la voyant plus, j'envisageai la possibilité d'avoir imaginé ça aussi.

Une sensation très étrange finit par avoir raison de moi tandis que j'éprouvais soudain le désir de sortir le plus vite possible de l'église de Van Der Velden pour me retrouver dans la lumière éclatante et la chaude certitude du soleil torride du Texas. Je me hâtai vers la porte, de plus en plus impatient d'être à l'extérieur. Mais, arrivé à la hauteur du siège dont j'étais presque sûr qu'il avait été occupé brièvement par une silhouette mal définie, je m'arrêtai un instant et me surpris à tendre la main gauche pour abaisser le siège, comme s'il pouvait y subsister quelque trace du mystérieux occupant.

Je retirai presque aussitôt ma main car le siège était brûlant, aussi brûlant qu'une casserole sur une cuisinière et, si j'en avais jamais douté, il y avait le témoignage que constituait la douleur persistante au bout de mes doigts, qui demeurèrent longtemps après aussi rouges que si je les avais posés sur un fer chaud. Ce qui était impossible, naturellement, parce que le siège – composé de bois, de laine et d'un rembourrage, vraisemblablement inflammable, pour rendre l'assise plus confortable – n'aurait pu être aussi chaud qu'il en donnait l'impression au toucher que s'il avait été en feu. On avait dû imprégner le siège d'une sorte d'acide brûlant la peau et la chair sans endommager la garniture.

Étreignant ma main, je lançai des regards furieux autour de moi.

« C'est un bon truc, Van Der Velden, dis-je à voix haute, supposant que le pasteur me voyait et m'entendait grâce à quelque caméra dissimulée sous le toit et se réjouissait de mon inquiétude et de ma gêne. Mais il ne s'agit que d'un truc, et qui ne me convainc pas que vous soyez autre chose qu'un charlatan, qu'un Elmer Gantry de bas étage. Vous m'entendez ? Vous n'arriverez pas à me faire avaler l'idée que votre petit numéro de magie à la David Blaine corresponde à la réalité. »

J'attendis une réponse, mais il n'y en eut pas.

« Foutu connard ! » m'exclamai-je, avant de pousser la grande porte de l'église.

C'étaient des paroles courageuses. Car je pouvais difficilement nier la douleur que je ressentais dans la main, ni la persistance du souvenir de mon propre nom murmuré par quelqu'un d'invisible. Et, pour être honnête, je ne peux pas nier que j'étais extrêmement soulagé que la porte de l'église ne fût pas fermée à clé.

21

Dans le parking, sous le vaste ciel bleu, je respirai avec un peu plus d'aisance. La chaleur sur mon visage semblait d'une banalité rassurante, mais tout juste. Par moments, la chaleur au Texas peut devenir infernale, au point que l'herbe se brise quand vous marchez dessus, que l'air est rempli du souffle humide de millions de personnes et que toute volonté humaine se réduit à la quête purement animale d'un peu d'ombre miséricordieuse. Peut-être, en cet endroit tout particulièrement où, à quelques kilomètres de distance, des hommes armés de règles à calcul et d'antiques ordinateurs avaient envoyé d'autres hommes sur la Lune, la chaleur est-elle censée inciter les êtres humains à incliner la tête et à demeurer humbles. Néanmoins, plein de dégoût, je jetai derrière moi un regard à l'ange au-dessus de la porte de l'église et, si j'avais pu l'atteindre, je lui aurais craché dans l'œil.

Je marchai rapidement jusqu'à ma voiture – la dernière sur le parking auparavant bondé –, pressé de m'éloigner de l'Église Izrael. Van Der Velden et ses adeptes avaient dû deviner qu'il s'agissait de la mienne. D'une part, elle n'avait rien de très flatteur, et, d'autre part, une inspection sommaire aurait révélé le laissez-passer sur le pare-brise me permettant d'accéder à un espace réservé situé sous le Bureau, dans Justice Park Drive. Aussi, avant de m'en aller, j'examinai la voiture à la recherche d'une bombe, comme on nous avait appris à le faire à l'Académie, avant de mettre en prise et de m'éloigner lentement. Il semblait peu probable que Van Der Velden essaie de me tuer si près de son église, mais on ne sait jamais ; mieux vaut prévenir que guérir.

En toute autre circonstance, j'aurais peut-être vérifié qu'on n'avait pas fixé de dispositifs de repérage sur le véhicule, ce qui aurait signifié retourner à Houston pour le laisser au technicien en électronique du garage du FBI. Mais cette situation était très différente ; je voulais que les séides de Van Der Velden sachent où j'étais, de manière à ce qu'ils essaient de me tuer chez moi, à Galveston. Parce que, maintenant, j'étais résolu à me tenir prêt à recevoir des visiteurs. Après ce qu'il avait dit, il n'avait pas d'autre choix que de tenter de me tuer. La seule question encore en suspens était la suivante : comment au juste allait-il s'y prendre ? Si tout cela paraît extrêmement réaliste et pragmatique, eh bien, ça l'était. Je le suis. En dépit de tout, j'avais réussi à me persuader qu'il y avait une explication parfaitement logique à ce qui était survenu et à ce qui surviendrait encore. À cet égard, je continuais de me comporter comme l'agent de terrain qu'on m'avait entraîné à devenir.

C'est ce que je pensais, et pourtant j'éprouvais quelque chose de tout différent. C'était comme si j'oscillais entre pensées rationnelles et irrationnelles, encore que ces dernières fussent peu nombreuses, probablement rien d'autre qu'une réaction normale au fait d'être menacé. Je dois reconnaître qu'une très petite partie superstitieuse de moi-même était à moitié encline à croire qu'il existait réellement un ange de la mort ou un démon appelé Azrael, et qu'en raison de la prière silencieuse du pasteur cet être surnaturel me tuerait le lendemain soir avant minuit. Oui, le délai qu'on m'avait octroyé paraissait bizarre également. La meilleure façon de décrire tout ça, c'est de dire que j'avais une imagination comme tout le monde.

C'est dans cet état d'esprit préoccupé que je repris la Gulf Freeway.

Mais le pire restait à venir.

Tandis que je fonçais à 110 kilomètres à l'heure, je crus voir dans le rétroviseur quelque chose de rouge apparaître dans le ciel derrière moi. Tout d'abord, je me dis qu'il s'agissait d'une série d'objets aéroportés, des ballons ou même quelque chose de plus sophistiqué ; après tout, le Centre spatial Lyndon B. Johnson n'étaient qu'à quelques kilomètres à l'est et, bien que presque tous les vols de la NASA aient eu lieu en Floride, à Cap Canaveral, on avait toujours l'impression en passant près du Centre qu'on allait voir quelque chose d'insolite dans le ciel.

J'eus besoin d'une minute supplémentaire pour me rendre compte que ce que je regardais était en réalité les lettres rouges d'un message et que, loin d'être écrites dans le ciel, elles se dessinaient sur la lunette arrière. Il fallut encore quelques secondes avant que les mots ne se matérialisent entièrement sur la vitre, et je pus lire :

TU MOURRAS DEMAIN AVANT MINUIT.

L'instant d'après, je fus arraché bruyamment à ma contemplation de ce message par le rugissement du klaxon d'un camion qui m'obligea à recouvrer toute mon attention. Je m'étais sérieusement écarté de la file. Je braquai rapidement – trop rapidement – et faillis rentrer dans un autre camion, côté passager. Quelques secondes vertigineuses, pleines de crissements de pneus, s'écoulèrent avant que je ne reprenne la totale maîtrise du véhicule.

Lorsque, cessant d'abreuver d'injures les énormes roues arrière du camion, je me calmai un peu, ma colère fit place à une sueur froide due à la peur du désastre auquel je venais d'échapper. Je tournai promptement à la sortie suivante. À ce moment, le message avait disparu aussi mystérieusement qu'il était apparu. Je m'arrêtai au bord de la route, bondis hors de la voiture et m'efforçai de distinguer des traces de lettres sur la lunette arrière. Mais il n'y en avait pas, pas la moindre traînée. Dans l'espoir de pouvoir les envoyer pour des tests afin de déterminer de quel produit chimique Fitzgerald s'était servi – il lui aurait été facile d'apposer le message sur la vitre pendant que je parlais à Nelson Van Der Velden –, je passai un bon moment à la frotter avec des mouchoirs en papier et des bouts de tissu, à l'intérieur comme à l'extérieur. Je passai même un Kleenex sur le rétroviseur au cas où Fitzgerald l'aurait trafiqué.

Cependant, dans un coin de ma tête, j'avais conscience que toute cette activité était probablement vaine ; je possédais quelques connaissances dans ce domaine, acquises à Quantico, suffisamment pour savoir qu'aucun type d'écriture chimique ne pouvait apparaître sur une vitre et s'évanouir ensuite sans laisser de traces.

À contrecœur – quelles surprises m'attendaient encore sur le chemin de retour à Galveston ? –, je remontai en voiture et continuai ma route. Au bout de quelques kilomètres, je m'arrêtai à une station-service, où j'achetai des cigarettes et des provisions. Pendant que l'employé calculait l'addition, j'allai aux toilettes et essayai de me ressaisir.

À l'intérieur de la cabine, je sus brusquement que je n'étais pas seul. Non pas parce que j'avais entendu le bruit de la porte ou quelqu'un se déplacer. Non, je le sentis, comme si on avait ouvert un grand réfrigérateur, à la fois inquiétant et discret. Et si immédiat fut l'effet dans mon sang qu'on aurait dit qu'on m'avait attaché sur un lit à roulettes en forme de crucifix et injecté du thiopental sodique dans la salle d'exécution de Huntsville. Toujours assis sur le siège, je me penchai en avant, respirant à peine, tel un drogué se piquant dans le muscle de la cuisse, sans pouvoir empêcher la présence de faire exactement ce qu'elle voulait.

Je suis ici, semblait-elle dire, *je suis venue pour toi, comme dans les temps anciens, et tu ne peux rien faire pour m'arrêter. Je suis ici pour accomplir ses œuvres. Comme dans l'ancien temps, au commencement et dans la Bible.*

« Reprends-toi ! » me dis-je. Je tirai la chasse d'eau et sortis de la cabine, jetant un coup d'œil dans un sens puis dans l'autre. « Il est en train de semer la confusion dans ton esprit. Tu te fais des idées. Tu m'entends ? Tout ça, c'est dans ta tête. »

Je me lavai les mains, me passai un peu d'eau sur le visage et retournai à la caisse, où l'employé me regarda. Il était maigre, l'air lugubre, à croire qu'il envisageait de se pendre avec une des ceintures de sécurité accrochées comme autant de nœuds coulants au mur derrière lui.

Je lui donnai un billet de vingt. Il ouvrit la caisse enregistreuse, prit la monnaie et la déposa dans un petit cendrier ayant la forme du Texas et orné des six drapeaux officiels de l'État. Je ramassai ma monnaie, pivotai pour partir puis me retournai.

« Attendez, dis-je. Quand j'étais aux toilettes, avez-vous vu quelqu'un entrer derrière moi ?

— Monsieur, répondit l'employé, vous êtes le seul client à avoir mis les pieds dans cette station-service au cours des deux dernières heures. Il y a des dimanches calmes et des dimanches qui vous font croire que Dieu essaie de vous faire comprendre quelque chose, si vous voyez ce que je veux dire. »

J'aurais préféré qu'il se soit exprimé différemment.

« Vous en êtes sûr ? Que personne d'autre n'est entré ? »

L'employé indiqua d'un signe de tête l'écran de vidéo surveillance.

« Tenez, répondit-il, un doigt pointé vers la vue dégagée de la porte des toilettes. Bien sûr que j'en suis sûr. Je regarde toujours les types qui entrent, des fois qu'ils maniganceraient quelque chose. »

Je sortis, mis les provisions dans le coffre de ma voiture. Levant les yeux vers le ciel, je sentis toute la force du soleil sur mon visage. Il n'y avait aucun nuage dans le ciel, pas un souffle de vent ni la moindre promesse de pluie, rien que la chaleur implacable. À une cinquantaine de mètres au-dessus de ma tête, un grand busard fit aussitôt demi-tour comme s'il savait quelque chose sur ce qui s'était passé dans les toilettes.

Je suis ici pour accomplir ses œuvres. Comme dans l'ancien temps, au commencement et dans la Bible.

La voix de nouveau. Mais se trouvait-elle à l'intérieur de mon propre crâne ou ailleurs ? Je passai en revue le parking, la station-essence et les autres bâtiments situés tout autour : une boutique de photocopies, une pharmacie CVS. Le busard était toujours au-dessus de ma tête. Me protégeant les yeux du soleil, je le regardai tourner lentement en cercle dans le ciel sans nuages et décidai qu'il ressemblait de moins en moins à un oiseau et de plus en plus à autre chose. Ses ailes n'avaient pas l'air de bouger.

« Qu'est-ce que c'est que ça ? marmonnai-je. Est-il possible que ce soit un Switchblade ? »

Mais lorsque les ailes semblèrent s'agiter, je secouai la tête et décidai que c'était bien un busard finalement, ou peut-être un aigle. Sans que je sache au juste pourquoi, la vue de cet oiseau me rendait nerveux. Cela me rappela que j'étais sans doute déshydraté, aussi entrai-je chez CVS pour acheter de l'eau froide vitaminée. Dans l'intérieur frais du drugstore, je m'immobilisai un instant, attendant que l'image fantôme du soleil du Texas s'efface de ma rétine.

Sauf qu'il n'en fut rien. Au lieu de ça, l'image rémanente se mit à croître lentement. Je fermai les yeux puis secouai la tête, mais elle continua à s'élargir et à se déployer comme un nuage vert ondulant. Je n'avais jamais été affecté par ce genre de trouble visuel plus de quelques secondes, et je me rappellai qu'il ne s'agissait que d'une illusion d'optique bien connue, provoquée par les cellules coniques de l'œil essayant de s'adapter après une hyperstimulation lumineuse. J'avais dû regarder directement le soleil pendant plus longtemps que je ne l'aurais supposé. Mais lorsque, au bout de plusieurs minutes, l'image fantôme continua non seulement à grandir mais à prendre une forme réelle, je devins franchement inquiet. Je sentis ma respiration s'accélérer et ma peau se couvrir de sueur froide.

Instinctivement, je reculai, si ce n'est qu'il est difficile de se reculer face à quelque chose qui se trouve dans votre propre cervelle. Je me frottai vigoureusement les yeux, battis plusieurs fois des paupières, mais l'illusion continuait à grandir et à gagner en netteté ; puis je fermai de nouveau les yeux, mais sans résultat.

L'image verte semblait prendre une forme ovale bien précise.

« Putain de merde ! » m'entendis-je dire tout haut.

Mon juron suivant ressemblait davantage à un cri de frayeur. Je fis un pas en arrière, heurtant un présentoir de bouteilles de shampooing, le renversai puis tombai sur le sol dur. Toujours allongé par terre, je tentai de m'éloigner en rampant comme si ma vie en dépendait.

La forme se changea en un visage d'homme, sauf que ce n'était pas le genre de visage satanique à la gomme que certains prétendaient avoir vu dans la fumée du World Trade Center. Mais je n'avais guère le temps de détailler ses traits tandis que le visage se rapprochait rapidement du mien, et soudain la seule chose que je pus voir, ce fut un œil gigantesque flottant au-dessus de moi. Cet œil était de la couleur de la nuit, avec un iris qui semblait fait d'un ciel sombre rempli de milliers d'étoiles, et la pupille dilatée au centre était un grand trou noir de la taille d'une planète qui avait l'air de me scruter au plus profond de mon être.

Et tout à coup je fus à l'intérieur de cette pupille, regardant dans les abîmes d'une chose infinie qui me glaça d'horreur.

Des ténèbres m'enveloppaient comme si j'avais une cagoule sur la tête. En même temps, je sentis des mains moites m'empoigner et m'attacher avec des lanières ; l'instant d'après, quelque chose de pointu s'enfonça dans ma chair, puis mes veines se remplirent de feu. Un hurlement s'échappa de ma bouche et mon corps se mit à se tordre comme un serpent, mais les lanières me maintenaient fermement, et je sus jusque dans la moelle de mes os que seule la prière pouvait encore m'aider.

Comme dans l'ancien temps, au commencement et dans la Bible.

« Ça va ? »

Je battis des paupières et ouvris les yeux. La terrifiante image rémanente avait disparu. M'asseyant sur le sol, je regardai une jeune Noire portant une blouse de laboratoire. Elle me considérait avec une anxiété compréhensible.

« J'ai dû m'évanouir. »

Elle opina.

« Il fait plus de quarante degrés dehors, répliqua-t-elle comme s'il n'y avait pas besoin d'une autre explication. Vous devriez boire un peu d'eau. »

Je me relevai, respirai à fond et hochai la tête.

« Ça va bien. En fait, je crois que j'ai juste eu une crise de panique.

— Vous en avez déjà eu ?

— Oui, mentis-je.

— Vous devriez aller à l'hôpital. Il y en a un au bout de cette route, à Webster. »

Je fis signe que non.

« Merci, mais je pense que ça va aller. Encore que vous pourriez peut-être me conseiller quelque chose contre l'anxiété que je puisse acheter sans ordonnance ? Comme du Xanax. Ou un machin de ce genre.

— On vous a déjà prescrit du Xanax ?

— Non, mais je connais un tas de gens qui en prennent et je sais comment ça marche. J'ai simplement besoin de me calmer les nerfs, c'est tout. »

Elle eut un haussement d'épaules.

« Vous pourriez essayer le kava, suggéra-t-elle. C'est un sédatif végétal. J'ai entendu dire par des clients que c'était très efficace. » Pointant le doigt au-dessus de mon épaule, elle ajouta : « Vous en trouverez dans notre rayon vitamines et compléments. »

J'achetai une boîte de deux cents comprimés et une boisson froide pour m'aider à en avaler une poignée.

« Si j'étais vous, j'irais tout de même voir un médecin.

— Vous avez probablement raison. »

Je regagnai ma voiture, m'efforçant de recouvrer mon sang-froid. Instinctivement, je ressentais le besoin de parler à quelqu'un – quelqu'un qui me connaissait – et, l'esprit toujours absorbé par ce qui s'était passé dans le drugstore, dans les toilettes de la station d'essence et avant ça à l'église, j'oubliai complètement ma résolution de ne pas contacter l'évêque Coogan parce que le DCSNet avait mis son téléphone sur écoute, et l'appelai de mon portable.

Il n'était pas là, mais le temps que je me souvienne qu'il m'était interdit de lui parler alors qu'une enquête du FBI était en cours, j'avais laissé un long message embrouillé sur son répondeur, m'excusant de ne pas l'avoir contacté pour le remercier de m'avoir prêté la maison diocésaine et l'informant que j'étais en congé forcé. Quelques instants après avoir raccroché, je compris mon erreur.

« Merde ! » m'exclamai-je, m'en voulant d'avoir vendu la mèche concernant la maison.

À présent, il allait vraiment falloir que je cherche un autre logement.

La seule bonne chose que je pouvais entrevoir devant moi alors que j'atteignais la fin de l'autoroute, c'était un gros nuage gris venant de l'océan, ce qui signifiait que le temps risquait de se rafraîchir et qu'on aurait peut-être une belle pluie. Cela faisait maintenant près de quatre mois qu'il n'y en avait pas eu. La brusque apparition de ce nuage aurait dû me surprendre, mais j'étais encore beaucoup trop sur les nerfs pour la trouver bizarre. Je devais faire un effort pour me calmer ou j'aurais un autre accident de voiture, c'était certain. Je me mis à respirer profondément par le nez jusqu'à ce que je sente que le serrement dans ma poitrine commençait à se dissiper.

À environ un kilomètre et demi du pont de Galveston, mon téléphone se mit à sonner. Pensant qu'il s'agissait de l'évêque Coogan, je ne répondis pas immédiatement. Je jetai un coup d'œil à l'identification de l'appelant, pour m'apercevoir que ce n'était pas lui, mais la personne mystérieuse qui avait déjà essayé de m'avoir un peu plus tôt. Je ralentis un peu et décrochai.

« Ici Sara Espinosa.

— Bonjour, professeur. Comment allez-vous ? »

Ma voix masquait entièrement la nervosité que j'éprouvais. Par courtoisie à son égard : on appelle le FBI pour être rassuré, pas pour se voir infliger l'angoisse et la paranoïa de quelqu'un d'autre.

« J'ai essayé de vous appeler toute la journée. Vous êtes un homme difficile à joindre.

— J'ai couru à droite et à gauche aujourd'hui.

— Un dimanche de travail, hein ?

— Oui, mais ce n'est pas comme ça normalement. » C'était le moins qu'on puisse dire. « Les dimanches me font en général un mois. Parfois, je me dis que Dieu a créé Houston pour inciter les gens à aller à l'église.

— Dans ce cas, il a probablement créé Galveston pour inciter les gens à aller à Houston. Je n'ai jamais vu une ville qui ait l'air aussi déserte.

— Vous êtes à Galveston ?

— Je vous ai téléphoné tout à l'heure pour vous dire que je comptais m'y rendre. Et me voici. Cet endroit... c'est comme être dans un film catastrophe.

— Est-ce que tout va bien ?

— Je suis venue rendre visite à un vieil ami, aussi je pensais vous rencontrer, c'est tout. »

Je ralentis en approchant du pont. Cela faisait du bien de lui parler. L'idée de la voir paraissait encore mieux. La compagnie d'une jolie femme était sans doute le traitement contre l'anxiété le plus efficace que m'aurait prescrit le médecin de Webster.

« Écoutez, Sara, je vais bientôt perdre le signal sur mon portable. Venez à l'adresse que je vais vous donner. C'est là que j'habite en ce moment. Venez et nous pourrons prendre un café.

— Merci. Mais j'y suis déjà. Votre collègue, Helen Monaco, m'a donné votre adresse. Son numéro de portable se trouvait au dos de votre carte. (Elle marqua un temps d'arrêt.) J'ai bien peur de lui avoir menti. J'espère que vous ne m'en voudrez pas ; je lui ai dit que vous m'aviez demandé d'aller vous voir là-bas, mais que j'avais perdu vos coordonnées et que vous ne répondiez pas au téléphone.

— Je serai là dans une dizaine de minutes. »

Alors que j'appuyais sur le champignon, je jetai un coup d'œil à la pendule du tableau de bord. Il était 21 h 15, un peu tard pour une visite de courtoisie à Galveston, surtout de la part de quelqu'un habitant Austin ; Austin était située à environ trois cents kilomètres, soit quatre heures de trajet en voiture. Même si Sara Espinosa ne restait qu'une heure, elle ne serait pas de retour chez elle avant au moins 2 heures du matin. Ce qui semblait curieux. Cela dit, au regard de tout ce que j'avais vécu au cours de ces deux dernières heures, ça ne semblait pas curieux le moins du monde.

En approchant de ma porte d'entrée, je vis une splendide Bentley Continental décapotable bleu ciel garée devant, avec Sara Espinosa au volant. Peut-être aimait-elle conduire. Si j'avais possédé une voiture pareille, quatre heures de trajet la nuit auraient sans doute été un plaisir.

Je m'arrêtai dans la courte allée. Sara descendit et se dirigea vers moi, l'air encore mieux roulée que dans mon souvenir. Elle portait un ensemble pantalon blanc avec des baskets assorties ornées de petites bandes dorées, sans parler de plusieurs bracelets en or et d'une montre en or également. Elle faisait penser à une de ces églises du Kremlin aux tours rondes peintes en blanc et or, quelque chose impliquant de la ferveur en tout cas.

« Jolie voiture, dis-je. La biologie humaine comporte beaucoup plus d'avantages que je ne le pensais.

— Oh ! ça, fit-elle en se tournant pour regarder la voiture comme si « ça » était un animal domestique ou un grain de beauté et non une voiture à deux cent mille dollars. Oui, la biologie a été bonne pour moi.

— Je n'avais pas besoin de voir la voiture pour le savoir », répondis-je.

Elle rougit légèrement, ce qui m'étonna parce que, tout en le disant, je pensais que c'était sans doute le genre de remarque sexiste qu'une femme comme elle trouverait désagréable. Ce qui m'indiqua quelque chose en soi : elle était un peu moins combative que la première fois que nous nous étions rencontrés, un peu moins sûre d'elle.

Je détournai les yeux d'elle et ensuite de la voiture pour les fixer un instant sur l'horizon. Outre un nuage significatif, le vent était en train de se lever ; il agitait ses cheveux blonds comme si elle continuait à conduire sa voiture capote baissée. Avais-je raté un bulletin météo ? C'était peut-être ça le problème. Les bulletins météo à la télévision concernent en général davantage ce qui s'est passé que ce qui va se passer.

Il est vrai que, comme le faisait remarquer un jour un physicien célèbre, les prédictions sont toujours difficiles, surtout lorsqu'il s'agit de l'avenir, même si, visiblement, Nelson Van Der Velden n'avait pas de tels scrupules.

« Est-il possible qu'une tempête se prépare ? dis-je.

— Oh ! » Elle se tourna et suivit la direction de mon regard. « Oui, vous pourriez bien avoir raison. »

Je bâillai. Le kava semblait commencer à faire son effet.

« Vous êtes fatigué. Vous avez eu une rude journée, je vois ça. Je ferais mieux de m'en aller.

— Non. Non. Venez. J'insiste. Avant que les voisins ne se mettent à jaser. »

Elle monta à ma suite les marches menant à la porte d'entrée.

« Ils ont la langue bien pendue ?

— C'était une blague, répondis-je en la faisant entrer dans le couloir. Il n'y a pas de voisins. Pas vraiment. La plupart des gens dans ce quartier sont partis depuis un bon bout de temps. Ou sont morts, qui sait ? Il n'y a que moi et un vieil homme grognon en haut de la rue. Vous êtes la première personne que je reçois depuis que j'ai emménagé dans ce dépotoir. »

Je fronçai les sourcils car il me semblait qu'à l'odeur de moisi qui régnait toujours dans la maison diocésaine s'était ajouté quelque chose d'autre. J'étais déjà tombé sur une odeur semblable une fois, à Driscoll Street, lorsque nous étions rentrés de vacances pour découvrir qu'il y avait eu une coupure de courant dans la maison et que toute la viande qui se trouvait dans le congélateur était pourrie.

« Qu'est-ce que c'est que cette odeur ? dis-je.

— Je ne sens rien.

— Vous ne sentez pas ?

— Non. » Elle pénétra dans le salon et regarda poliment autour d'elle. « Ça n'a rien d'un dépotoir.

— Si j'avais su que j'aurais une visite, j'aurais fait un peu de ménage avant de partir ce matin.

— Non, vraiment, c'est sympathique. Confortable. Et très masculin. J'aime même le tableau. »

Je haussai les épaules.

« Le type qui habitait ici avant était prêtre, aussi ce sont ses goûts, pas les miens.

— C'est un Stanley Spencer, n'est-ce pas ?

— C'est ce qui est marqué au dos du cadre.

— Il a épousé une lesbienne qui a refusé de consommer le mariage.

— Ça peut arriver à tout le monde.

— D'ailleurs, comment se fait-il qu'un agent du FBI vive dans la maison d'un prêtre ?

— C'est une longue histoire. Asseyez-vous. Je vais préparer du café.

— Je préférerais un verre. Du vin blanc, si vous en avez.

— Il y a beaucoup de vin. Du bon vin. Le prêtre était une sorte de connaisseur. Il y a une petite cave à vin et un refroidisseur spécial avec des produits de qualité auxquels je n'ai pas osé toucher. Une bouteille a toujours l'air un peu trop pour une personne. »

C'était un mensonge, naturellement ; quand on boit seul, le vin met tout simplement plus longtemps que le scotch à avoir un effet anesthésiant.

Continuant à trouver l'air nauséabond, j'ouvris plusieurs fenêtres et me rendis dans la cuisine pour jeter un coup d'œil à la poubelle, mais, ne voyant rien qui puisse expliquer l'odeur, je descendis chercher le vin. J'étais à moitié tenté de faire un sermon à Sara sur la conduite en état d'ivresse, mais ça paraissait assez peu honnête étant donné toutes les bouteilles d'alcool vides qu'il y avait dans le coffre de ma voiture. Par ailleurs, un verre de vin blanc ne pouvait pas lui faire de mal, même au volant d'une Bentley.

Je remontai la bouteille, l'ouvris et nous remplis un grand verre chacun, enfouissant mon nez dans le bouquet floral du vin doré. Je me demandai comment il se mélangerait avec le kava, mais, pour l'essentiel, je m'en fichais. Je vidai un verre et m'en versai un autre. Ce n'était pas tous les jours qu'une jolie femme frappait à ma porte. Surtout à Galveston.

Elle but une gorgée de vin.

« Délicieux. Le bourgogne blanc est mon préféré. De surcroît, il est à la température idéale. La plupart des gens au Texas servent le vin blanc beaucoup trop froid. Et trop jeune. 1995. Eh bien, c'est parfait.

— Vous vous y connaissez en voitures, vous vous y connaissez en art et vous vous y connaissez en vin, dis-je. La seule chose que vous semblez ne pas connaître, c'est la décoration intérieure. Cet endroit est un dépotoir et vous le savez. »

Elle regarda une nouvelle fois autour d'elle et poussa un soupir.

« Peut-être est-ce un peu monastique, fit-elle remarquer. Mais c'est ce à quoi on s'attendrait avec un prêtre. Même un prêtre appréciant le Puligny-Montrachet. »

Elle but une nouvelle gorgée. Il avait effectivement bon goût, et je dois avouer qu'il n'était pas sans rappeler le Saint Graal tant il était doré dans le verre.

« Ça va beaucoup mieux, dit-elle. Mince, j'en avais besoin encore plus que je ne pensais.

— Moi aussi. »

Le vin se mélangeait sans problème avec le kava. Je me sentais bien. Plus en forme que je ne l'avais été depuis plusieurs heures.

Nous restâmes un moment silencieux. Gêné, je jetai un coup d'œil circulaire dans la pièce, me demandant ce qu'elle pensait vraiment de l'endroit et, par extension, de moi.

« Vous aimeriez peut-être manger quelque chose ? suggérai-je.

— Avec ça ? demanda-t-elle, parlant du vin. Il n'y a rien que je puisse manger avec un vin aussi bon que celui-ci. » Elle secoua la tête. « Mais que cela ne vous arrête pas, agent Martins.

— Non. J'ai déjeuné. Et s'il vous plaît, appelez-moi Gil.

— Très bien. D'accord. Votre accent, j'avais envie de vous poser la question…

— J'ai vécu en Écosse jusqu'à l'âge de quatorze ans.

— Waouh. Comment était-ce ?

— J'ai toujours l'impression d'avoir laissé une personnalité antérieure derrière moi.

— Et vous préférez Galveston ? »

Je souris.

« Non. Mais j'aimais bien Boston. C'est là que ma famille est allée après l'Écosse. Je pense y retourner. À Boston. Pas en Écosse. »

Je me rendis compte que c'était peut-être la première fois que j'y songeais ; Houston était sûrement finie pour moi. Ruth et Danny ne faisaient plus partie de ma vie, et je devrais probablement quitter le Bureau lorsque Chuck apprendrait que j'avais appelé un témoin sous surveillance. Avec un peu de chance, je réussirais à persuader le bureau régional de Boston de me prendre. Ou peut-être la police d'État du Massachusetts.

« Je pense que j'étais plus heureuse quand je vivais dans le Connecticut.

— Ce qui veut dire que vous n'êtes pas heureuse pour le moment ?

— Ce qui veut dire que c'est là que j'ai passé mon enfance. L'endroit où vous avez passé votre enfance a toujours une importance particulière dans votre vie, vous ne croyez pas ?

— Je n'y ai jamais vraiment réfléchi », mentis-je.

Elle frissonna.

« Vous avez froid ? demandai-je.

— Un peu, avoua-t-elle. Pas vous ? »

Je secouai la tête.

« Le temps est peut-être en train de changer », dis-je en jetant un coup d'œil au-dehors. Pour moi, il continuait à faire vraiment humide, mais je n'allais pas la contredire. « Tenez, laissez-moi aller vous chercher une couverture ou quelque chose. »

Lorsque je revins de la chambre avec une couverture, je vis qu'elle regardait par la fenêtre d'un air anxieux.

« La voiture ne risque rien ici, dis-je. Je peux vous le garantir. L'un des avantages d'une ville fantôme, c'est qu'il n'y a pas de délits. Vous pouvez laisser mille dollars sur votre siège en cuir cousu main et ils seront encore là vingt-quatre heures après. »

Je me demandai si tout ça n'était pas sur le point de changer ; si un membre de l'Église Izrael n'avait pas dans l'idée de se pointer le lendemain et de me tuer en tout anonymat.

« Oh ! fit-elle. Il ne s'agit pas de ça.

— Non ? »

Elle secoua la tête et esquissa un petit sourire triste tandis que j'étalais la couverture sur ses épaules. Nous nous installâmes sur le canapé. Elle but une nouvelle gorgée de vin.

« Mon Dieu, ce vin est délicieux, fit-elle.

— N'est-ce pas ? »

J'ôtai l'étui de ma ceinture et le posai sur la table.

Elle leva les yeux au plafond comme si mon papotage commençait à l'impatienter ; ou peut-être qu'elle ne pouvait pas supporter la vue du pistolet. Je le pris et le posai par terre à côté de mon pied.

« Vous ne vous sentez pas seul, de vivre ici ? demanda-t-elle. Je veux dire, c'est tellement calme. J'ai attendu un moment dehors et je n'ai vu personne. »

J'opinai.

« Oui, c'est calme, répondis-je. Très calme. Mais je n'ai pas beaucoup le choix actuellement. Ma femme veut divorcer et je vais avoir besoin de tout mon argent pour me payer un bon avocat. Ou, en l'occurrence, un mauvais. Cet endroit ne me coûte rien. J'ai un ami qui est évêque. Il m'a prêté la maison le temps que je trouve quelque chose d'autre.

— Ça semble un ami utile. »

J'eus un mince sourire. Je ne tenais pas à entamer une discussion sur ce sujet non plus.

« Vous êtes très courageux, dit-elle, d'habiter ici au milieu de tout ce… ce désenchantement et ces ruines. Pour ma part, j'en serais incapable. J'aurais probablement peur de toutes sortes de choses.

— Je suis armé. On peut généralement tirer sur toutes sortes de choses.

— Oui. Il y a ça, je suppose. Vous n'avez pas besoin de le cacher, vous savez. Le voir ne me dérange pas du tout. Je parle de votre pistolet. Ça m'aide à me sentir en sécurité. (Elle sourit.) Et vous aussi.

— Je suis ravi de l'entendre. » Je plaçai le Glock dans son étui sur la table basse devant nous, ce qui, étrangement, parut la réconforter. « Et voilà. Ça va comme ça ?

— Il commence à faire nuit. »

Elle se leva de nouveau, s'approcha de la fenêtre et regarda d'un côté puis de l'autre comme si elle s'attendait à voir quelqu'un qu'elle connaissait.

« Vous avez fait beaucoup de chemin pour une leçon de tir, plaisantai-je. Si c'est pour ça que vous êtes ici. Et je crains que M. Hindemith ne se plaigne si on se met à tirer dans la cour.

— Vous avez dit Hindemith ? Comme le compositeur ?

— Hindemith. Oui, c'est bien ce que j'ai dit. Encore que je n'étais pas au courant pour le compositeur. C'est le vieil homme qui habite en haut de la rue. »

Elle leva les sourcils et secoua la tête.

« Et alors ? demandai-je.

— Bizarrement, mon premier mari s'appelait Hindemith. Charles Hindemith.

— Ah oui ! J'avais oublié tous vos maris. Vous en avez un qui habite Galveston ?

— Non. » Elle secoua de nouveau la tête. « C'est simplement que Hindemith est un nom peu courant.

— Si vous le dites.

— Du reste, Charles était un homme peu courant. Raison pour laquelle je l'ai épousé. Il enseignait la littérature anglaise, à Yale.

— J'imagine qu'il était plus âgé que vous.

— Oh oui ! Beaucoup plus. J'avais vingt et un ans et lui en avait soixante-cinq. Être avec Charles était très stimulant. Il avait une intelligence brillante. »

Prudemment, je lui demandai ce qu'il était devenu – prudemment, parce qu'il me semblait bien que le Hindemith en haut de la rue avait dit qu'il se prénommait Charles, et je ne voulais pas qu'elle pense que son premier mari vivait à moins de cent mètres –, d'autant plus que quelque chose la rendait visiblement nerveuse.

« Il est mort. Il a fait une attaque peu après que je l'ai épousé. »

Je ressentis un léger soulagement, ce qui fut suffisant pour que je cède à la pensée vulgaire que j'avais en tête.

« Ça se comprend, dis-je. Euh, désolé. Il n'y avait pas besoin de ça.

— Non, ce n'est pas grave, Gil. » Elle eut un petit sourire ironique. « À vrai dire, c'est même parfaitement exact. Il s'est défoncé à mort. Et pas toujours avec moi. Je n'étais pas la seule étudiante avec laquelle il s'envoyait en l'air.

— Ma propre épouse a perdu tout intérêt dans ce domaine. En tout cas, avec moi.

— Non, ce n'est pas grave, répéta-t-elle d'une voix ferme. Inutile de se cacher derrière son petit doigt, Gil. Vous me désirez. C'est naturel. Presque aussi naturel que le fait que j'en ai envie également. »

En entendant ça, je restai la mâchoire pendante. Cette femme était presque aussi rapide que sa voiture, et beaucoup plus belle.

Elle revint vers le canapé et reprit sa place à côté de moi, mais plus près cette fois-ici.

« En fait, c'est pour ça que je suis ici. Lors de notre dernière rencontre, il y avait quelque chose entre nous et… Enfin, vous avez dû le sentir vous aussi, n'est-ce pas ? »

Je hochai la tête en silence. Je manquais de pratique dans ce domaine : la dernière fois que j'avais envisagé une relation avec une femme, elle m'avait déclaré être lesbienne.

Sara prit ma main et pressa son visage contre la paume avant d'embrasser la partie charnue de mon pouce.

« Alors pourquoi ne pas m'embrasser, dit-elle, et nous pourrons nous détendre tous les deux ensuite ? »

J'étais encore loin de me sentir détendu, mais je l'embrassai pendant un long moment et, lorsque j'arrêtai, je compris qu'elle ne voulait pas que j'arrête ; en fait, à la façon dont elle se tenait à moi, j'avais la forte impression qu'elle n'avait pas envie de me laisser partir.

« La dernière fois qu'on s'est vus, j'ai eu également l'impression que j'avais réussi à tout gâcher, dis-je. Je vous ai fait peur.

— Oui, plutôt.

— Qu'est-ce qui vous a fait changer d'avis ?

— Oh ! le truc habituel. La biologie. Il ne faut jamais sous-estimer le pouvoir de la biologie.

— J'essaierai. Malgré tout, il semble que j'aie sous-estimé le pouvoir d'un tas de choses depuis quelque temps.

— Telles que ?

— C'est une autre façon de dire que ça ne s'est pas passé très bien pour moi ces derniers mois.

— Votre femme ?

— Oui, entre autres.

— Elle doit être folle. Vous êtes vraiment un homme très séduisant, vous savez ? Et très gentil. Vous aviez à peine quitté mon bureau que j'ai regretté de vous avoir mis dehors. Vous vouliez seulement me protéger. Je m'en rends compte à présent. Je suis restée assise là un long moment avec l'envie d'appeler immédiatement votre numéro. Et chaque soir depuis lors. »

Je l'embrassai de nouveau, mais cette fois avec tout mon scepticisme tintant dans mes oreilles. Je n'avais pas oublié le malaise évident de Sara dans son bureau à l'université du Texas lorsque je lui avais parlé de la liste de prières d'Esther Begleiter ; si ce n'est qu'à présent elle semblait s'efforcer de minimiser le problème. Sa présence avec moi à Galveston avait quelque chose de bizarre, de même que toute son attitude, sans parler de son désir soudain de coucher avec moi, mais je ne pouvais pas me retenir. J'avais terriblement envie d'elle – cela faisait une éternité que je n'avais pas fait l'amour. En outre, je m'étais déjà planté avec elle une fois et je n'allais pas recommencer.

« Vous avez l'air un peu tendu, Gil, dit-elle.

— Ç'a été ce genre de journée. (Je secouai la tête.) Mais je me sens déjà mieux. »

J'essayai de l'embrasser encore, mais elle se glissa hors de mon étreinte et se baissa entre mes jambes.

« Vous dites seulement ça, répondit-elle en ouvrant calmement la fermeture Éclair de son pantalon puis du mien, parce que je ne m'en suis pas encore occupée. »

En d'autres circonstances, je l'en aurais peut-être empêchée. D'une part, j'étais trop fatigué pour résister et, d'autre part, je pouvais difficilement imaginer que je profitais d'elle ;

elle savait très bien ce qu'elle faisait. De plus, ce qu'elle faisait n'avait pas été fait depuis longtemps, et je lui en savais absurdement gré ; comme si, tel le bon Samaritain, elle m'avait trouvé blessé sur le bord de la route de Jéricho et m'aidait à recouvrer la santé. Aussi, me laissant aller en arrière, je tâchai de m'abandonner et de ne faire qu'un avec ma bite, ce qui, tout bien considéré, n'aurait pas été très difficile en temps normal ; mais il me fallut un moment pour me relaxer. Elle dut effectivement faire une pause, me fixer de ses beaux yeux en me disant de m'allonger et de la laisser prendre intégralement en charge mon plaisir.

« Non, dis-je. Pas de cette façon. Pas la première fois. »

Ce fut mon signal pour tirer Sara sur mes genoux soudain embrasés, et mon énergie dut la prendre par surprise car elle eut un hoquet puis un autre lorsque ma main se fraya un chemin entre ses cuisses jusqu'à rencontrer la soie douce de sa culotte que je tirai et déchirai à moitié le long de ses longues jambes bronzées. Dégageant ses pieds nus de cette fragile entrave, j'écartai ses cuisses et enfonçai mon visage dans l'essence même de son être. La seule chose que je désirais, c'était m'étouffer avec la chair la plus intime de cette femme splendide et à l'intelligence admirable. J'écartai ses lèvres jusqu'à ce que mon nez et ma langue la branlent et que mon visage soit trempé de sa délicieuse humidité. Un psy aurait peut-être dit que j'essayais de me cacher en elle sur un mode œdipien. Tout ce que je savais, c'est que c'était un authentique acte d'adoration. Je ne me souciais guère de mon obsession de la propreté non plus – plus maintenant : j'avais trouvé un remède à ça ; ma peur croissante et le besoin désespéré du sanctuaire que le contact étroit avec un autre être humain constituait l'emportaient à présent sur tout le reste. Si j'avais pu avaler une part vivante d'elle, tout comme dans l'eucharistie, je l'aurais fait.

Sara poussa un soupir, une secousse profonde et presque tectonique, comme si elle aussi était en état de choc. Et ce fut mon second signal. Je fus rapidement entre ses jambes, les moulant autour de ma taille et me guidant vers le centre de son corps avec l'urgence d'un homme qui a presque oublié ce que c'était que de s'attacher à une femme – comme le dit si joliment la Bible – et de ne faire qu'une seule chair avec elle ; jusqu'à ce que, sentant mon sexe durci donner de petits coups contre le col de sa matrice, je me libère de tout ce qui était en moi, pas simplement de mon sperme, mais aussi de toute notion de qui j'étais, et je pense qu'elle en fit autant.

Longtemps après, nous demeurâmes enlacés telles les racines d'un antique arbre de la connaissance qui aurait existé bien avant nous et existerait encore bien après notre disparition. Puis je me sentis rapetisser peu à peu et sortir d'elle, ce qui fut le moment du retour à l'imperfection et à la réalité. Pendant quelques instants, nous ne parlâmes de rien de précis, avant que je n'en revienne à ce qui me préoccupait.

« Sara, dis-je avec circonspection. Est-ce qu'il t'est arrivé quelque chose depuis que nous nous sommes vus dans ton bureau ? »

Un sourire se convulsa légèrement sur ses lèvres comme s'il était accroché au bout d'une très fine ligne de pêche.

« Non. Rien du tout. » Elle marqua un temps d'arrêt. « Eh bien, oui, peut-être.

— Et si tu me le disais ? Si tu me disais la raison pour laquelle tu es ici ? La vraie, pas le petit rôle que tu as joué depuis que tu as franchi cette porte. »

Sara fronça les sourcils.

« Pourquoi ne peux-tu pas réfléchir avec ta queue comme n'importe quel homme ?

— Parce que, normalement, l'Académie du FBI à Quantico nous apprend à la garder dans l'étui jusqu'à ce qu'on ait vraiment besoin de s'en servir. » J'attendis un instant. « Tu n'as pas de vieil ami ici à Galveston, n'est-ce pas ?

— Non, répondit-elle doucement. Je suis arrivée ici ce matin. J'ai traîné dans la rue, devant chez toi, la majeure partie de la journée.

— Pourquoi ?

— Pour te voir, naturellement. Pour quelle autre fichue raison serais-je venue à Galveston ? Je ne peux pas rentrer chez moi maintenant. Je ne peux pas rester seule non plus. J'ai peur, Gil. »

Je me mordis la lèvre. Je continuais à avoir moi-même un peu peur, mais je n'allais pas le lui dire.

« Tu vas penser que je suis folle.

— Quoi de plus fou que de passer trois heures en voiture pour se rendre à Galveston ? »

Elle laissa échapper un long soupir chancelant.

« Cela ne me ressemble pas. Je suis une scientifique, bonté divine.

— Ça te met peut-être à l'abri des sentiments humains, mais pas des défaillances humaines.

— Écoute-toi, Michel Foucault. »

Je secouai la tête avec agacement.

« Contente-toi de finir ton histoire.

— Tu es exactement comme mon premier mari. Il n'avait jamais la patience d'écouter quelqu'un jusqu'au bout. Il fallait toujours qu'il saute à la fin de l'histoire. Et des films et des pièces. Il arrivait invariablement à prédire le dénouement de chaque film que je voyais. Et emmener Charles au théâtre était un cauchemar. Il ne pouvait pas suivre les étapes. Je ne pense pas avoir jamais vu le second acte de quoi que ce soit pendant tout le temps que j'ai été mariée avec lui. »

Je sentis comme un froncement sur mon visage et, bien qu'il n'y eût presque plus de lumière dans la pièce, elle dut lire quelque chose dans mes yeux.

« Qu'est-ce qu'il y a ? »

J'allumai la lampe en me disant que ce n'était pas elle qui était dingue, mais moi ; c'était ça ou la possibilité inquiétante que mes sens et ma mémoire soient devenus très peu fiables.

« Rien. Continue.

— Le lendemain du jour où tu es venu à mon bureau à l'université, j'ai décidé de vérifier mon programme Choicemail. À ma grande surprise, j'ai découvert quelques mails menaçants assez curieux. Les conneries habituelles : Dieu allait me tuer parce que j'étais une garce impie. Ce qui les rendait curieux, c'est qu'ils disparaissaient presque aussitôt que je les avais lus. Comme s'ils avaient été programmés pour ça. Les ordinateurs ne sont pas mon domaine. Il me faut de l'aide pour installer la dernière version de Windows. Mais, même moi, je sais que c'est inhabituel. J'ai interrogé un collègue à ce propos et…

— Je connais ces trucs-là, dis-je. Tu peux donc laisser tomber cette histoire de mails et en venir au plat de résistance. »

Elle me regarda, déçue que je sois aussi brusque avec elle, ce qui m'incita à marmonner des excuses ; c'était beaucoup plus facile, bien sûr, que de lui fournir des explications du sentiment de trouble que j'éprouvais au souvenir de ce que le vieil homme habitant dans la rue m'avait dit le matin même. Il ne pouvait certainement pas connaître Sara Espinosa.

« D'accord, dit-elle. Eh bien, après ça, des phénomènes étranges ont commencé à se produire. Je veux dire, hors du cyberespace. Il m'a semblé que j'étais suivie. Des pas dans le parking souterrain de l'université et de l'immeuble où j'habite, ce genre de choses. Les pas s'arrêtaient quand je m'arrêtais et recommençaient quand je me remettais à marcher. Et la très forte impression que quelqu'un se tenait derrière moi alors qu'il n'y avait personne. J'ai demandé à Smith Security de surveiller de plus près mon domicile, ce qu'ils ont fait, tu peux donc imaginer ma surprise et mon affolement quand, un soir, j'ai cru entendre quelque chose dans le couloir devant la porte de mon appartement. J'ai regardé l'écran du parlophone puis à travers le judas, et il paraissait y avoir quelqu'un debout dans l'ombre. Non, ce n'est pas tout à fait exact. Je n'arrivais pas à distinguer la silhouette en détail, mais elle était accroupie plutôt que debout. En outre, la personne – je ne peux pas affirmer avec certitude qu'il s'agissait d'un homme – avait les pied nus.

— Les pieds nus ?

— Oui. Les pieds nus. Et les jambes nues. J'ai appelé chez Smith ; ils ont vérifié la caméra de vidéosurveillance du parlophone pour le couloir et m'ont dit qu'il n'y avait rien. Et certainement pas un homme pieds nus. Mais ils ont quand même envoyé un garde de sécurité pour s'en assurer, lequel est monté au neuvième étage où j'habite et n'a rien trouvé. Il a sonné à ma porte et, pendant qu'il était là, j'ai moi-même inspecté le couloir.

— Ça paraît bizarre, en effet. »

Elle haussa les épaules.

« C'est arrivé trois soirs consécutifs, de sorte qu'ils pensent maintenant que je suis folle. Si j'appelle de nouveau, ils me diront probablement de prendre une pilule pour dormir. Ou ils me demanderont ce que j'ai bien pu fumer.

— Tu as appelé la police ?

— Non. Comment pourrais-je ? Qu'est-ce que je leur dirais ? Que je vois des choses dans mon couloir qu'une société de sécurité a déjà contrôlées en me répondant qu'elles n'existaient pas ? C'est déjà bien assez que les employés de chez Smith me prennent pour une cinglée sans que la police en fasse autant.

— Dans ce cas, pourquoi ne pas m'avoir appelé ?

— Bonne question. (Elle poussa un soupir.) Et j'ai un peu honte d'y répondre. Je suppose, pour être sincère, que, de manière étrange, j'ai pensé que cela avait peut-être quelque chose à voir avec toi. En fin de compte, c'est seulement après ta venue que tout ça a commencé.

— Et qu'est-ce qui t'a fait changer d'avis ?

— J'y arrive. Le troisième soir où j'ai vu la silhouette dans le couloir, je me suis dit que je pourrais ouvrir la porte et interpeller le type moi-même, mais j'étais absolument terrifiée. Si j'avais eu une arme, je l'aurais peut-être fait. Raison pour laquelle j'en ai acheté une. Elle est là dans mon sac. Quoi qu'il en soit, du jour où je l'ai achetée, il a disparu. Le type dans le couloir. Et jusqu'à présent, il n'est pas revenu.

— Alors tout va bien. »

Elle me gratifia d'un sourire sarcastique.

« Au moins, tu ne m'as pas dit que je l'avais inventé.

— Non. »

Comment aurais-je pu lui dire ça ?

« Merci.

— Décris-moi ton immeuble.

— Il y a dix étages. Un seul appartement à chaque étage. Le mien se trouve au neuvième. Le couloir dont je t'ai parlé se trouve devant l'ascenseur. Il y a un gardien jusqu'à minuit et ensuite à partir de six heures du matin. La sécurité est très stricte. On accède à chaque étage en se servant d'une clé à l'intérieur de la cabine d'ascenseur, ce qui veut dire que l'ascenseur ne s'arrête pas à moins qu'on n'ait la clé. Il y a une sortie de secours, mais il faut cette même clé pour y accéder.

— Un balcon ? Une terrasse ? »

Elle secoua la tête.

« Non.

— Et alors, que s'est-il passé ? demandai-je. Que s'est-il passé ensuite qui a suffi à te persuader de faire trois cents kilomètres pour être avec moi ? Et, s'il te plaît, ne me dis pas que ce sont mes doux yeux marron, ou je saurai que tu as très bien pu imaginer également le type aux pieds nus devant la porte de ton appartement.

— Mais ils sont doux, insista-t-elle. Et je sais très bien qu'ils ne sont pas marron, mais bleus. (Elle se leva.) Oh ! c'était une idée stupide. De venir ici. Je ne sais pas ce qui m'a pris. Vraiment, je ne sais pas. Je ferais mieux de partir. J'ai bien conscience de l'image que je dois donner : une femme vivant seule qui a peur de son ombre. Sauf que je n'ai encore jamais été comme ça. »

Je lui pris la main, embrassai son poignet et l'obligeai à se rasseoir sur le canapé à côté de moi.

« D'accord, tu ne l'as pas inventé. Je te crois. Continue. Raconte-moi le reste.

— La nuit dernière, j'étais au lit et quelque chose m'a réveillée. J'ai eu la nette impression d'une présence dans l'appartement. Il régnait une forte odeur de je ne sais quoi d'assez horrible. Je veux dire, de réellement nauséabond. Comme si un gros animal était mort et que ça commençait à empester. »

Sara secoua la tête. Son visage perdait peu à peu sa couleur à mesure que le sinistre souvenir lui revenait.

« Je ne sais pas combien de temps je suis restée là, mais finalement ç'a été plus fort que moi. J'ai pris le pistolet dans le tiroir de la table de chevet. J'ai fait le tour des pièces, l'arme au poing, en allumant toutes les lumières. J'aurais peut-être ouvert quelques-unes des fenêtres, sauf que j'avais trop peur de m'en approcher. N'importe comment, ça n'aurait rien changé car l'odeur nauséabonde s'est dissipée aussi brusquement qu'elle était apparue. Pensant que j'avais dû rêver, je suis allée me chercher un verre d'eau, puis j'ai été pisser. J'ai fermé les lumières et je suis retournée me coucher. J'ai lu un petit moment, après quoi j'ai éteint. Presque aussitôt, j'ai entendu une série de coups sonores et délibérés contre la fenêtre près de mon oreiller. Ce qui m'a vraiment flanqué la frousse. Comme je te l'ai dit, j'habite au neuvième étage. Personne n'aurait pu taper comme ça.

— Décris-moi les coups que tu as entendus. »

Elle se pencha en avant et se livra à une démonstration sur la table basse.

« Un, deux, trois, dit-elle. Comme ça. À intervalles réguliers. Ça s'est produit peut-être six ou sept fois. » Elle frissonna de nouveau puis se laissa aller contre le pli de mon bras. « La première fois, j'ai cru que j'allais me mettre à hurler. Ensuite, j'étais furieuse. J'ai tiré les rideaux sans savoir à quoi m'attendre. (Elle eut un haussement d'épaules.) Peter Quint, peut-être ? Mais il n'y avait rien. (Elle secoua la tête.) Pardon. Peter Quint est un personnage d'une nouvelle de Henry James intitulée *Le Tour d'écrou*. C'est l'histoire d'une jeune gouvernante chargée de veiller sur deux enfants dans une maison isolée au milieu de la campagne anglaise et qui devient peu à peu convaincue qu'elle peut voir le fantôme de son prédécesseur, le valet décédé de son patron : Peter Quint. Il a la très mauvaise habitude de lorgner à l'intérieur par les fenêtres.

— Je l'ai lue.

— Tu l'as lue ? »

Elle avait l'air étonnée.

« Peter Ekman l'a mentionnée dans son journal. Alors j'ai pensé que ça me donnerait peut-être une idée. (Je haussai les épaules.) Mais ça n'a pas été le cas. Du moins, jusqu'à présent.

— Quiconque lorgnerait par ma fenêtre devrait se tenir à un cordage.

— Possible. Y a-t-il une plateforme de laveur de vitres ?

— Oui. Mais je l'aurais certainement vu ; ou peut-être les câbles qui supportent la plateforme. Il ne faisait pas si noir. » Elle secoua énergiquement la tête. « Non, quelqu'un essayait de me faire peur et je le sais parce que… j'ai entendu rire.

— Où ? À l'extérieur de la fenêtre ? À l'intérieur de l'appartement ?

— À l'extérieur de la fenêtre.

— Je vois. C'est arrivé quand ?

— Vendredi soir.

— Que s'est-il passé hier ?

— Hier, je suis allée voir une amie qui est psy. Elle m'a écoutée puis elle m'a fait une ordonnance pour des somnifères et des tranquillisants.

— Que tu n'as pas pris ?

— C'est si évident ? Non. »

Je repris une gorgée de vin. Curieusement, il était encore plus délicieux qu'auparavant, et, dans la lumière de la lampe, on avait du mal à imaginer comment une chose ayant un aussi bel aspect pouvait contenir une substance aussi nocive et enivrante que l'alcool. Parfois, il est un peu difficile de voir le danger dans les choses ordinaires. De la même façon, il était difficile de décider quoi faire à propos de Sara. La renvoyer chez elle semblait hors de question. D'une part, elle avait trop bu pour conduire en toute sécurité une voiture capable de faire du deux cents à l'heure et, d'autre part, elle deviendrait probablement hystérique à l'idée de se retrouver toute seule. Mais, vu les menaces de mort proférées à mon encontre par Nelson Van Der Velden et ce qui m'était arrivé depuis lors, était-il sage de la laisser rester avec moi ? Une nouvelle fois, je me demandai ce que je devais dire à Sara et, une nouvelle fois, je décidai qu'il valait sans doute mieux éviter totalement le sujet.

Bien sûr, j'étais également troublé par ce qu'elle m'avait raconté, dans la mesure où cela semblait défier toute explication logique. Et pas simplement ce qu'elle m'avait dit ; si le Charles Hindemith que j'avais rencontré dans la rue devant ma porte d'entrée était effectivement son premier mari, lequel était mort, ce n'est pas seulement Sara qui avait besoin d'aller voir d'urgence un psychiatre, moi aussi. Mais comment en savoir davantage sur lui sans qu'elle s'inquiète encore plus ?

Comme si tout ça ne suffisait pas, ce qui me turlupinait de nouveau à cet instant, c'était la pensée inconfortable que la seule explication rationnelle de ce qui était arrivé à Sara – et du même coup à Osborne, Richardson, Ekman, Davidoff, Esther Begleiter, David Durham et même à moi éventuellement – tenait à quelque chose d'irrationnel ; que l'impossible était soudain devenu possible, après tout.

« Écoute, tu peux très bien rester ici avec moi, dis-je. Mais si ça ne te dérange pas, je vais changer les draps. Je n'ai pas fait le lit depuis un moment. »

Elle commença par protester.

« Tu as envie que je dorme avec toi ? demanda-t-elle. Sinon, dis-le.

— Naturellement. Je ne voudrais pas qu'il en soit autrement. Pourquoi ? Pas toi ?

— C'est juste que certains hommes préfèrent dormir seuls, expliqua-t-elle. Luis, mon troisième mari, ne pouvait pas supporter de dormir avec moi après avoir fait l'amour. Je pense que je le dégoûtais.

— Rien ne me dégoûte chez toi, répondis-je. Je me réserve ce privilège.

— Mais Giles – ça t'ennuie que je t'appelle Giles ? Je n'aime pas beaucoup Gil…

— Pas du tout. C'est mon prénom.

— Pourquoi te dégoûter ?

— Je suis un peu obsessionnel compulsif, déclarai-je. Je sais que ça n'en a pas l'air pour le moment, mais parfois je flippe à cause des microbes ; et parce que j'ai besoin de mettre de l'ordre dans le monde. (Je haussai les épaules.) Je devrais probablement consulter un psy. C'est ce que pense ma chef.

— Le complexe de Dieu, dit-elle. Cela fait simplement partie de la condition humaine. Tu as les microbes pour te donner du souci. Dieu avait Lucifer.

— À t'entendre, ça paraît d'une rassurante normalité.

— Ça l'est. Tu n'as rien, Giles. Rien qu'une femme ayant un bon naturel ne puisse arranger.

— Tu te portes volontaire pour l'emploi ? »

Elle marqua un temps d'arrêt, comme s'il s'agissait réellement d'une possibilité.

« Ce n'était pas une question très sensée, dis-je.

— Oh ! mais si, mon chéri. C'est une excellente question. Je ne sais pas pourquoi, mais je me sens tout à fait en sécurité avec toi, Giles.

— C'est l'insigne et le pistolet. Ça me fait ressembler à Gary Cooper dans *Le train sifflera trois fois*. (Je souris.) « Si toi aussi tu m'abandonnes, ô mon unique amour. » Allons, viens. Je vais te montrer la chambre. »

La précédant, je montai l'escalier grinçant et ouvrit une armoire à linge dans un coin. Sur chaque étagère était posée une paire de draps admirablement repassés, vestige du temps ou le père Dyer employait une domestique, et, sur chaque paire de draps se trouvaient un petit pain de savon parfumé et une étiquette indiquant le lit auquel ils correspondaient. Je choisis une paire et elle m'aida à faire le lit.

« Comment était-il ? Ton mari…

— Charles ? Très séduisant dans le style homme mûr. Il avait des cheveux couleur platine. J'adorais passer mes mains dedans. Il était spirituel, arrogant, sûr de lui et, à l'occasion, plus exaspérant que n'importe quel autre type qu'il m'ait été donné de rencontrer. Le gratin new-yorkais typique. Gore Vidal flairant une mauvaise odeur. »

C'était aussi une excellente description de l'individu que j'avais rencontré dans la rue.

« Il y a une salle de bains à côté, dis-je en lui remettant une serviette propre et en m'appliquant à réprimer mon sentiment croissant d'inquiétude. Et tu trouveras une brosse à dents neuve dans l'armoire.

— Pour un homme qui n'a eu aucune visite depuis qu'il a emménagé, tu as l'air très bien équipé.

— Pas moi. Le père Dyer. Et tu es en sécurité ici. Si tu entends taper contre la fenêtre, ce sont seulement les branches de l'arbre dans le vent. (Du moins, je l'espérais.) Apparemment, il est impossible de trouver un arboriculteur à Galveston. Ils ont dû fiche le camp comme les autres. »

Cette information ne sembla la rassurer qu'à moitié.

Je tendis la main.

« Donne-moi tes clés de voiture et je mettrai la capote sur ta Bentley. »

Elle regarda par la fenêtre – la dernière lumière avait disparu et même la lune était masquée par les nuages – puis vers moi avec une expression absente.

« Au cas où il se mettrait à pleuvoir, ajoutai-je. À moins que tu ne préfères le faire toi-même. »

Elle secoua la tête en silence. Elle n'avait pas besoin de le dire pour que je devine qu'elle avait peur de l'obscurité.

Moi non, ce qui était une bonne chose.

« Je serai peut-être sorti un moment, mentis-je. Il faut que j'aille vérifier ma propre voiture. »

Ça paraissait assez plausible.

« Très bien, dit-elle. Mais ne tarde pas trop.

— Inutile de te tracasser. Vraiment. Il ne t'arrivera rien ici. Pourquoi ne prendrais-tu pas un bain ? Il y a beaucoup d'eau. Nous avons de l'eau en abondance à Galveston. »

22

C'était absurde, bien sûr, et je commençais à me demander si je n'étais pas aussi cinglé que mon pauvre oncle Bill. On prétend que la folie est une affaire de famille, et voilà que j'étais confronté à la possibilité qu'elle frise, dans la mienne, la démence totale.

Je remontais la rue déserte pour aller voir l'excentrique M. Hindemith ; je voulais m'assurer que, lorsque je l'avais rencontré la veille, je n'avais pas parlé avec le mort qui avait été le premier mari de Sara Espinosa. Y avait-il quoi que ce soit de plus ridicule ? Non. Mais je savais que je ne trouverais pas le sommeil avant d'avoir pu me prouver à moi-même ce que me disait le peu de raison qui me restait, à savoir que les fantômes et autres n'existaient pas et que je trouverais très probablement une explication banale et sensée à tout ce qui se bousculait dans mon esprit agité.

Sous le clair de lune, tout avait l'air noir et blanc comme dans un vieux film, et je m'attendais presque à voir un James Stewart désespéré se ruer hors d'une maison dans laquelle un ange bien intentionné s'était arrangé pour effacer toute trace qu'il avait pu habiter là. Je me sentais moi-même un peu comme George Bailey, l'air ébahi, légèrement épouvanté, sûr de rien, ne sachant que croire, un poisson hors de l'eau.

Il est vrai que ces coïncidences paraissaient gênantes, à tout le moins : le nom, Charles Hindemith ; la description que Sara m'avait faite de l'homme et de ses goûts ; les pieds nus à la fois de M. Hindemith et de la silhouette que Sara prétendait avoir vue devant la porte de son appartement ; la façon dont le vieillard avait refusé de me serrer la main, comme si… eh bien, comme si une action aussi simple n'avait pas été physiquement possible. Et pourtant, ces coïncidences semblaient également déraisonnables : le M. Hindemith aux pieds nus que j'avais rencontré aurait difficilement pu hanter l'appartement de son ancienne femme, à Austin, en même temps qu'une maison près de chez moi, à Galveston, à trois cents kilomètres de distance. Et pourquoi venir se présenter ? Tout ça avait encore moins de sens que ma visite nocturne à ce type.

« Tu es vraiment un barjot de première, Gil Martins, grommelai-je. Gisela avait raison. Tu devrais aller voir le Head Fed à la première occasion. »

En outre, ce n'était plus la nuit idéale pour faire quoi que ce soit, à part rester dans ses pénates. Le vent sec qui agitait les cheveux de Sara devant la maison diocésaine s'était changé en bourrasques. Elles sifflaient le long de la rue déserte, faisant claquer les grilles et les portes, cassant les volets des maisons vides et délabrées et fouettant les hautes herbes dans les petits jardins de devant. À certains moments, le vent montait dans l'aigu, si bien qu'on aurait dit quelque chose qui avait jadis été humain, mais qui ne l'était plus. Même un sourd aurait été plus heureux sans ce vent. Il semblait m'exhorter, comme soucieux que je découvre la vérité, surtout si cette vérité se révélait dérangeante. Curieusement, pendant quelques instants, la pression du vent fut si forte que j'eus l'impression qu'on m'avait poussé, et je me retournai bel et bien, m'attendant presque à voir la personne qui m'avait heurté, ou même Hindemith lui-même.

Une grande ombre passa bas au-dessus de ma tête. Probablement un pélican, une spatule ou un ibis : les oiseaux de Galveston étaient à peu près les seules créatures vivantes à avoir profité de l'exode de l'humanité hors de la ville. Je pouvais sentir l'air provenant des battements d'ailes du volatile.

Tandis que j'approchais de la façade quelque peu biscornue de la vaste construction en bois – et pour ne pas paraître plus bizarre que Hindemith lui-même –, je me répétais une explication au fait que je passe le voir à une heure aussi tardive.

« J'ai soudain eu l'idée que vous n'étiez pas bien, monsieur Hindemith, marmonnai-je tout haut (ce qui est un signe supplémentaire que vous commencez à perdre la tête). Peut-être est-ce ce brusque changement de temps. Néanmoins, j'ai pensé que ce serait la moindre des choses de venir voir si vous n'aviez pas de problème. D'autant plus que les voisins ne sont pas légion par ici. »

Ce n'était pas très bon, mais pas pire que : « Je suis juste venu vérifier que vous n'étiez pas un putain de fantôme. »

J'avais pris mon Glock, que j'avais rechargé et sur la bouche duquel j'avais fixé une lampe torche tactique parce que toutes les maisons étaient obscures et qu'il n'y avait pas de réverbère. Quand les nuages formaient un poing noir autour de la lune, on ne voyait pas grand-chose. Mais, alors que j'atteignais la porte d'entrée de Hindemith, je distinguai une faible lueur dans une chambre à tourelle du deuxième étage, comme si une bougie y brûlait au lieu d'une lampe électrique. Ce qui ne m'aurait pas étonné. Si quelqu'un avait l'air du genre à éclairer une chambre avec une bougie, c'était bien M. Hindemith.

Je montai les marches menant à la galerie, où un rocking-chair oscillait doucement dans le vent. Quand je passais devant chez lui, c'est généralement là que je voyais Hindemith, et il était tentant d'imaginer que, tout juste quelques secondes plus tôt, il s'était levé pour rentrer dans la maison. Un carillon à vent était suspendu tel un orgue d'église miniature au plafond de la véranda, au-dessus du rocking-chair, comme pour capturer les rêves de son occupant, et il semblait tinter sans cesse, conférant une touche angélique, surréaliste, à la nuit. Je cherchai une sonnette et, n'en trouvant pas, j'écartai un écran pour pouvoir frapper à la porte. Elle était grande ouverte, aussi appelai-je dans l'entrée à plusieurs reprises, avant de m'avancer à l'intérieur, sur un plancher en bois nu grinçant comme un vieux galion.

Aussitôt, j'eus un funeste pressentiment. Je tirai le pistolet et allumai la lampe torche. Puis je cherchai la lumière électrique, mais, comme dans la plupart des maisons de cette partie de Galveston, l'électricité ne fonctionnait pas. Elle n'avait probablement pas fonctionné ici depuis l'ouragan, d'où la bougie que j'avais cru voir en haut.

Mes pas semblèrent réveiller quelque chose sur le sol jonché de détritus qui s'enfonçait dans l'obscurité. Une énorme tour penchée de boîtes de pizzas s'empilait dans un coin de la pièce, comme si quelqu'un en avait mangé tous les jours pendant cinq ans. Une odeur de tombe ouverte flottait dans l'air.

« J'aurais dû apporter une Domino's », dis-je.

Malgré ça, il était difficile d'imaginer que quiconque vive dans un endroit aussi curieux. Tout le reste était recouvert de housses de protection, à l'exception d'une vasque en verre parsemée de toiles d'araignée qui pendait au-dessus de ma tête et qui semblait pleine d'insectes morts. Il y avait une longue traînée sur le mur montrant le point culminant de l'inondation, ce qui me rappela combien Ike avait été dévastateur à Galveston. Une cheminée imposante mais vide occupait le milieu du mur, dont le marbre blanc aurait suffi à approvisionner Michel-Ange pendant une vie entière. Au-dessous de la limite de l'inondation, le marbre était aussi vert que s'il avait été couvert d'algues.

« Ohé ! criai-je. Monsieur Hindemith ? C'est Gil Martins, du bas de la rue. J'ai vu la porte ouverte et je me suis arrêté pour savoir si vous alliez bien. »

Me dirigeant vers l'escalier, je montai les premières marches, qui étaient plus larges que le reste et menaient à une petite mezzanine donnant sur une grande fenêtre sale. Sur la vitre poussiéreuse, quelqu'un avait très habilement dessiné un escalier éthéré, qui me rappela l'histoire biblique de Jacob, même si, comme le révéla la suite, il était loin de suffire.

Comme je m'approchais du milieu de la mezzanine, la lune perça à travers les nuages, éclairant le dessin poussiéreux sur la fenêtre. Je sentis mon cœur cesser un instant de battre en voyant un être humain – un homme nu, apparemment debout sur les barreaux de cette échelle presque céleste. Une seconde s'écoula avant que je ne me rende compte que l'homme nu se trouvait en réalité dans la cour, qui était à vrai dire moins une cour qu'un petit parc. L'instant suivant, l'homme me jeta un regard et se déplaça rapidement dans la direction opposée.

« Monsieur Hindemith ! » m'écriai-je sans être tout à fait sûr qu'il s'agissait de lui. La silhouette avait des cheveux argentés comme Hindemith, mais était, me semblait-il, plus musclée que l'homme que j'avais rencontré ; cela dit, l'homme en question portait des vêtements. « Attendez une minute. J'ai besoin de vous parler. »

Supposant que j'avais dû lui faire peur et le tirer de son lit puis de la grande maison – ce n'était pas le genre de baraque qui devait attirer les visiteurs, surtout tard le soir –, je compris que j'aurais mieux fait d'attendre le lendemain matin. À présent, la seule chose à laquelle je pouvais penser, c'était à faire mes excuses au vieil homme pour avoir troublé son sommeil, et peut-être arriverais-je à le ramener en toute sécurité jusqu'à sa chambre avant qu'il ne se blesse.

Je vis des portes-fenêtres délabrées que je franchis pour gagner le jardin de derrière et le regrettai aussitôt. Une grande toile d'araignée me couvrit le visage, ce qui me laissa supposer que personne n'était passé par là depuis une éternité et qu'il devait y avoir d'autres issues qui m'avaient échappé. Quelque chose rampa sur ma nuque, et il me fallut faire plusieurs fois le geste de le saisir pour chasser la sensation que j'avais une grosse araignée sous mon col de chemise. En même temps, j'aperçus la silhouette blanche et nue qui dévalait une pelouse mal entretenue avant de disparaître dans un épais bouquet d'arbres.

« Hé, monsieur Hindemith ! criai-je. N'ayez pas peur. C'est moi. Gil Martins. Revenez. »

Je courus après lui à travers la pelouse envahie par les mauvaises herbes et fus bientôt parmi les arbres ; je pouvais l'entendre courir devant moi, et cela m'étonna que le vieil homme fût aussi rapide et sa peau nue apparemment aussi insensible aux branches et aux buissons qui lacéraient mes vêtements. Ses pas n'avaient rien de léger : ses pieds nus sur le sol faisaient le même bruit que les sabots d'un cheval au galop, ce qui suffit à me convaincre que le vieil homme était non seulement fait de chair et de sang, mais qu'il était plus jeune et plus vigoureux que je ne l'avais supposé. Ce fait à lui seul me rassura légèrement en me persuadant que l'homme que je poursuivais était bien réel et n'avait donc rien à voir avec l'ex-mari de Sara. De toute évidence, je m'étais fourré le doigt dans l'œil.

« Et merde ! » m'exclamai-je.

Peut-être est-ce ce qui me freina, ou peut-être avais-je poursuivi suffisamment de fugitifs pour savoir qu'il est facile de se blesser quand on a quelqu'un à ses trousses. Il y avait ça, bien sûr, et aussi la forte probabilité que je me blesse moi-même ; dans tous les cas, je m'arrêtai de courir.

« Tu vas te casser une jambe ou te crever un œil à cavaler dans le noir comme ça, Martins. » Je m'esclaffai, comme si le bruit de mon propre rire pouvait donner un semblant de normalité à ce que j'étais en train de faire. « C'était une idée stupide. N'importe comment, ce type est probablement marteau. Presque aussi marteau que toi. Quiconque peut manger une telle quantité de fichues pizzas aurait davantage sa place à l'asile. »

Je regardai autour de moi, m'efforçant de retrouver le chemin par lequel j'étais venu. Un quiscale se mit à pousser des cris dans les ténèbres, ce qui ne contribua pas à me calmer les nerfs et sembla inciter des mouettes rieuses à en faire autant. Comme le vent, les oiseaux sauvages la nuit ont une capacité à mettre mal à l'aise même les gens dénués d'imagination comme moi. La pile de ma lampe tactique était déjà presque à plat ; cela faisait des mois que je n'avais pas pris la peine de la remplacer. Dans l'obscurité mouvante de cette petite forêt envahie par la végétation, il n'y avait aucun signe de la bâtisse à moitié en ruine. Je n'étais pas vraiment perdu, mais je n'avais aucune idée de la direction à prendre pour regagner la maison et ensuite la rue. Je remis le pistolet dans l'étui et observai le ciel en espérant qu'une trouée dans la couverture nuageuse me révélerait le chemin de retour.

Cet espoir ne dura pas longtemps car, quelques instants plus tard, le vent tomba brusquement, les oiseaux cessèrent leur vacarme et j'entendis un halètement sonore, inhumain, dans les buissons environnants qui me glaça le sang. Il était lent, régulier et – il n'y a pas d'autre mot – terrifiant. Le halètement se transforma en une sorte de déglutition humide qui fit place peu à peu à un grognement bas.

« Monsieur Hindemith, c'est vous ? (Je marquai un temps d'arrêt.) Si vous essayez de vous foutre de ma gueule, je vous préviens que je suis armé, et nerveux, et que ce n'est pas une bonne combinaison. »

En même temps, j'étais sûr qu'il ne s'agissait pas d'un homme. Aucun homme ne ferait un bruit semblable. Ça aurait pu être un chien, sauf que c'était trop sonore ; et ça aurait pu être un félin – éventuellement un puma –, sauf que même les grands félins savent se déplacer dans les broussailles de façon beaucoup plus furtive. Je grattai une allumette et la brandis au-dessus de ma tête dans l'espoir de distinguer une trace du chemin que j'avais emprunté et qui me fournirait peut-être un moyen de m'échapper.

Ce que je vis dans la lumière tremblotante m'arracha un tel cri de dégoût horrifié que je laissai tomber l'allumette. Reculant machinalement, je trébuchai contre un épais buisson et m'affalai lourdement sur le sol. J'aurais peut-être gratté une autre allumette, mais je n'avais aucune envie de revoir ce que je venais de contempler : la forme nue, allongée sur le dos, d'un homme grand et puissant ; si ce n'est qu'il ne s'agissait pas de Charles Hindemith mais de quelqu'un d'autre, dont la malveillance, qui émanait d'un visage horrible mais brillant d'un éclat intense et d'un regard terriblement incisif, était à présent clairement gravée au fond de ma rétine. Ce fut un moment extraordinaire, comme si j'avais regardé dans le silence de mort d'un monde contre nature et vu quelque chose de hideux et de détestable, un être humain ne ressemblant à aucun être humain qu'il m'ait été donné de voir. Un moment impossible à décrire, sinon que je savais instinctivement que je me trouvais confronté à une force du mal effroyable qui semblait me considérer comme – à défaut d'un meilleur terme – *une proie*.

« Qui êtes-vous ? » m'entendis-je aboyer.

Je tendis la main vers mon pistolet pour m'apercevoir avec horreur qu'il avait glissé de l'étui. Je me retournai et, ignorant une branche qui m'égratigna le visage, je palpai le sol en une tentative futile et désespérée pour retrouver le Glock. Si j'avais pu le dénicher, je me serais mis sans hésitation à tirer, tant étaient grands ma crainte et mon effroi. Mais ne le trouvant pas dans le noir, je n'avais guère d'autre choix que de m'adresser de nouveau à la chose.

« Qui êtes-vous ? » répétai-je bêtement car, en mon for intérieur, j'eus soudain conscience d'une réponse susceptible de fournir elle-même des réponses à plusieurs autres questions, une idée terrible qui concourait d'une certaine manière à rétablir ma foi dans l'Église de Rome. Quelque chose d'analogue était-il arrivé à Philip Osborne et aux autres ? Était-ce la raison pour laquelle Williard Davidoff avait tenté de grimper à un arbre de quinze mètres de haut dans Olmstead Park ?

Le grondement persista pendant encore un moment avant de cesser tout à fait, et l'obscurité et le silence palpable qui s'ensuivit devinrent la véritable source de ma terreur. Être seul avec une créature aussi abominable concrétisait tous les cauchemars de mon enfance, leur conférait une chair répugnante

Et l'odeur – c'était l'odeur d'une chose ayant lentement pourri dans un puits vertigineux ou une fosse insondable. Une odeur identique à celle que j'avais sentie dans la maison diocésaine en bas de la rue.

Comme dans l'ancien temps, au commencement et dans la Bible.

L'instant suivant, je me relevai et me mis à courir. Où, je l'ignorais. L'important, c'est que je devais fuir ce lieu épouvantable.

Et je savais à présent que ce que j'avais vu, quel que soit le nom qu'on puisse lui donner, me poursuivait. Le chasseur était devenu le chassé. Je courais comme si les ombres elles-mêmes me traquaient ; ce qui était peut-être le cas. La panique me saisit tout entier lorsque je m'écrasai contre un arbre avant d'en faire le tour et de reprendre ma course. De nouveau, je trébuchai et m'étalai sur le sol. Jetant un coup d'œil circulaire, j'entendis quelque chose tout près derrière moi. Je me relevai et, cette fois, j'eus plus de chance car les nuages s'entrouvrirent et la lune réapparut, éclairant ma position et la direction que je devais prendre. Je fonçai vers l'arrière de la maison et, une fois arrivé, je passai par les portes-fenêtres et les refermai brutalement.

Pendant un moment, je restai là, le pied appuyé contre le bas de l'encadrement, pantelant, tremblant de peur et regardant fixement à travers les vitres poussiéreuses le jardin baigné par le clair de lune où une chose ayant forme humaine rôdait à la lisière des arbres. J'avais l'impression que mon cœur allait bondir hors de ma poitrine et fiche le camp tout seul. Jamais je n'avais eu une telle peur. Pas une fois, depuis que je travaillais au FBI, je ne m'étais senti littéralement malade de frayeur. C'était comme si, d'un homme adulte, j'étais redevenu tout à coup un petit garçon. J'avais tellement de mal à respirer que je m'attendais à tout instant à ce que la vie elle-même s'échappe de mon corps terrifié.

« Bon Dieu, mais qu'est-ce que c'était ? bredouillai-je. Qu'est-ce que c'était ? Qu'est-ce que c'était ? »

Je restai là, regardant par la fenêtre pendant plusieurs minutes avant que le mouvement à la limite des arbres ne cesse complètement et que mes battements de cœur et ma respiration ne retrouvent un rythme à peu près normal.

« Ressaisis-toi, murmurai-je, presque furieux contre moi d'avoir eu si peur de quelque chose que je ne pouvais pas expliquer. Ce n'est rien de plus. Juste quelque chose que tu ne peux pas expliquer. Qui sait, cela aurait pu être quelqu'un en difficulté, gisant sur le sol. Peut-être s'agissait-il de M. Hindemith. Peut-être a-t-il fait une chute lui aussi et s'est-il blessé. Peut-être est-il encore étendu là-bas, attendant que tu viennes l'aider. Peut-être a-t-il besoin d'une ambulance. Au lieu de ça, tu te terres ici comme une fichue poule mouillée. Au temps pour ton entraînement au FBI. Bon sang, tu es un sacré trouillard. »

Je me mis à rire.

« Ouais, tu es un sacré trouillard, Gil Martins. »

Je m'interrompis, continuant à repasser dans ma tête le film que mon cerveau avait déroulé pendant la fraction de seconde où j'avais craqué l'allumette et aperçu ce type bizarre allongé par terre. Était-ce vraiment un homme que j'avais vu ? Car on ne pouvait nier le fait qu'il y avait quelque chose d'anormal chez lui. Oui, l'expression de son visage était extraordinairement hostile. Et il y avait aussi la façon dont il s'était avancé à tâtons à mes pieds. Ce n'est pas simplement qu'il s'était avancé à tâtons, mais ses longs doigts décharnés ressemblaient à des griffes.

« Pour ça, il aurait bien besoin d'une manucure, dis-je. Voyons, Martins, tout le monde a une sale tête quand il s'est fait mal. Et s'il paraissait très énervé, c'est parce que tu l'as poursuivi à travers son propre jardin, espèce d'idiot, d'accord ? Je parie que tu l'aurais plutôt mauvaise si quelqu'un venait se balader chez toi dans le noir. »

Je déglutis péniblement et finis par reprendre mon souffle.

« Simplement ne va pas croire ce que ce salopard de Nelson Van Der Velden t'a dit. Cela n'a rien à voir avec ça. Tu entends ? Allez, mon vieux, voyons de quoi tu es capable. Retourne-là-bas et fais ton putain de boulot, d'accord ? Tu es un agent du FBI, pas un créateur de lingerie. »

Je rouvris les portes-fenêtres et m'avançai sur la pelouse envahie par la végétation. Le vent tomba de nouveau et la nuit sembla retenir son souffle, comme impatiente de voir l'issue de cet accès de folie de ma part.

Cette fois-ci, je descendis lentement la pelouse.

Au bas, je jetai un coup d'œil à la maison derrière moi afin de m'orienter, puis, le cœur battant la chamade, je m'enfonçai avec précaution dans le bois et frottai plusieurs allumettes l'une après l'autre, mais sans rien voir.

Je m'immobilisai un moment, tendant l'oreille.

« Monsieur Hindemith ? Ou qui que vous soyez, veuillez vous identifier, s'il vous plaît. J'appartiens au FBI et je suis armé. »

Ce qui était un demi-mensonge, naturellement ; mon pistolet se trouvait toujours par terre quelque part dans le jardin.

Mais il n'y eut aucune réponse. Juste le vent dans les arbres. Et une chouette hululant dans l'obscurité.

Une minute s'écoula, puis une autre, jusqu'à ce que je me dise que je perdais mon temps, et je me remis en marche, seulement cette fois je dérangeai quelque chose gisant sur le sol, probablement l'ibis ou la spatule que je pensais avoir vu plus tôt. L'oiseau s'envola dans un grand battement d'ailes puis disparut, me laissant avec un sourire stupide sur la figure et un début de maladie cardiaque en phase terminale.

Ayant fait demi-tour, je sortis par la porte d'entrée et descendis la rue au petit trot – non sans me retourner constamment pour voir si je n'étais pas suivi – en direction des lumières de la maison diocésaine.

Le vent avait recommencé à souffler et l'air était maintenant chargé de pluie ; laquelle me rafraîchit le visage, humecta ma chemise et provoqua une sensation aussi agréable sur mon front que si elle provenait tout droit des fonts baptismaux. Mais ma main sur le bouton de porte de la maison diocésaine tremblait tellement qu'on aurait cru que j'avais la maladie de Parkinson et que je me demandai si ça s'arrêterait jamais. À l'intérieur, je m'efforçai de refermer la porte sans bruit, mais, à la dernière seconde, le vent la claqua violemment.

Je poussai un soupir et allai me servir un verre que je vidai d'un trait.

« Voila qui est mieux. »

Le scotch me permit de rassembler ce qui me restait de courage et me remonta quelque peu, suffisamment pour résister encore un certain temps aux conséquences réelles de ce que je venais de vivre. J'avais certainement interprété de façon erronée ce que j'avais vu.

« Bien sûr. Tu l'as imaginé. »

Oui, je m'étais laissé emporter par mon imagination. Ce que j'avais cru n'avait pas pu exister. De telles choses étaient impossibles. Pour moi en particulier. J'avais fait un choix, après tout. Et je devais m'y tenir. Je n'allais pas améliorer mon estime de moi en renonçant à cette décision rationnelle, surtout sur la base d'éléments aussi fragiles. Et merde. Si je changeais d'avis maintenant, ce serait juste sous l'effet de la peur, et tout ce qui subsisterait, ce serait cette même peur et le dégoût de moi-même. Personne ne pouvait vivre avec ça, pas vrai ?

« Nom de Dieu ! » fit une voix de femme.

Je pivotai pour voir Sara sur le seuil. Elle portait un tee-shirt et pas grand-chose d'autre qu'une expression de profonde inquiétude. Expression dont j'étais entièrement la cause.

« Qu'est-ce qui s'est passé ? »

Je secouai la tête.

« Pas grand-chose, répondis-je en plaquant une manière de sourire sur mes lèvres. Le vent est en train de se lever. Je pense qu'une tempête s'annonce. Une rafale m'a pris par surprise. J'étais allé dans la cour fermer le portail et il s'est rouvert brutalement en m'envoyant valdinguer, c'est tout. Je suis resté abasourdi un moment. » Je touchai mon visage et sentis du sang sur mes doigts. « Flûte. J'ai dû me couper, par-dessus le marché. »

Elle avala sa salive et secoua la tête.

« Ce n'est pas l'impression que ça donne.

— Vraiment, ça va.

— Viens. »

Elle me prit par la main et me ramena dans le couloir puis, me plaçant devant un miroir accroché au mur, elle alluma le plafonnier.

Elle ne m'accusa pas de mentir, pas tout de suite ; elle n'en avait pas besoin. Mon apparence se passait de commentaires.

C'était quelque chose. Mes cheveux se dressaient sur ma tête comme si j'avais été électrocuté ; l'iris de mes yeux était si dilaté qu'on aurait dit que j'avais pris de la drogue et mon visage et ma poitrine étaient couverts de sang. Ils présentaient cinq éraflures parallèles – suffisamment profondes pour avoir déchiré ma chemise –, à croire qu'un gros animal féroce m'avait attaqué avec des griffes tranchantes comme un rasoir. J'avais l'air d'avoir été déchiqueté.

« Bon Dieu, murmurai-je.

— Tu ferais mieux de me laisser mettre quelque chose sur ces marques de griffes, dit-elle doucement.

— Ce ne sont pas des marques de griffes, affirmai-je. D'où tires-tu cette idée ? Le portail m'a pris au dépourvu, c'est tout. Dans le noir, je suis rentré dans un arbre et les branches m'ont éraflé. Ne nous emballons pas, Sarah.

— Cela ressemble davantage à des marques de griffes qu'à tout ce qu'aurait pu faire un arbre. »

Je haussai les épaules.

« Tu crois qu'il y a un puma dehors ou quoi ? On est dans l'est du Texas, pas en Arizona, Sara. Il s'agissait d'un arbre. Je suis rentré dans un putain d'arbre. C'était entièrement ma faute. »

Elle désigna mon étui.

« Tu n'as plus ton pistolet.

— Il a dû tomber quand je me suis cassé la figure. Aucune importance. Je le retrouverai demain matin.

— Ce qui pose la question de savoir pourquoi tu l'as pris, d'abord.

— Oh ! je vois. Il est muni d'une lampe torche.

— As-tu de la teinture d'iode ? demanda-t-elle. Ou un antiseptique ?

— Sous l'évier de la cuisine, je pense. »

J'allai me chercher un autre verre et l'avalai vite fait. Jetant un coup d'œil à ma poitrine, j'essayai de me rappeler à quel moment j'avais reçu ces lacérations. Sûrement la branche d'un arbre, en définitive ; une branche avec cinq branches plus petites ressemblant aux doigts et aux griffes d'une main tendue. Cela ne pouvait être que ça. Dans ma frénésie de m'éloigner de ce type allongé par terre, j'avais tout bonnement heurté la branche fourchue d'un arbre. Et pourtant, dans un coin de mon âme – car je suis persuadé que de telles choses existent –, je savais qu'il n'en était rien. Après tout, comment expliquer cet homme couché sur le sol ?

« Oui, un arbre, dis-je. Voilà tout. Je ne suis pas vraiment blessé, tu sais. Il y a plus de peur que de mal. »

Je pouvais voir que Sara ne me croyait pas. Elle s'abstint de répondre. Elle savait peut-être elle aussi, mais n'avait pas envie de savoir. Je comprenais ça.

« Après m'être brossé les dents, dit-elle depuis la cuisine, je suis sortie pour te demander quelque chose, mais tu n'étais pas là.

— Je te l'ai dit, une tempête se prépare. Ce qui explique probablement pourquoi je ne t'ai pas entendue. »

Elle revint dans la pièce avec une cuvette et un rouleau d'essuie-tout.

« Tu essaies de ne pas m'effrayer et je t'en suis reconnaissante. Sincèrement. Mais je pense qu'à partir de maintenant il vaudrait mieux que tu ne me mentes pas. Même pour de bonnes raisons.

— Très bien.

— Il serait préférable que tu retires ta chemise pour que je puisse panser tes blessures. Ensuite, tu me diras ce qui s'est réellement passé. »

J'ôtai ma chemise, puis je m'assis à côté d'elle sur le canapé et la laissai tamponner les plaies avec de l'essuie-tout imbibé d'antiseptique. Pour une raison quelconque, je me mis à trembler.

« À mon avis, tu es en état de choc. »

Je faillis éclater de rire. *En état de choc*, eus-je envie de répliquer, *ce n'est pas un choc, ma petite dame, c'est de la terreur pure et simple* ! Mais je me retins, juste à temps. L'anxiété de Sara était assez consistante, inutile d'en rajouter une couche.

« Je suppose que ceci ne va pas beaucoup aider, dit-elle, puis elle embrassa une de mes éraflures. En fait, il y a probablement (elle en embrassa une autre) de fortes chances (et encore une autre) que ce que je suis en train de faire puisse les infecter, la bouche de l'être humain moyen étant sale comme elle l'est. »

Prenant son menton à fossette, je regardai ses lèvres généreuses puis les embrassai avec reconnaissance.

« Ta bouche n'a rien de sale, dis-je, léchant ses petites dents pointues et l'intérieur de sa lèvre supérieure. En fait, c'est tout simplement la plus jolie bouche que j'aie jamais vue. »

La pluie crépita soudain contre la fenêtre comme pour nous rappeler qu'il y avait encore un monde réel à l'extérieur.

« Je devrais aller fermer la capote de ta voiture comme j'en avais l'intention tout à l'heure. Ce serait un crime que les tapis soient trempés. (Je me remis à l'embrasser.) As-tu pris un bain comme je te l'avais dit ?

— Pas encore. »

J'indiquai le plafond d'un signe de tête.

« Monte en prendre un, j'arrive tout de suite.

— Bien », répondit-elle, mais elle insista pour que je l'embrasse avant de m'en aller.

Je sortis. J'avais encore la clé de la Bentley dans ma poche et manœuvrer la capote n'était qu'une affaire de quelques secondes. Je regagnais la maison lorsque j'entendis Sara hurler.

Immédiatement, ma poitrine se serra de nouveau et, les membres engourdis par la peur, je courus puis tombai, rampai à moitié, grimpai les marches et rentrai dans la maison.

23

Elle était recroquevillée dans un coin de la salle de bains, les genoux serrés contre la poitrine, les yeux fermés et son beau visage pressé contre le mur. Je m'agenouillai et, pendant un moment, j'examinai de près sa tête et son corps, cherchant une blessure quelconque ou un signe de ce qui l'avait effrayée, sans trouver le moindre indice de ce qui s'était passé. La salle de bains avait la même apparence, sauf que l'eau coulait. Je fermai le robinet et revins à ses côtés.

« Hé, dis-je doucement. Ne t'énerve pas. Qu'est-il arrivé ? Qu'est-ce qu'il y a ? »

Sara ne répondit pas, mais, dès que je posai ma main sur sa tête, elle m'entoura de ses bras comme un petit enfant, se cramponna à moi et se mit à pleurer. Elle me tint ainsi quelques minutes avant de retrouver suffisamment son sang-froid pour m'expliquer ce qui lui avait fait peur.

« Tu as bien dit que nous étions seuls ici ?

— C'est exact. Nous sommes seuls. Je te le promets. Juste nous deux.

— Oui, je t'ai vu faire le lit, dit-elle d'une voix hésitante. Je t'ai vu. Je t'ai aidé. On a fait ça, n'est-ce pas ?

— Oui, on l'a fait. Maintenant, calme-toi. »

Elle acquiesça et essuya son visage avec la serviette que je lui tendais.

« Oui, répondit-elle en reniflant. Lorsque tu es sorti, la première fois, fermer la capote de ma voiture, je suis venue ici, dans la salle de bains, me laver les dents et tout. Mais je ne suis pas allée me coucher. Et voilà que je reviens me faire couler un bain. Mais avant, j'ai jeté un coup d'œil dans la chambre. C'est alors que j'ai vu le lit. »

Elle était calme à présent, mais son visage avait une couleur grisâtre.

Je hochai la tête, puis me levai et passai la tête par la porte de la chambre. Son pantalon, sa veste et ses chaussures gisaient sur le sol près du lit, là où elle les avait laissés tomber. Et un grand sac à main Hermès était ouvert à côté de sa montre et de ses bijoux sur la coiffeuse. La télé était allumée, le volume au minimum, et la télécommande se trouvait par terre près de ses chaussures. Les stores étaient tirés et, même si la pluie battait contre la fenêtre, tout me parut normal.

« Qu'est-ce qu'il a ? » demandai-je.

Je revins dans la salle de bains et m'agenouillai à côté d'elle.

Elle secoua la tête.

« Dis-moi qu'il ne s'agit pas d'une mauvaise plaisanterie.

— Je ne comprends pas. Ce n'est pas une plaisanterie. Je ne suis pas d'humeur à plaisanter, ni toi non plus, je pense. Mais excuse-moi, je ne vois vraiment pas quel est le problème, Sara. »

Elle avala péniblement sa salive et poussa un long soupir éploré.

« Le problème, mon chéri, c'est que ce lit a servi, mais que je n'ai pas couché dedans.

— Quoi ?

— Oui. Autrement dit, si tu n'y as pas couché et que je n'y ai pas couché, alors qui ? »

Je me levai et passai de nouveau la tête par la porte de la chambre. Il n'y avait pas de doute : les draps et la courtepointe que j'avais arrangés avec soin étaient maintenant aussi en désordre que si quelqu'un avait couché là pendant huit bonnes heures, ce qui n'avait aucun sens.

J'étais profondément ébranlé par ce qu'elle sous-entendait. Avec tout ce que je venais de subir dans le jardin de M. Hindemith, j'en avais largement ma dose. Était-elle mêlée à un complot insensé pour me faire perdre les pédales ? Et dans ce cas, pourquoi ? Et pourquoi elle ? Quelqu'un avec son bagage n'aurait jamais pu être une disciple de Nelson Van Der Velden ; et d'ailleurs, à l'en croire, quelqu'un avait accompli de l'excellent travail pour lui faire perdre les pédales également.

Je retournai dans la salle de bains et m'assis sur les toilettes.

« Raconte-moi tout ce qui s'est passé après que j'ai quitté la maison la première fois », dis-je patiemment.

Elle opina, puis, appuyant la tête contre le mur, elle se mit à scruter la lampe au plafond.

« La première fois que tu es sorti, j'étais dans la chambre, où je m'apprêtais à me déshabiller. J'ai voulu te demander si tu avais un séchoir afin que je puisse me laver les cheveux, aussi je suis descendue et j'ai ouvert la porte d'entrée pour te poser la question, mais tu n'étais pas là. Ce qui m'a inquiétée. Tout était très silencieux. Je suis donc remontée et je me suis assise quelques minutes en me demandant ce que j'allais faire et si je n'avais pas commis une erreur en venant ici. Au bout d'un moment, je me suis déshabillée, comme tu vois. J'ai enlevé mes vêtements, mes chaussures et mes chaussettes, et je suis venue ici. Puis, en t'entendant rentrer, je suis redescendue. Tu avais l'air d'avoir été attaqué par une bête fauve et tu picolais du whisky.

— Oui, je me souviens.

— Si bien que, au moment où je suis descendue, le lit, celui que nous avons fait, n'avait pas servi, contrairement à maintenant. (Elle haussa les épaules.) C'est aussi simple que ça. »

J'acquiesçai.

« Tu n'aurais pas pu t'asseoir sur le lit et le mettre en désordre pendant que tu attendais que je revienne ? suggérai-je. Distraitement, en quelque sorte ? Comme quand on est préoccupé ?

— Non, répondit-elle. Je me souviens très bien. Je me suis assise sur la chaise devant la télé de la chambre. Je l'ai regardée pendant environ un quart d'heure. Pas une fois je ne me suis assise sur le lit. »

Je retournai dans la chambre et pressai ma main sur le drap du dessus ; il n'était pas chaud, mais une sensation de froid me parcourut quand même. Le lit était moite au toucher, comme si quelqu'un avait sauté hors de la baignoire et était allé se coucher directement.

« Tu seras soulagée de savoir qu'il ne donne pas l'impression d'avoir servi, dis-je aussi posément que j'en étais capable.

— Je ne sais pas si cela aide. »

Instinctivement, je jetai un coup d'œil à la fenêtre, qui était fermée, puis vers le plafond, cherchant une fuite ; je montai même sur le lit et pressai ma main contre le plâtre, mais il était sec.

« Ce que je veux dire, c'est que le lit n'est pas chaud. Malgré tout, je crois que je vais changer de nouveau les draps. Pour que tu te sentes plus à l'aise. »

Lorsque j'eus terminé, je regagnai la salle de bains.

« Ça va, maintenant. Je l'ai refait.

— Tu penses que je suis folle, n'est-ce pas ?

— Non, pas du tout, Sara.

— Compte tenu de tout ce qui s'est passé ces derniers jours, c'est un miracle que je ne le sois pas encore, mais si quelqu'un essaie de me rendre cinglée, je ne vais pas le laisser faire, tu entends ? J'ai un cerveau de premier ordre et je ne permettrai à rien ni personne de déconner avec ça. »

J'eus l'impression d'être plus ou moins visé, aussi je m'agenouillai une nouvelle fois près d'elle et lui pris la main.

« Sara, je t'en prie, crois-moi. Je n'ai absolument rien à voir là-dedans.

— Je te crois, répondit-elle. À vrai dire, c'est même la moitié du problème.

— Comment ça ?

— Après que je suis redescendue, tu ne t'es jamais trouvé hors de mon champ de vision. Je ne vois vraiment pas comment tu aurais pu monter ici sans que je m'en aperçoive. Ou bien il y a quelqu'un d'autre dans cette maison ou bien… C'est la seule explication possible, du moins la seule à laquelle j'ai envie de songer. » Elle avala sa salive nerveusement. « En fait, je crois que je vais être malade. »

Elle se traîna jusqu'aux toilettes, leva l'abattant puis vomit dans la cuvette. Si elle jouait la comédie, elle méritait le Golden Globe.

Ensuite, elle tira la chasse d'eau, puis je l'aidai à se laver le visage et à boire un peu d'eau.

« Tu te sens mieux ?

— Un peu. »

Je la conduisis dans la chambre et fis de mon mieux pour qu'elle soit couchée douillettement. Après quoi j'allumai toutes les lampes pour éliminer les ombres. C'était bien dommage que je ne puisse rien faire au sujet de l'arbre au feuillage envahissant devant la fenêtre, lequel tapait contre la vitre avec plus d'insistance que d'habitude en raison du vent.

« Je n'ai encore jamais dormi dans le lit d'un flic, dit-elle. Ni d'un prêtre, d'ailleurs. »

Elle sourit, un mince sourire sans conviction comme si elle essayait de retrouver son sens de l'humour.

« Avec trois maris, tu m'étonnes, dis-je, relevant le défi.

— Non que je pense pouvoir dormir, reconnut-elle. J'ai beau être très fatiguée, je ne suis pas du tout sûre que je vais rester ici.

— Non ? Ce n'est pas une nuit à sortir seule.

— Je pensais que tu pourrais venir avec moi.

— Oui, mais où ? Un hôtel ?

— Peut-être.

— À Galveston ? »

Je fis la moue.

« Bonne question. Eh bien, on pourrait aller à Houston. Ou trouver un motel en chemin.

— D'accord. Si tu veux. Je te conduirai où tu le souhaites. Houston, Austin, etc. Il te suffit de dire quand et à quel endroit. Ta voiture ou la mienne. Encore que la tienne a l'air beaucoup plus sympa. »

Elle secoua la tête.

« Non, c'est très bien. Restons là pour le moment. Je voulais seulement te l'entendre dire. Je suppose que tu ne ferais pas ça si tu prévoyais de me tuer ici.

— Jusqu'à ce que tu m'appelles ce soir, je pensais ne jamais te revoir, avouai-je. Alors je ne vois pas comment j'aurais pu prévoir quoi que ce soit en ce qui te concerne.

— Vraiment ?

— C'est toi qui m'as appelé, tu te souviens ?

— Oui. » Elle sourit de nouveau. De façon plus convaincante, cette fois-ci. « Eh bien, je suis ravie de l'avoir fait. Tu es très doux. Où diable étais-tu toute la journée ?

— J'ai déjeuné avec un type du laboratoire d'informatique judiciaire, répondis-je. Et je suis allé voir un film au Cinemark de Webster, près de la Gulf Freeway. »

Elle fit un signe de tête.

« Écoute, dis-je. Il faut que j'aille chercher une autre arme dans la voiture. Juste au cas où. Et que je boucle tout ici.

— Je préférerais que tu ne me laisses pas seule.

— Ça ne prendra qu'une minute.

— J'ai un pistolet dans mon sac à main. Tu peux l'emprunter si tu veux.

— Très bien. »

J'allai dans la chambre d'ami et rapportai son sac Hermès. Je le lui donnai et la regardai en sortir un Walther P22 de taille compacte.

« Tiens, dit-elle.

— Joli petit flingue.

— Il n'y a qu'au Texas qu'on peut dire des choses semblables.

— Oui, je suppose. Mais ça fait du bien de l'avoir.

— Pareil pour moi. »

Je vérifiai le chargeur. Puis je glissai le pistolet dans la ceinture de mon pantalon. Je le lui aurais laissé si je n'avais pas craint qu'elle ait suffisamment peur pour me tirer dessus par erreur.

« Tu t'attends à des problèmes ? demanda-t-elle.

— Je ne sais pas. Je veux dire, il y a ce qui s'est produit avec le lit à prendre en considération, non ?

— J'aimerais mieux pas, si tu permets. Du reste, je ne sais pas comment tu pourrais tirer sur quelqu'un qu'aucun de nous ne peut voir.

— C'est juste. »

Je souris, mais seulement pour cacher le fait que j'étais soudain convaincu qu'elle croyait vraiment que quelqu'un d'autre que moi ou elle avait occupé mon lit ; ce qui fit se dresser les cheveux sur ma tête.

« D'autre part, je ne sais toujours pas au juste ce qui t'est arrivé tout à l'heure. » Elle désigna d'un signe de tête les égratignures sur mon torse. « Je veux dire, elles n'ont pas l'air d'avoir été faites par une chose invisible.

— Je te le répète. C'était une branche d'arbre.

— Si tu le dis. Mais regarde. »

Elle leva sa main.

« Regarder quoi ?

— Mes ongles.

— Ils sont très jolis.

— Je les ai faits aujourd'hui à Galveston. En attendant que tu reviennes.

— Pour Galveston, ça équivaut à un retour à la civilisation. Je suis impressionné.

— Oui, ils ont l'air jolis, en effet. Mais ils sont pointus également. J'ai griffé suffisamment d'hommes dans ma vie, de colère ou pendant les relations sexuelles, pour savoir à quoi ressemblent les effets des ongles humains.

— Je peux m'estimer heureux, j'imagine. »

J'allumai la télévision pour qu'elle ait de la compagnie pendant mon absence et me dirigeai vers la porte, qui était restée ouverte.

« Où vas-tu maintenant ?

— Verrouiller la porte d'entrée. Comme je te l'ai dit.

— Ce ne sera pas long, n'est-ce pas ?

— Juste une minute.

— Et tu ne vas pas aller dehors ni quoi que ce soit ? »

Je secouai la tête.

« Je remonte tout de suite faire de nouveau l'amour avec toi. »

24

En descendant j'eus la sensation très forte d'une présence indésirable dans la maison et je remarquai aussitôt sur le parquet des empreintes humides venant de la porte d'entrée. Étaient-ce les miennes ? J'aurais peut-être répondu par l'affirmative sans deux choses. Les empreintes menaient dans le salon, et j'étais sûr et certain qu'en rentrant dans la maison à cause des cris de Sara j'étais monté directement. La seconde chose, beaucoup plus troublante, c'est qu'il s'agissait de pieds nus de grande taille, version Vendredi, et que je portais des chaussures.

Pendant un moment, je me contentai de les contempler comme si je doutais de l'existence des chaussures que j'avais aux pieds, mais à l'instant où je me rendis compte que ça ne pouvait pas être mes empreintes, je tirai le pistolet de Sara de la ceinture de mon pantalon et actionnai sans bruit la glissière. Était-ce l'homme que j'avais poursuivi dans le jardin de M. Hindemith, voire M. Hindemith lui-même ? L'homme qui m'avait flanqué une peur bleue ? Dans ce cas, je lui devais une bonne gifle avec le Walther. Mais à supposer que l'intrus soit armé ? Qu'il ait trouvé le Glock que j'avais fait tomber dans le jardin ? Que je me fasse tirer dessus avec mon propre pistolet ?

C'est alors que trois choses se produisirent, de façon simultanée, mais qui donnèrent l'impression de se dérouler au ralenti, comme si le temps s'était dilaté pour me permettre d'être encore plus tenaillé par la peur que je ne l'étais déjà, de sorte que je me retrouvai avec le souffle coupé, la chair de poule et une sorte de vide autour de ma tête et de mes épaules qui semblait aspirer le son dans mes oreilles.

Tout d'abord, l'électricité s'éteignit, plongeant toute la maison dans le noir, l'instant suivant, je savais sans le moindre doute qu'une forme se tenait près de la fenêtre dans le salon. Et la troisième chose, c'est que Sarah se remit à pousser des hurlements. Cette fois, je pouvais deviner la raison de sa frayeur et, me raidissant, je reculai en direction de l'escalier et l'appelai.

« Sara ? Écoute-moi. C'est juste une coupure de courant provoquée par la tempête. Je vais arranger ça dès que j'aurai trouvé une lampe de poche et la boîte de fusibles. Alors du calme, chérie, ferme les yeux et tout se passera bien, je te le promets. »

J'aurais aimé que ce soit vrai, mais je savais que c'était très improbable. L'air était aussi immobile qu'une mare stagnante. J'avais beau faire, je n'avais aucune idée du spectacle qui m'attendait à présent dans le salon ; en même temps, je savais que, quel qu'il soit, il me fallait l'affronter, ne serait-ce que pour me prouver à moi-même que j'étais encore dans le monde réel où les prières d'un pasteur évangélique ne se réalisent pas.

En l'occurrence, il n'y avait pas de lampe de poche à portée de main, mais, étant prêtre, le père Dyer avait laissé plusieurs bougies en cire d'abeille dans la place. J'en allumai rapidement deux au moyen des allumettes que j'avais dans ma poche et, très prudemment, j'en emportai une dans le salon, où je refermai sans bruit la porte derrière moi avec mon coude pour ne pas alarmer davantage Sara. Je n'avais guère envie qu'elle descende les escaliers pour me trouver face à face avec un intrus pieds nus. S'agissant de la forme toujours tapie dans l'obscurité, je me faisais un peu moins de souci, et j'aurais volontiers tiré sur l'être ou la chose en question par pur énervement.

« Qui est là ? lançai-je d'une voix hargneuse. Parlez donc, espèce d'enfoiré. »

La bougie n'eut guère d'impact sur les ombres, et la forme silencieuse demeura une simple silhouette à côté de la fenêtre, sa tête se tournant par saccades d'un côté et de l'autre sans raison apparente. En même temps, un son étrange semblait s'échapper d'elle : c'était comme si j'écoutais quelqu'un – un homme peut-être – faisant des efforts pour se libérer d'un lien ou d'une entrave quelconque.

« J'ai un pistolet, dis-je calmement. Et je n'hésiterai pas à m'en servir. Maintenant, avancez-vous lentement dans la lumière que je puisse vous voir. »

Cela aurait peut-être marché avec une personne réelle, mais, après tout ce qui s'était passé, j'avais déjà l'impression que ce n'était pas le cas, car une personne réelle n'aurait-elle pas dit quelque chose à cet instant ? Et fait ce qu'on lui ordonnait ? Après tout, le pistolet dans ma main était clairement visible pour quiconque se trouvait dans l'ombre.

« Vous me faites perdre patience. Qui êtes-vous, nom de Dieu ? »

M'avançant, je sentis ma mâchoire se décrocher de plusieurs centimètres alors que la lumière jaune de la bougie éclairait le visage plissé de l'intrus. À sa vue, ce fut comme si une main invisible m'avait saisi et retourné à la façon d'un sablier, le sable en moi s'écoulant dans le sens inverse. Tout ce à quoi j'avais cru – c'est-à-dire tout ce que j'en étais arrivé à croire en matière de croyance – était faux. Je commençais à m'en rendre compte à présent. On pourrait dire que ce fut le moment où ma vie changea à jamais. Et les effets de ce savoir redoutable me désarmèrent littéralement car je posai le pistolet sur le manteau de la cheminée et me couvris la bouche, peut-être pour m'empêcher de crier ou même de vomir de terreur.

« Merde alors, soufflai-je entre mes doigts. Bordel de merde. Ce n'est pas possible. Qu'est-ce que tu fiches ici ? »

Cela faisait des années que je n'avais pas vu le petit homme debout devant moi, et pourtant je le reconnus instantanément. Il se tortilla de façon incontrôlable pendant quelques secondes, lança avec fureur une remarque muette à quelque démon invisible, puis sembla se calmer un peu.

C'était Bill, mon oncle fou. Il n'avait guère changé depuis la dernière fois que je l'avais rencontré, près de trente ans auparavant. Il portait une chemise en nylon rose, un ample pantalon gris et des lunettes épaisses et mal ajustées ayant tellement besoin d'un nettoyage qu'elles étaient presque opaques. Par-dessus le marché, il était maigre, l'air aussi mal nourri qu'à l'accoutumée, débordant de nervosité et d'une rage démente.

« Bonjour, Gil, dit-il avec un fort accent de Glasgow. Comment ça va, fiston ?

— Bill. (Je secouai la tête.) Nom de nom, ça ne peut pas être toi ! Tu es à sept mille kilomètres d'ici. En Écosse.

— Plus maintenant, fiston, répondit Bill. En fait, je suis mort. Il y a à peine quelques minutes en l'occurrence.

— Je suis désolé, dis-je comme dans un rêve.

— Non, non. Ne le sois pas, fiston. Ce n'est pas ta faute. J'en avais plus qu'assez de ce foutu hôpital de Dykebar. Assez de moi-même également, si tu vois ce que je veux dire. Toutes les conneries qu'il faut supporter ; les putains de psychiatres et les autres dingos avec qui on est enfermé. » Il se remit à se tortiller pendant un moment, puis il s'adressa à une forme invisible près de lui, comme à son habitude. « Arrête ça. Laisse-moi lui dire à ma manière, sacrebleu.

— Bill, dis-je. J'aurais aimé qu'on puisse faire quelque chose. (Je secouai la tête.) Je voulais aller te voir. Je t'assure, j'aurais bien voulu, mais... (Je poussai un soupir.) Ça n'est pas possible !

— Pas de problème, mon garçon. Vraiment. J'ai jamais été du genre rancunier. Ni ce qu'on appellerait une personne très sociable, si tu vois ce que je veux dire. Ton père s'est donné du mal, mais il n'a pas réussi à s'en tirer, alors il a choisi ce qu'il croyait le mieux. Qui était de me mettre à l'hôpital. Pour être juste envers lui, il a bien essayé de me ressortir de là, mais c'était peine perdue ; à ce moment-là, j'étais institutionnalisé, comme ils disent. Et donc foutu, ouais, pour ça, c'est sûr. M'est avis que personne pensait que je tiendrais si longtemps. Moi encore moins. Raison pour laquelle, en réalité, je me suis buté avec des pilules. Ça faisait un certain temps que je les mettais de côté, pour pouvoir faire ça comme il faut. (Il haussa les épaules.) Ça et une grosse injection de méthadone pour être sûr. Il n'y a rien de tel, fiston.

— Bill, dis-je en fermant les yeux. Tout ça n'est pas réel. Tu ne peux pas être au Texas. J'entends ce que tu dis et, pour une part, ça me paraît parfaitement sensé, mais tu ne peux pas être dans cette maison. Pas maintenant. Mon imagination me joue sûrement des tours. Oui, c'est ça. Il a dû m'arriver quelque chose. »

Je fermai les yeux et les rouvris, mais Bill demeura devant moi, aussi net que l'image des anges sur le mur.

« Oh ! je suis bel et bien ici. Quel que soit ce foutu ici. Pour ça, je n'en sais rien et ne me demande pas de te l'expliquer. Bon, d'accord, je ne suis pas réel dans le sens que toi et cette jolie petite gosse donnez à ce mot. Non, on ne peut pas dire que je sois réel comme elle. Soit dit en passant, fiston, c'est une sacrée poupée que tu as là. Ouais, une sacrée poupée. Moi-même, ça ne me dérangerait pas de me faire cette nana. »

Je secouai la tête et détournai le regard.

« Non, non, non. Rien de tout ça n'est vrai. Ce n'est pas possible.

— Tu l'as déjà dit. Se répéter est le premier signe de folie. Crois-moi, j'en connais un rayon. Tu sais ce que je suis. Et pourquoi je suis ici, fiston. Il n'est pas bon d'écouter ta tête dans le cas présent, Gil. Ça ne va pas aider. Tu dois écouter avec ton cœur. Cette petite voix tranquille que nous avons tous au fond de nous. Celle qui est étouffée par toutes les foutaises qu'on apprend dans la vie sur ce qui est réel et ce qui ne l'est pas. Tu sais de quoi je parle. Tu l'as entendue toi-même, cette foutue voix, Gil. Tu as juste cessé de l'écouter pendant un moment, c'est tout. »

Je secouai la tête.

« Tout cela n'est pas réel.

— Oui, c'est difficile. Je le reconnais. Mais, si tu veux, considère les choses de la façon suivante. Je suis revenu dans ce monde, des profondeurs, pas exactement vivant, mais ce qui s'en rapproche le plus, pour te dire simplement ceci : ce que tu entends est vrai, Gil. Et tu peux parler et croire sans honte, pour les siècles des siècles, amen.

— Croire à quoi ? demandai-je. Je ne comprends pas. »

Bill se mit soudain en colère et, levant le poing, il sembla frapper l'air pendant quelques instants avant de pouvoir s'exprimer de nouveau.

« À Dieu, Gil. De quoi d'autre serais-je venu te parler ? De ce putain de Dieu tout-puissant. Mais il ne reste pas beaucoup de temps. Pour nous deux. Je me suis juste échappé pour t'avertir, tu comprends ? Que tu es carrément foutu si tu ne te réconcilies pas avec lui. Son ange de la mort t'a marqué en rouge, Gil, et crois-moi, tu ne veux pas que cette ordure vienne te chercher. Tu l'as déjà rencontré, je pense, aussi tu dois savoir de quoi je parle. C'est plus un démon qu'un ange, si tu vois ce que je veux dire. Écoute, fiston, il vaut mieux que tu fasses comme je te dis. Fais la paix avec le grand manitou. Tout le monde a droit à une seconde chance. Mais tout le monde n'est pas assez sage pour la saisir. Ces pauvres bougres qui sont morts, ceux qui t'ont entraîné dans cette voie, ils n'avaient aucun moyen de voir la vérité qu'ils avaient sous le nez. Mais toi, si. Tu m'as, moi. Franchement, je pense que tout dépend du messager. Celui qui se tape le satané boulot de revenir dire un petit bonjour. Malgré tout ce qui s'est passé, on a toujours été proches, toi et moi. Ça pourrait marcher. Oui, c'est ça. J'ai toujours eu beaucoup d'affection pour toi, mon petit Gil. »

Bill secoua la tête, ce qui sembla déclencher une nouvelle crise de tortillements et de braillements muets, avant qu'il n'ajoute, calmement :

« Bon, je ne sais pas. C'est peut-être simplement qu'il faut un foutu cinglé pour que tout ça ait l'air raisonnable. Tu vois ce que je veux dire ? Ouais. C'est peut-être ça, fiston. Il faut un foutu cinglé pour que le message du Tout-Puissant ait l'air raisonnable. (Il eut un hochement de tête.) Ouais, en y repensant, à tout ce truc de religion, m'est avis que ça a probablement toujours été ainsi. Si on considère les choses objectivement, tous les grands chefs religieux étaient des détraqués comme moi.

— Des détraqués. Ça, au moins, c'est vrai.

— Un dernier conseil, fiston. Ne réfléchis pas trop longtemps. Il y a trois étapes dans ta réintégration dans le plan de Dieu pour l'humanité, Gil. Il y a le savoir, il y a la compréhension et il y a l'acceptation. Tu en es encore à la deuxième étape. À ma connaissance, tu ne disposes plus que d'un peu moins de vingt-quatre heures. Et ça risque de devenir très difficile avant de pouvoir s'améliorer. Dieu est un type vindicatif, Gil. C'est une vérité importante que j'ai déjà apprise.

— Tu n'es pas mon oncle Bill. Je dois être fou.

— Écoute, je vais être clair avec toi et ensuite j'en ai fini et je m'en vais. Après ça, tu te débrouilleras tout seul.

Dieu ne veut pas te détruire, mais il le fera s'il y est obligé. » Bill claqua des doigts, ce qui fit le bruit d'une branche qui se casse. « Comme ça. Sauf que ce ne sera pas aussi rapide. Quelque chose d'épouvantable, voilà ce que ce sera. Comme il aime que ces choses-là soient faites. Il veut ton acquiescement, ton obéissance, Gil. Il veut que tu sois de nouveau de son côté, sincèrement, cœur et âme, mais en particulier ton âme. Il veut que tu rentres au bercail, comme la brebis égarée ou le fils prodigue. Parce que, pour Dieu, il est intolérable que l'incrédulité existe où que ce soit, mais encore plus chez quelqu'un qui a cru, quelqu'un comme toi. Comme qui dirait la semence tombant sur le sol caillouteux. Tu dois te rapprocher le plus vite possible du Seigneur par la prière, Gil. *Prière.* Si tu doutes de moi, lis le bouquin de cette cinglée. Esther Begleiter. Elle te dira la même chose. La prière. C'est ton seul recours possible. Désolé d'avoir l'air de te faire du pêchi-prêcha, fiston, mais c'est comme ça. Aucune erreur n'est permise. Plus maintenant. Pas alors que le pasteur Van Der Velden a appelé cette merde sur ta tête. Dieu n'est pas raisonnable, Gil. Dieu est Dieu. Il est terrible, comme il est dit dans cette fichue Bible. »

Bill regarda par la fenêtre. Je fermai les yeux et laissai échapper un long soupir.

« Le temps dont je dispose avec toi est presque écoulé, murmura Bill. Si tu ne le fais par obéissance, Gil, alors fais-le par peur. Et je dis bien par peur, parce que c'est ainsi que ça va se passer. Je n'aimerais pas être à ta place, fiston. Pas quand ce putain d'ange va se mettre à te harceler. Gil, tu n'as pas idée de ce dont Azrael est capable, la terreur qu'il peut infliger. C'est un démon, Gil. Un vrai foutu démon. Merde, je l'ai toujours su. Quand les gens pensaient que j'étais timbré, c'est ce qui me troublait. Dieu et tout ce que ça implique. »

Bill faisait toujours l'effet d'un dément, mais ses paroles avaient perdu leur férocité première et sa voix était devenue presque rêveuse. Encore que cela aurait très bien pu être moi. Et lorsque je rouvris les yeux, il avait disparu. J'étais debout face à un grand vide, comme s'il y avait une sorte d'espace derrière l'air devant la fenêtre où il s'était tenu. Tendant le bras, je plongeai ma main dans le silence de mort devant moi comme pour m'assurer qu'il n'était plus là.

« Bordel de merde, soufflai-je. Qu'est-ce qui m'arrive ? »

Je sentis une telle chair de poule sur tout le corps que je dus ramasser la couverture que Sara avait laissée tomber par terre la première fois qu'on avait fait l'amour et me la mettre sur les épaules pour m'empêcher de trembler. Était-ce le kava qui me donnait l'impression d'avoir une hypertrophie du cœur ? Ou ma respiration saccadée ?

« Bordel de merde. »

Je ne sais pas combien de temps je restai là. Après ce que j'avais vu – ou ce que je croyais avoir vu –, le temps ne semblait plus avoir de signification réelle, mais, lorsque je jetai un coup d'œil à ma montre, je m'aperçus que cela n'avait pas pu durer plus d'une minute ou deux. J'avais toujours la bougie à la main, tel un cierge d'hérétique. Le pistolet de Sara se trouvait sur le manteau de la cheminée, là où je l'avais posé. Tout, à l'exception des battements de tambour de mon cœur, était silencieux. C'est ce silence qui me remplissait à présent d'horreur. Même la pluie avait cessé.

Sûrement, j'avais tout imaginé. Comme Bill, j'étais devenu moi aussi la victime de mon propre esprit rendu fou. Le fait même que je m'apprête à aller voir le psychiatre du FBI n'en était-il pas la preuve ? J'étais cinglé. Ça allait bien au-delà d'un simple TOC et de la manie de jouer au solitaire avec les morceaux de sucre. J'étais pratiquement bon à enfermer, au sens légal. C'est moi, et non Gaynor Allitt, qui avais besoin de faire l'objet d'une mesure d'urgence de protection de la santé mentale. Qui sait, je n'étais peut-être pas le seul à présenter un risque pour moi-même, la belle et pauvre femme en haut également. À supposer que Sara soit vraiment en haut, et non, comme Bill, le fruit de mon imagination. N'y avait-il pas quelque chose ressemblant à la concrétisation d'un souhait dans la manière dont elle était arrivée et dont elle avait couché avec moi ? Et une dimension onirique dans la perfection avec laquelle nous avions fait l'amour ?

Je flairai mes doigts, qui, à mon grand soulagement, continuaient à sentir son odeur. Je pouvais difficilement imaginer ça, n'est-ce pas ? Sara devait être réelle. Elle était sûrement encore à m'attendre en haut dans ma chambre, et tout ce que j'avais à faire, c'était de changer le fusible et de retourner au lit avec elle.

Alors que je pivotais pour me mettre en quête du tableau de fusibles, la lumière revint. Je parcourus la pièce des yeux pour constater que quasiment rien n'avait changé, contrairement à ce qu'on aurait pu supposer. J'éteignis la bougie, pris le pistolet, le glissai de nouveau sous la ceinture de mon pantalon et me traînai jusqu'à l'étage sans vraiment savoir ce que j'allais y trouver.

Mais Sara était exactement là où je l'avais laissée, toujours assise dans le lit, la tête reposant sur ses avant-bras. Au moment où j'entrai dans la pièce, elle leva les yeux, se mordit la lèvre, et je vis que son visage exquis était pâle et préoccupé.

« Alors tu l'as réparé ?

— Le fusible ? » dis-je d'un ton innocent. Si je lui disais la vérité, elle s'en irait sûrement. Comme n'importe quelle personne sensée. « Oui, je l'ai réparé. »

Elle acquiesça.

« Tu as mis du temps. »

Je haussai les épaules.

« Je ne suis pas électricien.

— Il m'a semblé t'entendre parler à quelqu'un. »

J'enlevai mon pantalon et mon caleçon, et grimpai dans le lit à côté d'elle, souriant comme si tout allait bien et que je n'avais pas la sensation que mon cœur allait me remonter dans la gorge.

« À moi-même. Je me parle toujours à moi-même quand j'essaie de réparer quelque chose. En général, ça se limite à lancer des jurons compte tenu du fait que je ne sais pas vraiment ce que je fabrique.

— Kevin était pareil. Mon second mari. Il ne pouvait pas changer une ampoule sans jurer comme un charretier. Il prenait toute défaillance d'un appareil électroménager personnellement. Comme un affront à son égard.

— Je comprends ça. On peut laisser la lumière allumée si tu veux.

— Oui, s'il te plaît, dit-elle, rejetant les couvertures pour révéler sa nudité. Je pense effectivement que tu devrais tout voir. »

25

Comme à l'accoutumée, faire l'amour me permit de chasser de mon esprit quantité d'autres choses – et cela aussi bien dans mon cas que dans le sien, je n'en serais pas surpris. C'était une façon d'oublier, et j'avais salement besoin d'oublier tout ce qui m'était arrivé. D'après le bruit que faisait Sara tandis que ma langue effrontée la parcourait, je suppose qu'elle ne pensait pas beaucoup à ce qui l'avait convaincue d'aller en voiture jusqu'à Galveston. En fait, j'imagine qu'elle ne pensait à rien du tout. Elle gisait là sur le lit devant moi, le dos cambré semblable à un arc, tremblant dans un abandon sans défense, comme possédée par un esprit bienveillant, ou comme un paysage merveilleusement ondulé, secoué par de longues et lentes secousses sismiques. Une fois certain qu'elle était satisfaite, je me faufilai de nouveau entre ses cuisses fraîches et crémeuses et, ses baisers couvrant mon visage parfumé de son intimité, je pris soin de mon propre plaisir.

Lorsque j'eus fini, je laissai échapper un bâillement sonore.

Elle m'embrassa tendrement sur la tête avant d'ajouter :

« Maintenant, tu peux éteindre la lumière si tu veux.

— Tu es sûre ? »

Je n'en étais pas persuadé moi-même. Je me sentais comme un petit enfant qui a peur de l'obscurité.

« Je suis ici avec toi. Que peut-il arriver ? »

Elle avait raison. Quoi effectivement ? Que pouvait-il bien arriver qui n'était pas déjà arrivé ? Et s'il se produisait encore quelque chose, au moins nous essaierions d'y faire face ensemble. C'est en tout cas ce que je me disais, même si je m'efforçais de ne penser à rien d'autre qu'à Sara et à la prochaine fois où je baiserais avec elle.

Me penchant au-dessus du lit, j'éteignis la lampe de chevet. Je songeai à la maison diocésaine, à toutes ces années pendant lesquelles elle s'était dressée dans la rue et comment elle avait résisté aux assauts de l'ouragan Ike et à l'inondation biblique qui avait suivi. Aurais-je autant de résistance ? C'était peu probable apparemment. La menace proférée avec calme par Nelson Van Der Velden selon laquelle je serais mort dans les vingt-quatre heures commençait à sembler tout à fait plausible – mon cœur me faisait déjà le même effet que si on m'avait appliqué un défibrillateur, tandis que le sang dans mes veines devait être de l'adrénaline pure. Je pensai à Philip Osborne et à Peter Ekman, et à ce qui leur était arrivé. Pour finir, je sombrai peu à peu dans un sommeil agité, plein de ténèbres, d'effroi et de pressentiments, sans parler d'oncle Bill et de la créature détestable avec laquelle je m'étais battu dans le jardin à l'abandon de M. Hindemith.

Mon cœur avait complètement cessé de battre. J'en étais on ne peut plus certain. Je n'avais plus de souffle ni la possibilité de respirer. J'essayai d'appeler à l'aide, mais aucun son ne sortit de ma bouche. Il n'y avait que l'obscurité, froide, silencieuse, enveloppante, qui menaçait de m'étouffer comme si j'étais au fond d'un puits très profond et que quelque chose me tirait dans la vase épaisse et visqueuse. Je tentai de m'élever et ne réussis qu'à m'enfoncer davantage, des mains robustes et brutales tirant sur mes pieds puis mes jambes. Je lançai des ruades et m'efforçai de remonter vers la surface que je savais instinctivement être la vie car j'avais la forte impression que, si je ne m'échappais pas rapidement de l'endroit où je me trouvais, j'allais certainement mourir.

Je m'enfonçai et ruai de nouveau. Et cette fois, je sentis une forte secousse. Prenant une profonde et bruyante inspiration qu'on aurait pu entendre en pleine mer, je sus tout à coup que j'étais vivant et réveillé.

Les secondes s'écoulèrent et je restai là dans le noir, haletant comme un chien et jouissant de la sensation de l'air dans ma poitrine couverte de sueur. Un tintement dans mes oreilles céda la place à ce qui se passait dans la pièce.

Sara s'était levée et se lavait dans la salle de bains. Mais je savais que je me trompais car je me tournai et, trouvant des mèches de ses cheveux longs sur mon oreiller, je tendis la main pour tapoter son crâne menu. À l'instant même où je posais mes doigts, sa tête me sembla un peu plus froide que je ne m'y attendais, si bien que je me demandai si une fenêtre était ouverte ; puis j'entendis quelqu'un se déplacer de nouveau dans la salle de bains – la chasse d'eau qu'on actionne, puis un robinet qui coule – et, me penchant par-dessus le corps endormi et inerte, je tâtonnai pour trouver le Walther que j'avais laissé sur la table de chevet.

« Qui est là ? » demandai-je.

Sara bougea sous moi puis sembla se blottir contre mon côté. Elle laissa échapper en outre quelques gémissements comme si elle pleurait déjà de peur.

« Chut, murmurai-je tout près de ce qui semblait être son oreille. Il y a quelqu'un dans la salle de bains. »

Son corps mince et musclé se raidit sensiblement comme s'il se préparait au combat.

« Qui est là ? répétai-je, plus fort maintenant que j'avais le pistolet à la main.

— Je ne voulais pas te réveiller, Giles, fit une voix à la fois paisible et gaie dans la salle de bains : c'était celle de Sara. Ce n'est que moi. Tu as fait un cauchemar, je pense. Tu n'arrêtais pas d'agiter les jambes comme un dératé. Bon, j'arrive dans une minute. Malheureusement, je n'ai pas réussi à trouver la lumière. Attends, c'est sûrement ça. »

Comme dans l'ancien temps, au commencement et dans la Bible.

« Non ! criai-je. Non ! »

En même temps, j'eus l'affreuse et absolue certitude qu'il y avait un autre être humain à côté de moi, puis une bouche froide et moite descendit vers ma hanche. Je bondis hors du lit comme s'il avait contenu un serpent à sonnette ; entendant un cri d'épouvante qui s'avéra être le mien, je me précipitai en direction de la salle de bains alors que Sara allumait la lumière. Me retournant pour faire face au lit, je tirai trois coups de feu sur l'espace que je venais de quitter.

« Merde alors ! » hurla-t-elle en s'accroupissant et en se couvrant les oreilles avec les mains.

Je restai planté là à regarder fixement le lit vide, comme le révélait maintenant la lumière de la salle de bains, à moins de compter les trois balles qui avaient dû se loger quelque part dans le matelas. La fumée des détonations et quelques plumes d'un des oreillers déchiquetés flottaient dans l'air âcre, auquel semblaient se mêler des relents terreux et séculaires. L'odeur me rappela une exhumation à laquelle j'avais assisté.

« Mais qu'est-ce qui se passe ? s'écria Sara. Tu as perdu la raison ?

— Je ne sais pas, répondis-je, tremblant de peur. Je ne sais pas.

— Au moins, voilà qui est franc. Bon Dieu, tu aurais pu me tuer. Et avec mon propre pistolet. »

Je fronçai les sourcils.

« Comment ça, te tuer ? Tu étais ici. Je visais ce qui se trouvait dans le lit. »

Elle marqua une pause, moins véhémente maintenant qu'elle se rendait compte que j'avais un pistolet automatique à la main, armé et prêt à faire feu.

« S'il te plaît, Giles. S'il te plaît, pose ce pistolet. Ça me rend nerveuse.

— Crois-moi, tu ne peux pas être plus nerveuse que je le suis.

— Pose-le et dis-moi ce qui s'est passé. »

Au bout d'un long moment, je relâchai le chien du Walther, enclenchai une des deux sûretés et reposai le pistolet sur la table de chevet. Puis, du mieux que je pus – je continuais à trembler de peur –, je racontai à Sara ce qui s'était passé.

« Tu as dû rêver, dit-elle.

— Ah oui ? De la même façon que tu as rêvé que quelqu'un avait couché dans le lit de la chambre d'ami ?

— Tu dormais. Alors tu n'avais peut-être pas encore les idées claires. Supposons que c'était moi dans le lit.

— Désolé, mais j'en suis encore à essayer d'envisager l'idée que, si ce n'était pas toi, qu'est-ce que c'était ? Nom de Dieu. Qu'est-ce que c'était que ça ? »

Je me passai les mains sur les bras. Je pouvais encore sentir le contact de la chose sur moi.

« À ton avis ? demanda-t-elle calmement.

— Je l'ignore, mais je suis certain de ceci : c'était un truc… répugnant. Pendant une dizaine de secondes, je l'ai tenu dans mes bras, pensant qu'il s'agissait de toi. Et j'ai senti quelque chose me mordre les fesses au moment où je sortais du lit.

— Viens, laisse-moi voir. »

Je me tordis pour jeter un coup d'œil à mes fesses nues. J'avais une grande morsure de taille humaine sur la hanche. Ce spectacle suffit à me faire dresser les cheveux sur la tête. Mon cœur fit un effort notable pour les imiter.

« Sapristi, fit Sara en secouant la tête. Ça ne pouvait pas être moi.

— Je n'ai pas dit ça. »

Horrifié, je chancelai mollement dans la salle de bains et me mis la tête sous le robinet d'eau froide pendant un long moment. L'eau froide sembla ralentir mon cerveau fiévreux. En même temps, je sentis la main de Sara sur la morsure.

Cessant de regarder mes fesses, elle se mit à examiner le loquet de la porte de la salle de bains.

« Tu ne crois pas que tu aurais pu te faire mal avec ça ? demanda-t-elle. Quand tu as fait irruption ici ?

— C'est une morsure, pas une éraflure.

— Tu en es sûr ? (Elle haussa les épaules.) Ça pourrait être une ecchymose. Tu t'es peut-être cogné contre la porte ?

— Est-ce que ça ressemble à une ecchymose, pour toi ? »

Elle effleura mon derrière avec son doigt.

« Non, pas vraiment.

— Écoute, chérie, ce sont mes fesses, et je la sens encore, sa saloperie de bouche humide sur moi. Raison pour laquelle j'ai tiré sur ce foutu matelas. À cause de ce qui venait de m'arriver : c'était comme être au lit avec un cadavre.

— Et tu as pensé que ça pouvait être moi ? (Elle haussa une nouvelle fois les épaules.) Bon, je suppose que tout le monde aurait commis la même erreur. » Elle croisa les bras et parut réfléchir un instant. « Que sais-tu à propos de cette maison ?

— Qu'y a-t-il à savoir ? Écoute, je pensais que tu étais une scientifique. Tu ne crois certainement pas à toutes ces conneries du genre *Amityville, la maison du diable* ?

— Non. Je voulais juste t'entendre dire que tu n'y croyais pas non plus.

— Bon sang, je ne sais pas ce que je crois.

— Mais il y a quelque chose que tu ne me dis pas. »

C'était vrai, bien sûr. Mais par où commencer ? Ce qui me persuada une fois de plus qu'il valait mieux ne pas commencer du tout.

« Non. Je pense t'avoir tout dit lorsque j'étais dans ton bureau à l'université du Texas. Et tu ne m'as pas cru alors. Le seul élément nouveau qui soit intervenu depuis, c'est que je suis allé à cette église. Celle dont je t'ai parlé, où ils prient pour la destruction des ennemis de Dieu. Et maintenant, ils prient pour moi. (J'eus un haussement d'épaules.) De fait, j'y étais un peu plus tôt dans la soirée, et le pasteur, Nelson Van Der Velden, m'a déclaré qu'il ne me restait que vingt-quatre heures avant que l'ange de la mort du Seigneur ne vienne chercher mon âme.

— Et tu crois *ça* ?

— Je te le répète, je ne sais plus à quoi me fier. Mais il s'est produit des choses ce soir que je ne peux pas expliquer.

— Telles que ? »

Je secouai la tête.

« Simplement… des choses que je ne peux pas expliquer.

— Pas encore. Mais que tu ne trouves pas d'explication rationnelle ne signifie pas qu'il n'y en ait pas. »

Je poussai un soupir.

« Sara, je travaille au FBI. Avant ça, j'ai suivi une formation de juriste, d'accord ? J'ai été nourri aux preuves recevables. Alors inutile de me faire le topo. J'ai plutôt la tête sur les épaules, moi aussi. »

Sara sembla renoncer à sa remarque suivante ; à la place, elle dit :

« Discuter de ça ne mènera à rien. »

J'acquiesçai.

« Tu as raison. Mais essaie de te rappeler ce que tu as éprouvé en voyant le lit, Sara. » Je pressai mes deux mains sur ma poitrine comme pour essayer de calmer mon cœur. Ça ne marcha pas. « C'est ce que je ressens en ce moment à la puissance dix.

— Ce qui signifie ? Que je fais une montagne d'une taupinière ?

— Je n'ai pas dit ça. Écoute, je pense que nous avons eu une frousse terrible tous les deux. J'ai les nerfs en charpie.

— Les miens ne valent guère mieux. Cette semaine a été un fichu cauchemar.

— Personne n'a le monopole des cauchemars, répliquai-je. Pas ici. (Je lui pris la main.) Ce que je veux dire, c'est qu'il est inutile de nous défouler l'un sur l'autre. Nous devons garder notre sang-froid pour réfléchir à une solution. »

Nous étions nus tous les deux, et Sara alla dans la salle de bains chercher son tee-shirt et l'enfila.

« Eh bien, je crois que je connais la solution, dit-elle en parcourant le sol des yeux.

— Ah ?

— Tu te souviens de l'endroit où j'ai laissé ma culotte ?

— Elle est en bas. Je te l'ai retirée quand tu étais sur le canapé. » Je fronçai les sourcils. « Tu t'habilles ? Pourquoi ?

— Oui, je m'habille. Parce que je m'en vais. Je ne peux pas passer la nuit dans cette maison de fous. Plus maintenant. Pas après ce qui s'est passé.

— À t'entendre, on dirait que c'est moi qui suis fou.

— Non, je ne pense pas du tout ça, répondit-elle. Mais c'est probablement ce que je penserai si tu ne pars pas avec moi. » Elle secoua la tête. « Tu ne peux pas rester là.

— Tu crois que c'est mieux à l'extérieur ? » J'indiquai la fenêtre. « Dehors ? Autre part ? »

Elle fronça les sourcils.

« Tu me caches quelque chose, n'est-ce pas ? C'est peut-être seulement parce que tu ne veux pas m'effrayer plus que je ne le suis déjà, mais nous savons tous les deux que tu ne t'es pas fait ces égratignures en rentrant dans un putain d'arbre.

— Si je te dis tout, je ne tiens pas à ce que tu partes en vrille.

— Oh ! mon Dieu, fit-elle, l'air malade. Je ne faisais que bluffer en espérant qu'il n'y ait plus rien à savoir. Mais ce n'est pas tout, n'est-ce pas ? »

J'acquiesçai.

« Non, je le crains. Mais surtout, j'ai peur, purement et simplement. »

26

Nous descendîmes récupérer son sous-vêtement. Je me mis à lui raconter les événements de la journée, mais je n'étais pas allé très loin dans mon explication décousue et embarrassée quand elle secoua soudain la tête et se couvrit la bouche avec la main pendant un bref instant.

« Non, je ne veux pas savoir. J'ai dit le contraire, mais en réalité j'aime mieux pas. Je suis assez effrayée comme ça.

— Tu as raison, ça ne servirait à rien.

— Écoute, la seule chose que je désire, c'est fiche le camp d'ici. Viendras-tu avec moi ?

— Sûr, mais pour aller où, Sara ? » Je jetai un coup d'œil à ma montre. « Il est 2 heures du matin.

— N'importe où pourvu qu'il y ait des gens, répondit-elle. Nous prendrons ma Bentley et nous filerons vers le nord après avoir franchi la frontière de l'État. Washington. Oui, c'est ça. Nous irons à Washington.

— Washington ? Mais on est à deux mille kilomètres de Washington. Merde, qu'est-ce que… ?

— Et alors ? On peut y être en une journée. Écoute, Martins, il ne se produit pas de bizarreries de ce genre à Washington. Les gens sont normaux à Washington. »

Elle leva sa culotte et commença à l'enfiler.

« Qu'est-ce qui te fait penser ça ?

— Je ne sais pas. Tous ces connards d'hommes de loi, sans doute. Une bande de sceptiques et de mécréants, comme toi et moi. J'ai tendance à penser que, quand on est entouré d'énergumènes qui croient à un tas d'inepties telles que les fantômes, les dieux et je ne sais quoi, il est plus facile d'y croire soi-même. C'est pourquoi il nous faut absolument déguerpir du Texas.

— Tu as peut-être raison », répondis-je, même si je n'étais guère convaincu.

Je m'efforçais de lui faire plaisir. Elle n'était pas loin de craquer, et je me disais qu'il était préférable de jouer le jeu pour l'instant. Quelques kilomètres le long de la route avec la capote baissée et un peu d'air frais la ramèneraient sans doute à la raison. Il y avait un motel décent à proximité de la Gulf Freeway, non loin de Texas City, où nous pourrions probablement aller. J'avais moi-même prévu de m'y installer lorsque je déménagerais de la maison diocésaine.

« Bien sûr que j'ai raison. (Elle poussa un long soupir.) À présent, il faut que je retourne à la salle de bains pour chercher le reste de mes affaires. Tu viens avec moi ? »

Nous remontâmes à l'étage, où je trouvai des vêtements propres et où elle remit ceux qu'elles portaient déjà. Je pris aussi son pistolet, ma carte et mon insigne du FBI, deux bouteilles d'eau et mes clés. Tandis que Sara finissait de s'habiller, je relevai le store et scrutai la rue par la fenêtre, ce qui parut la troubler.

« Tu regardes dehors comme si tu t'attendais à voir quelque chose, fit-elle remarquer.

— C'est ce que je ne m'attends pas à voir qui m'inquiète.

— Voilà qui est rassurant. (Elle secoua la tête.) Est-ce qu'on ne pourrait pas s'épargner ça ?

— Désolé, c'est plus fort que moi. Je sens encore ce truc dans mes bras. » Je frissonnai et me frottai vigoureusement le cuir chevelu. « Rien que d'y penser, j'en ai les cheveux qui se dressent sur la tête.

— Raison de plus pour ne pas traîner. »

J'accomplis sa volonté. Comme dans l'ancien temps, au commencement et dans la Bible.

« Éteins la lumière », lui dis-je soudain.

Ce qu'elle fit.

« Qu'est-ce qui se passe ? demanda-t-elle d'un ton nerveux.

— Il y a quelqu'un là-bas.

— Comment ? » Elle s'approcha de la fenêtre et regarda dehors. « Où ?

— Dans l'allée de la maison bleue, de l'autre côté de la rue. À côté de la boîte aux lettres.

— Je n'arrive pas à voir.

— C'est peut-être parce que tu n'as pas tes lunettes. Tu es un peu myope, non ?

— Comme sais-tu que je mets des lunettes ?

— Elles se trouvent sur le tableau de bord de la Bentley, murmurai-je. Je suppose que tu les portes uniquement pour conduire.

— Exact. »

Sara plissa les yeux et fit un effort presque douloureux pour voir ce que je voyais, mais sans succès.

« Crois-moi sur parole, il est là.

— Et qu'est-ce qu'il fait ? »

Je ne savais pas précisément. Il y avait quelqu'un, aucun doute, mais, avec la quantité de pluie sur les carreaux, il était difficile de savoir si la silhouette était nue, comme l'homme que j'avais rencontré dans le jardin derrière la maison de M. Hindemith.

« À cet instant, il ne fait rien d'autre que de rester planté là où il est, à regarder en direction de cette maison depuis l'autre trottoir. »

Sara secoua la tête.

« Ma foi, on est dans un pays libre, non ? Les gens peuvent encore faire ce que bon leur semble ?

— Ce n'est pas exactement une nuit pour admirer les étoiles, Sara, répondis-je, tandis qu'une rafale s'abattait sur la vitre devant mon nez comme une poignée de gravier, me rappelant le poème stupide de Nelson Van Der Velden sur la prière, mais je préférais ne pas songer à lui.

— Non, probablement pas, répondit-elle. Alors qu'allons-nous faire ?

— Tu es toujours décidée à partir ?

— Bon Dieu, oui ! Je ne veux pas rester une minute de plus dans cette bicoque si je peux l'éviter.

— Le jour va bientôt se lever. On pourrait partir à ce moment-là. Le temps se sera peut-être dégagé. Et je pourrai voir distinctement de l'autre côté de la rue.

— Non, Giles, je t'en prie, partons maintenant.

— Dans ce cas, il vaudrait peut-être mieux que je sorte d'abord.

— Et s'il t'arrivait quelque chose ?

— J'ai ton pistolet. Et lorsque j'aurai ouvert le coffre de ma voiture, j'en aurai un autre. Deux autres, en fait. »

Je pivotai et, la prenant dans mes bras, j'embrassai tendrement son front parfumé de frais.

« Ça ira. Tu n'as pas besoin de rester ici. Tu peux attendre dans l'entrée. Ou sur la galerie si tu préfères. Quand je jugerai qu'il n'y a rien à craindre, j'ouvrirai la portière de la voiture et tu pourras sortir en courant et te glisser sur le siège du conducteur.

— Il se trouve de l'autre côté de la voiture, fit-elle observer. De son côté à lui. (Elle hocha la tête.) Peut-être que tu devrais conduire. »

Je haussai les épaules.

« D'accord. Si tu y tiens. Mais si c'était ma voiture, je ne laisserais personne d'autre s'en servir.

— Pour le moment, tout ce qui m'importe, c'est de fiche le camp d'ici le plus vite possible. »

Nous descendîmes.

« Tiens, dis-je en lui remettant le Walther. Garde ça.

— Et si tu en as besoin ?

— Je te le répète, j'en ai un autre dans le coffre de ma voiture. Le récupérer ne me prendra qu'une seconde. Laisse la porte d'entrée entrebâillée et, lorsque je serai prêt, je t'appellerai. »

Elle acquiesça.

J'ouvris la porte, sortis sur la galerie et descendis les marches du perron. La pluie tiède m'arrosa le visage, cinglant les égratignures et trempant ma chemise propre. Tandis que je me dirigeais vers l'arrière de ma voiture, je jetai un regard à la maison en face ; l'homme était toujours là, immobile, presque comme une statue. Et cette fois, j'eus la certitude qu'il s'agissait de la silhouette que j'avais vue dans le jardin de M. Hindemith : l'homme était musclé et entièrement nu.

J'accomplis sa volonté. Comme dans l'ancien temps, au commencement et dans la Bible.

Pendant un instant, je me souvins du visage horrible que j'avais vu à la lumière de l'allumette que j'avais grattée. Et de ses traits à l'expression affreuse et malveillante. Je n'étais pas près de l'oublier. Plus jamais. J'avais rencontré d'authentiques psychopathes au cours de mon séjour au FBI, mais c'était la physionomie la plus impressionnante qu'il m'ait été donné de voir à ce jour.

J'ouvris rapidement le coffre. La veilleuse allumée, j'inspectai brièvement l'assortiment d'armes et de vêtements de protection que je laissais là. Je ne pensais pas avoir besoin du gilet pare-balles, mais je pris mon autre Glock ainsi que le fusil de chasse FN semi-automatique faisant partie intégrante de l'arsenal d'un agent. Je mis le Glock dans mon étui de hanche vide et posai le fusil à terre avant de refermer le coffre à clé. Puis je ramassai le fusil, engageai une balle du chargeur à six coups et me tournai vers la maison en face.

Pendant un moment, je restai là, silencieux, cloué sur place, regardant d'un côté puis de l'autre et me sentant quelque peu ridicule avec le fusil dans mes mains. L'homme s'était éclipsé.

« Il est toujours là ? » cria Sara.

Elle se tenait sur la galerie, le Walther au poing. Me maudissant de ne pas avoir éjecté la cartouche non utilisée de la bouche de l'automatique, je me rendis compte que la seule chose qui allait l'empêcher de me tirer dessus accidentellement était le cran de sûreté ambidextre du Walther.

Serrant le fusil, je traversai la rue.

La maison bleue était en ruine, comme auparavant. Il n'y avait pas le moindre signe que quelqu'un ait passé là un long moment. Pas même des traces de pas qu'il me serait possible de suivre dans la cour arrière. Uniquement un extraordinaire sentiment de perte et de fuite du temps, sensation qu'on pouvait éprouver presque partout à Galveston, mais peut-être aussi de précarité et d'insignifiance humaine – la mienne, très probablement.

Je retournai à la Bentley, ouvris la porte du passager et fis un signe de la main à Sara.

« Il semble avoir déguerpi », lançai-je.

Pour une raison quelconque, j'hésitai à employer le mot « disparu », même si c'était à coup sûr l'impression que cela donnait.

Elle courut à la voiture, bien que la pluie eût apparemment cessé.

Lorsqu'elle fut confortablement assise sur le siège du passager, je remontai à toute vitesse les marches, verrouillai la porte de la maison, puis regagnai la Bentley d'un bleu étincelant.

« Où est-il parti ? demanda-t-elle.

— Aucune idée. Mais ça n'a plus vraiment d'importance. On se tire d'ici. Merde ! Pourquoi n'y ai-je pas pensé avant ?

Toutes ces semaines que j'ai passées tout seul dans cette espèce de champ de décombres, c'est un miracle que je ne sois pas devenu complètement marteau.

— Qui te dit que tu ne l'es pas ?

— Ça m'a effleuré plus d'une fois au cours de ces vingt-quatre dernières heures. »

Ayant rangé le fusil sur la banquette arrière et déposé mon Glock sur le plancher de la voiture, je fis démarrer l'énorme moteur de six litres.

L'alarme de la ceinture de sécurité se mit à tinter comme une cloche d'église, si ce n'est qu'au lieu de m'inciter à boucler ma ceinture, elle semblait s'adresser au Walther chargé que Sara continuait à serrer dans sa main, à environ vingt centimètres de mon cou.

« Donne, dis-je en lui prenant doucement le pistolet. Au cas où tu n'aimerais pas ma façon de conduire. »

Tenant le Walther, je parcourus des yeux le somptueux intérieur en cuir de la voiture. Finalement, je mis l'arme dans la boîte à gants.

Je reculai légèrement le siège avec le bouton électrique, puis tendis le bras pour ajuster le rétroviseur de la taille d'un écran de cinéma. C'est alors que je vis qu'une chaîne en argent avec une médaille y était accrochée, tel un porte-bonheur de chauffeur de taxi.

« Qu'est-ce que c'est ?

— Je ne sais pas.

— C'est ta voiture, rétorquai-je, enlevant la chaîne en argent. Tu dois bien le savoir.

— Elle n'était pas là lorsque je suis arrivée ici. »

J'allumai la veilleuse, tournai et retournai la médaille entre mes doigts, ce qui ne fit que confirmer ce que je soupçonnais déjà fortement. Le motif écossais était aisément reconnaissable ; la tête de saint Christophe, parfaitement distincte ; elle semblait même encore plus nette que dans mon souvenir, tout comme l'inscription au dos. Sauf que cela ne pouvait pas être cette médaille-là. Pas dans ce monde. L'espace d'un éclair, j'eus vaguement l'idée d'une autre vie à une autre époque que quelqu'un de très semblable à moi aurait vécue dans un univers parallèle. Ma poitrine se serra et une sueur froide perla sur ma nuque et mes mains.

« Elle devait l'être, dis-je à voix basse. Tu as sûrement dû… Ça n'a pas de sens… »

Mais, en même temps, je savais qu'elle ignorait tout de cette médaille ; qu'il ne pouvait pas en être autrement. Cette médaille ne lui appartenait pas. Ne lui avait jamais appartenu. N'avait aucun rapport avec elle. J'étais tout à fait certain qu'elle ne l'avait même jamais vue jusqu'à ce qu'elle monte dans la voiture à côté de moi.

Cette médaille était la mienne.

« Oh ! Seigneur », m'entendis-je marmonner, avant de me laisser aller contre le siège en cuir comme si ma colonne vertébrale s'était tout bonnement volatilisée de mon torse.

Elle ne devait pas faire plus de quelques grammes, mais elle semblait peser une tonne dans ma main.

Sara me prit la médaille et l'examina de plus près dans sa paume.

« C'est un saint Christophe.

— Au moins, ça, je ne l'ai pas inventé, je suppose.

— Qu'est-ce que tu veux dire, bon sang ? »

Je haussai les épaules, mais il devait être clair que je n'osais pas répondre de peur d'avoir l'air fou à lier.

« Attends une minute, dit-elle. G. Martins. 5 avril 1988. » Elle fonça les sourcils. « Ce saint Christophe est à toi.

— Oui. » Ma voix était remplie d'effroi. « Il est à moi. »

Elle me rendit la médaille. Je la regardai avec tristesse, me remémorant les événements de cette journée lointaine à Glasgow. Je me souvenais du visage plein de fierté de ma mère ; je me souvenais du froid à travers ma mince chemise de coton blanc ; je pouvais même sentir le goût de l'hostie dans ma bouche. Je me souvenais de l'avoir décollée de mon palais puis d'avoir craché la chose dans mon mouchoir comme un vieux bout de chewing-gum. Je me souvenais de l'horrible impression de perte lorsque j'étais rentré chez moi après la confirmation et que j'avais découvert que ma médaille avait disparu, de ma quête frénétique et en fin de compte sans espoir pour la retrouver. Je me souvenais de tout cela comme si c'était hier.

« Alors pourquoi me poses-tu la question, Giles ? Je ne comprends pas. »

Je poussai un soupir.

« Je ne comprends pas non plus. C'est ma médaille, c'est sûr. Je l'ai reçue le jour de ma confirmation. Qui est aussi le jour où je l'ai perdue. En Écosse, quand j'étais enfant. Je ne l'ai pas revue depuis, Sara.

— Giles ? Mais qu'est-ce que tu racontes ? »

Je poussai un gémissement.

« Je ne sais pas », dis-je.

Puis je coupai le moteur. Le silence entre nous était à couper au couteau. Et je savais que nous étions déjà en train de nous éloigner de nouveau l'un de l'autre comme deux navires désemparés.

« Tu ne sais pas. Eh bien, dans ce cas, on est deux.

— Sara, je suis absolument certain que cette médaille n'était pas suspendue au rétroviseur lorsque je suis sorti relever la capote. »

Elle lança un regard à la maison bleue.

« L'homme qui était là-bas… d'après toi. » Elle eut un haussement d'épaules. « C'est peut-être lui qui l'a mise. Hein, pourquoi pas ? C'est fort possible, j'imagine. Il a très bien pu pénétrer dans la voiture, même si je ne vois vraiment pas comment. Il y est certainement pour quelque chose.

— Écoute, je sais que ça a l'air insensé, Sara, mais jusqu'à cet instant je te jure que je n'avais pas vu cette médaille depuis, quoi ? » Je poussai un soupir. « Plus de vingt ans. » Je fermai les yeux. « Je pensais sincèrement qu'elle avait disparu pour toujours. Et la revoilà, à sept mille kilomètres de l'endroit où je l'ai égarée, aussi intacte et immaculée que le jour où elle a été fabriquée. » Je secouai la tête et essuyai une larme au coin de mon œil. « C'est comme si quelqu'un essayait de me dire quelque chose.

— Te dire quoi ?

— Quelque chose de terrible, je suppose, répondis-je d'un ton chancelant, comme si je venais de perdre un proche. Quelque chose d'aussi affreux que tout ce qu'on n'a jamais dit à qui que ce soit. »

Sara eut l'air peinée, et soudain très petite sur le siège à côté de moi.

« Je ne sais pas pourquoi tu me dis ça, mais tu me fous les boules.

— Ce n'est pas mon intention, Sara, vraiment, mais si tu n'as pas mis la médaille là, alors…

— Giles, réfléchis, dit-elle calmement. Tu as dû la mettre toi-même à l'intérieur lorsque tu as regardé mes lunettes de conduite pour savoir si j'étais myope ou presbyte. Tout autre explication n'a pas de sens. Tu es venu remettre la capote en place. Tu te rappelles ? C'est à ce moment-là que tu as dû laisser la médaille. » Elle sourit comme si elle essayait de faire plaisir à un fou. « Peut-être voulais-tu que je sois en sécurité quand je conduirais. Saint Christophe est le patron des automobilistes, pas vrai ? Oui, c'est ça. Auquel cas, c'est très gentil de ta part. Merci. J'apprécie l'intention. Je t'assure. »

À la façon dont elle avança cette explication des plus raisonnables, il était évident qu'elle l'aurait amplement satisfaite – et pourquoi pas ? Je n'aurais eu qu'à acquiescer, et tout aurait été pour le mieux entre nous ; nous aurions encore pu sauver quelque chose de notre relation. Mais ce n'est pas ce qui devait arriver.

« Franchement ? Je crois que tu dis la vérité, Sara. Je ne vois pas comment tu aurais pu mettre ma médaille ici depuis la dernière fois que je suis allé dans cette voiture. À moins que tu ne sois sortie en cachette pendant que je dormais. Ce qui soulève naturellement la question de savoir comme elle serait entrée en ta possession pour commencer. Tu ne peux tout simplement pas l'avoir eue. Pas après si longtemps. Et à une distance aussi éloignée. Elle était vraiment perdue pour de bon. Comme moi, peut-être. » Je haussai les épaules avec désespoir. « Et maintenant, ce n'est plus le cas. Ce qui ne laisse qu'une explication, laquelle, aussi extravagante qu'elle puisse paraître, est la seule qui marche.

— À savoir ?

— Quelqu'un d'autre l'a mise là. Pas toi. Ni moi. Ni un inconnu de passage. »

C'est alors que je donnai le coup de grâce.

« Je pense que Dieu aurait très bien pu la mettre là. »

Son nez se plissa avec horreur.

« Dieu ? De quoi parles-tu ?

— Dieu. Ou peut-être l'ange de Dieu. »

Sara poussa un profond soupir puis appuya son front contre le tableau de bord comme si nous venions d'échapper à une grave collision ou, peut-être, comme si nous venions d'en subir une.

« Sara, s'il te plaît. Peux-tu mettre un instant de côté tes opinions scientifiques et ton besoin compréhensible de données empiriques, et considérer toutes les choses étranges qui te sont arrivées : l'homme dont tu prétends qu'il se trouvait devant ta porte et à l'extérieur de la fenêtre de ton appartement au neuvième étage ; la terreur que tu dis avoir éprouvée ; le lit de ma chambre dans lequel avait couché quelqu'un d'invisible. Et ce fantôme auquel tu as fait allusion ? *Le Tour d'écrou* ? Oui, tu sais de quoi je parle. Rien de cela n'a le moindre sens, à moins d'admettre qu'il n'y a aucune explication. En tout cas, pas le genre d'explication qui vaut dans un laboratoire et repose sur des preuves irréfutables.

— Ce sont les seules explications sensées. Tout le reste n'est que du vent. Je pensais que tu savais ça également. Je pensais que c'était un point sur lequel nous nous comprenions, toi et moi. Que nous étions l'un et l'autre des compagnons de scepticisme.

— Je t'en prie, Sara. Essaie de te rappeler que toutes ces choses sont survenues depuis que ce cinglé de Nelson Van Der Velden s'est mis à prier pour ta mort, et aussi pour la mienne. Sauf qu'il n'est pas du tout cinglé, bien sûr. Je commence à m'en rendre compte, bon sang. Parce qu'à présent je ne peux pas m'empêcher de croire en Dieu. Je crois que ce n'est en rien un Dieu d'amour, mais seulement de colère et de vengeance. Je crois que, dans quelques heures, l'ange de la mort de Dieu va venir pour moi. En fait, je crois l'avoir déjà rencontré, un peu plus tôt dans la soirée. C'est lui qui m'a fait ces égratignures sur le visage et la poitrine. Lui qui m'a mordu. Tu as vu la morsure sur mes fesses. C'est l'ange de la mort de Dieu qui se tenait de l'autre côté de la rue lorsque nous sommes sortis de la maison. Et c'est l'ange de la mort de Dieu qui était devant la porte de ton appartement.

— Arrête, Giles, s'il te plaît. Je trouve ça risible. Et assez odieux, en fait.

— Mais il y a une issue, Sara, dis-je. Pour nous eux. Tout à l'heure, mon oncle Bill m'a rendu visite. Une sorte de vision, pourrait-on dire. »

Sara éclata de rire.

« Au moins ce n'était pas le père de Hamlet. C'est déjà ça.

— Bill m'a dit qu'il était mort, mais qu'il était venu m'avertir. C'est à lui que tu m'as entendu parler. Mon oncle

Bill. J'ignore comment c'est possible, mais c'était lui, sûr et certain.

— De la démence. » Elle serra ses mains entre ses genoux puis ses doigts agrippèrent la boîte à gants. « Sauf qu'il n'y a pas que toi qui es fou, moi aussi.

— C'est mon oncle Bill qui m'a dit qu'il y avait une issue à tout cela. Que tout ce que nous avions à faire, c'est de le prier. Oui, c'est ça.

— Je suis folle de m'être impliquée avec un maniaque comme toi. J'avais déjà dans l'idée que tu ne tournais pas rond quand tu es venu à mon bureau à l'université. Que tu cherchais un moyen de retrouver ton chemin vers Dieu, et mon intuition première était juste, apparemment.

— Notre seule issue possible à tout cela, c'est grâce à la prière. Alors, je t'en conjure, rentre à la maison avec moi et nous confierons nos craintes au Seigneur. Nous implorerons son pardon pour ne pas avoir cru en lui. Vraiment, je pense que ça peut être aussi simple que ça. »

Elle ouvrit rapidement la boîte à gants et, la seconde suivante, le Walther était dans sa main. Pointé sur moi.

« Sors de cette voiture ! ordonna-t-elle d'un ton ferme.

— Sara, s'il te plaît. Je ne te veux aucun mal.

— Sors de ma voiture, connard !

— Mais ta seule chance maintenant, c'est la prière. »

Je vis son pouce se déplacer vers le cran de sûreté.

« Ne m'oblige pas à te tirer dessus, Martins. Mais s'il n'y pas d'autre moyen de te faire sortir de ma putain de voiture, je le ferai. »

La dernière partie de la phrase s'échappa de ses lèvres en un cri féroce tout à fait éloquent et qui suffit à me convaincre de faire ce qu'elle disait. Je poussai la lourde portière de la Bentley et descendis rapidement.

« À présent, écarte-toi, ordonna-t-elle, et, pressant un bouton, elle abaissa la capote, ce qui lui permit de passer plus facilement par-dessus la console centrale pour s'asseoir sur le siège du conducteur. Puis, le pistolet toujours pointé dans ma direction, elle se pencha et referma la portière. « Reste en arrière ou je te jure que je tire.

— Ne t'en va pas, Sara, dis-je, reculant vers la galerie de la maison. Tu es en danger. Tu le sais très bien. Je me rends compte que ça paraît dingue – j'étais aussi sceptique que toi sur tout ça –, mais la prière est notre unique chance.

— Un peu que c'est dingue, espèce de malade ! Quand je pense que j'ai couché avec un sale type comme toi. Bonté divine, rien que d'y penser, j'en ai des démangeaisons partout. Tu veux que je te dise ? J'espère que cet ange aura ta peau, fumier. J'espère qu'il te réduira en bouillie. »

Elle démarra et, pendant un moment, ses imprécations se perdirent dans le fracas du puissant moteur de la Bentley.

« Tu sais ce que je pense ? Je pense que c'est toi de bout en bout. Qui m'as flanqué la frousse. Qui m'as mis ces idées stupides en tête. Je pense que tu es un foutu désaxé, Martins. Et dès que je serai rentrée à Austin, j'en informerai tes supérieurs.

— Je t'en prie, ne t'en va pas comme ça. Je peux t'aider.

— Je laisserai tes putains d'armes à feu dans la rue. Je te suggère d'en utiliser une sur toi-même et de m'économiser le coût d'un appel téléphonique. »

Mais elle pleurait lorsqu'elle s'éloigna dans un crissement aigu de pneus. Et je me demandai si je la reverrais jamais.

27

L'aube rampait à la lisière de l'horizon comme une mince traînée de sang suintant lentement à travers une couverture gris cendre.

Il s'était arrêté de pleuvoir, mais ma chemise était encore mouillée, et j'avais pleinement conscience du froid glacial qui m'étreignait et du fait que je n'aurais peut-être plus jamais chaud. Si Nelson Van Der Velden avait raison, c'était mon dernier jour sur cette terre. Ce qui commençait à avoir l'air d'une bonne chose, dans la mesure où ma propre compagnie était devenue un fardeau pour moi. Pendant un moment, je songeai sérieusement à récupérer les armes que Sara avait jetées de sa Bentley dans la rue et à en utiliser une sur moi-même, comme elle l'avait suggéré.

Je ne sais pas ce qui m'en empêcha ; peut-être la médaille de saint Christophe que j'avais gardée dans ma main, ou les oiseaux dans les grands arbres au-dessus de ma tête. Certainement pas l'impression que le suicide est une erreur. Il est plus vraisemblable que je n'étais guère pressé de rencontrer un Dieu qui m'inspirait à présent une telle terreur.

Je me passai la médaille autour du cou, récupérai les armes abandonnées, y compris le petit Walther P22 de Sara, et regagnai la maison. Je marchais rapidement, les pensées suicidaires ayant fait place à l'idée que je pourrais la suivre avec ma propre voiture. Toutefois, cela risquait à l'évidence de finir mal. Elle avait déjà suffisamment peur sans que je me lance à ses trousses. Une course poursuite le long de la Gulf Freeway ne pourrait se solder que par un accident. De plus, il était peu probable que ma voiture parvienne à rattraper une Bentley fonçant à toute vitesse. Tout ce que je pouvais espérer, lorsqu'elle se serait un peu calmée, c'était de pouvoir lui parler au téléphone. À supposer que je sois encore en vie. Il y avait le petit détail de l'ange de la mort du Tout-Puissant à considérer d'abord. Car il était là. Je le savais maintenant, aussi sûrement que je pouvais sentir la peau sur la paume de mes mains ou dans ma bouche. Il était dehors, quelque part, et il m'attendait.

Je frissonnais, mais pas uniquement de froid. Retrouver mon ancienne foi en Dieu, c'était comme m'apercevoir qu'une infection qui semblait avoir disparu et contre laquelle je pensais avoir développé une immunité était toujours là. Mais ce que j'éprouvais par-dessus tout, c'était de la peur. C'était au courroux de Dieu que je croyais, pas à sa paix ni à sa compréhension.

J'accomplis sa volonté. Comme dans l'ancien temps, au commencement et dans la Bible.

Dès que je fus dans la maison, j'allumai les lumières et passai en revue ce qui restait des biens sacerdotaux du père Dyer. Si je devais me remettre à prier, j'allais avoir besoin des accessoires adéquats. Dans le tiroir d'un bureau à cylindre se trouvaient une bible, un chapelet, quelques cierges, des vêtements liturgiques et une fiole paraissant contenir de l'eau bénite, comme on pouvait s'y attendre de la part d'un prêtre. Prenant la bible et le chapelet, je m'agenouillai par terre dans le salon et inclinai la tête pour prier. Ou, du moins, essayer de prier. Mon cerveau était encore plein de Sara Espinosa.

« Seigneur, marmonnai-je, Seigneur, entends ma prière. »

Cependant, ce n'était pas au Seigneur que je pensais. Loin de là. Je secouai la tête, m'efforçant de chasser ces pensées érotiques tenaces, et pourtant je n'avais guère envie d'abandonner aussi vite le goût et l'arôme de Sara. Pas maintenant qu'elle était partie, peut-être pour toujours. Comment pouvais-je bannir de mon esprit l'image de son corps nu et souple alors qu'il y avait de fortes chances que je ne la revoie jamais ? Je fermai hermétiquement les yeux et me donnai un coup sur le crâne avec l'articulation du doigt.

« Allons, Martins. Tu dois te concentrer afin de ramener ton esprit vers Dieu. » Je marquai une pause et commençai : « Père céleste… »

Mais mes pensées n'étaient pas encore à même de s'adresser à lui. C'est comme si j'avais presque oublié la façon de prier. Ou comme si quelque chose d'obstinément humain m'empêchait de le faire. Peut-être est-ce ce que veut dire Paul quand il déclare dans les Actes des Apôtres : « Et maintenant, que tardes-tu ? Lève-toi, sois baptisé et lavé de tes péchés, en invoquant le nom du Seigneur. » Ou dans les Galates : « Or, les œuvres de la chair sont manifestes, ce sont l'impudicité, l'impureté, la dissolution. »

Si Ruth avait seulement pu me voir, son triomphe aurait été complet. Pourquoi ne l'avais-je pas écoutée ? Pourquoi avais-je douté de l'existence de Dieu ? Elle avait raison à ce sujet, bien sûr, encore que non sans réserves. Ce n'était pas le Dieu d'amour qu'elle croyait si bien connaître ; ce n'était pas le père céleste qu'imaginaient la plupart des gens. Oui, je pouvais voir qu'il existait un Dieu, parce qu'il y avait tellement de misère en ce monde ; un Dieu indifférent à toute souffrance humaine – il ne pouvait pas en aller autrement. C'était un Dieu exigeant une totale obéissance ; un Dieu punissant l'incrédulité aussi cruellement que l'aurait fait un tyran.

Je me relevai, me versai un verre bien tassé et essayai de penser à la manière dont je priais dans ma jeunesse, avant de venir en Amérique et de découvrir cette foi évangélique puérile dans le Dieu paternel et bienveillant de l'Église de

Lakewood. Cela ne servait à rien. Il était vain de l'implorer comme s'il s'agissait de quelqu'un qui m'aimait. Il ne m'aimait pas. C'était évident. Il allait me tuer avant la fin de la journée. Son ange allait venir me mettre en pièces, à moins que je ne le persuade de demander à celui-ci de retirer sa main, comme il est dit dans le deuxième livre de Samuel, chapitre XXIV, versets 15 et 16.

Si j'en doutais, il me suffisait de regarder par la fenêtre.

J'accomplis sa volonté. Comme dans l'ancien temps, au commencement et dans la Bible.

« Mon Dieu ! »

L'homme que j'avais vu de l'autre côté de la rue était de retour ; c'était sûrement l'homme nu que j'avais vu dans le jardin de M. Hindemith, excepté que, maintenant, dans la lumière de l'aube, je pouvais voir qu'il était un peu moins qu'un homme et un peu plus qu'une bête. Il y avait assurément une sorte de force animale dans sa musculature, mais c'était son visage qui semblait particulièrement bestial et qui me rappela un loup affamé. Et quand il se déplaçait, il le faisait à quatre pattes. Il était difficile d'imaginer cette créature retirant la main de quoi que ce soit. Instinctivement, je sus qu'il n'allait pas désarmer et que chaque fois que je regarderais, il serait un peu plus près, comme s'il prenait son mal en patience avant de me tuer ; et je compris la peur absolument terrifiante qui s'était emparée des autres avant moi : Richardson, Davidoff, Ekman, Osborne, Durham.

« Pas étonnant que Davidoff ait essayé de grimper à un arbre, murmurai-je. Ou qu'Ekman se soit enfermé à clé dans sa chambre forte. »

Je me détournai, serrai les poings et les levai devant moi comme si je tenais les rênes d'un char.

« Je dois prier. Je dois prier, merde. »

Mais comment ? Peut-être, après tout, valait-il mieux prier à la manière catholique traditionnelle.

« J'ai besoin d'aide. L'aide de Marie, Mère de Dieu, peut-être. Sûrement, elle m'aidera. »

J'allumai le cierge et, le chapelet enroulé autour de mon poing, je m'agenouillai de nouveau.

« Je vous salue, Marie, pleine de grâce, le Seigneur est avec vous. Vous êtes bénie entre toutes les femmes, et Jésus, le fruit de vos entrailles, est béni. Sainte Marie, Mère de Dieu, priez pour nous, pauvres pécheurs, maintenant et à l'heure de notre mort. Amen. »

Soulagé d'avoir enfin réussi à dire une prière, je portai le chapelet à mes lèvres et le baisai, puis j'écartai brusquement les doigts alors que l'odeur d'une chose infecte me restait dans les narines.

« Bon sang, qu'est-ce que c'est que ça ? »

Je flairai une nouvelle fois mes mains et reculai tandis que la forte odeur de merde m'emplissait la tête. Le parfum de Sara s'était complètement évanoui et, pire, il avait été remplacé par une abominable puanteur fécale, au point que je dus aller aussitôt à la salle de bains me laver les mains. Il me fallut le faire plusieurs fois, et ce n'est qu'après m'être pratiquement arraché la peau avec une brosse à ongles et du savon que l'odeur de merde finit par disparaître.

Mais Dieu ne pouvait guère se satisfaire de ça. À présent, quand j'essayais de me représenter Sara, sa chair nue paraissait vile et immonde comme celle d'un lépreux ; son corps splendide était couvert de verrues, de furoncles et de poil ; c'était comme si, subitement, il avait rendu répugnant tout souvenir d'elle.

« Non, criai-je en direction du plafond. Par pitié, ne me l'enlève pas aussi vite. »

Épuisé, je m'assis par terre et m'accordai un bref répit en me rappelant les jours meilleurs où j'étais avec Ruth et Danny. Cela semblait faire si longtemps que je n'avais pas vu mon fils, et je me demandai si je lui manquais. Que lui avait-elle dit à mon sujet ? Que j'étais un sale impie ? J'aurais tout donné pour contempler son charmant visage et l'entendre m'appeler papa.

Je fronçai les sourcils et secouai la tête.

« Non. C'est totalement injuste. »

C'est alors que des images terribles m'envahirent, m'infligeant des souffrances encore plus grandes. Je me voyais tordant les cheveux de mon fils et le giflant violemment tandis qu'il poussait des cris de douleur ; lui faisant dévaler à coups de pied toute une volée de marches ; lui brûlant les globes oculaires avec une cigarette incandescente et lui faisant sauter les dents avec mon poing.

Je savais que c'étaient des images mensongères, et pourtant je n'arrivais pas à les chasser de ma tête. Je savais aussi d'où elles venaient et, déchirant ma chemise, je m'entendis déclarer :

« Je suis sorti nu du sein de ma mère, et nu je retournerai dans le sein de la terre. L'Éternel a donné, et l'Éternel a ôté ; que le nom de l'Éternel soit béni ! »

Persuadé qu'il ne se contenterait pas de ça, je fracassai un vase bon marché posé sur le manteau de la cheminée à côté du cierge allumé et me retroussai les manches, puis, me servant d'un tesson de la poterie cassée, je commençai à m'écorcher la peau des bras jusqu'à ce que le sang dégouline le long de mes mains avant de s'écraser sur le sol, à l'instar de Job.

« Tu veux remplir mon esprit de ta haine. Tu veux que je maudisse le jour de ma naissance, n'est-ce pas ? Eh bien, je le maudis. Tu veux me voler tout ce qui fait de moi un homme. »

Levant les yeux dans cette position de lamentable apitoiement, je vis quelque chose apparaître sur le trottoir juste en face de la maison. Je me levai pour voir son démon posté là, plus près maintenant, plus près que jamais ; et, de façon horrible, c'était comme si j'avais toujours connu cette créature, avant même que je n'existe. Elle me regarda à son tour droit dans les yeux, à travers la fenêtre, puis découvrit ses dents jaunes et pointues dans ce qui aurait pu passer pour un sourire, mais n'était probablement qu'un grondement féroce.

« Que dois-je faire ? »

Et une nouvelle fois, je m'agenouillai, fermai les yeux et inclinai la tête pour prier.

« Notre Père qui es aux cieux, que ton nom soit sanctifié, que ton règne vienne, que ta volonté soit faite, sur la terre comme au ciel. Donne-nous aujourd'hui notre pain de ce jour. Pardonne-nous nos offenses comme nous pardonnons aussi à ceux qui nous ont offensés, et ne nous soumets pas à la tentation, mais délivre-nous du mal. Car c'est à toi qu'appartiennent le règne, la puissance et la gloire, dans les siècles des siècles. Amen. »

C'était la seule chose que je pouvais faire dans l'immédiat. Réciter des Notre Père, par cœur, à la manière d'un perroquet, comme si j'étais de nouveau en Écosse, faisant pénitence après avoir confessé mes péchés imaginaires.

« Notre Père qui es aux cieux, que ton nom soit sanctifié, que ton règne vienne, que ta volonté soit faite, sur la terre comme au ciel. Donne-nous aujourd'hui notre pain de ce jour. Pardonne-nous nos offenses comme nous pardonnons aussi à ceux qui nous ont offensés, et ne nous soumets pas à la tentation, mais délivre-nous du mal. Car c'est à toi qu'appartiennent le règne, la puissance et la gloire, dans les siècles des siècles. Amen. »

Cela suffirait-il à m'éviter le sort horrible qui m'attendait sûrement lorsque l'ange déchu de Dieu viendrait, comme il était venu pour les autres avant moi ? Probablement pas. Quand une prière n'est-elle pas une prière ? Lorsqu'elle est récitée comme une pénitence. Je me remis à m'écorcher la peau des bras avec le morceau de poterie. Je pouvais comprendre pourquoi les incroyants comme moi devaient souffrir. Mais pourquoi les justes devaient-ils souffrir également ?

Je récitai le Notre Père une troisième fois.

La liberté absolue de Dieu d'infliger des souffrances était son droit. Pas de doute là-dessus. Et il m'en donnait maintenant la preuve. Dieu n'avait pas à prodiguer la justice. Ou la compréhension. Ni aucune autre ineptie théologique. Il n'avait pas besoin de l'amour de sa création. La seule chose indispensable, c'était que nous croyions en lui.

J'accomplis sa volonté. Comme dans l'ancien temps, au commencement et dans la Bible.

Mais ce fut tout de même un choc lorsque j'entendis des coups violents frappés à la porte d'entrée. On pouvait les sentir à travers les murs et le plancher. C'était comme si la maison était devenue un gigantesque tambour.

« Vous venez plus tôt que prévu, criai-je, mais c'est très bien. C'est très bien. Je préfère en finir une fois pour toutes. »

De nouveaux coups qui semblèrent résonner dans mon crâne, et je m'aperçus, à ma grande honte, que j'avais mouillé mon pantalon, de peur probablement.

Je me levai et, rassemblant ce qui me restait de courage et de dignité, j'allai ouvrir la porte pour faire entrer le démon du Seigneur dans la maison.

28

Dans l'entrée sombre, je m'arrêtai un instant tandis que les coups devenaient plus forts et plus insistants. Ils égalaient le bruit de mon propre cœur battant la chamade. Puis je pris une profonde inspiration et, résigné à mon sort, j'ouvris la porte d'une main tremblante.

À ma surprise et à mon grand soulagement, ce n'était pas l'ange de la mort de Dieu qui se tenait dans la galerie devant moi, mais l'évêque Eamon Coogan. Néanmoins, si je pensais qu'ouvrir la porte mettrait fin au martèlement, je me trompais. Il continuait de façon sinistre à l'étage, comme si des ouvriers effectuaient des travaux, inconscients des effets de leur activité.

« Eamon », dis-je.

Mon réconfort était palpable.

« Qu'est-ce qui t'es arrivé ? Doux Jésus ! Tu es couvert de sang. »

Instinctivement, je tirai sur mes manches de chemise pour cacher les écorchures de mes bras.

« C'est une longue histoire. » Je jetai un coup d'œil par-dessus son épaule, mais, pour le moment, l'ange de la mort n'était plus sur le trottoir en face ; je me dis qu'il était probablement responsable du bruit sourd de marteaux-piqueurs emplissant la maison. « Vous feriez mieux d'entrer. Si vous arrivez à supporter. »

Je le conduisis dans le salon. Coogan fit une petite grimace tandis que de nouveaux coups provenant de l'étage secouaient le plafond. De fines particules se détachèrent du stuc, firent tinter le luminaire puis tombèrent dans la poussière couvrant déjà le sol. « Tu es poussière et tu retourneras à la poussière », comme dit la prière.

« Qu'est-ce que c'est que tout ce bruit ? » demanda-t-il.

Je ne voyais pas l'utilité d'éclairer une personne normale – même comme l'évêque, qui croyait probablement à des choses telles que les démons et les anges de la mort – sur la véritable raison de ce vacarme ; la réaction de Sara prouvait qu'une personne normale en conclurait que j'étais fou. C'était déjà assez pénible que je le pense moi-même sans m'aliéner ce qui était peut-être mon dernier ami en ce monde, voire le seul qui soit éventuellement en mesure de m'aider.

« Des plombiers, répondis-je sur un ton désinvolte. Les toilettes sont bouchées. Ils essaient de les réparer. »

Coogan hocha la tête avec méfiance.

« Des plombiers, hein ? » Il n'avait pas l'air convaincu. « Tu as ergoté sur la facture, peut-être ?

— J'ai eu un accident, c'est tout. Rien de grave. Je suis tombé dans l'escalier. J'ai glissé sur une clé à molette que quelqu'un avait laissée par terre. »

Coogan eut l'air encore plus dubitatif.

« J'ai connu des salles d'urgence qui avaient meilleure allure que toi.

— N'en parlons plus, voulez-vous ? Je vais très bien. Je me mettrai un pansement tout à l'heure, d'accord ?

— Bien sûr, Gil. Comme tu voudras. »

Je ravalai ma peur, du moins, autant que je le pouvais d'un coup, et souris patiemment.

« Que faites-vous ici, Eamon ?

— Tu m'as téléphoné hier soir, expliqua-t-il. Tu te souviens ? J'ai tenté de te rappeler sur ton portable et sur la ligne fixe, mais sans résultat.

— Oui, je pense qu'un certain nombre de lignes ont été coupées à cause de la tempête. Et les portables ne captent pas, pour ainsi dire. Pas sur mon réseau, en tout cas. (Je souris.) Mais ça fait une trotte depuis Houston rien que pour savoir pourquoi le téléphone ne fonctionne pas.

— Le message que tu as laissé paraissait assez bizarre, répondit Coogan. J'ai donc décidé de venir ici ce matin à la première heure pour voir si tout allait bien. » Il leva les yeux vers le plafond alors que les coups semblaient redoubler d'intensité, faisant tomber une petite pluie de poussière sur sa grosse tête. Il l'essuya avec irritation. « Et maintenant que je suis là, je n'en suis pas sûr.

— Tout va très bien. (Je me versai un verre.) Vous en voulez un ?

— Il est un peu tôt, mais tu sais, je crois que ce ne sera pas de refus, avec toutes les choses terribles qui me sont arrivées. »

Il secoua la tête.

« Ah oui ! Où en est cette histoire ?

— Quelle histoire ?

— La mise en accusation par un grand jury.

— Oh ! je vois. Je ne pensais pas à ça, Gil. Mais, puisque tu en parles, il semble qu'ils – le FBI j'entends – aient engagé une action contre le diocèse plutôt que contre moi personnellement. C'est pour ça que tu m'évitais, je présume.

— Oui.

— Je comprends. C'était une situation délicate. Mais je suis extrêmement soulagé de savoir qu'au moins je n'irai pas en prison.

— Alors je suppose que tout est réglé pour vous.

— Je te jure que je pensais que nous faisions ce qu'il fallait, Gil. À savoir, pour le bien de l'Église. »

Je trouvais amusant, ou presque, que mon dernier ami au monde soit quelqu'un qui avait aidé un pédophile à échapper à la justice.

« Eh bien, à quoi faisiez-vous allusion ? demandai-je, changeant rapidement de sujet. Toutes ces choses terribles qui vous sont arrivées ?

— Ma foi, j'aurais peut-être dû dire, une chose terrible. »

Je lui tendis le verre. Il but un peu de scotch, alluma une cigarette et jeta un coup d'œil autour de lui. Les armes retinrent son attention, mais il ne dit rien. Il regarda à nouveau au plafond tandis que le luminaire commençait à osciller.

« Il y a eu un accident effroyable sur la Galveston Causeway qui m'a ralenti pour venir. C'est tout. »

Je fronçai les sourcils, songeant déjà au pire.

« Sur le pont ? »

Il acquiesça.

« Une jeune femme au volant d'une voiture de sport a quitté la route et s'est jetée dans la baie juste avant Virginia Point. »

Je sentis mon sang se figer comme si on m'avait enfermé dans un congélateur

« Oui.

— Je me suis arrêté pour demander à la police de Galveston si je pouvais faire quelque chose, mais ils pensaient que la pauvre femme s'était déjà noyée.

— Ont-ils dit par hasard de quel type de voiture il s'agissait ?

— Une décapotable bleue de marque étrangère. Apparemment, d'après un témoin, elle roulait à plus de cent cinquante kilomètres à l'heure. Elle a freiné pour éviter quelque chose sur la voie extérieure, a heurté la glissière en béton et a perdu le contrôle du véhicule. Les flics continuaient à chercher le corps quand je suis parti. » Il leva son verre. « Eh bien, à la sienne, qui qu'elle soit, la pauvre. Que Dieu l'ait en sa sainte garde. »

Il se signa avec la main tenant la cigarette, ce qui sembla ajouter une touche infernale à son catholicisme.

« Oui, à la sienne. »

Les yeux pleins de larmes, je poussai un soupir et me laissai tomber lourdement sur le bras du canapé où, moins de dix heures auparavant, j'étais assis à côté de Sara. Son rouge à lèvres se trouvait encore sur le verre de Puligny-Montrachet à moitié plein. Si je l'avais pris et porté à mes lèvres, j'aurais sûrement senti de nouveau son parfum, aussi est-ce exactement ce que je fis, mêlant l'épaisse empreinte rose de ses lèvres au vin doré et chaleureux. L'espace d'une seconde, j'eus réellement l'impression de l'avoir embrassée encore une fois.

Ce qui n'allait pas très bien avec le whisky dans ma main, et, pour Coogan, je devais avoir l'air d'un alcoolique incurable, mais je m'en fichais.

C'est ainsi. Il n'y a pas mieux que la mort de quelqu'un que vous aimez pour vous donner l'impression que continuer à vivre est sans importance. Je n'attendais plus rien à présent. Pas dans ce monde, ni dans l'autre. Et je comprenais le sens du martèlement au plafond. C'était le bruit du destin.

« Tu la connaissais, Gil ?

— Ça ressemble beaucoup à une de mes amies qui a passé la nuit ici.

— Dieu miséricordieux », dit-il.

Ce qui me fit sourire.

« Nous nous sommes disputés, elle a perdu son sang-froid et elle est repartie. J'ai essayé de l'en empêcher, mais elle m'a menacé avec un pistolet et j'ai dû la laisser s'en aller. C'était ça ou me faire tirer dessus, je présume. Sur le moment, ça m'a semblé le bon choix, la laisser s'en aller, je veux dire.

Mais, maintenant, je n'en suis plus aussi sûr. (Je souris avec amertume.) Il aurait mieux valu que ce soit moi. Elle était si intelligente, et je pense que le monde la regrettera. »

Je m'essuyai le visage avec mon avant-bras.

« C'est affreux, Gil. Vraiment affreux. » Il secoua tristement la tête. « Mais si je peux poser la question, pourquoi a-t-elle menacé de te tirer dessus ?

— Parce qu'elle pensait que j'étais fou.

— Tout ce raffut rendrait fou n'importe qui. » Coogan regarda le plafond avec colère. « Mais pourquoi pensait-elle ça de toi ?

— C'est simple. Parce que je lui ai dit que je croyais en Dieu.

— Ce n'est pas une raison pour tirer sur quelqu'un. Surtout au Texas. Mais, pardonne-moi, Gil, j'avais l'impression que tu étais devenu athée.

— En effet. Mais j'ai changé d'avis. Ou plutôt quelqu'un m'a fait changer d'avis.

— "Parce que ton frère que voici était mort et il est revenu à la vie ; il était perdu et il est retrouvé." Je suis ravi de l'entendre, Gil. »

Il leva son verre et but un peu de scotch.

« J'aimerais pouvoir être d'accord avec vous, Eamon. Mais j'ai bien peur d'en être incapable. Bon, j'ai peur, de toute manière. Ça, c'est assurément vrai. Dans un cas comme dans l'autre, je suis pratiquement certain d'être aussi perdu qu'on peut l'être avec la tête encore sur les épaules.

— Je ne comprends pas.

— Non. Alors laissons ça pour l'instant, n'est-ce pas ?

— Très bien, Gil. Si c'est ce que tu veux. Je peux voir que tu as eu un choc. Mais tu devrais tout de même montrer ces coupures et ces égratignures à quelqu'un. » Il regarda une nouvelle fois au plafond tandis que le martèlement se faisait encore plus régulier. « Écoute, tu ne pourrais pas demander à tes plombiers de s'arrêter un moment ? Juste le temps que je suis là. C'est important, Gil. Je ne peux même pas m'entendre penser.

— En fait, c'est précisément l'intérêt. Vous empêcher de penser. Ou, mieux encore, m'en empêcher, moi.

— Si nous parlons de ton âme, je préférerais ne pas avoir à me battre avec ce fichu boucan.

— Oh ! moi aussi. Mais, malheureusement, il n'y a pas grand-chose que je puisse faire, d'accord ?

— Très bien, très bien. Ne nous énervons pas.

— Et pourtant, il y a un tas de choses que je souhaiterais pouvoir faire. Comme retourner à mon état premier d'ignorance. Tous ces gens qui croient en Dieu, en Jésus, je me demande ce qu'ils penseraient s'ils découvraient comment il est réellement. Si Dieu ou un de ses anges se pointait à Lakewood ou à la cathédrale un dimanche. Si la Seconde Venue avait vraiment lieu. Mon vieux, j'aimerais bien voir la tête qu'ils feraient. Quand on appartient à une Église, il y a un tas d'idées qui vous paraissent aller de soi : que Dieu est votre père céleste, qu'il tient le monde entier entre ses mains, des balivernes de ce genre. Que tout est beau et lumineux. Que Jésus vous aime. Sauf que ce n'est pas du tout comme ça. Laissez-moi vous dire qu'il est beaucoup plus facile de vénérer ce Dieu-là plutôt que celui qui existe réellement. Cela demande beaucoup moins de foutues prières pour se faire pardonner ses fautes.

— Gil, Gil, de quoi parles-tu ? Ce que tu dis n'a aucun sens.

— Oh ! mais si. Simplement, vous ne vous en rendez pas compte. En fait, c'est bien que vous soyez là, Eamon. Je suis content que vous soyez venu. Même si vous êtes une sorte de prêtre marron, vous savez ? Je veux dire, refiler des tuyaux à un pédophile alors qu'il est sur le point d'être arrêté. C'était une erreur, Eamon.

— Hé, je te le répète, je pensais que nous…

— … faisions ce qu'il fallait, je sais. Eh bien, c'est ce que j'aimerais faire maintenant. Pardon d'avoir reparlé de ce truc. Je m'en excuse. (Je lui souris.) Écoutez, j'ai absolument besoin de votre aide, Eamon. Un conseil spirituel urgent.

— Alors dis-moi quel est le problème.

— Eamon. Comment puis-je être reçu de nouveau dans l'Église catholique ?

— Tu ne l'as jamais quittée, Gil. Une fois que tu as été baptisé au sein de l'Église catholique, tu restes un catholique toute ta vie. La seule chose qui puisse t'en empêcher, c'est si on t'excommunie. Mais je ne pense pas que tu aies fait quoi que ce soit de suffisamment grave pour ça. Non, en ce qui la concerne, catholique un jour, catholique toujours. C'est un des grands avantages d'être catholique. L'Église peut pardonner toutes sortes d'iniquités.

— C'est ce qu'il semblerait, dis-je d'un ton plein de sous-entendus.

— Que tu te sois considéré comme un chrétien évangélique ou même un athée pendant quelque temps ne change rien en réalité pour l'Église catholique.

— Alors comment puis-je faire la paix avec Dieu ?

— Comme toujours. Le sacrement de la pénitence. Les Saintes Écritures nous disent que trois choses sont exigées du pénitent : la contrition, la confession et une pénitence pour expier ses péchés. C'est aussi simple que ça, Gil. Ce sacrement, également appelé le sacrement du pardon, est le signe extérieur d'une grâce intérieure et réconcilie le pénitent avec Dieu Tout-Puissant. » Il hocha vigoureusement la tête. « Oui, ce ne serait pas du tout une mauvaise chose que tu prennes ce sacrement. Tu dois recevoir l'Esprit saint comme il est dit dans l'Évangile selon saint Jean.

— Pourriez-vous entendre ma confession, Eamon ?

— Bien sûr.

— J'aimerais me réconcilier avec Dieu. Si c'est possible. Je n'en suis pas certain. Mais j'aimerais essayer. »

J'accomplis sa volonté. Comme dans l'ancien temps, au commencement et dans la Bible.

Il y eut de nouveaux coups étouffés à l'étage. Coogan blêmit légèrement.

« Est-ce de ça qu'il s'agit ? Oh ! Seigneur, Gil. Qu'est-ce que… ? Ce n'est pas le diable que tu as attiré ici ? »

En toutes autres circonstances, j'aurais peut-être éclaté de rire, mais à cet instant sa question semblait servir mes desseins. Dans l'univers de Coogan, seul le diable, et non Dieu, était capable de créer de terribles souffrances en ce monde. Lui dire que l'ange de Dieu était venu me détruire aurait sûrement donné lieu à une discussion théologique ridicule ; alors que lui dire que le diable avait l'intention de le faire, c'était tout ce qu'il fallait. Et, quelle différence ?

« Oui, répondis-je tranquillement. Je le crains. »

Coogan se signa précipitamment et finit son verre.

« Écoutez, je suis désolé, Eamon, mais un grand malheur s'est abattu sur moi et sur cette maison.

— Sainte Mère de Dieu ! s'exclama-t-il. Qu'est-ce qui se passe donc ici ?

— Je ne peux pas vous expliquer. Cela prendrait trop de temps. D'ailleurs, en grande partie, vous ne le croiriez pas. Mais c'est pour ça que mon amie à la voiture de sport était aussi pressée de fiche le camp. Parce qu'elle était terrifiée par un démon, Eamon. Le démon qui se trouve dans cette maison.

— Je ne suis même pas sûr de savoir encore faire un exorcisme.

— Non, ce n'est pas nécessaire. » Je pris Coogan par ses énormes épaules et le secouai. « J'ai besoin de trouver cet état de grâce intérieure dont vous parliez, Eamon. J'ai besoin que vous entendiez ma confession. Et rapidement. D'accord ? Pouvez-vous faire ça ? »

Il alluma nerveusement une cigarette et regarda anxieusement le plafond tandis que les coups persistaient.

« C'est lui ? Le diable ?

— Non, pas le diable, mais certainement un de ses démons. Azrael, je pense. »

Coogan se signa de nouveau. Je l'agrippai par les revers de sa veste noire et le tirai brutalement vers moi.

« Pourriez-vous cesser de vous signer et m'écouter, espèce de crétin d'Irlandais de Boston ? J'ai besoin que vous me confessiez, lui criai-je à la figure. Voulez-vous me confesser ?

— Oui, répondit-il. Oui. Oui, je vais te confesser.

— Mais pas ici. J'aimerais mieux ailleurs.

— Pas de problème, dit Coogan. J'ai les clés de la vieille cathédrale. Nous pouvons y aller tout de suite si tu veux. En fait, j'insiste sur ce point. »

29

Coogan avait encore plus peur que moi. Ses grosses mains brunes tremblaient tandis qu'il cherchait dans son trousseau surchargé une clé Yale s'adaptant à la serrure de la porte de la cathédrale, et ses couleurs habituelles avaient pratiquement disparu de son visage au teint à présent terreux. De plus, il haletait notablement, ce qui est toujours un mauvais signe chez un homme gros, comme s'il risquait à tout moment de s'effondrer en s'étreignant la poitrine. J'étais moi-même légèrement surpris de ne pas encore avoir eu de crise cardiaque. J'avais l'impression qu'un bloc de béton m'écrasait la poitrine, et ma tête me faisait un mal de chien.

Enfonçant à tâtons la clé dans la serrure, il dit :

« À quoi pensais-tu, Gil, pour te fourrer dans un pétrin pareil ?

— Je ne pensais pas, répondis-je distraitement. D'accord ? C'est arrivé comme ça. »

En vérité, c'est à peine si j'écoutais ses remontrances, et ce n'était pas seulement en raison de leur futilité. Mon attention était presque entièrement mobilisée par la fenêtre vide d'un bâtiment en ruine de l'autre côté de la rue où mon persécuteur nu nous regardait. Bien qu'il fût à une dizaine de mètres de distance, je pouvais le voir distinctement – si c'était vraiment un « le », car il y avait quelque chose de désagréablement asexué chez la créature en train d'observer mes tentatives désespérées et probablement vaines pour échapper à la destruction entre ses mains noueuses aux griffes acérées.

J'accomplis sa volonté. Comme dans l'ancien temps, au commencement et dans la Bible.

Il se tenait à quatre pattes à la manière d'un grand singe, la moitié supérieure de son corps poilu anormalement large et musclée. La peau qui le recouvrait avait un étrange aspect incandescent, à croire qu'elle rayonnait de quelque feu infernal, et la surface présentait ici et là de curieuses taches de ce qui ressemblait à de la cendre, une sorte d'eczéma, comme si la chaleur de son corps l'avait consumé dans l'air. Ses pieds et ses mains étaient démesurés, mais relativement humains, même s'il semblait dépourvu d'organes sexuels. Jusqu'ici, j'avais cru que son visage s'apparentait à celui d'un loup, mais ce n'était pas le cas, ainsi que le soleil, sortant de derrière une des tours jumelles blanches de la cathédrale pour éclairer ses traits, le révélait à présent clairement : c'était un visage primitif, comme celui d'une espèce ancienne ayant vécu en des temps antédiluviens où l'homme mangeait probablement cru ce qu'il tuait avec ses mains. La mâchoire proéminente était remplie de dents puissantes, et la langue baveuse semblait trop grosse pour la bouche béante. Cependant, il avait véritablement l'air d'un démon, impression que confirmaient avec force non seulement les traits hideux et agités de la créature, mais plus encore quelque intuition profonde en moi.

La porte de la cathédrale était maintenant ouverte, et Coogan attendait patiemment que j'entre, quand il vit soudain mon expression et la direction de mon regard. Il eut juste le temps d'apercevoir quelque chose, mais il n'aurait su dire quoi au juste, ce qui était aussi bien.

« Qu'est-ce que c'était ? demanda-t-il. Je jurerais avoir vu quelque chose à cette fenêtre, mais il n'y a plus rien.

— Peu importe. » Je m'avançai dans la cathédrale tandis que Coogan claquait la porte derrière nous avant de la fermer à clé et de pousser les verrous comme si cela pouvait nous sauver de ce qu'il y avait à l'extérieur. « Vous n'avez pas besoin de savoir. »

Pendant un instant, je me demandai si l'accident de voiture de Sara était véritablement un accident ; si le fait qu'elle ait perdu le contrôle de la Bentley ne provenait pas d'autre chose que la vitesse et une mauvaise maîtrise ; si le démon au-dehors n'avait pas choisi ce moment précis pour se matérialiser sur le siège à côté d'elle, ce qui aurait occasionné un accident à n'importe qui. C'était une pensée horrible, et je m'efforçai de la chasser de mon esprit, dans mon propre intérêt – je ne m'en excuse pas. Mes pensées suicidaires avaient disparu, du moins pour le moment. Il n'y a rien de mieux que le soleil et une nouvelle journée pour vous faire vous cramponner à la vie, même à Galveston. Peut-être que, si je me confessais, j'atteindrais un état de grâce intérieure et que je serais réconcilié avec mon créateur ; Bill, mon oncle fou, ne l'avait-il pas promis ? Une confession me procurerait-elle la seconde chance dont il avait parlé ? C'était la seule voie à suivre à présent pour moi.

Il semblait particulièrement indiqué que ma confession fût entendue dans la vieille cathédrale délabrée de Galveston. Depuis qu'elle avait subi de graves dommages lors du passage de l'ouragan Ike, la cathédrale-basilique St Mary était fermée pour réparations, et elle allait probablement le rester. À l'intérieur, ce n'était que chaos et pourriture et, à cet égard, l'édifice offrait une assez bonne image de ma propre foi religieuse sinistrée. Les planchers avaient disparu, un grand nombre de bancs avaient été enlevés, la sacristie était en ruine, les vitraux abondamment recouverts de moisissure et la plupart des statues, dont une jolie *pietà*, avaient été gravement abîmées par l'eau. On avait l'impression de pénétrer dans le mausolée de quelque roi des Goths depuis longtemps oublié plutôt que dans une église qui avait été, jusqu'en 2008, le centre distingué d'une communauté catholique florissante. À peine avions-nous franchi la porte que nous nous fîmes l'effet d'intrus, nos pas résonnant à travers les chevrons en bois comme ceux de deux chasseurs de fantômes. Ce qui n'était peut-être pas si loin de la vérité. Une chose paranormale circulait dans la rue au-dehors. Sauf que c'est moi qu'elle traquait.

Des confessionnaux d'origine, un seul était en état de servir, même si des rideaux de satin vert râpés l'enveloppaient comme des serviettes de plage au lieu d'être suspendus à des tringles. Coogan l'indiqua du doigt et nous entrâmes, chacun par un côté différent. Je m'assis sur une planche poussiéreuse et me signai ostensiblement à plusieurs reprises ; c'était la première fois que je le faisais depuis bien longtemps. J'hésitai, essayant de me souvenir des formules adéquates.

« Pardonnez-moi, mon père, parce que j'ai péché. Ma dernière confession remonte à… au moins dix ans. »

Coogan se mit immédiatement au travail ; il commença à lire un passage de la Bible :

« Quelques jours après, Jésus revint à Capernaüm. On apprit qu'il était à la maison, et il s'assembla un si grand nombre de personnes que l'espace devant la porte ne pouvait plus les contenir. Il leur annonçait la parole. Des gens vinrent à lui, amenant un paralytique porté par quatre hommes. Comme ils ne pouvaient l'aborder, à cause de la foule, ils découvrirent le toit de la maison où il était, et ils descendirent par cette ouverture le lit sur lequel le paralytique était couché. Jésus, voyant leur foi, dit au paralytique : "Mon enfant, tes péchés sont pardonnés." Il y avait là quelques scribes, qui étaient assis, et qui se disaient au-dedans d'eux : "Comment cet homme parle-t-il ainsi ? Il blasphème. Qui peut pardonner les péchés, si ce n'est Dieu seul ?" Jésus, ayant aussitôt connu par son esprit ce qu'ils pensaient au-dedans d'eux, leur dit : "Pourquoi avez-vous de telles pensées dans vos cœurs ? Lequel est le plus aisé, de dire au paralytique : Tes péchés sont pardonnés, *ou de dire :* Lève-toi, prends ton lit, et marche *? Or, afin*

que vous sachiez que le Fils de l'homme a sur la terre le pouvoir de pardonner les péchés : Je te l'ordonne, dit-il au paralytique, lève-toi, prends ton lit, et va dans ta maison." Et, à l'instant, il se leva, prit son lit et sortit en présence de tout le monde, de sorte qu'ils étaient tous dans l'étonnement et glorifiaient Dieu, disant : "Nous n'avons jamais rien vu de pareil." »

Je restai un moment silencieux, m'efforçant de penser à tous mes péchés ; après dix ans, il y avait largement de quoi réfléchir ; puis, sans ordre particulier, je commençai à passer en revue les éléments à charge.

« Mon père, dis-je, je m'accuse des péchés suivants. J'ai renié ma foi. J'ai placé ma confiance dans des substituts de Dieu. J'ai désespéré de sa miséricorde. J'ai prononcé le nom du Seigneur en vain. J'ai blasphémé. J'ai manqué à ma promesse d'être un bon catholique. Je n'ai pas honoré le dimanche ni assisté à la messe. J'ai négligé de prier. J'ai abusé de l'alcool. J'ai défendu l'idée de l'avortement et du suicide. J'ai été impatient, coléreux, envieux, vindicatif et paresseux. Je n'ai pas pardonné aux autres. Je n'ai pas été chaste en paroles et en actes. J'ai eu des relations sexuelles hors du mariage. J'ai regardé des images impures. J'ai mal parlé aux gens. Je n'ai pas toujours dit la vérité. Je n'ai pas respecté la vie sacramentelle. Je n'ai pas contribué au soutien de notre sainte mère l'Église. Je n'ai pas fait pénitence en m'abstenant et en jeûnant les jours obligatoires. J'ai résisté à la volonté de Dieu pour moi. (Je m'arrêtai un instant puis ajoutai :) Mon père, je suis désolé pour ces péchés et pour tous ceux de ma vie passée.

— Je veux que tu récites trois Notre Père, dit Coogan, m'assignant ma pénitence, et trois Je vous salue Marie. Et ce faisant, je veux que tu médites sur la gravité de tes péchés et sur la miséricorde de Dieu.

— Mon Dieu, dis-je, j'ai un très grand regret de t'avoir offensé, parce que tu es infiniment bon, infiniment aimable, et que le péché te déplaît. Je prends la ferme résolution, avec le secours de ta sainte grâce, de ne plus t'offenser et de faire pénitence. Amen. »

Puis Coogan prononça la formule d'absolution :

« Que Dieu notre Père te montre sa miséricorde. Par la mort et la résurrection de son fils, il a réconcilié le monde avec lui et lui a envoyé l'Esprit saint pour la rémission des péchés. Par le ministère de l'Église, qu'il te donne le pardon et la paix. Et moi, au nom du Père et du Fils et du Saint-Esprit, je te pardonne tous tes péchés. Amen.

— Amen.

— Rends grâce au Seigneur car il est bon, dit Coogan.

— Éternel est son amour », répliquai-je.

Je sortis du confessionnal pour m'apercevoir que mes jambes tremblaient. Me sentant un peu faible, je m'assis sur un des bancs en bois qui restaient et commençai ma pénitence.

Coogan me laissa seul pendant ce temps ; je l'entendis faire le tour de la cathédrale. Peut-être pria-t-il lui aussi. Peut-être pria-t-il pour moi. Mais, plus vraisemblablement, d'après l'odeur, il était quelque part en train de fumer une cigarette.

Prière. J'espérais que cela marcherait pour moi et, me rappelant la fois où, il y avait de ça quelques mois, je m'étais rendu à la cocathédrale du Sacré-Cœur à Houston pour prier que Dieu m'aide à croire en lui, je me dis que cela avait peut-être toujours marché. Cette prière que j'avais faite n'avait-elle pas été exaucée ? Ne croyais-je pas maintenant en Dieu comme jamais auparavant ? *En vérité, quand Dieu veut que vous souffriez, il répond à vos prières.*

Après avoir terminé mes Notre Père et mes Je vous salue Marie, j'allai chercher Coogan. Il était assis dans la sacristie en ruine, au milieu des tiroirs tordus ou brisés des magnifiques armoires en bois qui avaient autrefois contenu les étoles, le linge d'autel et autres accessoires. Dans cette pièce froide et dévastée, il était difficile d'imaginer que l'Église de Dieu ait le moindre avenir.

« Ça va ? » demanda-t-il tranquillement en écrasant sa cigarette sur le plancher nu.

J'acquiesçai.

« Oui, je pense. » Je jetai un coup d'œil à ma montre. « Qui vivra verra. »

Mais, lorsque nous ressortîmes, le démon était parti.

30

Le Magnolia, dans San Jacinto Street, était pratiquement désert, ce qui m'allait très bien. En outre, l'intérieur était frais et presque sombre, ce qui m'allait encore mieux. Il était 3 heures de l'après-midi. Une voix féminine doucereuse s'échappait de la télévision grand écran.

J'étais assis à ma table de coin habituelle, les yeux fixés dans ma tasse. De temps à autre, je levais les yeux vers le grand visage souriant qui m'observait en haute définition depuis le mur près des toilettes. Ce visage appartenait à une jolie blonde : elle portait une robe à fleurs et tenait une bible reliée en cuir de la taille d'un annuaire téléphonique. DIEU VOUS REGARDE, disait la légende au bas de l'écran. Une grosse serveuse, un magnolia en papier derrière l'oreille, vint remplir ma tasse de café bouillant. Il avait goût de bouchon brûlé et sentait encore pire, mais c'est ainsi que les clients du Magnolia semblaient le préférer.

J'écoutais la télévision sans vraiment regarder. C'était la *Matinée du Messie du pasteur Penny Black*. Elle semblait s'adresser directement à moi, et naturellement les nouvelles qu'elle avait à me donner étaient absolument merveilleuses : Dieu dans sa miséricorde et sa grâce infinies m'avait choisi pour regarder son émission ; et, même si je m'étais comporté comme le fils prodigue, j'avais été marqué par Dieu ; Dieu m'avait choisi et pardonné ; il avait ordonné mes pas ; il m'avait donné une chance, et son esprit me conduisait maintenant à lui ; tout ce que j'avais à dire, c'était : « au nom de Jésus », et j'aurais librement accès à Dieu. Un genre de réseau wi-fi gratuit.

Bien sûr, j'aurais dû sentir une chaude bouffée de satisfaction m'envahir à cette idée. Mais ce ne fut pas le cas. Pas le moins du monde. À entendre le pasteur Penny, Dieu était le plus chic type de la planète. Un brave vieillard à la barbe broussailleuse, un peu excentrique mais d'une générosité de cœur presque inconnue chez les êtres humains. Sauf que je savais qu'il n'en était rien.

En me voyant faire la fine bouche devant le message du pasteur Penny, la serveuse aurait pu supposer à mon sourire méprisant que je ne croyais pas en Dieu. Mais j'y croyais – absolument –, seulement ma croyance en Dieu n'était plus une question de foi aveugle comme celle du pasteur Penny, mais de révélation et de savoir ; elle reposait non pas sur la grâce mais sur la peur de Dieu. J'avais peur de lui comme j'aurais eu peur d'un homme avec un pistolet chargé, d'un chien dangereux, d'un grizzli en furie ou d'une voix sépulcrale émanant de façon spectaculaire de l'intérieur d'un joli buisson ardent. La peur était la clé de l'ensemble de mon système de croyance. Mettez votre confiance dans le Seigneur, c'est ce que vous aurait dit quelqu'un comme le pasteur Penny, mais moi je dis qu'il vaut beaucoup mieux mettre sa confiance dans la peur du Seigneur : avec ça, vous ne risquez pas de vous tromper. Si vous en doutez, relisez donc l'Ancien Testament de temps à autre ; Noé, Abraham et Moïse font ce qu'on leur dit de faire, aussi déraisonnable que ce soit, non pas parce qu'ils en ont envie, mais parce qu'ils sont terrifiés. Abraham joue le jeu jusqu'au bout parce qu'il craint les conséquences s'il ne le fait pas. Connaissant Dieu comme il le connaît, il a dû se dire qu'il y avait des sorts bien pires que d'avoir la gorge tranchée. C'est aussi simple que ça. De même en ce qui me concerne. Si vous me pardonnez la comparaison, je suis comme Abraham : je fais ce que je fais par peur, et rien d'autre. La peur du Seigneur est la seule raison pour laquelle je suis encore en vie.

Comme toujours, penser au Seigneur et à son pouvoir capricieux et tyrannique me retourna quelque peu l'estomac. Je bus une petite gorgée de café chaud, lequel était aussi amer que de l'armoise, mais au moins cela aidait à dissiper toute idée d'amour et de pardon. Il avait un goût de chiotte. Ma vie tout entière avait un goût de chiotte. Et maintenant que j'étais réconcilié avec mon créateur, il en serait peut-être toujours ainsi. C'était la volonté de Dieu. Et par peur, je me prêtais à ce petit jeu. La peur du Seigneur allait désormais me guider pour le restant de mes jours. Mais il n'y avait pas de problème. Avec la peur, on sait où on en est.

Je me levai pour aller chercher un exemplaire du *Houston Chronicle* sur le présentoir près de la caisse. Cela faisait partie de mon rituel de l'après-midi. Je prenais plusieurs tasses de café, je lisais le journal, puis je mettais le cap sur la cocathédrale du Sacré-Cœur à quelques pâtés de maisons. En général, je me contentais de lire la rubrique des sports et le programme télé. Mais, cette fois-ci, le gros titre en première page retint mon attention. À vrai dire, il fit plus que retenir mon attention : mon cœur s'arrêta un instant de battre, comme si l'ange de la mort était de nouveau posté devant ma porte d'entrée.

« LE TUEUR EN SÉRIE DE HOUSTON TUE LE PASTEUR DE CLEAR LAKE », pouvait-on lire.

Il y avait une grande photo en couleur de Van Der Velden – un homme si séduisant et si photogénique ; il portait un costume élégant et tenait une bible. Harlan Caulfield apparaissait sur un cliché monochrome plus petit en bas de la page, fumant une de ses stupides cigarettes électroniques. Je me mis à lire, même si j'avais déjà vu le reportage aux informations télévisées la veille au soir.

L'évangéliste texan Nelson Van Der Velden a été tué par balle dans l'enceinte du très fermé Houstonian Club.

L'incident s'est produit hier peu avant 8 heures, heure locale, alors que le prédicateur de 37 ans s'apprêtait à disputer sa partie de tennis quotidienne avec un membre de sa controversée Église Izrael des hommes et des femmes de bien, située à Clear Lake, près de Galveston.

Des témoins ont vu Nancy Myerson, 25 ans, se précipiter en hurlant à la réception du Houstonian Club pour prévenir les employés abasourdis que Van Der Velden avait été abattu. Bill Leggero, 41 ans, joueur de tennis professionnel travaillant au club, a raconté que, lorsqu'il est allé vérifier les dires de Mlle Myerson, il a trouvé Van Der Velden affaissé sur une chaise d'un court extérieur et couvert de sang. Il semble qu'il ait reçu trois balles dans la nuque, bien que personne au club n'ait rapporté avoir entendu de coups de feu. Van Der Velden a été déclaré mort sur place.

Un pistolet automatique Walther de calibre .22 a été découvert par la police dans un panier à serviettes usagées du vestiaire pour hommes.

Des centaines de personnes se sont rassemblées devant l'église d'inspiration Art déco de Van Der Velden à Clear Lake pour pleurer la mort du pasteur, ainsi qu'à sa demeure, d'une valeur de dix millions de dollars, de River Oaks. Son père, Robert Van Der Velden, avec qui il était brouillé et qui dirigeait jusque récemment l'Église de la Pyramide du pouvoir de la prière, à Dallas, lui a rendu hommage.

« Mon fils bien-aimé a été ramené vers le Seigneur, a-t-il déclaré. Nous n'étions pas toujours d'accord, mais c'était véritablement un homme de Dieu. Je sais qu'il est maintenant au ciel avec Jésus. »

La Pyramide du pouvoir de la prière avait fermé et déposé son bilan l'année dernière avec plus de vingt millions de dollars de dettes.

En attendant, la police a placé sous scellés le court de tennis maculé de sang et le vestiaire pour hommes du Houstonian Club, où l'adhésion coûte 10 000 dollars par an, tandis qu'elle s'efforce de recueillir des indices supplémentaires.

Les hommages des membres éminents de la communauté se multiplient, parmi lesquels celui du gouverneur du Texas, qui a décrit Nelson Van Der Velden comme un citoyen de premier plan et un grand humaniste. « C'est une tragédie, a-t-il affirmé, qu'un homme d'une telle distinction morale et un pilier de la communauté de Houston nous ait été enlevé aussi cruellement. » Pour sa part, le maire de Houston, John Oriz, a fait l'éloge du ministère et de la philanthropie de Van Der Velden.

Il y a à peine un mois, ce dernier avait fait don de la somme de un million de dollars au Texas Children's Hospital de Houston. Les médecins de l'hôpital de Fannin Street évoquent en termes chaleureux le défunt pasteur, parmi lesquels le Dr Gerry Soule, professeur de pédiatrie, pour qui cette personnalité religieuse était « un grand chrétien qui mettait ce qu'il prêchait en pratique ».

L'hypothèse s'imposait de plus en plus hier soir que Nelson Van Der Velden est la dernière victime d'un tueur en série ayant assassiné six personnes dans le secteur Houston-Galveston en moins d'un an. Les victimes du tueur, surnommé saint Pierre, ont en commun leurs importantes activités d'intérêt général et leur dévouement au bien-être d'autrui, ainsi que la façon dont elles sont mortes : toutes ont été abattues à bout portant avec un pistolet de calibre .22.

Les experts en balistique du FBI effectuent actuellement des tests sur l'arme retrouvée au Houstonian Club afin de déterminer si le pistolet ayant servi à tuer Van Der Velden est le même que celui qui a été utilisé contre les autres victimes. Harlan Caulfield, l'agent spécial adjoint responsable chargé de l'unité enquêtant sur les meurtres, a exprimé sa tristesse à l'annonce de la mort de Van Der Velden et déclaré au journaliste du *Chronicle* que les Houstoniens n'avaient rien à craindre de saint Pierre, car il était convaincu que le Bureau ne tarderait pas à appréhender l'assassin.

Cependant, d'aucuns demeurent extrêmement critiques quant à l'impuissance du FBI de Houston à arrêter le tueur, et notamment l'écrivain et homme de radio Gene Haugen Olsen, qui a appelé le sénateur de l'État du Texas, Bryant Hinman, à rencontrer le ministre de la Justice pour voir ce qui pourrait être fait afin d'ouvrir une nouvelle enquête. Actuellement, il n'existe pas de nouvelle piste, aucun suspect n'a été interrogé et, dans son éditorial d'aujourd'hui, le *Houston Chronicle* apporte son soutien à l'appel de M. Olsen pour une nouvelle initiative dans une enquête qui, estime ce journal, semble être dans l'impasse.

À vrai dire, je ne pensais guère au FBI. Pas depuis que j'avais quitté le Bureau. Et, pour être franc, je ne regrettais pas le travail. Pas autant qu'ils me regrettaient pour le faire. À plusieurs reprises, Gisela m'avait demandé de reconsidérer ma démission, et je lui avais répondu par la négative. Le responsable du bureau régional de Houston, Chuck Worrall, m'avait demandé lui aussi de revenir sur ma décision. Je lui avais dit d'aller se faire foutre. Il voulait savoir, avait-il insisté, qui allait protéger les habitants de Houston du terrorisme intérieur ; j'avais rétorqué que ce n'était pas mon problème et je l'avais de nouveau envoyé balader. Le quartier général à Washington avait également appelé pour m'offrir un poste de formateur à Quantico ; je leur avais dit d'aller se faire foutre également. Quelque chose était mort en moi lorsque Gisela m'avait mis en congé : j'avais perdu le sentiment que le Bureau était aussi loyal avec moi que je l'avais toujours été à son égard.

On pourrait même dire que j'avais perdu ma foi dans le FBI comme j'avais jadis perdu ma foi en Dieu.

J'avais beau ne pas regretter le Bureau, je regrettais les gens qui y travaillaient. Me manquait en particulier Helen Monaco. Me manquait le port de l'insigne – pendant plusieurs jours, je m'étais senti nu sans la plaque dorée et le pistolet qui allait avec. Me manquait l'argent, bien sûr. Même si ça n'avait jamais fait beaucoup. Depuis mon départ, j'avais réussi à maîtriser le TOC. Je ne me mettais plus à jouer au solitaire avec les sachets de sucre chaque fois que je me trouvais dans un restaurant ou un café. Tout ça avait cessé quand j'avais cessé de me préoccuper des défenseurs des droits des animaux, des christianistes, des islamistes, des milices d'extrême droite et de tout ce qu'ils pouvaient faire à la ville de Houston et, par extension, à ma famille. Ces jours-ci, je ne pense plus qu'à moi, et à Dieu, bien entendu. Ne l'oublions pas. Et croyez-moi, je ne l'oublie pas. Jamais plus.

Une ou deux fois, Helen vint boire un café avec moi au Magnolia, et nous bavardâmes.

« Pourquoi cet endroit ? demanda-t-elle. C'est un dépotoir.

— Ce n'est pas loin de la cathédrale, répondis-je.

— Tu y passes beaucoup de temps ?

— Pas mal. Je me sens en paix dans la cathédrale.

— J'aime bien y aller aussi. Surtout après une journée au bureau. Parfois j'en ai ras bol de ces mecs. Avec leurs plaisanteries obscènes. J'ai une femme maintenant. Tu le savais ?

— Félicitations. Je suis bien content pour toi. Comment s'appelle-t-elle ?

— Toni. On s'est mariées à Los Angeles. Le Texas ne reconnaît pas encore les mariages homosexuels.

— Ni l'Église catholique, mais je ne voudrais pas que ça t'arrête.

— Tu ne le regrettes pas ? Le Bureau ? Le travail ? »

Je haussai les épaules.

« Je pensais que nous faisions du bon boulot. Aujourd'hui, je me dis que peu importe, d'une manière ou d'une autre, que nous capturions ce tueur-ci ou ce terroriste-là. Ça n'a sûrement pas d'importance pour Dieu que nous attrapions les méchants ou pas. Il y en a toujours un autre pour prendre sa place.

— Tu ne le crois pas réellement ?

— Il y a cent ans, les gens avaient peur des bombes anarchistes. Maintenant, nous avons peur des bombes d'Al-Qaida. Jack l'Éventreur tua cinq prostituées dans l'East End à Londres. Maintenant, nous avons saint Pierre qui assassine des gens ici à Houston. Les choses ne changent pas beaucoup.

— Ce n'est pas très encourageant. Les prêtres sont censés être encourageants.

— Où as-tu été pêcher cette idée ?

— Dis-moi, Gil, est-ce que tu crois vraiment à ce que tu fais, ou vas-tu de nouveau à l'église juste pour essayer de récupérer Ruth et Danny ?

— C'est un peu tard pour une réconciliation, je pense. Non, entre Ruth et moi, c'est fini. Je le sais. »

J'avais alors revu Ruth et Danny, à notre ancienne maison dans Driscoll Street. Cela avait été tout à fait amical. J'avais passé une soirée entière avec eux après avoir emmené Danny à un match de base-ball. Pendant que j'étais là, Ruth s'était excusée de m'avoir traité si mal, ce qui m'avait pris au dépourvu. Je ne m'attendais pas à ça. Mais je lui réservais moi-même quelques surprises de mon cru, parmi lesquelles ma nouvelle vocation.

« Je ne me suis pas conduite comme une bonne chrétienne, déclara-t-elle.

— Je sais que moi non plus.

— Tu avais une excuse, Gil. Tu n'étais pas un chrétien à ce moment-là. Tu étais un athée.

— Cela a dû être très difficile pour toi, de vivre avec moi et mes questions totalement indues. Garder la foi n'est pas une chose aisée, même en temps normal. Je pensais qu'il était plus facile de croire en Dieu que de ne pas croire en lui. Mais, maintenant que je suis certain de son existence, je constate que je ne crois pas du tout en lui. Du moins, pas comme le font la plupart des gens.

— Je ne comprends pas. Tu sais qu'il existe, mais…

— Eh bien… (Je secouai la tête.) Oublie ça. Crois-moi sur parole, Ruth. Pour moi, ce n'est plus une question de foi. Je sais que Dieu existe, d'accord ? C'est tout ce que tu as besoin de m'entendre dire sur ce sujet.

— Vraiment ? Tu plaisantes ? »

Je secouai la tête.

« Non. Je suis parfaitement sérieux.

— J'imagine. Eh bien, qu'est-ce que tu sais ? Doux Jésus, je ne m'y attendais pas à celle-là. (Elle eut un faible sourire.) Et d'où te vient cette certitude ?

— Disons qu'il m'est arrivé quelque chose qui m'a convaincu que je m'étais complètement trompé. Comme Paul dans les Actes des Apôtres. Ç'a été mon chemin de Damas, Ruth. Sauf que je n'étais pas aveugle. Plutôt le contraire, en fait.

— Je souhaiterais avoir ta confiance, Gil. »

Je fronçai les sourcils.

« Tu n'as pas des doutes ? Sûrement pas. Pas toi.

— Parfois, je pense que la vraie raison pour laquelle je t'ai quitté, c'est que tu disais seulement des choses que j'avais peur de me dire à moi-même. D'ailleurs, j'ai cessé d'aller à l'église jusqu'à ce que je sache ce à quoi je crois réellement.

— Laquelle ? Lakewood ou l'Église Izrael des hommes et des femmes de bien ?

— Les deux. (Elle haussa les épaules.) Nelson Van Der Velden était charismatique, bien sûr. Lorsqu'il est mort, je suppose que j'ai commencé à changer d'opinion sur l'Église en général. (Elle sourit.) J'ai réfléchi. À nous. Peut-être que toi et moi, nous pourrions nous voir de nouveau davantage.

— Ah ? Et Hogan ? »

Ruth secoua la tête avec impatience.

« Il n'était rien pour moi. Juste un ami, c'est tout. Oublie Hogan, d'accord ?

— D'accord.

— Peut-être que j'ai agi trop vite par rapport à toi, Gil. Tu sais quoi ? Je pense que j'étais cliniquement déprimée. C'est ce que prétend mon médecin. Je prends du Xanax actuellement et je me sens beaucoup mieux concernant un tas de choses. (Elle poussa un soupir.) Ce que j'essaie de dire, c'est que j'aimerais donner une deuxième chance à notre mariage. Ne serait-ce que pour Danny. »

Je souris et posai tendrement ma main sur sa joue.

« Je crains qu'il ne soit trop tard.

— Est-ce que tu fréquentes quelqu'un d'autre ?

— Non. Il n'y a pas personne, Ruth. »

Ce n'était pas tout à fait vrai, mais je ne tenais guère à mentionner son nom dans ce contexte. Du reste, il vaut mieux que son nom soit rarement mentionné, sinon jamais, et certainement pas sans d'infinies précautions. Je dois remercier Nelson Van Der Velden pour ça.

« Ce n'est pas que je n'ai pas d'affection pour toi et Danny.

— Quoi alors ? »

Il était impossible de faire en sorte que cela ne paraisse pas bizarre à Ruth, même si ça ne l'était pas plus, à mon avis, que de refuser un boulot bien payé dans un grand cabinet d'avocats de New York pour entrer au FBI à cause de ce qui s'était passé en 2001. Ce qui m'était arrivé à Galveston avait été aussi déterminant et décisif que le 11-Septembre. Sinon plus.

« Simplement, j'ai décidé de devenir prêtre, Ruth. Je suis entré au séminaire catholique St Mary.

— Mais pourquoi, Gil ? Pourquoi ?

— À ce moment-là, je n'avais pas d'autre endroit où aller, Ruth. Physiquement et spirituellement, j'étais au bout du rouleau, si ça n'a pas trop l'air d'un cliché. Mais maintenant que j'y ai mieux réfléchi, j'ai pris la décision de me faire ordonner prêtre dès que je pourrai. Je pense que c'est le bon choix pour moi. En fait, j'en suis sûr.

— Gil Martins, à quoi peut bien servir que tu deviennes prêtre ?

— Oh ! je ne sais pas. (Je souris.) L'avenir le dira. Mais, à mon avis, l'évêque Coogan sera soulagé d'avoir au moins un prêtre qui ne soit ni pédophile ni homosexuel. »

Ruth secoua la tête.

« Mon Dieu, je ne m'attendais vraiment pas à celle-là.

— Non, moi non plus, encore que Dieu, oui, je présume. » Je lui donnai une tape sur le bras. « J'espérais que tu serais contente pour moi, Ruth. Mais je vois que cette idée te contrarie. Eh bien, si tu peux, prie pour moi.

— Je ne pense pas que je le ferai. (Elle hocha la tête.) Non que je ne te souhaite pas bonne chance, Gil. Simplement, je ne suis pas du tout sûre que les prières soient efficaces.

— Oh ! mais elles le sont, répliquai-je avec désinvolture. Je suis bien placé pour le savoir.

— J'ai prié pour toi, avant. J'ai prié pour que tu croies de nouveau en Dieu.

— Alors je suppose que tes prières ont été entendues.

— Nous obtenons ce pour quoi nous prions, puis nous nous apercevons que nous n'en voulions pas vraiment.

— N'est-ce pas ?

— C'est maintenant que tu crois en Dieu que je m'aperçois que je ne crois plus en lui. Étrange, n'est-ce pas ?

— Essayer de comprendre Dieu n'a aucun sens, dis-je. “Nous ne saurions parvenir jusqu'au Tout-Puissant, grand par la force, par la justice, par le droit souverain : il ne répond pas ! C'est pourquoi les hommes doivent le craindre ; il ne porte les regards sur aucun sage.” Ce qui signifie tout bonnement que Dieu n'aime pas les petits malins. Job, chapitre XXVII, versets 23 et 24.

— Est-ce à ça que vont ressembler nos conversations dorénavant ?

— Ruth. Nos conversations ont toujours été comme ça. La seule différence, c'est que, maintenant, c'est moi qui cite l'Écriture sainte, pas toi. »

Lorsque je partis, elle essaya de m'embrasser sur la bouche, mais, au dernier moment, je tournai le visage, de sorte que ses lèvres effleurèrent ma joue. Ce n'était pas délibéré de ma part, plutôt instinctif, comme on esquive quelque chose qui risque de vous faire du mal, un frelon par exemple. Mais, à coup sûr, cela lui fit du mal à elle, même si ce n'était pas mon intention. Alors que je sortais de mon ancienne maison pour grimper dans ma voiture, elle avait les larmes aux yeux. Je me demandai si c'était parce qu'elle m'aimait toujours ou parce qu'elle regrettait de m'en avoir fait baver. Cela dit, peut-être versait-elle des larmes sur notre fils et le fait que je ne le verrais pas grandir comme le font la plupart des pères. Mais je m'en fichais. J'avais menti en lui disant que je l'aimais encore ; c'était seulement pour lui faire plaisir. De mon côté, je n'avais plus la même opinion sur quoi que ce soit. Ni sur elle, ni sur mon propre fils, Danny, et certainement pas sur moi. Sur moi-même encore moins.

Au Magnolia, des rires fusèrent de manière inattendue de la télévision. Je levai la tête des mots croisés du *Chronicle* pour voir ce qui se passait à l'écran. Le pasteur Penny avait raconté une blague ; et pour être sûre que nous avions tous pigé, elle la raconta de nouveau.

« Oubliez la méthode Pilates, oubliez le yoga, oubliez la musculation. Le meilleur exercice que vous puissiez faire, c'est de marcher avec Dieu », dit-elle, ravie.

Encouragée par la réaction de la congrégation à sa petite plaisanterie, elle décida de retenter le coup :

« Vous savez, l'autre soir, j'ai été arrêtée par un agent de la circulation qui m'a informée que j'avais dépassé la limite de vitesse. Il m'a dit que je roulais à cinquante-cinq kilomètres à l'heure dans une zone limitée à cinquante. Je me suis excusée à plusieurs reprises pour mon étourderie – je n'ai pas l'habitude de me faire arrêter par les flics – et je pense qu'il n'était pas habitué à ça non plus. Je suppose que la plupart des gens dans ce genre de circonstances sont plus irrités que je ne l'étais. Toujours est-il qu'il m'a demandé si j'étais sous l'influence de l'alcool. Et voyez-vous, j'étais si surprise que j'ai répondu, non, je suis sous l'influence de Dieu. »

Nouveaux rires. Y en avait-il parmi eux, me demandai-je, qui avaient la moindre idée de la vraie nature de Dieu ? Probablement pas. Et c'était sans doute aussi bien.

« Et vous savez pourquoi je suis sous l'influence de Dieu ? beugla-t-elle – le pasteur Penny vous crachait son prêche au visage, pour ainsi dire. Je suis sous son influence parce que Dieu est amour. »

Distraitement, j'écrivis « DIEU EST AMOUR » sur le bord de mon journal.

Mais cette fois, lorsque l'auditoire du pasteur Penny se mit à s'esclaffer, on aurait dit qu'il se moquait de moi, aussi, après quelques instants de réflexion, je rayai le mot « AMOUR » pour le remplacer par « PEUR ». Ce qui était beaucoup plus près de la vérité. Je regardai le slogan en hochant la tête. Il ne pouvait pas y avoir d'amour là où il y avait d'abord la peur. Jamais. Et, continuant à hocher la tête, je dis à haute voix : « La peur du Seigneur, c'est ça la sagesse. »

En m'entendant, la serveuse sourit et répondit « Amen », puis, en guise de récompense, elle m'apporta un peu plus de ce café terriblement amer au goût d'armoise.

« Je suis contente que l'émission du pasteur Penny vous plaise, dit-elle. J'aime bien la regarder, mais parfois les clients protestent et je dois changer de chaîne.

— Il n'y a pas d'autres clients, remarquai-je. Alors tout va bien.

— Soyez béni, dit la serveuse. Dieu vous aime, mon frère. »

Résistant à mon impulsion première, qui était de lui rire au nez, je me contentai de la remercier d'un signe de tête poli.

Deux jours après l'assassinat de Van Der Velden, Harlan Caulfield vint me voir au séminaire. Nous discutâmes dans ma chambre, moi sur mon lit d'une personne et lui assis dans l'unique fauteuil.

Le visage de Harlan était encore plus chiffonné que d'ordinaire : les rides de son front avaient maintenant l'air si profondes que son crâne semblait sur le point de se détacher du reste de sa tête. L'espace entre ses sourcils perpétuellement inquisiteurs au-dessus de l'arête de son nez formait un nœud gordien de peau et de muscles anxieux. On aurait dit un point d'interrogation humain. Je ne lui offris rien : je n'avais rien à lui offrir, excepté des cigarettes Salem, ce qui n'aurait pas été très charitable vu qu'il essayait d'arrêter de fumer. Je lui en offris néanmoins et m'en allumai une lorsqu'il refusa d'un bref signe de tête.

« Vous vous êtes remis à fumer ?

— Pourquoi pas ? Compte tenu de tout ce à quoi il faut renoncer, j'ai bien droit à quelques petits plaisirs dans la vie, j'imagine. »

Harlan acquiesça tristement.

« Ça en vaudrait peut-être la peine, dit-il. De recommencer à fumer. Je n'ai plus de véritables plaisirs dans la vie. Plus maintenant.

— Je suis navré de l'entendre. Eh bien, que puis-je pour vous, Harlan ?

— Vous savez pourquoi je suis ici.

— Ce n'est pas pour me demander de revenir au Bureau.

— Vous avez raison. L'un dans l'autre, je crois que nous arriverons à nous passer de vos services.

— Alors je suppose que c'est au sujet de saint Pierre, dis-je.

— Je préférerais qu'on n'utilise pas ce nom, répondit-il en regardant au loin. Étant donné votre nouvelle vocation sacerdotale, je suis un peu surpris que vous le fassiez. »

Je haussai les épaules.

« Mais, à votre avis, est-ce que c'est le même type qui a tué Van Der Velden ? »

Il haussa les épaules.

« Possible. Ça en a toutes les apparences.

— Un million de dollars permet de s'acheter une jolie petite auréole dans cette ville.

— Mais vous ne pensez pas qu'il le méritait.

— Tout dépend, Harlan.

— De quoi ?

— De ce que vous cherchez.

— Bon. D'accord. Où étiez-vous mardi matin aux environs de 8 heures ? demanda-t-il.

— Vous voulez dire le matin du meurtre de Van Der Velden ? J'étais ici. Au lit. Juste moi et mon nouveau célibat.

— Je croyais que les prêtres étaient censés se lever aux aurores.

— Vous confondez avec les moines, Harlan. De plus, je ne suis pas encore prêtre.

— Pouvez-vous prouver que vous étiez ici ?

— Non. Il se peut que quelqu'un m'ait vu au petit déjeuner, mais je ne me rappelle pas avoir parlé à une personne précise. Dans cet endroit, les matins ont tendance à se ressembler tous. D'ailleurs, ce serait légèrement bizarre si je pouvais réellement le prouver, non ?

— Vous voyez pourquoi je vous demande ça, n'est-ce pas, Martins ?

— Bien sûr. J'étais au courant du mode opératoire du tueur. Je suis toujours membre du Houstonian Club. Et je connaissais Nelson Van Der Velden. Franchement, je ne l'aimais pas beaucoup. Par-dessus le marché, avant sa mort, j'ai eu une dépression nerveuse. Ce qui, à vos yeux, fait de moi un déséquilibré. Ça m'étonne que vous ne soyez pas venu me voir hier, Harlan. »

Il hocha la tête.

« L'avez-vous tué ?

— Merci de poser la question, Harlan, je vais beaucoup mieux maintenant. »

Il regarda fixement ses mains, puis noua ses doigts comme s'il allait se mettre à prier.

J'éclatai de rire.

« J'ai dit quelque chose de drôle ? demanda-t-il.

— Je suppose que le *Chronicle* avait raison. Vous n'avez vraiment aucune piste nouvelle, n'est-ce pas ?

— Tel que je vois les choses, vous auriez pu avoir un mobile pour le tuer ; et il vous aurait été facile de créer l'occasion.

— Et les autres meurtres ? Vous voulez que je vous fournisse un alibi pour ceux-là également ?

— Pour l'instant, je ne parle que d'un meurtre.

— Eh bien, merci, mon pote. »

Il parut momentanément embarrassé.

« Je ne dis pas que vous l'avez fait, Martins. Simplement que vous auriez pu le faire.

— D'accord. Mais où comptez-vous aller avec ça ? »

Harlan secoua la tête.

« Je pourrais vous ramener pour vous interroger.

— Vous pourriez le faire. Et, afin que vous le sachiez, je renonce à mes droits. Une faveur à un vieux collègue. De toute façon, je n'ai pas les moyens de me payer un avocat.

— Gil, vous feriez un bon suspect pour ce meurtre.

— Les médias adoreraient ça. Accuser un de vos collègues quand tout le reste a échoué.

— Vous êtes allé dans l'église de Van Der Velden avec un pistolet.

— Vous n'avez jamais emporté le vôtre à Lakewood ?

— Possible.

— Je sais que moi, oui. Ma femme avait l'habitude de me passer un savon. Par ailleurs, je n'étais pas le seul à Clear Lake à porter une arme. Van Der Velden avait un garde du corps. Encore que vous ne l'auriez pas remarqué. Pas mardi, en tout cas. Un type du nom de Frank Fitzgerald. Vous aurez peut-être envie de vous renseigner à son sujet. Il prétend faire partie de la Sécurité intérieure quand il ne travaille pas au noir comme gros bras pour le pasteur.

— Frank Fitzgerald, hein ? Je ne savais même pas que Van Der Velden avait un garde du corps.

— J'imagine qu'il fait profil bas pour l'instant. Par gêne professionnelle. Ou peut-être qu'il craint de se faire virer de la garde côtière.

— Ouais. La police de Houston a retrouvé l'arme probable. Un Walther calibre .22. Comme pour les autres. Elle se trouvait dans une corbeille à linge au club, à côté d'une paire de gants en latex.

— J'ai vu. C'était dans le journal.

— L'arme leur a permis de remonter jusqu'au Pr Sara Espinosa. Cette biologiste de l'université du Texas que vous connaissiez. »

J'opinai calmement.

« Le Pr Espinosa a disparu, continua Harlan, présumée noyée à la suite d'un accident de voiture survenu le mois dernier, au cours duquel sa Bentley décapotable de 250 000 dollars aurait quitté la Galveston Causeway pour se jeter dans la baie près de Virginia Point. Ce n'est pas loin de l'endroit où vous viviez avant d'être ici.

— Je sais.

— Vous ne sauriez pas par hasard ce qu'elle faisait à Galveston ? »

C'était une question piège ; je savais qu'il connaissait la réponse : Helen avait dû lui dire que Sara était allée là-bas parce qu'elle me cherchait.

« Le matin où elle est morte ? Sûr. Elle s'est pointée chez moi en prétendant qu'il y avait un désaxé à son appartement à Austin. Il était 3 ou 4 heures du matin. Elle avait bu. On a parlé un moment, et je lui ai dit que je ne pouvais malheureusement rien faire pour l'aider. Que ça concernait la police. Après quoi elle est repartie. Je n'ai appris l'accident qu'un peu plus tard.

— Pas très galant de votre part. De la laisser s'en aller comme ça.

— C'était le milieu de la nuit. Je ne me sentais pas d'humeur très galante, Harlan. Peut-être que j'aurais dû appeler les flics de Galveston et les laisser s'occuper d'elle.

— La police d'Austin étudie la possibilité que le pistolet du Pr Espinosa lui ait été dérobé chez elle par un intrus. Dans les jours ayant précédé sa mort, elle s'était mise à avoir peur pour sa sécurité personnelle et elle avait contacté récemment la société privée assurant la surveillance de son domicile pour lui faire part de ses craintes à propos d'un éventuel harceleur.

— C'est ce qu'elle m'a dit lorsque je suis allé la voir à Austin. Et de nouveau lorsqu'elle est venue à Galveston. Elle semblait très inquiète.

— A-t-elle mentionné qu'elle avait acheté un pistolet ? Le Walther P22 ?

— Non. Mais s'acheter un pistolet n'a rien d'un scoop au Texas.

— Non, je suppose. »

Pour me porter chance, je tripotai la médaille de saint Christophe que j'avais au cou tout en attendant que Harlan dise quelque chose.

Je pouvais voir qu'il ne me croyait pas ; il était bien meilleur détective que ne le racontaient les journaux, mais nous savions tous les deux qu'il n'existait aucun élément qui contredise mon histoire, et certainement pas les registres journaliers du Houstonian Club. Éviter l'entrée et la sortie utilisées par les autres signifiait que je n'étais presque jamais dans l'ordinateur. Se glisser à l'intérieur du club sans être vu, à 7 heures du matin, et patienter dans les épais buissons près des courts de tennis était relativement simple. Ce n'est pas seulement la détection des crimes qu'on vous enseigne à Quantico ; c'est aussi la façon de les commettre.

Si tuer Nelson Van Der Velden pouvait être appelé un crime.

Harlan parcourut la pièce des yeux et secoua la tête.

« Alors c'est là que vous avez fini, remarqua-t-il. Je ne l'aurais jamais imaginé. Que vous deviendriez prêtre et tout. (Il fronça les sourcils.) Je suis curieux. Qu'est-ce qui vous a fait changer d'avis ? Sur Dieu, je veux dire ?

— Pourquoi demandez-vous ça ?

— Pourquoi ? N'est-ce pas évident ? » Il haussa les épaules d'un air penaud. « Moi aussi j'aimerais croire en lui, Martins. Si je peux. La vie est beaucoup plus facile si l'on croit en quelque chose d'autre que soi-même. (Il s'interrompit un instant.) Je suppose que si un salopard comme vous peut croire en Dieu, il y a encore de l'espoir pour moi. Eh bien, qu'est-ce que c'était ?

— Parfois, j'ai l'impression de ne pas y être pour grand-chose, admis-je.

— Franchement ?

— Franchement. On pourrait dire que j'ai eu une vision. Ce qui ne serait pas tellement loin de la vérité. Alors peut-être qu'il y a encore de l'espoir pour vous.

— C'est ce que je n'arrête pas de me répéter. »

Il hocha la tête, se leva, puis s'en alla sans rien ajouter.

J'étais dans la cocathédrale du Sacré-Cœur.

J'avais eu tort de la voir comme une prison de haute sécurité. Elle a plutôt l'air d'un théâtre moderne où l'on organise un genre de spectacle destiné à vous convaincre d'une seule et unique chose : que Dieu est amour. Il ne serait pas bon qu'un trop grand nombre de gens sachent l'affreuse vérité sur Dieu : qu'il est odieusement cruel et capricieux, et indifférent au bien et au mal ; que c'est un Dieu qui nous maintient tous dans un état d'égarement éthylique et d'intoxication pernicieuse. Cela n'aurait servi à rien de dire à des gens comme la grosse serveuse du Magnolia la vérité que je connaissais. Ils auraient détalé comme des lapins.

Je m'agenouillai dans la nef et attendis mon tour au confessionnal et, tout en restant là, patiemment, j'écoutai l'organiste de l'église jouer une pièce réconfortante, aux antipodes de ce que Dieu est vraiment.

Des pas étouffés résonnaient sous l'énorme plafond de la cathédrale comme si nous étions déjà dans quelque demeure céleste, attendant un rendez-vous avec un saint ou un ange à propos d'un poste dans l'au-delà, à supposer qu'une telle chose soit possible. Pour ça, je l'ignore, mais je ne serais pas surpris que Dieu ait conçu en fait l'idée du ciel comme une blague cosmique de mauvais goût.

Je levai les yeux vers le vitrail d'un Christ à la poitrine nue, assez musclé, décrit comme étant la lumière du monde, et songeai que ce n'était que la moitié de l'histoire ; parce que le vrai visage de Dieu – le Dieu des ténèbres – n'était pas montré ici. Il aurait effrayé les gens, leur aurait flanqué une frousse de tous les diables. C'était le Dieu que je connaissais. Cela dit, je doute qu'il existe en Amérique un seul créateur de vitraux capable de représenter le Dieu gnostique, manichéen que je vénère à présent, bien qu'en secret. Si Michel-Ange avait peint le vrai visage de Dieu sur le plafond de la chapelle Sixtine, il aurait probablement fini sur le bûcher, comme Savonarole.

Une femme à l'air hispanique tenant un chapelet sortit du confessionnal et s'assit, marmonnant la série de prières qui constituait sa pénitence, ce qui sembla lui apporter un certain réconfort. Bien entendu, elle ignorait la différence entre le vrai Dieu et celui que prient les gens. Sans quoi, j'ose dire qu'elle n'y serait pas parvenue. Comment prier un Dieu qui garde la lumière enfermée dans l'obscurité, dont le royaume est un monde de peur ?

Toute la question est de savoir à qui vous vous adressez. Une fois que vous savez ça, prier est facile. C'est ce qu'avait compris Nelson Van Der Velden. Il avait pigé qui il priait, voilà tout. Il avait appris que la prière véritable, la prière efficace, n'est qu'une question d'orientation. Le Dieu réel n'a rien à voir avec le monde matériel ni le cosmos, de sorte que prier le Dieu bienveillant et avunculaire de l'Église est inutile ; ça ne vous apporte rien, comme si vous n'aviez pas pu trouver ça vous-même. Les guerres continuent. Les meurtriers – comme saint Pierre et moi – demeurent impunis. Les choses ont toujours été ainsi, et elles le resteront. Les gens souffrent de la faim. Les maladies se déchaînent. Les catastrophes naturelles comme les inondations tuent des milliers de personnes. Et après ?

Mon propre crime semble si insignifiant que cela ne vaut même pas la peine d'en parler. Aussi vous m'excuserez si je n'essaie pas de le justifier.

Je repensai à la fois où j'étais venu à la cathédrale chercher une direction spirituelle – telle une souris de bande dessinée mourant de faim –, et avant ça à l'époque où j'avais été confirmé, et je ris de mon ancienne innocence. Il m'avait fallu toutes ces années pour comprendre le cruel malentendu imposé à l'humanité.

L'illusion de Dieu, comme l'appelle Richard Dawkins. Eh bien, une illusion, c'en est une assurément ; seulement, ce n'est pas tout à fait celle qu'on imagine.

Note de l'auteur

S'il existe un Dieu, je serais assez d'accord avec Randolph Churchill, qui, s'étant laissé persuader par Evelyn Waugh de lire la Bible, s'exclama avec une incrédulité non négligeable : « Dieu est vraiment un salaud, non ? » À l'appui de cette proposition, je me contenterai d'ajouter ce qui suit :

« Ne croyez pas que je sois venu apporter la paix sur la terre ; je ne suis pas venu apporter la paix, mais l'épée. Car je suis venu mettre la division entre l'homme et son père, entre la fille et sa mère, entre la belle-fille et sa belle-mère ; et l'homme aura pour ennemis les gens de sa maison. »

Matthieu, X, 34-36

« Je forme la lumière, et je crée les ténèbres. Je donne la prospérité, et je crée l'adversité ; moi l'Éternel je fais toutes ces choses. »

Ésaïe, XLV, 7

« L'Éternel est un vaillant guerrier ; l'Éternel est son nom. »

Exode, XV, 3

« Au reste, amenez ici mes ennemis, qui n'ont pas voulu que je régnasse sur eux, et tuez-les en ma présence. »

Luc, XIX, 27

« Si un homme couche avec un homme comme on couche avec une femme, ils ont fait tous deux une chose abominable ; ils seront punis de mort : leur sang retombera sur eux. »

Lévitique, XX, 13

« Rapporteurs, médisants, impies, arrogants, hautains, fanfarons, ingénieux au mal, rebelles à leurs parents, dépourvus d'intelligence, de loyauté, d'affection naturelle, de miséricorde. Et, bien qu'ils connaissent le jugement de Dieu, déclarant dignes de mort ceux qui commettent de telles choses [...]. »

Romains, I, 30-32

« Le méchant dit avec arrogance : Il ne punit pas ! Il n'y a point de Dieu ! Voilà toutes ses pensées. »

Psaume, X, 4

« [...] le vent de l'Éternel s'élèvera du désert, desséchera ses sources, tarira ses fontaines. On pillera le trésor de tous les objets précieux. Samarie sera punie, parce qu'elle s'est révoltée contre son Dieu. Ils tomberont par l'épée ; leurs petits enfants seront écrasés, et l'on fendra le ventre de leurs femmes enceintes. »

Osée, XIII, 15-16

« Éternel, souviens-toi des enfants d'Édom, qui, dans la journée de Jérusalem, disaient : Rasez, rasez jusqu'à ses fondements ! Fille de Babylone, la dévastée, heureux qui te rend la pareille, le mal que tu nous as fait ! Heureux qui saisit tes enfants et les écrase sur le roc ! »

Psaume, CXXXVII, 7-9

« Voici, je vais la jeter sur un lit et envoyer une grande tribulation à ceux qui commettent l'adultère avec elle, à moins qu'ils ne se repentent de leurs œuvres. Je ferai mourir de mort ses enfants ; et toutes les Églises connaîtront que je suis celui qui sonde les reins et les cœurs, et je vous rendrai à chacun selon vos œuvres. »

Apocalypse, II, 22-23

« De même que l'Éternel prenait plaisir à vous faire du bien et à vous multiplier, de même l'Éternel prendra plaisir à vous faire périr et à vous détruire ; et vous serez arrachés du pays dont tu vas entrer en possession. »

Deutéronome, XXVIII, 63

« La terre fut ébranlée et trembla, les fondements des montagnes frémirent, et ils furent ébranlés, parce qu'il était irrité. Il s'élevait de la fumée dans ses narines, et un feu dévorant sortait de sa bouche : il en jaillissait des charbons embrasés. Il abaissa les cieux, et il descendit : il y avait une épaisse nuée sous ses pieds. Il était monté sur un chérubin, et il volait, il planait sur les ailes du vent. Il faisait des ténèbres sa retraite, sa tente autour de lui, il était enveloppé des eaux obscures et de sombres nuages. »

Psaume, XVIII, 8-12

« Je les attaquerai, comme une ourse à qui l'on a enlevé ses petits, et je déchirerai l'enveloppe de leur cœur ; je les dévorerai, comme une lionne ; les bêtes des champs les mettront en pièces. »

Osée, XIII, 8

« C'est une chose terrible que de tomber entre les mains du Dieu vivant. »

Hébreux, X, 31

« Sonne-t-on de la trompette dans une ville, sans que le peuple soit dans l'épouvante ? Arrive-t-il un malheur dans une ville, sans que l'Éternel en soit l'auteur ? »

Amos, III, 6

« S'ils élèvent leurs enfants, je les en priverai avant qu'ils soient des hommes ; et malheur à eux, quand je les abandonnerai ! »

Osée, IX, 12

Remerciements

Je suis très reconnaissant aux hommes et aux femmes du bureau du FBI de Houston pour toute l'aide qu'ils m'ont apportée dans mes recherches concernant ce livre. Ils se sont montrés indéfectiblement courtois et obligeants, et ils me sauront probablement gré de ne pas citer leurs noms. Toute erreur qui pourrait subsister dans le présent roman quant aux opérations de cette organisation dévouée m'incombe entièrement. Je tiens à remercier les membres de l'Église de Lakewood à Houston, qui m'ont très gentiment accueillis à leurs services, ainsi que les habitants du Texas. Je remercie aussi Nick Scott pour avoir partagé avec moi ses souvenirs de nos éducations religieuses respectives à Édimbourg. Un grand merci également à Jane Wood et à Steve Cox, à Londres, et à Christine Pepe, à New York, qui ont lu très attentivement ce texte. Comme toujours, un écrivain a besoin d'un bon éditeur. Ma gratitude va en outre à ma femme, l'auteur Jane Thynne, pour avoir bravé la chaleur texane et m'avoir accompagné dans beaucoup des lieux évoqués ici, et notamment Galveston. À Caradoc King, qui a toujours cru à ce livre quand d'autres, tel l'apôtre Thomas, nourrissaient des doutes. À Ivan Held, Marian Wood, Mark Smith, Katie Gordon, Lucy Ramsey, Nicci Praça, Michael Wolff et Robert Bookman. Alors que je me trouvais à Houston, j'ai séjourné à la fois à l'hôtel Zaza et au Houstonian Hotel, et je peux les recommander sans réserve tous les deux.

Cet ouvrage a été composé
par PCA

Impression réalisée par
CPI BRODARD ET TAUPIN
en janvier 2017
Pour le compte des Éditions J.-C. Lattès

PAPIER À BASE DE
FIBRES CERTIFIÉES

LE MASQUE
s'engage pour l'environnement
en réduisant l'empreinte carbone
de ses livres.
Celle de cet exemplaire est de :
550 g éq. CO_2
Rendez-vous sur
www.lemasque-durable.fr

Dépôt légal : janvier 2017
N° d'édition : 01
N° d'impression : 3020936
Imprimé en France